FLAWED

MAFIAKRIEGE NEW YORK
BUCH FÜNF

MAGGIE COLE

PULSE PRESS INC

PROLOG

Chanel Moulin
14 Jahren zuvor

Die Leuchtstoffröhren brummen über unseren Köpfen und geben dem Raum das Gefühl von künstlicher Helligkeit. Dr. Depeckin wirft einen Blick in meine Akte und fragt dann, „Ms. Moulin, welche Verhütungsmethode haben Sie bisher benutzt?“

Mein Puls hämmert in meinem Hals und meine Wangen werden feuerrot. Es gibt nur einen Mann, mit dem ich je geschlafen habe, und es hätte nicht passieren dürfen.

Das ist noch nicht einmal zwei Monate her. Er ist viel älter als ich, und er hat mir vom ersten Moment an den Atem geraubt. Ich wusste, dass er bis in die Grundfesten böse war, aber selbst die schwache Narbe auf seiner rechten Wange schreckte mich nicht ab.

Ich fühle mich bei ihm sicher und denke seit unserer gemeinsamen Nacht ununterbrochen an ihn.

Nicht ein einziges Mal in meinem Leben habe ich gehandelt, ohne alles bis ins kleinste Detail zu überdenken.

Ich hatte gerade mal einen halben Cosmopolitan getrunken, bevor er mich von meinen Freundinnen weg und auf die Tanzfläche zog. Am Ende des dritten Liedes führte er mich aus dem Nachtclub und in seinen Wagen. Wir küssten uns ununterbrochen, bis wir bei ihm zu Hause ankamen.

Seine Nähe fühlte sich richtig an. Unsere Körper passten zusammen, als wäre ich ein Teil von ihm. Seine Berührung ließ mich aufleuchten, als würde er mir Leben einhauchen. Vor ihm führte ich ein erfülltes Leben – dachte ich zumindest. Doch je mehr Zeit ohne ihn vergeht, desto abgestumpfter fühle ich mich.

Mein Körper sehnt sich nach einer Wiederholung. Seine Versuche, mich wiederzusehen, haben mich fast umgebracht. Manchmal überlege ich, ob ich ihm nachgeben soll, aber ich muss mich von ihm fernhalten.

Ich wünschte, ich könnte diesen Fehler rückgängig machen. In jener Nacht wusste ich nicht, wer er war. Ich sah nur seinen dunklen, grüblerischen Blick und seine dominante, selbstbewusste Art.

Gott, ich war so dumm.

Luca hat mir den Verstand vernebelt. Seitdem hasse ich mich selbst. Ich hätte es besser wissen müssen, als ihm zu verfallen. Ich habe den ganzen Tag mit mächtigen, erfolgreichen Männern zu tun. Es war nicht das erste Mal, dass mich ein Mann begehrte oder einen sexy italienischen Akzent hatte. Doch jeder

Blick, den er mir zuwarf, ließ mein Herz höherschlagen und meinen Puls rasen.

Ich hätte es besser wissen müssen, als einem Fremden zu vertrauen. Mein Boss und seine Familie sind gefährlich. Mein Vater arbeitet für sie. Auf der Arbeit stehe ich unter ihrem Schutz, aber an jenem Abend, umgeben von meinen Freunden, entfloh ich ihren wachsamen Blicken.

Ich wusste, dass Luca ein gefährlicher Mann war, doch ich wurde von ihm wie die sprichwörtliche Motte vom Licht angezogen. Nicht ein einziges Mal habe ich innegehalten, um herauszufinden, wer er war, oder daran gedacht, dass er mir wehtun könnte.

Er hat mir nicht wehgetan.

Ich kann es in der Zukunft aber nicht ausschließen.

Wenn mein Boss oder seine Familie wüssten, was ich getan habe, würde ich mit Sicherheit gefeuert werden. Es spielt keine Rolle, dass ich nicht wusste, wer Luca war, oder dass ich entschlossen bin, mich von ihm fernzuhalten. Immer wieder taucht er auf mysteriöse Weise in dem Café auf, das ich frequentiere, oder in den Restaurants, in denen ich gerne esse.

Er ist ihr größter Feind.

Das macht ihn zu meinem Feind.

Meine Eltern werden mich verstoßen, wenn ich ihn wiedersehe und sie es herausfinden.

Ich bin mir sicher, dass seine Familie mir wehtun würde, wenn sie von uns wüssten. Wüssten, wer ich bin.

„Ms. Moulin, bitte beantworten Sie meine Frage. Natürlich ist diese Konsultation höchst vertraulich“, sagt Dr. Depeckin.

Ich schlucke schwer. „Ich bin nicht sexuell aktiv."

Er wölbt eine buschige Augenbraue. „Ich bin Ihr Arzt, Ms. Moulin. Es gibt keinen Grund zu lügen."

Mein Herz hämmert in meiner Brust. „Ich lüge nicht! Ich habe keinen Freund, und ich arbeite die ganze Zeit!"

Beides ist wahr. Ich bin Massimo Marinos Flugbegleiterin. Am selben Tag, an dem mein Vater und ich nach New York kamen, schlug Massimos Papà vor, mich einzustellen.

Das war vor etwas mehr als zwei Jahren. Ich war zwar erst sechzehn, aber hatte bereits die Highschool abgeschlossen. Giuseppe Berlusconi, das Oberhaupt der italienischen Mafia, hatte meinen Vater nach New York geschickt, um für die Marinos zu arbeiten.

Es war nicht das erste Mal, dass ich das Land verlassen habe. Ich bin in Frankreich geboren. Als ich zehn Jahre alt war, zogen meine Eltern und ich nach Italien. Aber als mein Vater ankündigte, dass wir in die Vereinigten Staaten ziehen würden, wollte ich nicht weg. Alle meine Freunde waren in Italien. In New York kannte ich niemanden, und ich wusste auch nicht, was ich mit meinem Leben anfangen wollte. Als Massimo mir den Job als seine Flugbegleiterin anbot, hatte ich das Gefühl, keine Wahl zu haben. Mein Vater wäre sehr enttäuscht von mir gewesen, wenn ich die Stelle nicht angenommen hätte.

Doch unabhängig davon, wie meine Karriere begann, liebe ich meinen Job. Ich habe mehr von der Welt gesehen, als ich mir je hätte träumen lassen. Massimo behandelt mich gut, bezahlt mir mehr, als ich mir je erhofft habe, und ich erlebe viele Abenteuer.

Wäre ich Luca nur nie begegnet.

Dr. Depeckin atmet ein paar Mal tief durch, was mein Stresslevel weiter anhebt. „Wann hatten Sie das letzte Mal Sex?"

Meine Wangen brennen noch heißer. „Es ist Monate her."

„Wie lange genau?"

Warum setzt er mich deswegen so unter Druck?

Ich zucke mit den Schultern. „Circa zwei Monate. Aber im Moment bin ich nicht sexuell aktiv. Und es war nur einmal! Ich schlafe nicht herum!"

Warum habe ich das gesagt?

„Ms. Moulin, haben Sie sich irgendwie geschützt?", fragt er.

Verlegenheit überkommt mich. Die Erinnerung an Lucas muskulösen Körper, der meinen bedeckt, die Wärme seiner starken Arme und der sanfte Druck seiner vollen Lippen, fühlt sich so real an wie in jener Nacht. Sein starker italienischer Akzent ließ mein Herz flattern, als er mir sowohl in seiner Muttersprache als auch auf Englisch, schmutzige Dinge ins Ohr flüstert.

Ich presse meine Beine zusammen und versuche, den Schmerz in meinem Herzen zu lindern, den ich immer spüre, wenn ich an ihn denke.

„Ms. Moulin?", sagt Dr. Depeckin und reißt mich aus meinen Gedanken.

„Ummm … Ich ähm …"

„Ich verstehe das also als ein *Nein*", sagt er.

„Ich nehme die Pille", platze ich heraus und möchte mich am liebsten in ein Loch verkriechen und sterben.

Das ist so peinlich.

Er fährt sich mit der Hand durch sein ergrautes Haar und deutet auf den Stuhl vor seinen Schreibtisch. „Setzen Sie sich."

Ich gehorche und bereite mich auf einen Vortrag über *Safer Sex* vor. „Ich verspreche, das nächste Mal schlauer zu sein und ein Kondom zu benutzen."

Ein Ausdruck, den ich nicht deuten kann, füllt sein Gesicht. Er räuspert sich und sagt dann, „Das wäre gut. Und jetzt sagen Sie mir bitte, ob Ihnen in letzter Zeit übel war?"

Was? Wieso sollte mir übel gewesen sein?

„Nein."

„Waren Ihre Brüste empfindlich?"

Ich stöhne innerlich auf und frage mich, wieso er mich weiterhin beschämen will. „Nein."

Er lehnt sich vor. „In Ihrer Akte steht, dass Sie sich nicht an das letzte Mal erinnern können, als Sie Ihre Periode hatten."

Sein *Old Spice*-Parfüm dreht mir den Magen um.

Vielleicht sollte ich ihn wissen lassen, dass es an der Zeit ist, ein neues Parfüm auszuprobieren?

Ich zucke wieder mit den Schultern. „Ich hatte meine Periode noch nie regelmäßig. Das steht in meiner Akte."

„Ms. Moulin, haben Sie die Pille wie vorgeschrieben eingenommen?"

„Ja, natürlich habe ich das."

Ein angespannter Moment des Schweigens vergeht. Er mustert mich und verkündet dann, „Dann hat Ihre Pille versagt. Sie sind schwanger."

„Das ist nicht lustig", sage ich, und lache nervös.

Er sieht mich streng an. „Ich scherze nicht."

Plötzlich scheint die Zeit stillzustehen. Eine Gänsehaut macht sich auf meinen Armen breit und ich schüttle den Kopf.

Nein. Nein. Nein.

Wie konnte ich das zulassen?

„Geht es Ihnen gut?“, fragt er.

Der Schock raubt mir den Atem. „Was soll das heißen, ich bin schwanger? Das ist doch nicht möglich.“

„Sie hatten ungeschützten Sex“, erwidert er.

„Einmal!“, rufe ich und erkenne selbst, wie naiv das klingt.

Er blickt an die Decke, atmet frustriert aus und schaut mich dann missbilligend an. „Es spielt keine Rolle, wie oft man ungeschützten Sex hat. Ein einziges Mal reicht völlig aus. Die Pille ist nicht hundertprozentig zuverlässig.“

Und das sagt er mir jetzt?

Ich fange an zu zittern. Tränen füllen meine Augen und ich blinzle heftig, aber sie fallen schnell.

„Sie sagten, Sie haben keinen Freund. Wissen Sie, wer der Vater ist?“, fragt er etwas ruhiger.

Luca ...

Oh mein Gott!

Ich kenne nicht einmal den Nachnamen des Vaters meines Babys.

Das spielt keine Rolle. Er arbeitet für die Abruzzos.

Nein. Nein. Nein.

Das kann nicht wahr sein!

„Natürlich weiß ich, wer es ist!“

Dr. Depeckin hält beschwichtigend die Hände in die Luft. „Ich wollte damit nicht andeuten–"

„Ich muss gehen", sage ich, springe vom Stuhl auf und schnappe mir meine Sachen.

„Ms. Moulin, wir müssen über die Schwangerschaftsvorsorge sprechen", ruft er.

Ich ziehe meine Bluse über den Papierkittel an und schlüpfe in meinen Bleistiftrock, ohne mir die Mühe zu machen, meinen BH oder mein Höschen anzuziehen. Ich schiebe sie in meine übergroße Tasche und laufe zur Tür.

„Ms. Moulin!"

Ich ziehe am Türknauf. „Danke", werfe ich über meine Schulter und eile auf das Ausgangsschild zu. Ich kann es durch meine Tränen hindurch kaum sehen. Ich werfe der Empfangsdame ein Bündel Geld zu – es ist wahrscheinlich viel mehr als das, was ich für meine Untersuchung zahlen muss – und verschwinde, denn ich kann keine Sekunde länger hier bleiben.

Irgendwie schaffe ich es, das Gebäude zu verlassen. Ich wische mir die Tränen aus dem Gesicht, setze meine Sonnenbrille auf und rufe ein Taxi. Von der Fahrt bekomme ich kaum etwas mit.

Taubheit setzt ein, als ich die sechs Stockwerke zu meiner Wohnung hochsteige, weil ich den Aufzug meide, um niemanden in meinem Haus zu sehen. Oben angekommen, laufe ich ins Bad und ziehe mich aus.

Lange Zeit betrachte ich meinen Körper im Spiegel und verfluche mich. Mein Bauch ist noch genauso flach wie immer. Meine Brüste haben sich auch nicht verändert.

Vielleicht irrt er sich.

Tut er nicht.

Wie konnte ich nur so dumm sein?

Warum habe ich ihm nicht gesagt, dass er ein Kondom benutzen soll?

Warum musste das ausgerechnet mit Luca passieren?

Ich laufe aus dem Bad, ziehe mein Bettdecke zurück und schlüpfe darunter. Stundenlang weine ich, weil ich einfach nicht weiß, was ich tun soll. Ich bin erst achtzehn. Ich bin nicht darauf vorbereitet, Mutter zu werden, und schon gar nicht alleinerziehend zu sein. Das passt nicht in meinen Plan für mein Leben.

Meine Eltern werden mich umbringen.

Vielleicht sollte ich Luca finden und es ihm sagen.

Woran denke ich da nur?

Als Vater des Kindes, hat er ein Recht, davon zu erfahren.

Vielleicht können wir zusammen sein und alles wird gut.

Bin ich verrückt geworden? Er ist der Feind.

Er ist der Vater meines Kindes.

Mein Baby.

Oh mein Gott! Was soll ich nur tun?

Ich werde mein Kind niemals den Abruzzos überlassen.

Meine Gedanken drehen sich und meine Überlegungen, wie ich ein Baby, meine Karriere und Luca unter einen Hut bringen soll, nehmen kein Ende. Als der Morgen graut, bin ich noch immer zu keinem Schluss gekommen, aber eins steht fest …

Ich werde diesem Kind eine gute Mutter sein und es um jeden Preis vor Luca schützen.

1

Luca Marino
Zwei Wochen später

Angelo Marino, mein Onkel und das wahre Oberhaupt der italienischen Mafia in New York City, verschränkt die Arme vor der Brust und starrt mich an. Ich sage „das wahre Oberhaupt", weil Jacopo Abruzzo ebenfalls diesen Titel für sich beansprucht, obwohl er von Giuseppe Berlusconi abtrünnig geworden ist, der der Pate der italienischen Mafia ist. Die Marinos sind Giuseppe weiterhin loyal ergeben und stehen unter seiner Führung.

Vor Jahren kam ich aus Italien in die USA. Da niemand wusste, wer ich war, nutzte Angelo mich als seinen Spion. Also habe ich zwei Pässe. Auf dem einen steht mein richtiger Name, Luca Alessandro Marino, auf dem anderen steht Luca Alessandro Bianchi.

Angelo und seine vier Söhne sind die einzigen, die wissen, dass ich ein *Marino* bin. Ansonsten halten mich die Verbrecherfamilien für ein loyales Mitglied der Abruzzos. Jacopo glaubt, ich würde die Marinos für ihn ausspionieren. Es ist ein gefährlicher Balanceakt, aber ich liebe meinen Job.

Außerdem ist dieser Rachefeldzug gegen die Abruzzos etwas Persönliches.

„Erzähl mir, was du herausgefunden hast", verlangt Angelo.

Ich ziehe einen Joint aus meiner Jackentasche und zünde ihn an. Eine Sache, mit der ich nicht aufhören konnte, ist das Kiffen. Es beruhigt mich. Ohne würde es mir schwerer fallen, die Ruhe zu bewahren.

Die Dinge, die die Abruzzos tun, machen mich krank. Nichts ist tabu. Der Menschenhandel, sowohl mit Frauen als auch mit Kindern, ist ihre Haupteinnahmequelle. Sie haben auch im Schmuggel, Glücksspiel und bei den Drogen ihre Finger im Spiel, aber der Menschenhandel ist ihre Haupteinnahmequelle. In letzter Zeit wurde ich häufiger in Situationen gebracht, in denen ich Dinge tun musste, die gegen meinen Moralkodex verstoßen. Ich musste Frauen auf Auktionen kaufen, sie in ihre Hurenhäuser stecken und mir ein unschuldiges Opfer für eine Nacht aussuchen, und vieles mehr.

Meine einzige Rettung ist, dass ich darauf bestehe, meine sexuellen Aktivitäten privat zu halten. So weiß niemand, dass ich nie mit diesen Frauen schlafe. Die Frauen und Kinder, die ich zu verkaufen vorgebe, bringe ich in Sicherheit. Diejenigen, die ich zu ficken vorgebe, rühre ich nicht an. Sobald sich die Tür schließt, gebe ich vor, einzuschlafen.

Wenn ich sie alle retten könnte, würde ich es tun. Aber die Maschinerie der Abruzzos erstreckt sich über die ganze Welt.

Also tue ich alles, was mein Onkel mir aufträgt, um sie eines Tages zur Strecke zu bringen.

Ich nehme einen tiefen Zug von meinem Joint, halte die Luft ein paar Sekunden in meinen Lungen und stoße dann eine Rauchwolke aus. „Morgen Abend kommt eine neue Lieferung an. Sie benutzen das Dock der O'Learys."

Angelo erstarrt. „Warum das der O'Learys und nicht ihr eigenes?"

Ich kratze mich nachdenklich am Kinn. „Ich weiß es nicht. Jacopo ist nicht darauf eingegangen. Er hat nur gesagt, dass ich bereit sein soll."

„Wo findet dieses Mal ihre Auktion statt?", fragt Angelo.

„Sein Lagerhaus in Chelsea." Mir dreht sich der Magen um.

Angelo geht zum Fenster und blickt in den Garten hinaus. Das Grün der Wiesen erstreckt sich über mehrere Fußballfeldlängen hinweg und an einer Seite glitzert das Wasser eines Pools. Das Grundstück wird von einer dichten Baumreihe begrenzt. Es vergehen einige Augenblicke, bevor er fragt, „Welche Rolle hat Jacopo dir dieses Mal zugeteilt?"

Ich atme noch einmal tief ein und wünschte, meine Arbeit würde mich nicht so beeinträchtigen. Seit ein paar Monaten scheine ich es kaum noch ertragen zu können. „Ich tue dasselbe wie letztes Mal. Ich garantiere den geschmeidigen Ablauf der Auktion."

Angelo dreht sich abrupt um. Er fixiert mich mit seinen dunklen Augen und sagt, „Du musst dir eine andere Position erarbeiten, Luca."

„Und wie soll ich das bitte anstellen? Glaubst du, er fragt irgendjemanden, was wir tun wollen?", frage ich wütend.

Angelo mustert mich.

Ich verschränke die Arme und ermahne mich, ruhig zu bleiben. Angelo ist der Boss, und ich würde nie respektlos zu ihm sein. Ich mildere meinen Tonfall, füge aber hinzu, „Glaubst du, es macht mir Spaß, seine Drecksarbeit für ihn zu erledigen?"

Angelo schüttelt den Kopf. „Nein. Natürlich tut es das nicht. Aber ohne dich können wir die Abruzzos nicht im Auge behalten."

Ich lasse meinen Nacken knacken, was die Spannung etwas löst, aber nicht genug. Als ich zustimmte, die Abruzzos zu infiltrieren, klang der Job aufregend. Die Gefahr speiste meinen inneren Adrenalinjunkie. Jetzt würde ich nichts lieber tun, als die Zeit zurückzudrehen und Angelo zu bitten, mir einen anderen Job zu geben.

Dann erinnere ich mich daran, dass Jacopo noch unter uns weilt. Ich habe ihn noch nicht für seine Sünden büßen lassen.

Angelo tritt näher. „Luca, du hast eine der schwierigsten und zugleich wichtigsten Aufgaben in unserer Familie. Du weißt, wie dankbar ich bin, oder?"

Ich seufze und nicke. „Ja, Onkel."

Er mustert mich weiter. „Ist es zu viel für dich?"

Meine Brust spannt sich. „Nein, natürlich nicht. Ich werde dich und die Familie nicht im Stich lassen."

Angelo senkt einen Blick auf meinen Joint. Rauch steigt zwischen uns auf. „Du rauchst zu viel von dem Zeug", sagt er ruhig.

Ich schnaube und ziehe die Schultern zurück. „Das ist das Einzige, was mir etwas Ruhe spendet."

Es vergehen einige angespannte Momente. Schließlich tätschelt Angelo meine Wange und sagt, „Du bist dein eigener Herr. Ich werde dir nicht sagen, was du tun sollst."

„Seit wann?", necke ich ihn.

Er lächelt. „Wenn es dir zu viel wird, musst du es mir sagen, Luca."

Ich werde wieder ernst. „Das ist es nicht. Mir geht es gut. Ich will diese Bastarde zur Strecke bringen. Das ist alles, was ich will."

Angelo tritt zurück. „Okay. Wir müssen uns überlegen, wie wir dir eine bessere Rolle in den Reihen der Abruzzos ergattern könnten. Ich kann seine Pläne nicht durchkreuzen, während du sie selbst aufstellst."

Die Schuldgefühle fressen mich auf, weil ich Jacopos Drecksarbeit verrichte. Es spielt keine Rolle, wie viele Frauen oder Kinder ich gerettet habe, es gibt immer mehr, als ich befreien kann.

Angelo denkt kurz nach und sagt dann, „Ich schicke dir gleich zusätzliche Informationen über eine neue Lieferstrecke, die du Jacopo mitteilen kannst. Ich sorge dafür, dass der Fahrer über Nacht in einem Hotel untergebracht wird, damit er sicher ist. Es werden über eine Million Dollar im Lieferwagen sein. Das sollte dich in seinen Augen noch wertvoller machen."

Ich nicke. Es ist nicht das erste Mal, dass die Marinos einen Schlag einstecken, um mir den Aufstieg in der Organisation der Abruzzos zu erleichtern. Trotzdem hasse ich es, wenn Jacopo meiner Familie etwas wegnimmt. „Gibt es noch etwas, bevor ich gehe?"

Angelo seufzt. „Nein. Das war's. Aber, Luca …"

Ich wölbe meine Augenbrauen.

„Du tust, was du tun musst. Fühl dich dafür nicht schuldig. Du hast dutzende Opfer gerettet. Steig nicht in das dunkle Loch hinab. Das wird nichts bringen. Bleib auf Kurs. Eines Tages werden wir seine gesamte Operation stoppen."

Ich erwidere nichts.

„Der Zweck heiligt die Mittel", fügt Angelo hinzu.

Ich nehme einen letzten Zug von meinem Joint, drücke ihn im Aschenbecher aus und gehe. Ich möchte meine Rolle in der Organisation der Abruzzos am liebsten vergessen, aber das ist unmöglich. Ich steige in meinen roten *Dodge Viper* und unterdrücke den Drang, meine Reifen durchdrehen zu lassen oder meine Musik aufzudrehen, als ich aus Angelos Einfahrt rase. Das letzte Mal, als ich das getan habe, hat er mich noch monatelang getadelt.

Sobald ich die Hauptstraße erreiche, spiele ich *Paradise City* von *Guns N' Roses* in voller Lautstärke. Ich lasse meinen *Viper* aufheulen und schlängle mich durch den Verkehr. Überall um mich herum wird gehupt, aber ich lasse mich nicht beirren und stehle ihnen die Vorfahrt. Ich fahre in die Stadt. Ich muss noch meine Klamotten von der Reinigung abholen, bevor sie schließt.

Als ich dort ankomme, ist es schon fast sechs. Ich parke im Parkverbot einen halben Block entfernt, denn ich weiß, dass es die Hölle sein wird, einen freien Parkplatz zu finden. Dann steige ich aus und renne zur Reinigung. Kurz bevor ich die Tür aufreißen kann, kommt eine rothaarige, grünäugige, junge Frau heraus und läuft in mich hinein.

„Whoa!", rufe ich und packe sie um die Taille, damit sie nicht fällt.

Sie lässt ihre Sachen aus der Reinigung fallen und sieht mich erschrocken an. Ihre roten Schmolllippen beben. Tränen steigen ihr in die Augen.

Meine Hand wandert zu ihrer Wange. Vor ein paar Monaten lernte ich sie in einem angesagten neuen Club kennen. Wir hielten es nicht lange auf der Tanzfläche aus, bevor ich sie mit zu mir nach Hause nahm. Am nächsten Morgen freute ich mich, neben ihr aufzuwachen, aber sie war bereits verschwunden.

Zufällig traf ich sie in einem Café um die Ecke wieder. Ohne ihr Wissen folgte ich ihr nach Hause, obwohl sie sagte, sie sei nicht daran interessiert, mich wiederzusehen. Das ergab alles keinen Sinn. Die Chemie zwischen uns stimmte, das konnte man nicht vortäuschen. Alles schien perfekt, bevor ich in jener Nacht einschlief. Seither habe ich mir oft den Kopf darüber zerbrochen, was ich falsch gemacht habe.

„Chanel. Was ist denn los?“, frage ich.

Sie kniet sich schnell hin, um ihre Sachen aus der Reinigung aufzuheben.

Ich hocke mich neben sie, ergreife ihre Hand und ziehe sie wieder hoch. „Was ist los?“

„N-nichts“, stammelt sie in ihrem sexy französischen Akzent. Sie reißt ihren Blick von mir los und versucht dann, mir ihre Hand zu entziehen. „Ich muss gehen.“

Ich lege meinen Arm um ihre Taille und ziehe sie aus dem Weg der entgegenkommenden Fußgänger.

„Luca, ich muss wirklich gehen“, wiederholt sie.

Ich dränge sie gegen das Gebäude der Reinigung und stütze meine Hände zu beiden Seiten ihres Kopfes an der Backsteinmauer ab. Langsam lasse ich meinen Blick über sie gleiten, hebe eine Hand und streiche über ihre zarte Wange. Dann lege ich zwei Finger unter ihr Kinn, damit sie mich ansieht. „Warum weinst du, Stellina?"

Sie schließt die Augen und atmet tief durch, als ob ich ihr Schmerzen bereiten würde.

Ich streiche mit dem Daumen über ihre Unterlippe und trete so nah wie möglich an sie heran. Sie ist noch schöner, als ich sie in Erinnerung habe. Es ist, als würde sie von innen heraus strahlen, aber sie scheint auch unendlich müde. Ihre Wangen sind gerötet, aber ich bin mir nicht sicher, ob das an mir liegt oder ob sie sich etwas eingefangen hat.

Sie dreht ihren Kopf zur Seite und niest.

„Gesundheit", sage ich und biete ihr ein *Tempo* an.

Sie schnieft heftig und putzt sich schnell die Nase. „Tut mir leid."

„Ist schon gut." Ich lege eine Hand auf ihre Stirn und prüfe ihre Temperatur. „Chanel, du glühst ja. Bist du krank?"

Sie schluckt und schneidet eine Grimasse. „Nein. Es geht mir gut", sagt sie, aber ihre Stimme bricht.

„Komm schon", befehle ich, drehe sie und führe sie schnell zu meinem Auto.

„Luca, lass mich los."

„Du bist krank. Steig ein. Ich fahre dich nach Hause", sage ich, öffne die Beifahrertür und schnappe mir ihre Tüten von der Reinigung.

„Nein. Ich bin mehr als fähig, es allein nach Hause zu schaffen."

„Steig ein, Stellina."

„Hör auf, mich deinen kleinen Stern zu nennen!“, platzt sie wütend heraus.

Ich erstarre. „Du sprichst Italienisch?“

Ihre Wangen werden noch heißer. Sie starrt mich an.

Ich lege ihre Tüten auf den Rücksitz und befehle ihr einzusteigen. „Ich fahre dich jetzt nach Hause. Es hat keinen Sinn, mit mir zu streiten.“

Sie schüttelt den Kopf.

„Muss ich dich zwingen?“, frage ich.

„So willst du das handeln? Das sollte mich nicht überraschen!“ Sie niest erneut und hustet dann.

Ich weiß nicht, warum sie so wütend auf mich ist, aber ich nehme mir vor, es herauszufinden. Ich ziehe ihren Kopf an meine Brust und küsse ihr Haar. „Du bist krank. Lass mich dich nach Hause fahren“, sage ich leise.

Ihr Körper schmilzt förmlich dahin. Es ist genau wie in der Nacht, in der wir uns kennengelernt haben. Ich möchte sie in meine Arme schließen und nie wieder gehen lassen.

Ein Blitz zuckt über den Himmel und es donnert. Sie zuckt zusammen, und es beginnt unaufhaltsam zu regnen.

„Steig ein!“, fordere ich.

Sie gehorcht.

Ich schließe die Tür und renne ums Auto herum.

„Es ist falsch, Frauen zu entführen“, faucht sie.

Ich grunze, greife nach ihrem Sicherheitsgurt und sehe ihr tief in die Augen. Sie atmet scharf ein, und in ihrem Blick lodern grüne Flammen auf. Mein Schwanz wird hart. Es ist derselbe

Blick, in den ich mich in der Nacht, als ich sie kennenlernte, verliebt habe, obwohl sie viel zu jung für mich ist.

Ich bin zweiunddreißig, und sie ist achtzehn. Es war das erste Mal, dass ich mit einer so jungen Frau geschlafen habe. Ich nahm an, sie sei zweiundzwanzig oder so. Als ich ihr wahres Alter herausfand, verfluchte ich mich. Sie ist zwar volljährig, aber was wäre, wenn sie jünger gewesen wäre? Ich fragte mich, ob die Abruzzos irgendwie unbewusst meine Entscheidungen beeinflussten.

Doch obwohl ich jetzt ihr wahres Alter kenne, hält mich das nicht davon ab, bei jeder Gelegenheit an sie zu denken. Die Tatsache, dass sie mir nicht mehr erlaubt, sie zu sehen, hilft überhaupt nicht. Wenn ich wüsste, warum, könnte ich sie vielleicht gehen lassen. Aber im Moment frage ich mich nur, was ich falsch gemacht habe. Sie behauptet, sie sei nicht mehr an mir interessiert, aber ich glaube ihr nicht.

Unsere gemeinsame Nacht war explosiv, was mir sagt, dass sie lügt. Wenn ich nicht den Bezug zur Realität verloren habe, war jeder Moment, jeder Kuss, jede Berührung einzigartig. Noch nie habe ich so etwas gespürt. Und wenn ich es spürte, dann sie doch bestimmt auch?

Ich halte mich zurück, küsse sie nicht. Schnalle sie lediglich an. Dann fahre ich zu ihrer Wohnung.

„Woher weißt du, wo ich wohne?“, fragt sie, als ich vor ihrem Haus halte.

Ich schaue sie durchdringend an. „Ich bin ein Mann, der bekommt, was er will, Chanel. Und das bist du. Ich muss wissen, wo du wohnst.“

Sie starrt mich unverwandt an. Ich kann nicht sagen, ob Angst oder Wut ihren Blick dominiert.

„Ich würde dir nie wehtun“, sage ich und bin überrascht, dass ich so eine Behauptung überhaupt aufstellen muss.

Sie schüttelt stumm den Kopf und greift nach dem Türgriff.

„Danke fürs Mitnehmen.“

Ich schnappe mir ihre Sachen aus der Reinigung, steige aus und treffe sie dann in der Nähe des Eingangs. Ich halte ihr die Tür auf.

Sie tritt ein und dreht sich um. „Kann ich jetzt meine Sachen haben?“

Sie niest dreimal.

Ich lege eine Hand auf ihren unteren Rücken und schiebe sie durch die Menschenmenge in der Lobby und in den überfüllten Fahrstuhl. Ich drücke den Knopf für die achte Etage und ziehe sie dicht an mich heran.

Sie versteift sich, aber noch bevor wir in ihrem Stockwerk ankommen, lehnt sie sich an mich, als wäre sie zu schwach, um selbst zu stehen. Die Türen öffnen sich, und ich führe sie in den Flur. Dann nehme ich ihr den Schlüssel aus der Hand.

„Was machst du da?“, murmelt sie.

„Du bist krank. Du brauchst eine heiße Dusche, gutes Essen und Ruhe.“

„Wer sagt, dass ich krank bin?“, sagt sie und bekommt einen Hustenanfall.

„Geh rein“, befehle ich, öffne die Tür und ziehe streng eine Augenbraue hoch.

„Woher weißt du, welche Wohnung meine ist?“, fragt sie.

„Dein Name und deine Wohnungsnummer stehen auf deinem Postkasten. Jetzt geh rein."

„Hör auf, mir zu sagen, was ich tun soll!"

„Gegen mich zu kämpfen, bringt dich nicht weiter", knurre ich.

Sie schließt die Augen und lehnt sich gegen den Türrahmen. „Es geht mir gut. Du kannst jetzt gehen. Danke fürs Mitnehmen."

„Dir geht es nicht gut", antworte ich und hebe sie hoch.

„Was machst du da? Lass mich runter!", schreit sie.

Ich trage sie durch die Wohnung, finde das Badezimmer und setze sie auf den Waschbeckenrand.

„Luca–"

„Ich lasse dich nicht gehen. Du kannst dich jetzt selbst ausziehen, oder ich helfe dir dabei", warne ich.

Sie verzieht das Gesicht und Tränen quellen in ihren grünen Augen.

Ich seufze und ziehe sie an meine Brust. „Ssch. Warum weinst du?"

„Du solltest nicht hier sein", haucht sie und ihre Stimme bricht.

„Warum?", frage ich.

„Es ist einfach so", murmelt sie.

„Willst du mir sagen, warum du mich nicht ausstehen kannst?", frage ich liebevoll.

Sie neigt den Kopf und schaut mir in die Augen. „Das habe ich nie gesagt."

Ich streiche ihr eine Haarsträhne hinters Ohr. „Warum hast du mich dann jedes Mal abgewimmelt, wenn ich dich seit der Nacht, in der wir zusammen waren, gesehen habe?"

Sie runzelt die Stirn und schließt die Augen. „Es tut mir leid."

Ich küsse sie auf die Lippen. Es ist nur ein flüchtiger Kuss, und natürlich will ich mehr, aber sie ist krank, und ich will nicht, dass sie mich wieder wegstößt. Ich trete zurück, schalte die Dusche ein und sage dann, „Ich werde dir etwas zu essen machen."

„Nicht nötig–"

Ich lege einen Finger auf ihre Lippen. „Ich akzeptiere kein *Nein,* Stellina. Du bist viel zu warm, und ich denke das du Fieber hast. Bleib nicht zu lange unter der Dusche." Ich küsse sie noch einmal und verlasse das Bad, bevor sie nochmal Einspruch erheben kann.

Ich gehe in ihre Küche und öffne die Tür zu ihrem Vorratsschrank. Alles ist alphabetisch geordnet und in Dosen, Flaschen oder Kisten unterteilt.

Ich schnappe mir eine Dose Hühnernudelsuppe und eine Packung Cracker und sehe mich in ihrer Wohnung um. Alles ist makellos. Augenblicklich verliebe ich mich noch mehr in sie. Ich bin ein bisschen zwangsneurotisch und liebe es, wenn alles an seinem Platz ist.

Es dauert nicht lange, bis die Suppe heiß ist. Ich gebe sie in eine Schüssel und trage das Tablett in ihr Schlafzimmer.

Sie kommt gerade nur in ein Handtuch eingewickelt aus dem Bad, ein weiteres ist um ihr Haar geschlungen. Sie wirft einen Blick auf das Tablett und sieht dann auf. „Danke. Du kannst jetzt gehen." Sie niest viermal.

Ich ziehe ihre Bettdecke zurück. „Hüpf rein."

Sie blickt auf ihr Handtuch hinunter. „Ich muss mir was anziehen."

„Wirklich?", frage ich und meine Lippen zucken.

Sie schlingt das Handtuch fester um ihren Körper, verlagert ihr Gewicht und beißt sich auf die Unterlippe.

„Ich werde vor die Tür treten, damit du dich anziehen kannst", sage ich.

Nach ein paar Minuten strecke ich meinen Kopf durch die Tür, um nach ihr zu sehen. „Bist du angezogen?"

Chanel sitzt im Bett und kämmt ihr langes rotes Haar. „Solltest du das nicht fragen, bevor du reinkommst?"

„Ups! Sorry", sage ich neckisch.

„Bist du immer so–" Sie bricht in einen weiteren Hustenanfall aus.

Ich eile zu ihr hinüber, reibe ihr den Rücken und reiche ihr ein Glas Wasser. „Hier. Trink was."

Sie nimmt einen Schluck. Ich nehme eine Flasche *MediNait,* die ich in ihrem Medizinschrank gefunden habe, aus meiner Jackentasche. „Du solltest das nehmen."

Sie schüttelt den Kopf. „Nein. Mir geht es gut."

„Du bist krank."

„Ich werde es nicht nehmen!", faucht sie.

„Warum? Es ist rezeptfrei. Es wird dir nicht schaden."

„Es könnte dem ..." Sie schließt den Mund, starrt auf ihre Hände und ringt ihre Finger.

Ich setze mich auf den Rand des Bettes. „Was könnte passieren, Stellina?“

„Nichts“, murmelt sie.

„Das klang nicht nach *nichts*“, dränge ich.

„Ich nehme es nicht. Jetzt lass das Thema fallen“, schnauzt sie. Sie niest ein halbes Dutzend Mal und ihre Augen beginnen zu tränen.

Ich beschließe, ihre Wünsche vorerst zu respektieren und reiche ihr eine Packung Taschentücher. „Hast du ein Thermometer?“

„Nein.“

Ich lege meine Hand auf ihre Stirn. „Du glühst.“

Sie sieht mich angriffslustig an, aber ihre Erschöpfung ist deutlich zu sehen.

„Ich sollte dir etwas *Tylenol* besorgen“, sage ich.

„Nein, ich will nichts nehmen“, sagt sie beharrlich.

Ich fahre mir mit der Hand durchs Haar und sage, „Wenn dein Fieber nicht bald bricht, solltest du Medizin nehmen.“

„Kannst du jetzt bitte gehen?“, zwitschert sie.

Ich mustere sie und grinse dann.

„Was ist so lustig?“

Ich hebe das Tablett an und stelle es auf ihren Schoß. Dann ziehe ich meine Schuhe aus, lasse meine Jeans fallen und ziehe mein Hemd über meinen Kopf. Halb nackt steige ich auf der andere Seite ihres Bettes unter die Decke. „Du bist ziemlich süß, wenn du sauer bist. Auch wenn ich keine Ahnung habe, was ich getan habe, um dich zu verärgern.“

„Zieh dich an!", ruft sie empört.

„Beruhige dich. Ich habe meine Boxer noch an. Außerdem hast du schon alles gesehen, was ich zu bieten habe", necke ich sie.

Sie wird noch röter. Sie atmet ein paar Mal tief durch und starrt in ihre Suppe.

Ich greife nach der Fernbedienung, rücke näher an sie heran und sehe sie fragend an. „Was für Serien schaust du gerade?"

Sie legt den Kopf schief und zieht die Augenbrauen zusammen. „Luca, warum bist du hier? Ich habe dir gesagt, du sollst gehen."

Ich schlinge einen Arm um ihre Taille und küsse sie auf die Wange. „Ich gehe nirgendwo hin, bis es dir besser geht. Ich könnte behaupten, dass ich hier bin, weil ich mir Sorgen um dich mache, … was ich auch tue, versteh mich nicht falsch. Aber wenn du die Wahrheit wissen willst, dann sage ich sie dir."

Chanel sieht mich besorgt an. „Jetzt spann mich nicht auf die Schulter. Sag schon."

Ich verschränke meine Finger mit ihren und küsse jeden ihrer Knöchel. Ihr leises Keuchen erfüllt den Raum. Ich starre sie unverwandt an und gestehe, „Seit unserer gemeinsamen Nacht muss ich ständig an dich denken."

Stille erfüllt die Luft. „Es war ein Fehler", sagt sie, nach einer langen Pause.

Enttäuschung erfüllt mich. Ich bin überrascht, wie sehr es schmerzt. Ich versuche, es zu überspielen und antworte, „Warum denkst du, dass es ein Fehler war? Ich hatte den Eindruck, wir wären ziemlich spektakulär zusammen."

Tränen füllen ihre grünen Augen und sie wendet den Blick ab.

Die Härchen in meinem Nacken stellen sich auf. Ich ergreife ihr Kinn und zwinge sie, mich anzuschauen. „Hat dir unsere gemeinsame Nacht nicht gefallen?"

Ihre Lippen zittern. Ihr Kopf wippt hin und her. Sie schluckt schwer. „Das habe ich nicht gemeint."

Ich denke, sie hat nicht gemeint, dass ich ein Fehler war, was mich glücklich macht. Ich küsse ihre Schläfe und befehle dann, „Iss. Ich gehe nicht, bevor es dir besser geht. Ich stehe dir jederzeit zur Verfügung, Stellina."

2

Chanel

Luca beobachtet jeden Löffel Suppe, den ich zu mir nehme. So nervig es auch ist, ein Teil von mir mag es, dass er hier ist und sich um mich kümmert. Ich sollte ihn nicht mehr wollen, aber ich kann meine Gefühle nicht verleugnen. Ich bin krank, und seine bloße Anwesenheit löst ein Kribbeln in mir aus. Das heißt aber nicht, dass ich meiner Anziehung zu ihm nachgeben werde.

Er ist der Feind.

Nachdem ich die halbe Schüssel Hühnernudelsuppe und einige der Cracker gegessen habe, schiebe ich das Tablett weg.

„Du solltest mehr essen", sagt Luca.

„Ich bin satt", antworte ich und setze mich aufrechter hin. Ich schaue Luca direkt in die Augen und sage streng, „Danke für deine Hilfe. Ich glaube, es ist jetzt Zeit für dich zu gehen."

„Stellina–“

Ich breche in einen weiteren Hustenanfall aus, der etwas von meinem Herzschmerz verdeckt. Jedes Mal, wenn er mich *Stellina* nennt, flattern die Schmetterlinge in meinem Bauch.

Luca reibt mir den Rücken, bis ich aufhöre zu husten. „Du musst ein Medikament nehmen, damit es dir besser geht.“

„Ich nehme nichts, also hör auf, mich überreden zu wollen!“, fauche ich.

Luca mustert mich fragend. „Warum nicht? Es wird dich nicht süchtig machen.“

Die Sorgen um mein Baby gehen mir durch den Kopf. Ich bin mir nicht sicher, ob die Einnahme von Medikamenten sicher ist, also ist es besser, auf Nummer sicher zu gehen. Ich kann Luca auf keinen Fall sagen, dass ich schwanger bin – schon gar nicht mit seinem Kind.

Seinem Kind.

Verdammt!

Luca versucht es erneut. „Chanel, bitte, nimm einfach …“

„Lass das!“, rufe ich wütend.

Lucas Augen weiten sich. Er schüttelt den Kopf, steht auf und geht in den anderen Raum.

Mein Herz sinkt. *Er geht.* Ich möchte ihm hinterherlaufen und rufen, dass er zurückkommen soll. Meine Gefühle überschlagen sich. Ich will ihn anflehen, mich nie wieder zu verlassen, doch es geht jetzt nicht mehr nur um mich.

Unser Baby hat es verdient, ein Leben fernab der Abruzzos zu haben.

Unser Baby.

Oh mein Gott!

Ich weiß nicht, was Luca tun würde, wenn er herausfände, dass ich schwanger bin. Obwohl ich gerne seine Reaktion sehen würde, kann ich doch nicht außer Augen lassen, welcher Familie er angehört. Und was das bedeutet! Ich verfluche mich zum millionsten Mal dafür, dass ich so dumm war, mit ihm nach Hause zu gehen. Er war ein Fremder. Was habe ich mir nur dabei gedacht?

Luca kommt zurück ins Zimmer und reißt mich aus meinen Gedanken. Er baut sich neben mir auf und hält mir einen Löffel an die Lippen. „Nimm wenigstens das."

Ich zögere, dann frage ich, „Was ist es?"

Belustigung erfüllt seine Züge. Er gluckst. „Du bist wirklich ein Sturkopf, nicht wahr?"

Ich bin mir nicht sicher, ob es ein Kompliment oder eine Beleidigung ist, also frage ich, „Was soll das heißen?"

„Das ist nur Honig. Du weißt, dass es Honig ist. Aber du stellst mich immer noch infrage und versuchst, mich zu bekämpfen, als ob ich dir heimlich Medizin verabreichen und dich austricksen würde", sagt Luca, aber mir entgeht nicht der Schmerz in seinem Blick.

Ich fühle mich sofort schuldig. Ich greife nach dem Löffel, aber Luca gibt ihn mir nicht.

„Mach den Mund auf, Stellina."

Ich beschließe, dass es das Beste ist, nicht zu streiten. Wenn er jemals gehen soll, muss ich jetzt tun, was er sagt. Und ich frage mich, wer von uns beiden sturer ist.

„Komm schon, Sexy. Nimm ihn", zwitschert er förmlich und reibt den Löffel über meine Lippen.

Mein Herz schmelzt dahin. Ich bin gerade meilenweit davon entfernt, sexy zu sein, aber es gefällt mir, dass er sich immer noch so zu mir hingezogen fühlt wie an dem Abend, an dem wir uns kennengelernt haben. Ich schlucke den Honig herunter, und er reicht mir ein Glas Wasser. Ich nehme mehrere Schlucke, gebe es ihm zurück und frage, „Bist du jetzt glücklich?"

Lucas Lippen zucken. Er schüttelt den Kopf und sagt, „Nein. Ich würde mich viel besser fühlen, wenn du die Medizin einfach schlucken würdest."

„Das wird nicht passieren, also schlage ich vor, dass du aufhörst, mich damit zu nerven. Ich danke dir für dein Hilfe. Ich weiß es wirklich zu schätzen. Ehrlich, das tue ich. Aber ich denke, es ist jetzt an der Zeit, dass du gehst", sage ich, obwohl mein Inneres schreit, dass ich ihn nie gehen lassen soll. Luca tut das Gegenteil von dem, was ich sage, und steigt zurück ins Bett. Dann zieht er mich in seine Arme.

Ich möchte ihn wegstoßen. Nun, nicht wirklich, aber mein gesunder Menschenverstand sagt mir, dass ich es tun *sollte*. Stattdessen gebe ich meinem Verlangen nach und kuschle mich enger an ihn, genieße jede Sekunde, in der ich in seinen warmen Armen liege und lausche dem regelmäßigen Schlag seines Herzens. Mein Unterbewusstsein schreit, ich solle an das Baby denken. Doch ich bin körperlich und seelisch zu schwach, um mich aus Lucas Armen zu lösen.

Er küsst meine Schläfe und murmelt dann in mein Ohr, „Siehst du, ist das nicht viel schöner?"

Ich gähne, weil ich plötzlich unglaublich müde bin. Anstatt ihm zu antworten, schlinge ich meinen Arm um seinen steinharten Oberkörper und drifte in den Schlaf.

Als ich aufwache, ist es dunkel, und ich frage mich, ob Luca wirklich hier war, aber ich kann immer noch sein Patschuli-

Parfüm und den schwachen Duft von frisch geschnittenen Gras riechen, obwohl meine Nase ziemlich verstopft ist. Es ist eine grausame Erinnerung daran, wie sehr ich Luca will, aber nie wieder haben kann.

Ich zwinge mich aufzustehen, gehe ins andere Zimmer und rufe, „Luca? Bist du hier?"

Alles ist still. Ich erkenne, dass er gegangen sein muss. Als ich zur Wohnungstür gehe, bemerke ich, dass er sogar das Sicherheitsschloss verriegelt hat. Das verwirrt mich noch mehr. Wenn er nicht in meiner Wohnung ist, wie hat er dann meine Tür abgeschlossen.

Ich sehe mich um, aber er ist nirgends zu sehen. Schließlich gehe ich zurück in mein Schlafzimmer, schalte das Licht ein, und da sehe ich *es*.

Auf meinem Nachttisch liegt ein Stück Papier. Ich hebe es auf und lese seine Nachricht.

Stellina,

Ich musste mich um einige Dinge kümmern. Ich werde so schnell wie möglich zurückkommen. Trinke viel und iss etwas mehr Honig, bis ich etwas Besseres für dich besorgen kann. Ich habe den Honig auf dem Tablett stehen lassen.

XOXO

Luca

. . .

Ich betrachte die Saftflaschen, den Honig und den Löffel. Dann lese ich seine Nachricht erneut.

Er kommt zurück.

Ich tadle mich dafür, dass mein Herz einen Freudentanz aufführt.

Ich muss einen Weg finden, ihn auszuschließen. Das muss aufhören. Ich kann nicht mit ihm zusammen sein. Er ist ein Abruzzo.

Warum ist er dann so gut zu mir? Abruzzos sind nicht so liebevoll. Sie tun böse, grausame, rachgierige Dinge.

Mein Boss und seine Familie tun das gleiche.

Ich bin mir ziemlich sicher, dass mein Vater kein guter Mensch ist.

Aber sie wehren sich nur. Sie sind nicht so teuflisch, wie die Abruzzos.

Er ist so aufmerksam. Vielleicht wäre er ein guter Vater.

Stopp! Mein Baby kann niemals Teil der Welt der Abruzzos werden!

Stundenlang wälze ich mich im Bett hin und her. Als ich auf meinen Wecker schaue, ist es bereits 4:15 Uhr, und ich schlafe endlich ein. Es ist fast Mittag, als ich aufwache. Ich schaue neben mich, aber Luca ist nicht hier.

Mein Herz sinkt.

Er ist nicht zurückgekommen.

Das ist Beweis genug. Er wäre ein schrecklicher Vater.

Ich blinzle die Tränen weg, gehe ins Bad und erstarre.

Luca steht nackt in der Dusche. Wasser perlt an seinem harten Körper herunter. Jeder Muskel scheint härter als beim letzten Mal, als wir zusammen waren.

Ich bin sicher, dass er mich für den Rest der Männerwelt ruiniert hat. Kein Mann wird jemals vergleichbar sein. Er ist schlecht für mich, und ich weiß es, aber ich kann meinen Blick nicht von ihm losreißen.

Luca stellt das Wasser ab, dreht sich und erwischt mich beim Anstarren. Er grinst selbstzufrieden. „Gefällt dir, was du siehst, Stellina?"

Ich erröte. Ich weiß nicht, ob ich noch Fieber habe oder nicht, aber mir wird auf einmal unglaublich heiß. „W-was machst du hier?", stottere ich.

Er steigt aus der Dusche und mir entgeht kein einziger Teil seines atemberaubenden Körpers. Ich verlagere mein Gewicht und presse meine Beine zusammen. Er schnappt sich ein Handtuch, trocknet sich ab und antwortet dann, „Ich habe dir doch gesagt, dass ich zurückkommen werde. Hast du meine Nachricht nicht gelesen?"

„Ähm … ich …"

„Warum hältst du deinen Bauch? Ist dir übel?", fragt er besorgt.

Ich schaue entsetzt auf meine Hand. Ich habe nicht bemerkt, dass ich sie wie eine Schwangere auf meinen Bauch gelegt habe.

Wann habe ich damit angefangen?

Alle Alarmglocken in meinem Kopf läuten in voller Lautstärke. Luca ist böse und arbeitet für niederträchtige Kriminelle. Ich verschränke die Arme vor der Brust, lehne mich gegen den Türrahmen, und sage, „Ja, du warst arbeiten. Was machst du genau?"

„Nur langweiliger Geschäftskram. Du solltest wieder ins Bett gehen", sagt er besorgt.

„Warum kannst du mir nicht sagen, was du tust?“, frage ich genervt.

Seine Augen verengen sich zu Schlitzen. „Warum bist du mir gegenüber so feindselig, Chanel?“

Mein Inneres bebt vor Wut und vielleicht auch vor Enttäuschung. Er ist der Vater meines Kindes, aber er darf es nie erfahren. Ich muss mein Baby um jeden Preis beschützen, also muss er verschwinden. Ich kann ihn nicht lieben. „Ich will nur wissen, was du machst. Ist das so eine große Sache? Oder hast du etwas zu verbergen?“

Ich bin mir nicht sicher, warum ich dieses Thema vorantreibe. Ich weiß bereits, dass er für die Abruzzos arbeitet, aber vielleicht muss ich die Worte aus seinem eigenen Mund hören. Vielleicht würde dieses Eingeständnis mir erlauben, meine Haltung, ihm nichts von dem Baby zu erzählen, zu festigen.

Luca erstarrt. Er richtet seinen dunklen Blick auf mich und sagt ohne mit der Wimper zu zucken, „Ich bin Geschäftsmann.“

„Welcher Art?“, dränge ich.

Er schnieft heftig und tritt dann näher an mich heran.

Mein Herz hämmert in meiner Brust und mir wird plötzlich schwindelig. Ich greife nach der Wand, um mich abzufangen.

Luca packt mich um die Taille. „Whoa! Geht es dir gut?“

Ich schließe die Augen und versuche tief durchzuatmen. Meine Haut ist klamm.

Er zieht mich an sich und legt seine Handfläche auf meine Stirn. „Chanel, du glühst ja.“

„Wirklich?“, frage ich und zucke zusammen, als ich schlucke. Meine Kehle ist trocken und schmerzt.

Er führt mich zurück zum Bett. Ich steige hinein, und er sagt, „Du brauchst richtige Medikamente."

„Ich will nichts", sage ich, aber meine Stimme bricht.

„Ich bin gleich wieder da", ruft Luca über die Schulter.

Ich kuschle mich in mein Kissen und warte auf ihn. Als er zurückkommt, hat er ein Thermometer, Hustensaft und Hustenbonbons dabei. „Ich habe gesagt, dass ich nichts nehmen will!"

Er wölbt die Augenbrauen. „Bist du eine Gesundheitsfanatikerin oder so?"

Ich beschließe, dass es das Beste ist, zu lügen. „Ja, das bin ich. Ich möchte keine unnötigen chemischen Stoffe in meinem Körper."

Er schüttelt missbilligend den Kopf und verlässt wieder den Raum.

Das Ticken der Uhr bereitet mir Kopfschmerzen. Ich bekomme einen Niesanfall und vergrabe mein Gesicht in meinem Kopfkissen.

Luca kommt mit einem neuen Tablett zurück ins Schlafzimmer. Er setzt sich neben mich auf das Bett und schiebt mir eine Haarsträhne hinters Ohr. Ein erregtes Kribbeln übersät meine Haut, obwohl ich mich krank fühle.

„Darauf war ich vorbereitet", sagt er mit einem Hauch von Arroganz in der Stimme.

„Was?"

Er hält mir ein Glas mit trübem Wasser vor die Nase. „Trink das", befiehlt er und stellt ein leeres Glas daneben.

„W-was ist das?"

Seine Lippen zucken. „Das ist Salzwasser. Gurgel damit. Es hilft gegen deine Halsschmerzen. Wenn du fertig bist, spucke es in das leere Glas."

Mein Puls schnellt in die Höhe.

Ich zögere. „Was ist da drin?"

Er hebt die Augenbrauen. „Salz und Wasser."

„Was noch?", frage ich.

Er legt den Kopf schief. „Nichts. Ich würde dich nicht anlügen."

„Wie kann ich mir da sicher sein?", frage ich und bereue es augenblicklich, als ich den Schmerz in seinem Blick sehe. „Tut mir leid", platze ich heraus.

Angespanntes Schweigen liegt in der Luft, während er mich mustert.

Salz und Wasser – das wird dem Baby nicht schaden.

Oder?

Nein, das kann nicht sein.

Er atmet tief durch und versucht zum millionsten Mal, mich zu verstehen. „Chanel, ich möchte verstehen, was ich getan habe, um dich so sehr zu verärgern."

Schuldgefühle durchbohren mein Herz. „Du hast nichts getan. Tut mir leid. Ich bin nur … Ich bin im Moment nicht ich selbst." Ich ergreife das Glas mit dem Salzwasser und gurgle damit. Dann spuke ich es in das leere Glas.

„Mach weiter", befiehlt er.

„Du bist ganz schön herrisch", murmle ich.

Er zuckt mit den Schultern. „Tu einfach, was ich sage."

„Typisch“, murmle ich und nehme die restliche Mischung in den Mund.

Als ich fertig bin, hält er mir eine dampfende Tasse vor die Nase.

„Was ist da drin?“

„Das ist Ingwertee mit Honig. Der wird dir helfen.“

„Danke.“ Ich nehme einen Schluck.

Luca steckt mir ein Thermometer ins Ohr und ich zucke zusammen. Es gibt ein lautes Klicken von sich und er seufzt. „Du hast fast 40 Grad Fieber!“

Ich versuche, nicht auszuflippen. Ich sollte meinen Arzt anrufen, aber ich will nicht, dass Luca das Gespräch mit anhört. Ich kann nicht riskieren, dass er von unserem Baby erfährt.

„Du solltest wirklich etwas Fiebersenkendes nehmen“, sagt er.

Ich schüttle den Kopf, drehe mich auf die Seite und gähne. „Ich brauche einfach mehr Schlaf.“

Er geht aus dem Zimmer. Ich bin fast eingeschlafen, als er mir eine kalte Kompresse in den Nacken legt.

„Das ist eiskalt!“, rufe ich erschrocken.

„Du wirst mir danken, wenn dein Fieber sinkt“, knurrt er.

Ich will sie wegnehmen, aber er legt seine Hand auf meine.

„Chanel, widersetz dich mir nicht. Wenn dein Fieber weiter steigt, bringe ich dich in die Notaufnahme.“

Ich kneife die Augen zu.

Fieber ist nicht gut für das Baby. Er hat recht.

Ich schiebe meine Hand zurück unter das Kopfkissen und er küsst mich auf den Scheitel. „Braves Mädchen."

Ich schlafe innerhalb weniger Minuten ein. Als ich aufwache, ist es mitten in der Nacht und komplett dunkel. Auf dem Nachttisch liegen eine Banane, Kekse und etwas Wackelpudding. Zwei Flaschen Fruchtsaft stehen daneben. Eine weitere Nachricht liegt auf dem Tablett.

Stellina,

Bitte iss etwas. Ich komme zurück, sobald ich kann.

XOXO

Luca

Ich schaue auf die Uhr. Es ist fünf Uhr morgens.

Warum ist er nachts immer weg?

Würde es immer so sein, wenn wir zusammen wären?

Was tut er um diese Zeit?

Nichts Gutes.

Vielleicht sollte ich ihm einfach etwas Vertrauen entgegenbringen.

Woran denke ich eigentlich? Wir können nie zusammen sein.

Mein Magen knurrt, also esse ich die Banane und ein paar Kekse. Ich trinke eine halbe Flasche Saft, dann gehe ich ins Bad und fülle die Badewanne mit heißem Wasser und Schaumbad.

Ich liege solange in der Wanne, dass meine Finger schrumpelig werden. Also ich aufstehe und nach dem Handtuch greife wird mir schwindlig. Ich halte mich am Wannenrand fest, um nicht zu fallen, schließe die Augen und atme ein paar Mal tief durch.

„Stellina! Was ist passiert?“, ruft Lucas plötzlich. Sein italienischer Akzent ist besonders stark, weil er sich sorgt. Er rennt auf mich zu, schnappt sich das Handtuch und wickelt es um meinen nassen Körper. Rasch hebt er mich in seine Arme.

Abgestandener Alkohol und Marihuana ist das Erste, was ich rieche. Ich rümpfe die Nase. „Hast du die ganze Nacht gefeiert?“

„Nein. Ich war nicht feiern.“

„Warum riechst du dann wie eine Brauerei?“

„Arbeit“, sagt er, während er mich ins Schlafzimmer trägt. Als er mich auf das Bett legt, bemerke ich einen verblassten roten Fleck auf seiner Wange.

Ich sehe ihn entsetzt an, betrachte seinen teuren Anzug und die locker sitzende Krawatte. „Hast du dich mit der Frau amüsiert, die du gefickt hast?“

Er zieht die Augenbrauen zusammen. „Wovon redest du?“

Ich habe keinen Grund, auf ihn sauer zu sein. Er ist nicht mein Freund, aber es tut trotzdem weh.

So würde es laufen, wenn wir zusammen wären.

Ich starre ihn an. „Wasch dir den Lippenstift aus dem Gesicht, bevor du das nächste Mal meine Wohnung betrittst.“

„Lippenstift?“, fragt er, als ob er nicht wüsste, wovon ich spreche.

Ich blinzle angestrengt, um nicht in Tränen auszubrechen und verfluche die Schwangerschaftshormone.

Das beweist einmal mehr, dass Luca nie von unserem Baby erfahren darf.

Unser Baby.

Ich werde von meinen Gefühlen überwältigt. Es ist alles zu viel. Ich habe niemandem von dem Baby erzählt und Lucas Anwesenheit erinnert mich nur daran, wie wichtig es ist, dass niemand weiß, dass es seins ist. Ich kann mich nicht mehr zusammenreißen und fange an zu schluchzen.

Luca setzt sich neben mich, zieht mich auf seinen Schoß und drückt mich an seine Brust. Der Duft von Moschus und Patschuli vermischt sich mit den Aromen des Alkohols und des Grases. Es ist seltsam, aber irgendwie beruhigend. Vielleicht liegt es daran, dass es mich an unsere gemeinsame Nacht erinnert.

Er drückt mich fest an sich, streichelt meinen Kopf und murmelt, „Ssch."

Ich schluchze weiter. Ich bin mir bewusst, dass ich ihn wegstoßen sollte, aber ich kann mich nicht dazu durchringen. Der Gedanke, dass er mit einer anderen Frau zusammen war, schmerzt, doch ich bin nicht stark genug, um mich aus seinen Armen zu befreien.

„Ich habe keine andere Frau gefickt. Das verspreche ich dir", sagt er leise.

Ich schluchze nur noch heftiger.

„Ssch, Stellina. Ich war beruflich unterwegs. Ich schwöre dir, es war rein geschäftlich. Die Frau meines Boss' hat mich auf die Wange geküsst. Es war ganz unschuldig", behauptet er.

Sagt er die Wahrheit?

Eine Abruzzo hat ihn auf die Wange geküsst?

Der Gedanke dreht mir den Magen um. Ich sollte froh sein, dass er niemand anderen gefickt hat, aber der Gedanke an die Abruzzos macht mir wieder einmal überdeutlich, warum wir nicht zusammen sein können. Außerdem bin ich mir nicht sicher, ob ich ihm glauben kann oder nicht.

„Ich würde niemals allein lassen, um eine andere Frau zu ficken", sagt er streng.

Ich möchte ihm so gerne glauben, aber es fällt mir schwer, ihm zu vertrauen.

Er neigt meinen Kopf und blickt mich durchdringend an. „Hör mir genau zu, Stellina. Ich will dich. Verstehst du mich? Dich und keine andere."

Es ist, als hätte er einen Vorschlaghammer genommen und ihn mir über den Kopf gezogen. Die Überzeugung in seinen Worten erdrückt mich. Das ist alles, was ich mir wünsche, aber ist es wahr?

Ich schniefe heftig und versuche, die Tränen zu stoppen.

Er wischt mit dem Daumen über meine Wange und drückt dann seine Lippen auf meine.

Ich atme scharf ein und erstarre.

Er mustert mich einen Moment lang und mein Puls schießt in die Höhe. Ich schüttle stumm den Kopf und breche erneut in Tränen aus.

„Bitte glaube mir. Ich würde dich nie verlassen, um mit einer anderen Frau zusammen zu sein", sagt er voller Überzeugung.

Ich möchte ihm so gerne glauben.

Aber ich kann es nicht.

Wenn er doch nur kein Abruzzo wäre …

3

Luca

Ganz gleich, was ich sage, ich merke, dass sie mir nicht glaubt. Ich verfluche mich selbst, als ich ihren verletzten Gesichtsausdruck sehe. Ich hätte mein Erscheinungsbild kontrollieren sollen, bevor ich Jacopo Abruzzos Haus verließ. Er schmiss seiner Frau eine Geburtstagsparty, und es stimmt, sie hat mich auf die Wange geküsst, also muss es ihr Lippenstift sein.

Ich hatte viele Gelegenheiten, jemanden abzuschleppen, aber ich habe es nicht getan. Ich tue mein Bestes, mich nicht mit den Frauen der Abruzzos einzulassen, auch wenn es eine Herausforderung ist.

Egal, an welcher Veranstaltung ich teilnehme, es sind immer eine Menge Frauen anwesend. Es gibt zwei Gruppen, mit großen Unterschieden zwischen ihnen. Sie mischen sich selten, aber beide sind da, um alles zu tun, was die Männer wollen.

Jacopos nicht enden wollender Nachschub an Frauen aus seinen Bordellen überrollt die Partys, wenn die Ehefrauen und Freundinnen nicht anwesend sind. Doch die Sexarbeiterinnen sind nicht die gefährlichsten. Ich kann sie problemlos stundenlang auf meinem Schoß sitzen lassen, so tun, als ob ich auf sie stehe, und sie dann hinter verschlossene Türen bringen und so tun, als würden wir miteinander schlafen, bis es Zeit ist zu gehen.

Die Frauen, die ich auf jeden Fall meide, sind die, die heute Abend auf der Party waren. Die Töchter, Nichten und Freundinnen der Abruzzos. Sie wollen heiraten, Kinder bekommen und den Reichtum sichern, der mit ihren Titeln einhergeht.

Und obwohl ich vieles tue, um meinen Platz unter den Abruzzos zu festigen und meine Marino-Herkunft geheim zu halten, weigere ich mich, mich in eine Ehe mit einer Frau zu begeben, die ich nie werde lieben können.

Der heutige Abend verlief wie erwartet. Die alleinstehenden Frauen waren in Scharen unterwegs. Wie immer habe ich darauf geachtet, dass ich nicht in Situationen gerate, die mich dazu zwingen, sie zurückzuweisen, aber das war nicht einfach. Da ich mich nie auf sie einlasse, bemühen sie sich umso mehr um meine Aufmerksamkeit. Aber ich bin ein Meister darin geworden, solchen Anmachen zu entgehen, und ich vermeide es, mich bei solchen Events hinzusetzen.

Mein Herz blieb fast stehen, als ich eine Erinnerung an die Party erhielt. Ich wollte Chanel nicht verlassen, aber ich hatte keine andere Wahl.

Wenn Jacopo mich ruft, stelle ich keine Fragen oder sage ab. Ich eile an seine Seite und spiele meine Rolle. Wer sich ihm widersetzt, riskiert ein Todesurteil. Er ist ein echter Psychopath, der von jedem, der auf seiner Gehaltsliste steht, verlangt, dass er auf

Abruf bereit ist. Er sieht jedes Widersetzen als Revolte an, was zu schwerwiegenden Konsequenzen führt.

Ich blieb also lange genug, um Jacopo zu besänftigen, und schlich mich dann hinaus, sodass es niemand bemerkte. Jede Sekunde auf der Party war eine Tortur. Normalerweise genieße ich es zu wissen, dass ich so viele Menschen täusche. Im Laufe der Jahre habe ich gelernt, wer beim Trinken oder im Drogenrausch anfängt zu reden. Auf diesen Veranstaltungen werden mehr Geheimnisse gelüftet als zu jeder anderen Zeit. Doch alles, woran ich heute Abend denken konnte, war meine Stellina, die krank und allein im Bett lag.

Aber warum hasst sie mich so?

Ich habe so oft an unsere gemeinsame Nacht gedacht, dass ich es nicht mehr zählen kann.

Und jetzt denkt sie, ich hätte sie allein gelassen, als sie krank war, um mit einer anderen Frau zusammen zu sein.

Chanels grüne Augen leuchten so hell wie ein Glühwürmchen. Heiße Tränen rinnen über meine Finger. Wut und Schmerz spiegeln sich in ihrem Blick wider und zerren an meinem Herzen.

Die Stille wächst, die Spannung zwischen uns nimmt zu. Mein Puls steigt höher, hämmert in meinen Ohren, bis ich es nicht mehr aushalten kann. „Das würde ich dir nie antun. Niemals."

Sie wendet den Kopf ab. Ihre Schultern beben, und sie schluchzt, „Ich glaube, du solltest gehen, Luca."

Ihr Schmerz zieht an meinem Herzen. „Sscht. Hör auf, das zu sagen. Ich werde dich nicht verlassen."

Sie legt den Kopf schief. „Warum? Warum kannst du nicht einfach gehen?"

Meine Brust spannt sich. Ich schiebe eine Hand in ihr Haar und lege die andere auf ihre Wange und antworte, „Sag mir, was ich getan habe, um dich zu verärgern."

Sie kneift ihre Augen zu und flüstert, „Luca–"

Es vergehen einige Augenblicke, während ihre Tränen weiter fließen. Schließlich küsse ich sie auf die Stirn und hebe sie hoch.

Sie starrt mich an. „Was …"

„Du musst dich ausruhen", sage ich. Ich lege sie ab, ziehe die Decke über sie und lehne mich neben ihr ans Kopfteil des Bettes. Ich fahre mit den Fingern durch ihr Haar und streiche eine dicke Locke hinter ihr Ohr.

Sie starrt mich wie ein verängstigter Vogel an.

Es fühlt sich an, als würde man mir die Kehle aufschlitzen. „Habe ich dir jemals wehgetan, Stellina?", frage ich abrupt.

Sie atmet heftig ein.

Das Ticken ihrer Uhr scheint lauter zu werden. „Und? Habe ich das?"

Sie zögert, dann schüttelt sie langsam den Kopf und antwortet, „Nein."

Ich zeichne ihren Kiefer nach und frage, „Habe ich etwas getan, das dich glauben lässt, ich sei der Typ Mann, der dir körperlich schaden würde?"

Sie beißt sich auf die Lippe, ihre Augen weiten sich.

„Und?", dränge ich sie.

„Nein", antwortet sie leise.

Erleichterung macht sich in mir breit. „Gut, denn ich würde dir nie etwas antun. Warum siehst du dann so verängstigt aus?"

Sie schneidet eine Grimasse und versucht, sich abzuwenden, aber ich lasse sie nicht. Ich beuge mich vor, sodass mein Gesicht nur noch wenige Zentimeter von ihrem entfernt ist. Ihre Schmolllippen beben leicht, was meinen Schwanz hart werden lässt. Ich tadle mich für die Reaktion meines Körpers, aber der Ansturm ihres blumigen Schaumbaddufts und ihre erröteten Wangen, die immer dunkler werden, verstärken meine Lust lediglich.

Alles, woran ich denken kann, ist, sie zu küssen. Ihr Brustkorb hebt und senkt sich schneller. Der Klang ihres Atems dringt an meine Ohren. Wir sehen uns tief in die Augen, als ob wir beide darauf warten, dass der andere den ersten Schritt macht. Ich halte mich so lange wie möglich zurück, dann gebe ich nach. Ich streiche mit meinen Lippen über ihre, lasse meine Zunge langsam darüber gleiten, bis sie sich zurückzieht und unseren Blickkontakt unterbricht.

Ihr Blick wandert zu meiner Wange und ich sehe das Inferno, das in ihren grünen Augen aufflammt. „Küss mich nie wieder, während der Lippenstiftabdruck einer anderen Frau auf deiner Wange ist!"

Scheiße! Nicht das schon wieder!

„Ich habe bereits gesagt, dass–"

„Sitz nicht auf mein Bett, während du immer noch die Erinnerung an deinen Fehltritt trägst", schreit sie.

„Chanel–"

„Ich verdiene etwas Besseres als das", faucht sie.

Ich kann es ihr nicht verdenken.

Sie hat recht. Sie hat etwas viel Besseres verdient, auch wenn ich nichts getan habe.

Ich seufze, lasse sie los und stehe auf. Ich löse meinen Gürtel und öffne den Reißverschluss meiner Hose.

„Was machst du da?“, knurrt sie.

Ich halte nicht inne. Ich streife meine Hose und Unterwäsche auf den Boden, dann knöpfe ich mein Hemd auf.

Ihre Augen huschen über meinen Körper, bleiben an meiner Erektion hängen, dann richtet sie ihren Blick wieder auf meinen. „Was–“ Sie schluckt schwer.

Meine Lippen zucken. Ich streife mein Hemd von meinen Schultern und antworte, „Ich gehe duschen. Und das ist das letzte Mal, dass ich mich zu Unrecht verteidige. Es war ein simpler Kuss auf die Wange. Nicht der Rede wert. Hör auf, mich zu jemandem zu machen, der ich nicht bin. Das ist nicht fair.“

Ihr Blick schweift über meinen Oberkörper, dann fällt er auf meinen Unterkörper, bevor sie zu meinen Brustmuskeln zurückkehrt.

„Augen nach oben, Stellina.“

Ihre Wangen färben sich feuerrot. Ihre grünen Augen leuchten förmlich in der Dunkelheit, und mein Schwanz zuckt. Ich habe in meinem Leben schon viele schöne Frauen gesehen, doch alles an Chanel lässt die anderen langweilig erscheinen.

Ich trete vor und beuge mich über sie, sodass mein Gesicht nur wenige Zentimeter von ihrem entfernt ist. Ihr heißer Atem vermischt sich mit meinem. Sie hält den Atem an, und ich sage, „Ich gehe jetzt duschen. Mach die Augen zu und versuch zu schlafen, sonst wird es mir schwerfallen, mich daran zu erinnern, dass du krank bist und ich ein Gentleman sein muss.“

„Ein Gentleman?“, haucht sie.

Ich küsse sie sanft auf Stirn, Wangen und Nase, dann streife ich ihre Lippen. „Ich bin ein Mann, Chanel. Einer, der sich an jeden deiner Atemzüge erinnert …“ Ich küsse ihren Hals. „Jedes deiner Geräusche …“ Ich fahre mit dem Finger über ihr Schlüsselbein. „An jeden Teil deines Körpers, der sich an meinen geschmiegt hat.“

Sie atmet scharf ein.

Ich erstarre und ziehe die Augenbrauen hoch. „Dachtest du, ich hätte unsere Nacht vergessen?“

Sic antwortet nicht.

„Glaubst du, ich habe nicht tagelang davon geträumt, dich erneut zu nehmen?“

Ihre Lippen öffnen sich einen Spalt breit.

Ich gleite mit meinen Fingerknöcheln an ihrem Hals hinunter und halte oberhalb ihres Dekolletés inne. Ich streife ihr Ohr, lecke an ihrem Ohrläppchen, und sie erschaudert. „Seit unserer gemeinsamen Nacht habe ich nur an dich gedacht. Also versuch zu schlafen, meine Kleine. Wenn ich zurückkomme und du mich immer noch mit deinen grünen Augen so ansiehst, werde ich nicht aufhören, es sei denn, du bettelst mich an, krank oder nicht.“ Ich küsse sie hinter ihrem Ohr und mein Herz hüpft fast aus meiner Brust.

„Das würdest du nicht“, haucht sie, aber ihre Stimme bricht.

Ich grunze, lecke ihre Kehle hinauf und schnippe mehrmals mit meiner Zunge über ihr Ohrläppchen.

Sie räkelt sich unter mir. Ein winziges Wimmern hallt durch den Raum, und ich zwinge mich, mich von ihr loszureißen. „Ich habe dich gewarnt“, füge ich hinzu, gehe ins Bad und schalte die Dusche ein.

Ich dusche kalt und versuche, mein Verlangen zu zügeln, aber nichts funktioniert. Alles an ihr erregt mich und ich kann mich nicht entspannen. Ihr Duft ist permanent in meine Nase gebrannt. Das Geräusch ihres Wimmerns hallt in meinen Erinnerungen wider. Ihre weiche Haut lockt mich. Ich dachte, ich wüsste noch, wie sie sich anfühlt, aber sie nach all der Zeit zu berühren, hat mich eines Besseren belehrt. Und die Art, wie sich ihre Lippen öffnen und ihre Augen mich in ihrem Bann halten, werde ich nie vergessen.

Nach der langen, kalten Dusche betrachte ich mich eine Weile im Spiegel, und erinnere mich daran, dass sie krank ist und ich ein Gentleman sein muss. Es mindert meine Erregung nicht. Es ist sinnlos, dagegen anzukämpfen. Schließlich wickle ich mir ein Handtuch um die Hüften und verlasse das Bad, entschlossen, den Rest der Nacht auf der Couch zu verbringen.

Da ich mich eh nicht zurückhalten kann, rede ich mir ein, dass ich sowieso nach ihr sehen muss. Immerhin ist sie krank.

Ich gehe ins Schlafzimmer und beuge mich über sie. Sie sieht aus und hört sich an, als schliefe sie, also lege ich meine Hand auf ihre Stirn.

Zufrieden, dass sie sich nicht heiß anfühlt, beobachte ich sie einige Augenblicke lang und erinnere mich an meinen Schwur. Schließlich drehe ich mich um und mache Anstalten zu gehen, aber ihre Hand schießt vor und pack meinen Oberschenkel. Ich erstarre.

„Luca?“

Ein Kribbeln läuft mir über den Rücken. Ich drehe mich. „Du bist wach.“

„Wohin gehst du?“, fragt sie.

„Ich schlafe auf der Couch." Ich spanne meinen Kiefer an und zwinge mich, nicht zu ihr ins Bett zu steigen.

„Es ist ..."

Ich warte.

„Es ist eine schlechte Couch", sagt sie schließlich.

Das Feuer in meinem Blut entflammt erneut. „Eine *schlechte*?"

Sie räuspert sich. „Ja. Super uneben. Ein bisschen stinkig."

Ich verkneife mir ein Lächeln. „Uneben und stinkig?"

Sie nickt. „Ich brauche eine neue. Ich bin nicht oft zu Hause, also habe ich mir noch keine neue gekauft."

Unfähig zu widerstehen, setze ich mich neben sie und frage, „Warum bist du nicht oft zu Hause, Stellina?"

„Mein Job."

„Was machst du beruflich?"

Nervosität macht sich in ihrem Gesicht breit. „Ich bin Flugbegleiterin."

Ich streiche mit dem Daumen über ihren Handrücken. „Das ist ein guter Job. Bei welcher Fluggesellschaft?"

Es vergeht ein Moment, bevor sie antwortet. „Ich arbeite für keine Fluggesellschaft. Ich arbeite in einem Privatjet."

Mir stellen sich die Nackenhaare auf. Ich weiß, wie die Flugbegleiterinnen in den Privatjets der Abruzzos behandelt werden. „Hat dir jemand wehgetan?"

Verwirrt sieht sie mich an, setzt sich auf und ruft, „Nein! Natürlich nicht. Warum fragst du das?"

Ich mustere sie eingehend. Sie scheint aufrichtig entsetzt zu sein, was mich etwas beruhigt. Trotzdem würde ich es einem reichen, zwielichtigen Kerl zutrauen, sie auszunutzen. „Wenn jemand so etwas mit dir versucht, bringe ich ihn um."

Schock erfüllt ihre Züge und ihr Kopf ruckt zurück.

„Es gibt eine Menge Männer, die dir schreckliche Dinge antun würden."

„Mein Arbeitgeber würde das nicht dulden", sagt sie überzeugt.

„Für wen arbeitest du?"

Sie lächelt. „Einen Geschäftsmann."

„Einen Geschäftsmann? Da musst du schon ein bisschen genauer sein", sage ich irritiert.

„Ach, wirklich?" Sie klimpert mit den Wimpern.

„Was willst du damit sagen?", knurre ich.

„Willst du mir vielleicht erzählen, was du tust, Mr. Geschäftsmann?", schießt sie zurück.

„Nicht fair. Sag es mir einfach", bettle ich.

Sie verschränkt die Arme und wirft mir einen bösen Blick zu. „Es geht dich nichts an, für wen ich arbeite, aber wenn du jetzt ehrlich zu mir bist, werde ich das auch sein."

Verdammt!

„Du bist ein Heuchler."

Und schon wieder bin ich der Arsch in dieser Geschichte.

Ich fahre mir mit der Hand durch die Haare und ziehe daran. „Warum habe ich das Gefühl, dass ich dich gerade beleidigt habe?"

„Das hast du nicht", lügt sie.

„Das glaube ich dir nicht", antworte ich.

Sie seufzt und blickt an die Decke, dann wieder zu mir. „Können wir das Thema wechseln?", fragt sie schließlich etwas sanfter.

Ich mag es nicht, dass sie Geheimnisse vor mir hat, aber ich möchte auch nicht mehr streiten. Außerdem will ich nicht, dass sie sich darauf konzentriert, womit ich mein Geld verdiene. „Deal."

Stille erfüllt das Schlafzimmer. Ich überlege, ob ich wieder versuchen sollte, sie zu küssen, oder ob ich ins Wohnzimmer gehen soll. Ihr Blick verrät mir, dass die Couch die bessere Lösung ist.

Ich erhebe mich und sage, „Wenn du etwas brauchst, rufe einfach."

Sie runzelt die Stirn. „Haben wir uns nicht schon darauf geeinigt, dass du nicht auf der Couch schlafen wirst?"

Ich atme ein paar Mal tief durch und versuche, die gemischten Signale, die sie mir sendet, zu verstehen.

Sie überrascht mich weiter und hebt die Decke an, tätschelt den Platz neben sich. „Das wird fürs Erste reichen müssen. Ich habe kein Gästezimmer. Und ich weiß, dass ich es noch nicht gesagt habe, aber ich weiß es zu schätzen, dass du dich um mich kümmerst."

„Ich werde mich immer um dich kümmern. Wenn du mich lässt", verspreche ich ihr und bleibe stehen.

Aufregung macht sich in ihrem Gesicht breit. Ich nehme an, es liegt daran, dass sie so jung ist und sich noch nie jemand um sie gekümmert hat.

Es vergehen noch einige Minuten, aber ich bleibe wie erstarrt stehen.

Belustigung ersetzt schließlich ihre Nervosität. „Ziehst du eine unebene, stinkige Couch meinem Bett vor?“

Ich lasse meine angespannten Schultern sacken und gluckse. „Nein.“

Sie deutet auf die leere Seite ihres Bettes. „Warum steigst du dann nicht ein, bevor ich es mir anders überlege?“

„Weißt du noch, was ich gesagt habe, bevor ich geduscht habe?“, platze ich heraus.

Ihre Wangen röten sich. Sie nickt. „Ja.“

„Ich habe es ernst gemeint“, warne ich.

Sie schweigt. Mein Verlangen nach ihr wächst. Sie schenkt mir denselben Blick, den ich in der Nacht, als wir zum ersten Mal zusammen waren, gesehen habe, und es kostet mich jedes Quäntchen Willenskraft, sie nicht auf der Stelle zu nehmen.

„Ich weiß nicht, warum du mich hasst, aber das Letzte, was ich will, ist, dich noch wütender zu machen“, gestehe ich.

Sie atmet tief durch. „Ich hasse dich nicht, Luca.“

Ich schnaube. „Ha! Fast hätte ich dir geglaubt.“

„Es ist wahr“, sagt sie beharrlich.

Ich schweige. Die Uhr im Zimmer tickt lauter und lauter, bis ich nachgebe. Ich gehe um das Bett herum, werfe das Handtuch auf den Boden und schlüpfe unter die Decke. Ich ziehe sie in meine Arme, streiche mit den Fingern über ihre Hüfte und küsse dann ihre Stirn. „Schlaf jetzt, Stellina. Sieh mich nicht mit deinen großen grünen Augen an und schlinge bloß nicht deinen wunderschönen Körper um mich. Sonst kann ich kein Gentlemen mehr sein."

Ihr heißer Atem trifft auf meine Brust. Sie gleitet mit ihrem Daumen über meine Nippel. Der Duft ihres Erdbeershampoos steigt mir zu Kopf. Mein Schwanz pulsiert vor Verlangen und ich verfluche mich dafür, dass ich nicht ins Wohnzimmer gegangen bin, um auf der unebenen, stinkigen Couch zu schlafen.

Die Zeit scheint stillzustehen, aber ich weiß, dass ich es mir nur einbilde, weil Chanels verdammte Uhr nicht aufhören will zu ticken. Tick, tack, tick tack. Es macht mich wahnsinnig. Ich starre an die Decke und bekämpfe den Drang, meine Hände über ihren verlockenden Körper gleiten zu lassen.

„Warum bist du nicht verheiratet? Bist du einer von diesen ewigen Bachelorn?", fragt sie leise.

Erschrocken über ihre Frage halte ich den Atem an. „Ich bin nicht gegen die Ehe."

„Warst du schon mal verheiratet?"

„Nein", antworte ich ehrlich.

Sie schiebt ein Bein zwischen meine und streift meinen Schwanz.

Ich schließe die Augen, lecke mir über die trockenen Lippen und kämpfe mit der begrenzten Willenskraft, die mir noch bleibt.

„Warum bist du es dann nicht?"

Ich fahre ihr mit der Hand durchs Haar, streiche mit dem Daumen über ihr Ohr und antworte, „Ich nehme die Ehe ernst. Sie ist für immer. Ich habe nie die richtige Frau gefunden, also habe ich nie jemanden gefragt, mich zu heiraten."

„Was ist mit Kindern?“, fragt sie.

Normalerweise würde ich dieses Gespräch unterbinden, wenn mir diese Frage gestellt wird, aber irgendetwas an Chanel bringt mich dazu, ihr zu antworten. „Ich liebe Kinder.“

„Hast du welche?“

„Nein, habe ich nicht. Willst du Kinder?“

Nach einem Moment sagt sie, „Ja, ich wollte schon immer eine Familie haben.“

„Gott bewahre, dass ich jemals eine Tochter bekomme. Ich würde sie für immer einsperren, um sie vor dem ganzen Dreck da draußen zu schützen.“

„Wie wäre es mit einem Jungen? Was würdest du tun, wenn du einen Sohn hättest?“, fragt sie.

Ich lächle und gestehe dann, „Ich würde ihm beibringen, ein besserer Mensch als ich zu sein.“

Sie schweigt.

Ich fürchte, ich habe zu viel gesagt, also küsse ich sie auf den Kopf und starre wieder an die Decke. „Es ist schon spät. Schlaf jetzt, damit du dich erholst.“

Die Uhr tickt, aber ich kann nicht einschätzen, wie viel Zeit vergeht. Ihr Daumen hört auf, über dieselbe Stelle auf meiner Brust zu streichen und so vermute ich, dass sie eingeschlafen ist.

Aber als ich nach unten sehe, neigt sie ihren Kopf nach oben. Schwaches Licht dringt durch ihr Schlafzimmerfenster und sie hat noch nie so schön ausgesehen. Sie ist eine Göttin, die die Dunkelheit in mir in Schach hält.

Mein Herz rast, schlägt schneller als die Uhr. Sie öffnet ihren Mund, um zu sprechen, schließt ihn und öffnet ihn wieder. Sie tut es immer und immer wieder, bis ich es nicht mehr aushalte.

„Hast du meine Warnung vergessen?", frage ich, als ich mich nicht mehr zügeln kann.

Sie blinzelt, atmet stockend aus und fährt dann mit zwei Fingern über meine Lippen.

Ich erstarre und kämpfe mit all meinen Dämonen, bevor ich zu weit gehe. Ich schlucke hart und sage, „Ich bin kein Mann, der sich necken lässt, Stellina. Du musst dir gut überlegen, was als Nächstes zwischen uns passiert, denn wenn du nicht sofort sagst, dass ich aufhören soll, werde ich mich nicht mehr zurückhalten."

Sie streicht mit der Hand über meine Wange und erschauert wohlig. Anstatt mir zu sagen, dass ich aufhören soll, überrascht sie mich erneut. Sie setzt sich auf mich, legt ihre Stirn an meine und sieht mir tief in die Augen. Sie holt Luft, öffnet den Mund, um etwas zu sagen, schließt ihn aber wortlos wieder.

Ich bewege mich nicht, aber das Ticken der Uhr wird leiser, und das Einzige, was ich höre, ist mein Herzschlag, während ihr heißer, stockender Atem mit meinem verschmilzt.

Sie drückt ihre Lippen zärtlich auf meine und ich kann mich nicht mehr zurückhalten. Es besteht kein Zweifel mehr.

Sie ist für mich bestimmt.

Heute Abend.

Für immer.

4

Chanel

Ich zittere am ganzen Körper. Luca ist frisch geduscht, aber der verblassende Alkohol- und Marihuanaduft hängt wie eine Donnerwolke im Raum. Sein harter, warmer Körper unter mir fühlt sich sicher und vertraut, aber auch gefährlich und verboten an. Und die Art und Weise, wie seine Lippen und seine Zunge meine umschmeicheln, ist so intensiv, dass mir fast schwindelig wird. Seine Hand auf meinem nackten Hintern und seine Faust in meinen Haaren, die mich an ihn ankert, als ob ich ihm gehöre, verstärken nur das Feuer, das ich gerne ignorieren würde.

„Luca", murmle ich, atme seinen Duft ein und lasse dann meine Zunge wieder in seinen Mund gleiten.

„Hmm?", antwortet er, zieht meinen Kopf zurück und presst eine Spur von Küssen auf meinen Hals.

„Oh Gott", keuche ich und erschaudere.

War es so in der Nacht, als wir zum ersten Mal zusammen waren?

Nein. Seine Küsse fühlen sich jetzt sogar noch besser an.

Er saugt an meiner Brust und ich wölbe mich ihm wimmernd entgegen. Ein Kribbeln erfüllt mein Inneres und verstärkt das Ziehen zwischen meinen Schenkeln. Ich spreize meine Beine und lasse meine feuchte Hitze über seine Eichel gleiten, aber er packt meine Hüften.

Luca lässt sich zurück in die Kissen fallen und zieht mich rittlings auf sich, sodass ich auf seiner Brust sitze. Er küsst meinen Bauch und sieht dann auf, wobei er mich mit seinem dunklen, heißblütigen Blick gefangen nimmt.

Mein Herz beginnt zu rasen.

Weiß er, dass ich schwanger bin?

Wölbt sich mein Bauch schon?

„Du bist ein Engel, Stellina. Ein wunderschönes Kunstwerk", haucht er.

Ich blinzle heftig, erleichtert, dass er keinen Verdacht hegt, aber auch gerührt von seinen Worten. Er hat mir in der Nacht, in der wir uns kennengelernt haben, viele Komplimente gemacht, also verstehe ich nicht, warum mir Tränen in die Augen schießen. Ich fahre mit einer Hand durch sein dichtes Haar.

Er legt seine Hand auf meine und gesteht, „Es gibt etwas, was ich mir von dir gewünscht habe, seit wir miteinander geschlafen haben."

„Was?", frage ich, während die Schmetterlinge in meinem Bauch ihre Flügel ausbreiten. Ich bin sicher, es ist offensichtlich, dass ich super naiv und unerfahren bin. Ich habe keinen Zweifel, dass Luca ein Mann ist, der sich im Bett gut auskennt. Alles an Luca spricht von hohem Selbstvertrauen und Erfahrung.

Er leckt sich über die Lippen und befiehlt, „Halte dich am Kopfende des Bettes fest."

Ich weiß nicht, was Luca tun wird, aber ich will mich nicht streiten. Ich greife nach dem Kopfteil und tue, was er mir sagt.

„Braves Mädchen", lobt er, küsst noch einmal meinen Bauch, dann senkt er seinen Kopf in das Kissen. „Reite mein Gesicht", fordert er, während er mich auf sein Gesicht zieht und seine Finger in meine Hüften krallt.

„Was–"

Lucas Zunge wirbelt wie ein Tornado durch meine Pussy. Es überrascht mich, und ich hebe meine Hüften, aber Luca drückt sie wieder an sein Gesicht und knurrt, „Reite mich, Stellina." Er saugt wieder an meinem Körper.

„Oh Gott!", schreie ich, als das Verlangen durch meine Adern strömt.

Er bewegt meine Hüften, drängt mich dazu, sie zu kreisen, bis ich von selbst anfange, mich zu bewegen. Und ich genieße es … oh Gott, das tue ich.

Lucas Hand fährt meine Wirbelsäule hinauf, bis er die Spitzen meines Haares erreicht. Er bündelt es und zieht sanft daran, bis ich zur Decke schaue. Die andere Hand verschwindet von meiner Hüfte und trifft sanft auf meine Arschbacke.

Ich keuche und stöhne, als Luca so hart an meiner Perle saugt, dass ich das Kopfende fester umklammere.

Er schlägt mich in seinen Bann und ich starre an die Decke, umklammere das Kopfteil und erbebe auf seinem Gesicht. Seine

Hand trifft wieder auf meine Arschbacke und er knurrt, „Schneller! Reite mich schneller, Stellina!“

Ich gehorche und gebe mich den Empfindungen hin.

Luca lässt nicht locker, saugt und leckt an mir, während er mich versohlt.

Der Raum verschwindet, nur der Duft meiner Erregung dringt zu mir durch, der sich mit Lucas Aroma vermischt. Das Echo seines Stöhnens, das Klatschen seiner Hand auf meinen Hintern und mein Wimmern wird lauter. Adrenalin schießt durch meine Adern, bis ich nach Luft ringe.

Ich weiß nicht, woher er weiß, wie er mich nehmen muss, oder warum ich das Geräusch und den Biss seiner Handfläche auf meinem Hintern so sehr liebe. Aber ich reite sein Gesicht, bis ich nicht mehr in der Lage bin, meinen Körper zu kontrollieren.

Ich breche über ihm zusammen, Tränen laufen mir über die Wangen, mein Atem stockt und Schweiß bedeckt meine Haut.

Luca zieht mich an seinem muskulösen Körper hinunter und spaltet meine Lippen mit seiner Zunge. Ich schmecke meinen Orgasmus auf seinen Lippen.

Ich bin ganz in ihn versunken und versuche immer noch, Luft zu holen, als er unseren Kuss unterbricht. Er dreht mich mit dem Gesicht nach unten auf das Bett, lehnt sich über mich und packt meine Hüfte. Er zieht mich an sich, bis mein Hintern seine Leiste berührt und stößt seinen Schwanz in meine Pussy.

„Luca!“, schreie ich.

Sein Stöhnen hallt durch die Luft. Er sagt etwas auf Italienisch, aber ich verstehe nichts. Er stößt tiefer und tiefer in mich hinein, bis ich Sterne sehe, schmiegt sich eng an mich. Er küsst meinen Hals und murmelt auf Italienisch, „Kannst du mich verstehen?“

„J-ja … oh …“

„Stellina?“

„Ja“, keuche ich, dränge ihm meinen Unterkörper entgegen und genieße jede Minute, in der sein Schwanz mich entzwei spaltet.

Sein heißer Atem lässt mich erschaudern, als er sagt, „Du gehörst mir, Stellina. Lauf nicht mehr vor mir weg.“

Ich schließe die Augen, weil ich nicht an unsere Realität denken will und nicht in der Lage bin, dies oder mein Verlangen nach ihm zu stoppen. Doch ich weiß, dass ich nach heute Abend nicht mehr so weitermachen kann.

„Versprich es mir.“

Ich greife hinter mich und grabe meine Finger in seinen Oberschenkel.

Er knabbert an meinem Ohr, verlangsamt seine Stöße und fordert, „Sag es mir. Sag mir, dass du mir gehörst.“

„Härter. Bitte“, flehe ich, während mein Körper auf Hochtouren läuft. Ich vertraue nicht darauf, dass meine Gefühle im Einklang mit dem stehen, was nicht sein kann. Und ich kann es mir nicht leisten, einer Fantasie nachzueifern. Wir werden nie eine glückliche Familie sein, in der alles gut läuft.

Er ist ein Abruzzo.

Meine Loyalität gilt den Marinos.

Er knabbert an der zarten Haut meines Halses und quält mich in gleichmäßigem Tempo. „Drei Worte. Jetzt sag es mir.“

Ich sollte nicht nachgeben, aber ich wünsche mir, dass Luca und ich zusammen sein können. Ich will nicht, dass wir Feinde sind. Und im Moment sind wir das auch nicht – in seinen Augen – solange er nicht weiß, wo meine Loyalität liegt. Also gebe ich nach und sage ihm, was er hören will, „Ich bin dein."

Luca küsst mich hinterm Ohr. „Braves Mädchen." Er beschleunigt seine Stöße und flüstert mir wieder wahllose Dinge auf Italienisch ins Ohr.

Ein heftiger Orgasmus durchfährt mich, und es ist, als würde ich außerhalb meines Körpers schweben. Luca hat mich unter seinem viel größeren Körper begraben und kontrolliert jeden Aspekt unseres Liebesspiels. Es ist perfekt.

Noch nie habe ich jemanden so gewollt. Plötzlich sehe ich Luca vor meinem geistigen Auge vor mir, unser Baby in seinen Armen, und es ist so lebhaft, dass es mir kurz den Atem verschlägt.

Einen Moment lang erlaube ich mir daran zu glauben, dass wir glücklich werden können. Dass egal für wen er arbeitet oder welche Risiken er eingeht, wir einen Weg finden werden, zusammen zu sein.

Er knurrt etwas auf Italienisch, was mich in die Realität zurückholt, und explodiert in mir, was einen weiteren Ansturm der Ekstase in mir lostritt.

Unser Schweiß vermischt sich und wir atmen im Einklang. Er begräbt mich unter sich, als wolle er mich schützen, und drückt seine Stirn gegen meinen Rücken.

Als sich unser Atem verlangsamt, drehe ich mich um. Seine dunklen Augen funkeln im schwachen Licht. Ich greife nach oben und streichle seine markanten Wangenknochen, bevor er seine Lippen noch einmal auf meine presst.

Ich schlinge meine Arme um seinen Hals, und er hält mich so fest wie möglich und küsst mich mit der gleichen Begeisterung wie immer. Es ist alles viel zu echt. Zu perfekt. Es ist genau das, was ich mir gewünscht habe, obwohl ich weiß, dass er schlecht für mich und mein ungeborenes Kind ist.

Mein Magen knurrt und Luca reißt seine Lippen von meinen. Er grinst, küsst mich auf die Stirn und springt aus dem Bett.

„Wo willst du hin?“, frage ich überrascht und befürchte plötzlich, dass er mich wieder verlassen wird.

Er beugt sich vor, stützt sich zu beidem Seiten meines Kopfes ab und küsst mich auf die Lippen. „Es ist Zeit, dass du etwas mit Substanz isst.“

Ich räuspere mich. „Ich brauche nichts. Es ist schon spät. Komm wieder ins Bett.“

Seine Lippen zucken. „Du hast eine herrische Ader, Stellina, nicht wahr?“

Ich verkneife mir ein Lächeln, zucke mit den Schultern und frage unschuldig, „Meinst du?“

Er küsst meine Nasenspitze und erhebt sich. „Ja. Aber es ist süß. Okay, bleib im warmen Bett. Ich bin gleich wieder da.“ Luca dreht sich, schnappt sich das Handtuch vom Boden, wickelt es um seine Taille und geht.

Sobald er aus dem Zimmer ist, atme ich tief durch und vergrabe mein Gesicht im Kissen. Der schwache Geruch von Marihuana und Lucas Eau de Cologne hängt ihm noch an. Ich lächle noch breiter, aber dann überkommt mich die Panik. Ich stöhne.

Was habe ich nur getan?

Das war eine verdammt schlechte Idee. Warum habe ich ihn nicht auf der unebenen, stinkigen Couch schlafen lassen?

Wo ist meine Selbstbeherrschung?

Geh in die Küche und sag ihm, er soll verschwinden. Es ist das Beste, die Sache jetzt zu beenden.

Ich überlege noch ein paar Minuten, dann stehe ich auf. Ich ziehe mir meinen Morgenmantel und meine Hausschuhe an und gehe in die Küche. Als ich um die Ecke biege, bleibe ich wie erstarrt stehen.

Romantische, italienische Musik ertönt aus meinem Radio. Das Licht ist gedimmt. Aus dem Topf auf dem Herd steigt ein köstlicher Geruch auf. Knoblauch und Butter brutzeln in einer Pfanne. Kerzen flackern in dem kleinen Raum und bringen Lucas Körper unglaublich zur Geltung. Er trägt nur das Handtuch, während er Kräuter hackt und den Songtext mitsingt.

Ist der Typ echt?

Er hebt nicht den Kopf, aber bemerkt mich aus dem Augenwinkel. Seine Lippen verziehen sich, als er sagt, „Ich dachte, ich hätte dir gesagt, du sollst im Bett bleiben, wo es warm ist."

Mein Herz schwillt an. Ich wünschte, es wäre anders. Mehr als alles andere wünschte ich, ich hätte die Willenskraft, Luca zu hassen, aber das kann ich nicht. Er ist alles, was ich mir hätte wünschen können, bevor ich überhaupt wusste, was ich von einem Mann will. Und doch können wir nicht zusammen sein.

Mein Magen knurrt wieder, und er gluckst. „Du bist wohl zu hungrig. Setz dich, Stellina." Er deutet auf einen Stuhl.

Ich meide den Tisch. Stattdessen setze ich mich auf einen Barhocker, fasziniert von seinen Kochkünsten. Er schneidet das Basilikum, als hätte er eine Michelin-Sternekoch-Ausbildung genossen. „Wo hast du gelernt, so zu schneiden?"

Ein weicher Ausdruck tritt in seine Augen … fast so, als ob er in Erinnerungen an *die guten alten Zeiten* schwelgen würde. „Meine Mutter hat meinen Brüdern und mir immer gesagt: 'Wenn ihr wollt, dass sich eine Frau in euch verliebt, müsst ihr kochen lernen.'"

Seine Worte wärmen mein Herz. „Wirklich?"

Er nimmt die Kräuter mit der Messerkante vom Brett auf und gibt sie auf einen Teller. Dann gießt er ein Glas Rotwein ein und stellt es vor mir ab. „Das hat sie. Probier mal. Ich habe den aus meiner privaten Weinsammlung mitgebracht. Ich dachte, du würdest ihn genießen, wenn es dir besser geht."

Mein Herz schmilzt erneut dahin. Noch nie hat sich jemand so rücksichtsvoll um mich gekümmert und mir eine Flasche Wein mitgebracht. Vielleicht übertreibe ich, aber ich finde das superaufmerksam. Dennoch bin ich mir nicht sicher, ob ich etwas trinken sollte oder nicht. Der Arzt sagte, ein Glas Rotwein ab und zu sei in Ordnung, aber ist es das wirklich?

„Magst du keinen Wein?", fragt Luca.

Ich schüttle den Kopf und erfinde eine Lüge, „Doch! Ich bin mir nur nicht sicher, ob ich ihn trinken sollte, während ich krank war."

Seine Augen weiten sich. „Verzeih mir, Stellina. Aber natürlich. Tu es lieber nicht."

„Ich probiere nur einen Schluck", antworte ich, um den Wein nicht zu vergeuden, bevor Luca sein Angebot zurückziehen kann.

„Whoa! Was machst du da?", fragt er erschrocken.

Ich wölbe eine Augenbraue. „Was meinst du?"

Er gluckst und kommt um die Insel herum. Er setzt sich neben mich, nimmt mir das Glas ab und stellt es auf die Küchenplatte. Dann legt er seine Hand auf die meine und lehnt sich dicht an mich heran. „Das ist ein dreißig Jahre alter *Barolo*. Du kannst sie nicht einfach runterkippen."

Amüsiert erwidere ich, „Runterkippen? Ich habe ihn nicht in einem Zug getrunken."

„Ah, aber du hast den Wein nicht atmen lassen. Und du hast auch nicht daran gerochen. Du hast die Aromen nicht wertgeschätzt, die sich miteinander vermischen", sagt er.

Ich neige den Kopf, komme mir ein wenig albern vor und sage, „Ich dachte immer, das wäre reine Spielerei."

Er keucht entrüstet. „Stellina! Ich dachte, du wärst Französin."

„Das bin ich!"

Er beugt sich vor und wir sind Nase an Nase. „Bist du dir ganz sicher?"

Ich werde rot. „Ja, natürlich. Ich bin–"

Er gibt mir einen keuschen Kuss. Ich erstarre, und er reicht mir mein Glas, aber zieht seine Hand nicht zurück. Zusammen schwenken wir das Glas, sodass der Wein im Kelch wirbelt. Er hebt es an, hält es mir unter die Nase und befiehlt, „Atme langsam ein und sag mir, was du riechst."

Ich gehorche und nehme die reichen Aromen in mich auf. „Feige, Rhabarber und Rote Johannisbeere?"

Luca nickt zustimmend. „Sehr gut. Jetzt probier mal."

Ich nehme einen weiteren Schluck und die Aromen explodieren auf meiner Zunge. „Mmm."

Luca streicht mir eine Haarsträhne hinters Ohr und grinst. „Gut, nicht wahr?“

„Ja.“

Er nimmt das Glas in die Hand und schnuppert daran, dann schließt er kurz die Augen, während er einen Schluck von der gleichen Stelle nimmt, an der meine Lippen das Glas berührt haben. Er schluckt, leckt sich über die Lippen und sieht mich dann an. „Perfekt.“

Ich nicke. „Er ist gut.“

Er erhebt sich, küsst mich auf den Kopf und setzt sein Werk in der Küche fort.

„Brauchst du Hilfe?“, frage ich.

Er sieht sich in der Küche um, nimmt eine Flasche Wasser aus dem Kühlschrank, stellt sie vor mich hin und antwortet, „Nein.“ Er schnappt sich eine Tomate, schneidet sie in Würfel und gibt sie in die Pfanne.

„Was kochst du?“, frage ich und atme den intensiven Knoblauchgeruch ein. Mein Magen knurrt erneut.

„Frische Tomaten-Basilikum-Sauce mit Nudeln. Aber ich entschuldige mich für diese Abscheulichkeit“, sagt Luca und schüttelt eine Schachtel mit den Nudeln.

„Was ist mit den Spaghetti falsch?“, frage ich überrascht.

Er schneidet eine Grimasse. „Sie sind in einer Schachtel.“

„Und was willst du mir damit sagen?“

Er schüttelt den Kopf und sieht verärgert aus. „Das ist keine echte *Pasta*.“

„Ist es nicht?“

„Nein. Echte Pasta ist frisch."

Ich starre ihn entgeistert an.

„Warum siehst du mich so an?", fragt er.

„Erzähl mir nicht, dass du weißt, wie man Nudeln selbst macht", antworte ich.

Er sieht mich empört an. „Natürlich weiß ich das. Meine Mamma hat mich gut erzogen."

Ich kann es immer noch nicht fassen und frage, „Ist das dein Ernst?"

„Warum sollte ich lügen?", fragt er.

Ich starre ihn einen Moment lang an.

„Was?"

Ich zögere, gebe aber zu, „Du bist ganz anders, als ich erwartet habe."

Er nimmt die Nudeln aus der Packung und gibt sie in das kochende Wasser. Er gibt das Basilikum in die Pfanne, rührt alles um und wischt sich die Hände an einem Geschirrtuch ab. Dann wirft er es auf die Arbeitsplatte und lehnt sich über den Tresen, ergreift meine Hand und küsst sie. „Was hast du denn erwartet?"

„Du bist ein Bad Boy, der von Grund auf kochen kann. Außerdem hast du dich die letzten Tage wirklich gut um mich gekümmert." Sobald die Worte aus meinem Mund kommen, erröte ich. Ich verfluche mich dafür, dass ich meine inneren Gedanken ausplaudere. Ich versuche, lässig zu wirken, zucke mit den Schultern und nehme einen weiteren Schluck Wein.

Luca nimmt mir das Glas ab und drückt mir das Wasser in die Hand. „Ich hätte den Wein nicht öffnen sollen. Ich habe vergessen, dass du krank bist. Lass uns bei Wasser bleiben, damit du keinen Rückfall bekommst."

Ich öffne den Mund, um zu protestieren, dann schließe ich ihn wieder. Ich habe kurzzeitig vergessen, dass ich schwanger bin. Egal, was der Arzt gesagt hat, ich fühle mich nicht ganz wohl und bin nicht davon überzeugt, dass ein Glas Wein für das Baby gut ist, also ist es das Beste, wenn ich es einfach nicht trinke. Ich nicke. „Danke."

Er küsst meinen Handrücken und ich lächle ihn an. „Erzähl mir etwas, das niemand über dich weiß", sagt er plötzlich.

Mein Puls schießt in die Höhe. „Was zum Beispiel?"

Er streichelt mit dem Daumen über meine Hand und antwortet, „Egal was."

Aus Angst, ich könnte all meine Geheimnisse ausplaudern, sage ich, „Ich habe keine Geheimnisse. Ich bin extrem langweilig."

Er schürzt die Lippen, legt den Kopf schief und mustert mich.

„Was?", frage ich nervös.

„Nichts an dir ist langweilig, meine sexy Französin", sagt er, als sei das eine Tatsache und nicht nur seine Meinung.

„Ich versichere dir, das bin ich", sage ich.

Er steht auf und zieht mich vom Barhocker.

„Whoa!", rufe ich.

Er lächelt. „Komm mit mir."

„Wohin gehen wir?", frage ich und werfe einen Blick an mir herunter. Ich trage nur meinen Morgenmantel.

Er legt seinen Arm um meine Taille, sagt, „Komm einfach mir", und führt mich zum Ganzkörperspiegel neben der Eingangstür.

Er stellt sich hinter mich, zieht an meinem Gürtel, und der Morgenmantel fliegt auf und entblößt meinen nackten Körper.

Ich versuche, ihn zu schließen, aber er ergreift meine Hände und verschränkt seine Finger mit meinen.

Seine Wange streift meine, und er sieht mich im Spiegel an und fragt, „Sag mir, was du siehst."

Meine Wangen brennen und ich stöhne. „Eine nackte Frau. Kann ich meinen Morgenmantel jetzt wieder schließen?"

Er gibt eine meiner Hände frei und schiebt mir die Seide über die Schultern.

„Luca!"

„Ssch! Sieh hin", befiehlt er.

Ich kneife die Augen zusammen und öffne sie nach einem Augenblick wieder, immer noch beschämt, weil Luca mich so eingehend ansieht, als würde er ein Kunstwerk betrachten.

„Was siehst du, Stellina? Und denk nach, bevor du etwas sagst, oder wir bleiben hier, bis die Sonne aufgeht", droht er.

Ich seufze, lehne mich an ihn und kämpfe mit den Gefühlen, die in meinem Herzen toben.

Ich kann ihm nicht sagen, was ich sehe. Wenn ich das tue, übergebe ich mein Baby in die Hände der Abruzzos – einer Familie von Monstern.

„Sobald du mir sagst, was du sieht, sage ich dir, was ich sehe", versichert er mir.

Ich schließe meine Augen wieder und hasse die Tränen, die in mir aufsteigen.

„Stellina, warum weinst du?“, fragt er sanft und streicht mit dem Daumen über meine Wunde.

Ich öffne meine Augen wieder und beginne zu schluchzen.

Wenn ich in den Spiegel schaue, sehe ich etwas, was nie sein wird.

Eine Mutter.

Einen Vater.

Ein ungeborenes Baby, das es verdient, alles zu haben, aber nie eine komplette Familie haben wird.

Ich kann der Wahrheit nicht entkommen. Je besser ich Luca kennenlerne, desto mehr verliebe ich mich in ihn. Aber es ist die Pflicht einer Mutter, ihr Kind um jeden Preis zu schützen.

Es spielt keine Rolle, ob er alles ist, was ich mir jemals wünschen könnte. Er arbeitet für den Teufel, und unser Kind hat etwas Besseres verdient.

Wenn ich in den Spiegel schaue, ist es so einfach, die Realität zu vergessen. Ich bräuchte nur meinen Job bei den Marinos aufzugeben und in Lucas Arme zu fallen. Es wäre so einfach.

Der Spiegel zeigt mir etwas, was sein könnte, wenn die Umstände anders wären. Es malt das Bild eines Mannes, der mich voller Liebe in den Augen ansieht. Einen Mann, dessen Gefühle ich erwidern könnte. Dank unseres Gespräches heute Abend glaube ich, dass er unser Baby voll und ganz annehmen, lieben und beschützen würde.

Aber es gibt kein Entrinnen vor den Abruzzos und ihrem Übel.

Von daher war ich noch nie weiter davon entfernt, das Leben zu haben, das ich immer wollte.

5

Luca

Chanels Körper bebt an meiner Brust. Tränen laufen ihr über die Wangen, und ich frage mich, wie sich eine so strahlende Frau wie sie beim Blick in den Spiegel so schlecht fühlen kann.

Ich wische sie weg und schlinge meine Arme fester um sie. Ich wollte, dass sie mir sagt, was sie sieht, aber sie ist zu aufgeregt. Ich fühle mich schrecklich, weil ich sie dazu aufgefordert habe, also versuche ich die Stimmung wieder zu heben. „Soll ich dir sagen, was ich sehe?"

Sie schnieft und nickt, blinzelt heftig, um den Ansturm der Tränen zu stoppen.

Ich küsse ihre Wange und richte meinen Blick wieder auf in den Spiegel. „Du bist die am wenigsten langweilige Person, die mir je begegnet ist. Sieh genau hin, Stellina. Jeder Zentimeter, jede

Kurve, jede Besonderheit ist Perfektion. Aber nichts davon ist wichtig." Ich lege meine Hand auf ihr Herz und fahre fort, „Du hast etwas Besonderes an dir. Ich kann es sehen. Du bist also nicht nur sexy. Du hast etwas Magisches an dir. Es leuchtet hell, strahlt wie ein Stern in der Dunkelheit. Außerdem bist du vielleicht eine der stärksten Frauen, die mir je begegnet sind."

Sie verzieht das Gesicht und sagt mit zittriger Stimme, „Stark? Wie kann das sein?"

Ich nehme mir einen Moment Zeit, um sie erneut zu betrachten. Sie ist wirklich ein Meisterwerk. Ihre grünen Augen waren es, die mich zuerst in ihren Bann schlugen, aber auch ihre seidig-glatte, olivfarbene Haut, ihr langes rotes Haar und ihre eleganten Beine buhlten um meine Aufmerksamkeit. Jedem Mann würde es schwerfallen, nicht zweimal hinzuschauen, aber was mich am meisten anzog, war ihre Persönlichkeit.

Selbst im Club strahlte sie hell wie die Sonne. Und in den letzten Tagen hatte sie, obwohl sie mich aus unbekannten Gründen hasste, kein Problem damit, mir die Stirn zu bieten. Es ist selten, dass ich eine Frau treffe, die in meiner Nähe ihre Meinung sagt oder sich mir gegenüber behaupten kann. Vielleicht liegt es daran, dass ich von den Frauen der Abruzzos umgeben bin, die mich zu ihrem Ehemann machen wollen, oder von jenen, die in ihren Bordellen arbeiten müssen. Vielleicht schüchtere ich die Frauen so sehr ein, dass sie das Gefühl haben, nicht ehrlich sein zu können. Was auch immer es ist, es spielt keine Rolle. Alles, was wichtig ist, ist, dass vor mir eine Frau steht, die viel jünger ist als ich und die keine Skrupel zu haben scheint, ihre Meinung zu sagen und Grenzen zu stecken.

Nichts war je erfrischender.

„Ja, du hast keine Angst vor mir. Du hältst dich nicht zurück und gibst nicht vor, etwas zu mögen oder zu akzeptieren, was dir nicht passt. Du sagst deine Meinung und versuchst nicht, mich zu beeindrucken. Und das ist das Heißeste, was ich je gesehen habe."

Sie schnieft und starrt mich an, als würde sie mein Geständnis anzweifeln.

Ich gluckse und füge hinzu, „Du hast sogar zugegeben, dass deine Couch uneben und stinkig ist."

Ihre Lippen kräuseln sich. Sie beißt sich auf die untere, um nicht vollends zu lächeln, und hält sich die Hände vors Gesicht. „Und es ist die Wahrheit."

„Siehst du, ich liebe deine Ehrlichkeit", gestehe ich, dann nehme ich ihre Hände und küsse sie.

Alles wird still ... wir sind beide in unsere unausgesprochenen Gedanken versunken und starren uns an. Es stört mich, dass sie so traurig aussieht, ohne zu wissen, woran es liegt. Ich möchte mehr über sie wissen. Ich öffne meinen Mund, um sie zu fragen, was sie denkt, als ein lautes Platschen die Luft erfüllt.

Sie ruckt mit dem Kopf in Richtung Küche, und ich tue es ihr gleich. Das Wasser der Nudeln sprudelt über. Ich renne zum Herd, stelle den Topf auf eine kalte Platte und stelle ihn aus. Ich nehme ein Handtuch, wische das Wasser auf und stelle den Topf wieder hin. „Du lenkst mich von meinem Meisterwerk ab, Stellina."

Sie antwortet nicht, sondern stützt ihren Hintern neben mir an die Kücheninsel und starrt die Pfanne an. Ihr Magen knurrt wieder.

Ich löffle etwas Tomatensoße, puste und halte es ihr vor die Lippen. „Probier mal und sag mir, was du davon hältst."

Sie probiert vorsichtig und schließt die Augen. „Mmm. Viel besser als aus dem Glas."

„Aus dem Glas", spotte ich, während mein Blut heißer wird. Sie macht mich auf eine Art und Weise an, die ich nicht verstehe. Noch nie zuvor hatte jemand diese Wirkung auf mich. Sie ist jung und hat eine naive Unschuld an sich, aber ich unterschätze sie nicht. Manchmal sehe ich die weltgewandte Frau in ihr, die schon viel rumgekommen ist. Ich kann es nicht genau benennen, aber mein Instinkt sagt mir, dass sie nicht einfach gestrickt ist.

In der Nacht, in der wir uns kennenlernten, erkannte ich sofort, dass es besser ist, sich von ihr fernzuhalten. Ich bin Teil einer Welt, in die sie nicht gehört, umgeben von schlechten Menschen, die unvorstellbare Dinge tun. Ich mag es in der Position zu sein, in die mich Angelo Marino gebracht hat, als ich vor Jahren in dieses Land kam. Und was macht das aus mir?

Jahrelang habe ich mich von allem ferngehalten, was einer Beziehung nahekommt. Das hat mich nie gestört. Ich hatte genug Frauen, die mir gaben, was ich physisch brauchte. Es gab nie einen Grund, eine Beziehung einzugehen. Keine hielt meine Aufmerksamkeit länger als eine Nacht. Dennoch konnte ich nicht aufhören, Chanel zu stalken.

In den letzten Tagen fragte ich mich oft, was diese Gefühle bedeuten. Ich kann mich ihnen nicht entziehen. Und jedes Mal, wenn Jacopo oder seine Unterbosse mich zu sich beordern, und mich von ihr wegreißen, ärgere ich mich darüber.

Normalerweise macht es mir nichts aus, auf Abruf bereitzustehen, sondern bekomme regelrecht einen Adrenalinstoß, wenn ich in die Unterwelt abtauche und Angelo danach davon berichte. Doch jetzt denke ich oft daran, wie ich da rauskomme.

Ich müsste meinen rechtmäßigen Platz in der Marino-Familie einnehmen.

Angelo hat mir immer versichert, dass ich eine andere Rolle übernehmen kann, wenn ich dazu bereit bin. Ich bin bereits länger als erwartet bei den Abruzzos. Ich habe mehr Geld, als ich jemals brauchen werde, und ich hätte die Sicherheit, Chanel zu beschützen, auch wenn ich nicht bei ihr bin.

Es steht nicht infrage, dass ich niemals in der Lage sein werde, das Leben aufzubauen, das meine Stellina verdient, wenn ich nicht von diesem Zug abspringe. Sie wäre niemals sicher, und ich will verdammt sein, wenn ich sie in die Nähe der abscheulichen Realität der Abruzzos bringe.

Es ist verrückt, dass ich mir solche Gedanken mache. Ich war schon immer davon besessen, mich an den Abruzzos zu rächen und Jacopo zu töten. Er hat meinen Papà brutal ermordet, als ich sieben Jahre alt war, und meine Mamma und mich zum Zuschauen gezwungen. Sie hat sich nie davon erholt und litt lange Zeit unter Depression, bis sie einige Jahre später Selbstmord beging.

Ich verbrachte meine restliche Kindheit damit, Jacopo und allen Abruzzos, die ich finden konnte, Gerechtigkeit widerfahren zu lassen. Als ich in die USA kam, stimmte Angelo zu, mich undercover gehen zu lassen. Ich brauchte Wochen, um ihn zu überzeugen, mit vielen Vorträgen darüber, was ich aufgeben würde, und dem Versprechen, dass ich aussteigen könnte, wenn ich dazu bereit wäre.

„Warum starrst du mich so an?“, fragt Chanel und reißt mich aus meinen Erinnerungen, in die ich nicht hätte abschweifen sollen.

Ich lege den Löffel neben die Pfanne und stütze beide Hände auf die Arbeitsplatte neben ihre Hüften. Sie atmet tief ein, als ich mich näher an sie heran lehne und einen Zentimeter vor ihren Lippen innehalte. Ich zögere und tue dann etwas, was ich noch nie bei einer Frau getan habe. Ich lege meine Karten auf den Tisch und gestehe, „Du bringst mich dazu, alles in meinem Leben ändern zu wollen."

Ihre grünen Augen weiten sich. „Warum?"

Ich hatte erwartet, dass sie fragen würde, worauf ich mich beziehe, aber nicht, dass ich ihr meine Beweggründe mitteilen müsste. Sie darf nichts über die Abruzzos wissen. Irgendwann werde ich es ihr wohl sagen müssen, aber ich möchte, dass sie immer beteuern kann, dass sie unschuldig ist. Mich zu fragen, warum, macht mich nur noch neugieriger auf sie. Ich überrasche mich selbst, als ich wahrheitsgemäß antworte, „Weil du mich dazu bringst, der Mann sein zu wollen, den du verdienst."

Sie holt einige Male tief Luft, öffnet den Mund, schließt ihn wieder und mustert mich eingehender.

Mein Magen dreht sich. Ich zwinge mich, ruhig zu bleiben, weil ich wissen will, was sie denkt. Ich kann ihre Miene nicht deuten, aber es ist fast so, als wüsste sie alles über mich. Darunter mischt sich etwas anderes, und ich kann nicht anders, als es als Hoffnung zu interpretieren.

Weiß sie mehr über mich, als ich ahne?

Will sie, dass ich ein besserer Mann für sie werde?

Sie kann nichts über mich wissen. Ich habe nie mit ihr darüber gesprochen, was ich tue, und niemand in meiner Welt würde über mich reden. Ich fliege unter dem Radar.

Schließlich fragt sie, „Was soll das bedeuten, Luca? Was für ein Mann bist du?"

Ich überlege, wie ich ihr antworten soll. Es ist eine belastende Frage, aber es ist meine Schuld, weil ich damit angefangen habe.

Es gibt so viele Dinge, die ich ihr gerne sagen würde, damit wir keine Geheimnisse mehr voreinander haben, aber ich kann es nicht. Ein Wort über die Abruzzos und ich könnte sie in Gefahr bringen. Außerdem liebt sie mich noch nicht. Bis sie das tut, würde meine Wahrheit uns nur ruinieren.

„Luca?", fragt sie und wirft mir weiterhin diesen Blick zu, den ich nicht deuten kann.

Ich lasse meine Hand über ihre Wangen gleiten und streiche mit dem Daumen über ihre Lippen. Und zum ersten Mal wünsche ich mir, ich hätte einen anderen Weg im Leben gewählt. Als ich ein junger Mann war, dachte ich nur an Rache und daran, die Abruzzos zu stürzen. Ich habe nicht darüber nachgedacht, wie sich das auf mein persönliches Leben auswirken würde, selbst als Angelo mich warnte. All die Jahre war ich allein zufrieden. Jetzt bin ich ein zweiunddreißigjähriger Mann, der plötzlich eine Zukunft mit einer Frau sieht, die er kaum kennt. Alles in mir schreit, dass ich es immer bereuen werde, wenn ich es jetzt vermassle.

Meine Brust spannt sich, als ich antworte, „Niemand hat mich je so fasziniert, dass ich über das hinausgehen möchte, was wir im Bett tun."

Sie zieht die Augenbrauen zusammen und sagt leise, „Das beantwortet meine Frage nicht, Luca."

Blut rauscht in meinen Ohren. Ich überlege weiter, wie ich ihr antworten soll, ohne sie zu vergraulen, und gebe dann zu, „Es gibt Dinge in meinem Leben, auf die ich nicht stolz bin … Dinge, die ich tun musste …" Ich atme tief durch, überrascht, wie schwer dieses Gespräch ist. Ich weiß nicht einmal, was ich wirklich damit sagen will.

Sie schluckt schwer. Dieser Blick in ihren Augen kehrt zurück … als wüsste sie Dinge über mich, die niemand sonst weiß. Aber dann fragt sie, „Was zum Beispiel?“

„Dinge, die ich nicht näher erläutern möchte“, sage ich mit Nachdruck.

Sie schließt die Augen und schüttelt den Kopf.

Mir dreht sich der Magen um. „Warum tust du das?“

Grünes Feuer lodert in ihren Augen. „Hör auf Anspielungen zu machen und mich dann im Dunkeln tappen zu lassen. Entweder du sagst mir die Wahrheit oder du sagst gar nichts!“

„Ich lüge dich nicht an“, rufe ich.

Sie verschränkt die Arme und starrt an die Decke, blinzelt heftig.

„Stellina–“

„Okay, sag mir, was du tust. Und wag es nicht zu sagen, dass du ein Geschäftsmann bist“, faucht sie.

Mein Mund wird trocken. *Weiß sie mehr, als sie sich anmerken lässt? Warum ist sie so wütend?*

„Ich warte“, schnauzt sie.

Ich trete einen Schritt zurück und offenbare ein paar Fakten, aber sage ihr nicht die ganze Wahrheit. „Ich besitze wirklich Unternehmen.“

Sie legt den Kopf schief. „Welche Art?“

Ich zucke mit den Schultern. „Verschiedene.“

„Wie zum Beispiel?“

„Restaurants, ein paar Fitnessstudios, nichts Besonderes, aber es summiert sich“, gebe ich zu, ohne ins Detail gehen zu wollen, was ich beruflich mache. Das kann nicht gut enden.

Sie hebt ihr Kinn. „Wem gehören sie?“

„Mir selbst. Ein paar habe ich mit einigen Familienmitgliedern erworben. Warum bist du so verärgert über meine Geschäfte?“, frage ich.

„Ich bin nicht verärgert“, behauptet sie.

„Nicht?“, frage ich fordernd.

Sie mustert mich einen Moment und stößt sich dann von der Arbeitsplatte ab. „Ich bin nur neugierig. Können wir etwas essen? Ich bin hungrig und müde. Ich muss zurück ins Bett.“

Ich öffne den Mund, schließe ihn aber wieder und beschließe, dass es das Beste ist, das Thema zu wechseln. Irgendwie habe ich den wankenden Frieden zwischen uns gebrochen, was nicht meine Absicht war. Jetzt ist sie wieder wütend auf mich.

Doch was habe ich mir nur dabei gedacht? Alles, was mit meinem Berufsleben zu tun hat, ist schlecht für meine Stellina. Es gibt nicht viel, was ich ihr offenbaren kann, ohne sie in Gefahr zu bringen oder sie in die Flucht zu schlagen.

Ich trete vor den Herd, ergreife die Topflappen und gieße die Nudeln über der Spüle ab. Dampf steigt auf. Ich stelle den Topf zurück auf den Herd, fülle zwei Teller mit Nudeln und gieße die Soße darüber. Dann trage ich sie zum Tisch und hole unsere Wasserflaschen und das Besteck.

Chanel steht immer noch steif in der Küche. Sie starrt ins Nichts, aber hat den Kopf gesenkt.

Ich kehre zu ihr zurück und sage behutsam, „Komm essen.“

Sie blickt auf und zeigt mir eine Welt voller Schmerz, Traurigkeit und etwas, das ich bisher noch nie in ihrem Blick gesehen habe.

Enttäuschung.

Mein Herz sackt. Ich ergreife ihre Hand und küsse ihren Handrücken, dann führe ich sie zum Tisch. Ich ziehe ihren Stuhl raus und sie setzt sich. Ich setze mich neben sie und warte, bis sie zu essen beginnt.

Die meiste Zeit schweigen wir. In Gedanken debattiere ich heftig, aber alles, was ich zu sagen gedenke, kann nur in unserem Ruin enden. Als wir fast aufgegessen haben, lege ich einen Arm um ihre Schultern und beuge mich zu ihr rüber.

Sie versteift sich und blickt mich langsam an.

Ich streiche ihr eine Haarsträhne hinters Ohr und sage, „Verzeih mir, wenn ich Dinge gesagt habe, die dich verärgert haben. Ich bin … Ich bin ein unvollkommener Mann. Mein Leben besteht nur aus Arbeit, und ich verbringe die meiste Zeit meiner Freizeit allein."

Sie schließt kurz die Augen.

„Ich mag dich … sehr. Das sage ich sonst nie, aber es ist wahr. Und ich weiß nicht, wie ich es immer wieder vermassle und dich verärgere, aber das ist nicht meine Absicht."

Ihre Unterlippe bebt und sie schließt die Augen.

Ich fahre mit den Fingerknöcheln über ihre Wange und flehe sie an, „Würdest du mir bitte sagen, was ich tue, das dich so aufregt?"

Die Zeit scheint stillzustehen. Schließlich öffnet sie die Augen und räuspert sich. „Wir können nicht zusammen sein, Luca."

Eine Bombe explodiert in meinem Herzen. Das ist das Letzte, was ich erwartet habe. „Warum sagst du so etwas?"

Ihre Augen glänzen als sie aufsteht und unsere Teller in die Hand nimmt. „Ich glaube, du weißt, warum." Sie geht in die Küche, spült die Teller ab und räumt sie in die Spülmaschine.

Ich folge ihr, als sie ins Schlafzimmer läuft. „Was meinst du damit, Stellina."

Sie dreht sich wütend um und stemmt die Hände in die Hüften. „Ich soll dir also sagen, was du wissen willst, aber du kannst meine Fragen nicht beantworten?"

„Worauf habe ich nicht geantwortet?", frage ich verwirrt.

Sie schüttelt den Kopf, schlüpft unter die Decke und murmelt, „Du bist sehr verschlossen, Luca. Du sagst mir, du willst ein besserer Mensch sein, und ich frage, warum. Aber du schleichst nur um die Wahrheit herum. Vielleicht kannst du die meisten täuschen, mit denen du zu tun hast, aber nicht mich."

Mein Herz bleibt fast stehen. Bin ich so tief in meine Arbeit verstrickt, dass diese achtzehnjährige Frau Dinge sehen kann, die andere um mich herum nicht sehen können?

Ich muss das in Ordnung bringen, bevor ich sie für immer verliere.

Ich setze mich neben sie, ziehe sie in meine Arme und versichere, „Ich verspreche dir, dass ich dir nichts vormache."

Sie sieht mir starr in die Augen. „Du verheimlichst etwas. Ich weiß vielleicht nicht alles, aber ich erkenne einen Lügner, wenn ich einen sehe."

„Worüber habe ich gelogen?"

„Du–" Sie schließt im letzten Moment den Mund und schaut weg.

„Ich habe was?", frage ich streng und drehe ihr Kinn wieder zu mir.

Ihre Wangen werden rot. In ihren grünen Augen lodern Flammen, aber ich sehe auch das verängstigte kleine Mädchen in ihnen.

Ich mildere meinen Ton. „Stellina, worüber habe ich dich belogen?"

Sie schneidet eine Grimasse und blinzelt angestrengt, um die frischen Tränen zu unterdrücken, die in ihrem Augen aufsteigen. „Vergiss, dass ich etwas gesagt habe."

„Nein. Ich will wissen, was ich gesagt habe, das dich glauben lässt, ich hätte dich belogen", verlange ich.

Sie schweigt.

„Du hast mich nach meinen Geschäften gefragt, und ich habe dir gesagt, dass ich verschiedene Unternehmen besitze. Ich habe nicht gelogen."

Sie kneift ihre Augen zu und flüstert, „Hör einfach auf."

Wut, Verwirrung und das verzweifelte Bedürfnis, die Sache in Ordnung zu bringen, erfüllen mich. „Was meinst du?"

Wut und Zorn lodern in ihren Augen, als sie sie wieder ausreißt. „Na schön. Sag mir, was du den ganzen Tag machst."

Alle Alarmglocken in meinem Kopf schrillen. Ich frage mich wieder einmal, ob sie etwas über mich weiß, was sie nicht wissen sollte.

Das ist nicht möglich.

Oder etwa doch?

Vorsichtig antworte ich, „Ich arbeite."

„Was tust du, Luca?“, fragt sie.

Meine Brust ist wie zugeschnürt und es fällt mir schwer, tief durchzuatmen. „Ich manage meine Geschäfte. Ich suche nach neuen Investmentmöglichkeiten.“

„Mit deiner Familie?“

Ich nicke. „Klar. Aber manchmal investiere ich auch auf eigene Faust.“

„Und wer ist deine Familie?“, fragt sie mit hochgezogener Braue.

Mir stellen sich die Nackenhaare auf. Ich spreche nie über die Marinos. Keiner weiß, dass ich mit ihnen verwandt bin. „Ich bin in Italien aufgewachsen. Der Feind meines Vaters hat ihn umgebracht, als ich noch ein Junge war. Meine Mutter hat es nicht verkraftet. Sie beging ein paar Jahre später Selbstmord. Ich habe ein paar Cousins und einen Onkel hier. Wenn ich mit Partnern in neue Geschäfte investiere, sind sie diejenigen, die mich unterstützen.“

Sie starrt mich an. Erdrückendes Schweigen erfüllt den Raum zwischen uns. Schließlich flüstert sie, „Ist das wahr? Das mit deinen Eltern?“

Gefühle, die ich mir schon lange nicht mehr zu spüren erlaubt habe, überkommen mich. Ich spanne meinen Kiefer an, schniefe heftig und konzentriere meinen Blick auf die Decke. Als ich das Gefühl habe, dass ich mich wieder unter Kontrolle habe, sage ich, „Hältst du mich für ein Monster, das über so etwas lügen würde?

Sie legt ihre Hand auf meine Wange und antwortet leise, „Es tut mir so leid, Luca. Ich kann mir nicht vorstellen, wie das für dich war.“

Ich atme tief ein und vergrabe meine Trauer tief in meiner Seele. „Das ist lange her. Ruh dich etwas aus, Stellina", sage ich so ruhig ich kann. Ich küsse sie auf die Stirn und drehe mich dann auf die Seite, unfähig, dieses Gespräch fortzusetzen.

Ich dachte, ich könnte einen Weg finden, um mit ihr zusammen zu sein, aber ich habe mich geirrt.

Es gibt nur einen Grund, warum ich noch am Leben bin. Ich muss jeden Abruzzo ausschalten, den ich finden kann.

Ich werde nicht ruhen, bis Jacopo und alle, die ihm wichtig sind, tot sind.

Chanel hat recht. Egal, wie sehr ich sie will, wir können nicht zusammen sein. Ich werde sie niemals in meine Welt hineinziehen, so wie sie jetzt ist. Ich weiß nicht einmal, wie ich mir erlauben konnte, über diese Möglichkeit nachzudenken. Wenn ich mich für sie entscheide, verspiele ich meine Chance auf die Rache, die meine Eltern verdienen. Und ich bin nicht so weit gekommen, um jetzt aufzuhören.

6

Chanel

Luca wendet sich von mir ab und seine Schultern spannen sich.

Sein Vater wurde von einem Feind der Familie getötet?

Waren es die Marinos?

Seine Mutter beging Selbstmord, als er noch ein Kind war.

Liege ich in Bezug auf die Marinos falsch? Sind sie auch abscheuliche Monster?

Nein. Die Abruzzos sind die Bösen.

Was, wenn die Marinos genauso böse sind wie die Abruzzos?

Fragen, die ich mir nie zuvor gestellt habe, quälen mich jetzt. Ich stelle mir Luca als kleinen Jungen vor, der am Boden zerstört ist, weil er erst seinen Vater und dann seine Mutter verloren hat. Es schmerzt mich und ich befürchte, an meinen Gefühlen zu ersticken.

Keiner sagt etwas, was die Situation irgendwie noch schlimmer macht.

Ich sehe nur seinen Schmerz, der sich über ihn ausbreitet, wie die Schwinge eines Raben. Egal, wer seine Familie ist, er hat es nicht verdient, seine Eltern zu verlieren. Kein Kind sollte so etwas erleben müssen. Vielleicht sind es meine wachsenden mütterlichen Instinkte, aber jetzt, da ich sein Kind in mir trage, erscheint es mir noch grausamer.

Als ich es nicht mehr aushalte, rücke ich näher an ihn heran, bis ich meinen Körper um seinen schlingen kann. Er versteift sich, als ich meinen Arm um seine Taille schmiege und meine Hand auf sein rasendes Herz lege. Ich presse meine Lippen auf seinen Nacken und murmle, „Es tut mir leid. Du hast etwas Besseres verdient als das, was das Leben dir gegeben hat."

Mit kalter Stimme antwortet er, „Es ist vor langer Zeit passiert. Schlaf jetzt, Chanel."

Sein Ton lässt mich erschaudern. Er hat noch nie so schroff mit mir gesprochen. Es zeigt mir, wie sehr ihn die Vergangenheit peinigt. Anstatt zu gehorchen, schiebe ich meinen anderen Arm unter seinen Kopf und ziehe ihn fester an mich.

Er atmet tief durch und hält eine gefühlte Ewigkeit die Luft an, bevor er sie langsam und leise wieder freigibt. Er macht das mehrmals, dann dreht er sich um, zieht mich an seine Brust und befiehlt, „Schließ deine Augen, Stellina."

„Luca–"

„Du brauchst Ruhe. Jetzt wird nicht mehr geredet, nur noch schlafen", befiehlt er.

Ich schweige einen Moment, hebe den Kopf und beginne erneut, „Luca, ich … ich will–“

Was will ich sagen?

Sein dunkler, ernster Blick hält mich gefangen.

Es trifft mich bis ins Mark. Hinter diesen Augen verbirgt sich der tief sitzende, endlose Schmerz eines kleinen Jungen. Ich hebe die Hand an seine Wange und streiche mit meinem Daumen darüber.

Es vergehen einige Augenblicke, bevor ich wieder zu sprechen vermag, aber er wirft mich so schnell auf den Rücken, dass ich nach Luft schnappe, bevor ich etwas sagen kann. Er legt sich auf mich und senkt seine Lippen, erforscht sanft meinen Mund, mit wachsender Intensität, die mir den Atem raubt.

Ich umklammere ihn, genieße das Gewicht seines Körpers auf meinem und lasse meine Zunge in perfektem Rhythmus um seine kreisen, bis er sich zurückzieht und mich mustert.

Unsere Oberkörper pressen aneinander und ich würde ihn am liebsten nie loslassen. Keiner wendet den Blick ab, und ich weiß nicht, was ich tun soll. Ich gerate in Panik, weil ich befürchte, dass er sich von mir abwenden wird. Ich packe sein Haar fester und ziehe ihn zu mir hinunter, lasse meine Zunge wieder in seinen Mund gleiten.

Er wehrt sich nicht und küsst mich mit neuer Inbrunst.

Ich schlinge meine Beine um ihn, will ihn wieder in mir spüren. Also hebe ich ihm meine Hüften entgegen, aber er packt sie und drückt mich ins Bett, sodass ich ihn nicht mehr spüren kann.

Doch seine Küsse versetzen mich weiterhin ins Delirium, feucht und sehnsuchtsvoll. Die Hitze unserer Körper nimmt zu, der Duft unserer Erregung liegt in der Luft, und ein Wimmern dringt aus meiner Kehle. Es steigert die unerträgliche Vorfreude in meinem Inneren.

Dann quält er mich mit einer neuen, endlos langsamen Foltermethode. Er kreist seine Hüften über meiner Perle und ich keuche.

„Nicht aufhören. Schneller. Oh Gott!", rufe ich.

Luca wird nicht schneller. Er nimmt seine Hand von meiner Hüfte und fährt mit seinen Fingerknöcheln die Kurve meiner Taille hinauf, bis seine Hand meine Brust berührt. Meine Haut kribbelt, wo er mich berührt, dann streifen seine Finger und Daumen meine Brustwarze mit kaum merklichen Druck.

Ich stöhne, blinzle angestrengt, um meine Gedanken zu sammeln, aber das Adrenalin raubt mir die Macht zum Denken. Ich beginne zu zittern, von meiner Pussy über meine Brüste bis hin zu meinen Gliedern, die mit seinen verschlungen sind.

„Bitte", flehe ich, während der dumpfe Hauch eines Orgasmus jedes Atom meines Wesens durchströmt und das Verlangen nach mehr so stark in mir pulsiert, dass mir die Tränen in die Augen schießen.

Er gibt meinem Flehen nicht nach, so im Einklang mit meinem Körper, dass es sein eigener sein könnte. Er unterbricht unseren Kuss, lehnt sich an mein Ohr und murmelt so leise, dass ich ihn kaum höre, „Ich wünschte, ich könnte dich haben."

Ich antworte ebenso leise, „Du hast mich doch."

Er vergräbt sein Gesicht in meiner Halsbeuge, küsst, saugt und beißt sanft zu, während sein Schwanz schneller über mich gleitet.

„Oh … oh …"

Er drückt seine Stirn an meine, sein heißer, gebrochener Atem mischt sich mit meinem, vergräbt sich tiefer in meiner Seele.

Das elektrisierende Gefühl vernichtet mich fast. Es ist fast wie eine außerkörperliche Erfahrung, doch ich konzentriere mich auf Luca, den unendlich tiefen Blick, mit dem er mich betrachtet, während ich unter ihm zu einem Häufchen aus Lust, und Verlangen und Liebe zerschmelze.

Ich zittere immer noch, als er in mich eindringt und mir sowohl süße Erleichterung als auch einen neuen Ansturm von Empfindungen beschert. Ich spreize meine Beine weiter und versuche, so viel wie möglich von ihm aufzunehmen, auch wenn ich bereits voll bin.

Er stöhnt und schiebt seine Hand unter meinen Kopf, und fährt mit den Fingern durch mein Haar. Mit der anderen Hand hebt er meinen rechten Oberschenkel über seine Schulter und stößt dann fester in mich.

„Luca!", schreie ich und wälze meinen Kopf auf dem Kissen.

Er sieht mir in die Augen und sagt auf Italienisch, „Du bist die Frau, für die ich sorgen und die ich lieben möchte, Stellina."

Tränen füllen meine Augen. Ich ziehe seinen Mund zu mir herunter, damit er nicht merkt, dass ich fließend Italienisch spreche. Ich küsse ihn, trotz meiner Tränen und verdränge den Gedanken an eine gemeinsame Zukunft mit Luca und unser Baby in den Hintergrund.

Er murmelt durch unsere Küsse hindurch und fährt fort, „Ich würde immer gut zu dir sein" und „Was würde ich dafür geben, dass du mir eines Tages sagst, dass du mich liebst."

Es bricht mir das Herz. Ich bezweifle nicht, dass Luca gut zu mir sein würde. Er ist einfach unglaublich. Der tragische Tod seiner Eltern lässt mich an meinen eigenen Motiven zweifeln.

Bin ich voreingenommen? Stehe ich vielleicht sogar auf der falschen Seite eines Krieges, der nicht der meine ist?

Seine feurige Zunge trifft mein Ohr, als er auf Englisch sagt, „Sag mir, dass du dich gut fühlst."

„Das tue ich, Luca. So gut."

Er nickt gegen meine Wange und erhöht die Geschwindigkeit seiner Stöße. Dann murmelt er auf Italienisch, „Ich bin unvollkommen, Stellina. Du verdienst etwas Besseres."

Ich schließe meine Augen, spüre das Hochgefühl, das Luca in mir auslöst, während ich mit der Frage kämpfe, ob ich darüber hinwegsehen kann, dass er ein Abruzzo ist oder nicht. Mein Herz will ihn. Nicht nur für mich, sondern auch für unser Baby. Doch mein Verstand weigert sich, diesen Weg einzuschlagen.

„Mein Gott", stöhnt er. Er dringt so schnell in mich ein und zieht sich wieder zurück, dass Schweiß auf meiner Haut ausbricht. Mein Orgasmus erschüttert mich bis in die Grundfeste.

Meine Stimme bricht, als ich „Luca!", schreie. Ich kralle meine Finger in seine Schultern und wölbe mich ihm entgegen.

Sein tiefes Stöhnen erfüllt die Luft und er kommt tief in mir.

Es ist, als würden sich unsere Körper gegenseitig ins All katapultieren. Unsere Orgasmen klingen nicht sofort ab, sondern prallen weiter aufeinander, während unser berauschender Duft dichter wird und die Geräusche der Lust im Raum widerhallen.

Als wir langsam zur Ruhe kommen, ersetzen unsere Atemzüge und das Ticken meiner Uhr unsere Schreie. Der Schweiß auf unserer Haut, kühlt ab. Und die Realität unserer Situation prallt wie ein Güterzug in die Barriere, die ich in meinem Kopf um unser gemeinsames Glück aufgebaut habe.

Luca küsst mich zärtlich, zieht sich aus mir zurück und mustert mich einen Moment lang. Er öffnet den Mund, schließt ihn wieder, dreht sich auf den Rücken und zieht mich an seine Brust.

Ich schmiege mich an ihn, weiß aber nicht, was ich mit all den unausgesprochenen Worten zwischen uns anfangen soll, und wünsche, es gäbe keine Abruzzos oder gar die Marinos. Wenn dieser Kampf nicht existieren würde, wäre das Leben so viel einfacher.

Ist es aber nicht.

Sein Herzschlag verlangsamt sich, pulsiert regelmäßig in meinem Ohr und lässt mich an den Herzschlag unseres Babys denken, den ich in der vergangenen Woche beim Ultraschall gehört habe. Vielleicht bin ich verrückt, aber er klingt genau wie Lucas.

Was mache ich nur? Er ist der Vater meines Babys.

Ist es falsch, es vor ihm geheim zu halten?

Die Abruzzos sind abscheuliche Monster.

Aber Luca ist es nicht. Mein Baby hat einen Vater verdient und es gibt keinen Zweifel ... Luca wäre ein toller Vater.

Ich hebe den Kopf, um mein Geständnis abzulegen, aber Luca legt zwei Finger auf meine Lippen.

„Es ist spät und du brauchst Ruhe. Schließe die Augen, Stellina."

Erschöpfung macht sich in mir breit und ich gähne. Luca hat recht. Dem Baby zuliebe muss ich schlafen.

Er küsst mich auf die Lippen und sagt, „Schlaf."

Ich nicke langsam und kuschle mich tiefer in seine Arme. Meine Gedanken kreisen um das *was wäre, wenn,* und ich beschließe, dass ich morgen alles noch einmal überdenken muss. Vielleicht gibt es einen Weg, wie wir zusammen sein können.

Er schlingt seine Arme um mich, als könnte er mich dadurch immer bei sich behalten. Ich kralle meine Hände in seine Muskeln, damit ich ihn nicht loslassen muss und schlafe mit dem Klopfen seines Herzens und dem langsamen Rhythmus seines Atems ein.

Ich wache erst um zwei Uhr nachmittags auf. Luca hat mir sein Einstecktuch um die Augen gebunden. Ich lächle, weil er so umsichtig war, die Sonne abzuwehren, damit ich schlafen kann. Obwohl ich Vorhänge habe, ist es ziemlich hell in meinem Schlafzimmer. Der schwarze Satin meiner Bettwäsche riecht nach ihm. Ich atme den Duft tief ein und überlege erneut, was ich tun soll.

Ich komme schließlich zu dem Schluss, dass Luca weder unserem Kind noch mir jemals etwas antun würde. Mit Sicherheit würde er doch sein eigenes Fleisch und Blut vor den Abruzzos beschützen?

Mehrere Minuten lang hadere ich mit meiner Entscheidung, ihm von unserem Baby zu erzählen. Je mehr Zeit vergeht, desto entschlossener werde ich, es ihm zu sagen. Es fühlt sich nicht mehr richtig an, meine Schwangerschaft vor ihm geheim zu halten. Ich glaube fest daran, dass er unser Baby und mich nicht verraten würde.

Und ich will ihn nicht aufgeben. Ich kenne ihn kaum, aber mein Herz schreit danach, dass ich ihn nicht gehen lassen darf, ohne ihn wissen zu lassen, was ich für ihn empfinde.

Zuversichtlich, dass ich die richtige Entscheidung treffe, und erleichtert, ihm endlich die Wahrheit sagen zu können, ziehe ich meinen Morgenmantel an. Ich öffne die Schlafzimmertür und rufe, „Luca?"

Mein Bauchgefühl sinkt, als ich die ohrenbetäubende Stille in der winzigen Wohnung bemerke.

Er ist nicht hier.

Er wird zurückkommen. Er musste wahrscheinlich zur Arbeit gehen.

Welcher Tag ist heute?

Ich überlege …

Es ist Donnerstag.

Erleichterung durchströmt mich.

Es ist mitten am Tag. Hör auf, durchzudrehen.

Ich hoffe immer noch, dass er noch hier ist, und sehe im Badezimmer nach, aber es ist leer. Also kehre ich ins Schlafzimmer zurück und finde dort einen Notizzettel auf meiner Kommode.

CHANEL,

Ich werde mich immer an unsere gemeinsame Zeit erinnern. Ich wünschte, die Situation wäre anders, aber du hattest recht, als du sagtest, wir könnten nicht zusammen sein.

Wenn ich mein Leben für dich ändern könnte, würde ich es tun. Aber ich kann es nicht. Ich stecke zu tief drin, und aus Gründen, die ich dir nie offenbaren kann, gibt es keinen anderen Ausweg. Ich würde dich nie in Gefahr bringen.

Du verdienst nur das Beste, meine liebste Stellina. Gib dich niemals mit weniger zufrieden.

Mein Herz ist für immer dein.

Luca

. . .

Mein Herz setzt einen Schlag aus. Ich lese den Brief wieder und wieder, bis die Tinte vor meinen Augen verschwimmt.

Stundenlang sitze ich fassungslos da und schwanke zwischen Wut und Verzweiflung.

Ich habe keine Möglichkeit, ihn zu kontaktieren.

Warum habe ich mir nicht seine Handynummer geben lassen?

Stopp! Er hat zugegeben, dass ich in Gefahr sein würde, wenn er mich in seine Welt lassen würde. Luca wird seine Familiengeschäfte nie aufgeben.

Er weiß nichts von unserem Baby. Wenn er davon wüsste, würde er vielleicht aussteigen.

Was denke ich da nur? Er gehört zu einer der gefährlichsten Verbrecherfamilien der Welt. Er kann nicht einfach aussteigen.

Mein Vater arbeitet für die Marinos. Ich arbeite für die Marinos. Für uns gibt es kein glückliches Ende. Luca hat mir einen Gefallen getan, als er es beendet hat.

Vielleicht könnte unser Baby die Familien zusammenbringen.

Romeo und Julia sind beide tot. Auf welchem Planeten lebe ich?

Mein Baby wird keinen Vater haben.

Das wusste ich schon vor ein paar Tagen, bevor Luca wieder in mein Leben trat. Es sollte mich nicht überraschen.

Warum tut es dann so weh?

Es wird schon dunkel, als mich das Klingeln an der Tür aus meinen Gedanken reißt. Noch immer trage ich nur meinen Morgenmantel. Die Uhr zeigt 17:45 an.

Ich stehe auf und mir wird schwindlig. Ich setze mich wieder hin und verfluche mich. Natürlich habe ich vergessen, zu essen. Es klingelt wieder, und ich stehe langsam auf, um zur Freisprechanlage zu gehen. Ich halte den Gegensprechknopf gedrückt und frage, „Wer ist da?“

„Ich habe eine Lieferung für eine Ms. Moulin“, sagt eine Männerstimme.

„Was für eine Lieferung?“, frage ich und überlege, was es wohl sein könnte. Ich kann mich nicht erinnern, etwas bestellt zu haben.

„Möbel“, antwortet er.

Mir stellen sich die Nackenhaare auf. *Möbel?* Ich renne zum Fenster und werfe einen Blick auf die Straße. Vor meinem Haus ist ein LKW geparkt, und eine Rampe wurde hinten heruntergelassen.

Ich kehre zur Gegensprechanlage zurück und sage, „Ich habe keine Möbel bestellt. Ich glaube, Sie haben die falsche Adresse erwischt.“

„Ma'am, sind Sie Ms. Chanel Moulin?“, fragt er verärgert.

„Ja.“

„Dann habe ich eine Lieferung für Sie. Und ich möchte heute Abend zu einer anständigen Zeit nach Hause zu meinen Kindern kommen. Können Sie bitte die Tür öffnen, damit wir unsere Arbeit erledigen können?“, fragt er.

„Ich nehme die Lieferung nicht an. Ich habe für nichts bezahlt“, sage ich.

„Die Lieferung ist voll bezahlt und nicht erstattungsfähig. Wenn ich das Zeug nicht abliefere, muss ich es zurücknehmen, und das bedeutet, dass meine Jungs und ich heute Abend nicht mit unseren Familien zu Abend essen werden."

„Wer hat es bezahlt?", frage ich.

Er stöhnt. „Ma'am, das ist nicht mein Problem. Je länger Sie mich hinhalten, desto mehr Zeit verliere ich mit meinen Kindern."

Schuldgefühle überkommen mich. Ich gebe nach und öffne die Tür. Mein Magen knurrt. Ich schnappe mir eine Packung mit Crackern und gehe zum Fenster, wo ich drei Männer beobachte, die abgedeckte Möbel aus dem LKW ausladen. Ich lehne mich an die Wand und schiebe mir Cracker in den Mund, die ich kaum schmecke.

Einige Minuten später klopft es an meiner Tür.

Ich schaue durch den Türspion, vergewissere mich, dass es der Lieferdienst ist, und öffne die Tür. „Ich habe nichts bestellt", sage ich zur Begrüßung.

Ein Mann mit Klemmbrett, einem Bierbauch und Schweißtropfen im Gesicht sieht mich finster an, schüttelt den Kopf und fragt, „Müssen wir das noch einmal durchgehen?"

Ich öffne meinen Mund und schließe ihn dann wortlos wieder.

Er hält mir das Klemmbrett vor die Nase. Er zeigt auf eine Zeile mit einem X und fordert, „Unterschreiben Sie hier."

Ich werfe einen Blick in mein Wohnzimmer und frage ihn, „Ich habe keinen Platz für neue Möbel."

„Wir haben die Anweisung, Ihre Möbel zu entsorgen", antwortet er.

Ich weiß nicht, was ich tun soll, also frage ich, „Was ist, wenn mir die neuen Sachen nicht gefallen?"

Er blickt über meine Schulter in meine Wohnung und wirft mir einen verärgerten Blick zu. „Ich bin mir ziemlich sicher, dass das unmöglich ist."

Ich könnte mich über seine Bemerkung über meine schäbigen Möbelstücke aufregen, aber ich bin plötzlich zu hungrig und emotional ausgelaugt, um weiterzukämpfen.

Er tippt mit dem Stift auf das Klemmbrett und wölbt die Augenbrauen.

Ich seufze, ergreife den Stift und unterschreibe. Dann trete ich zurück und öffne meine Tür. Ich gehe in die Küche, schnappe mir eine Banane und eine Flasche Wasser, setze mich an den Tisch und schaue zu, wie sie meine Wohnung umgestalten.

Innerhalb weniger Minuten wird ein plüschiges Sofa hereingetragen. Es hat die Form eines Ls und ist mit dem weichsten schwarzen Leder bezogen, das ich je gesehen habe. Dann kommen die Möbelpacker mit einem übergroßen Polsterhocker und einem passenden Sessel herein.

Als sie meine alten Möbel in den Hausflur tragen, folge ich ihnen zur Tür und sage, „Danke. Wie finde ich heraus, von wem die Lieferung ist?" Das ist eine dumme Frage. Ich weiß bereits, dass Luca die einzige Person ist, die mir das geschickt haben könnte. Aber ich will sichergehen. Und vielleicht hat das Möbelhaus seine Kontaktdaten in den Akten.

„Diana nimmt die meisten Aufträge entgegen, aber sie wird Ihnen keine Auskunft geben. Sie ist ziemlich wortkarg. Aber sperren Sie uns nicht aus. Wir haben den Rest noch nicht hochgebracht", informiert mich der Möbelpacker, der sich als Bill entpuppt hat und geht zum Aufzug.

Noch mehr?

Ich kehre zum Fenster zurück und beobachte, wie sie weitere Möbel aus ihrem LKW ausladen. Von den Ereignissen überwältigt, atmete ich tief durch. Ich habe so viele Fragen.

Sie kommen mit einer wunderschönen zinnfarbenen und schwarzen Schrankwand zurück. Es gibt schwebende Regale, Schubladen und einen großen Ausschnitt für einen Fernseher.

Ein rothaariger Mann namens Matt und ein dunkelhaariger Mann namens Lou tragen zwei Couchtische herein, die zur Schrankwand passen.

Bill stellt einen Großbildfernseher auf die Schrankwand und befiehlt Matt, „Häng ihn auf."

Matt macht sich an die Arbeit und zeigt mir dann, wie ich ihn bediene, aber ich kann mich kaum konzentrieren, weil Bill und Lou einen schwarzen Holzküchentisch und lederne Esszimmerstühle in die Wohnung tragen.

„Bitte sagt mir, dass es das war", flehe ich. Ich verstehe nicht, warum Luca mir einen Abschiedsbrief schreibt und dann meine Wohnung neu einrichtet. Massimo kümmert sich gut um mich. Er schickt mir oft extravagante Dankesgeschenke oder gibt mir große Boni, aber das hier ist außerhalb meiner Komfortzone.

„Seien Sie nicht so überschwänglich", murmelt Bill und schleppt meine alten Stühle zur Tür hinaus. Er kommt wieder herein, hilft Lou den Rest rauszutragen, zieht dann sein Klemmbrett aus der Gesäßtasche und blättert die Seite um. „Entspricht alles Ihren Vorstellungen?"

Ich schaue mich in meiner Wohnung um. Es fühlt sich an, als wäre ich in die Wohnung eines anderen Menschen getreten. „Ja", antworte ich dem schroffen Mann.

„Großartig. Unterschreiben Sie hier." Er reicht mir den Stift und das Klemmbrett.

„Boss, das haben wir noch vergessen", ruft Matt und betritt mit zwei großen Umzugstaschen meine Wohnung. Lou folgt ihm mit ein paar Kisten.

„Was ist das?", frage ich überrascht.

„Kissen, Decken und Ihre Lampen", antwortet er.

Bill stöhnt und legt das Klemmbrett und den Stift auf einen Couchtisch. Er und Lou arbeiten daran, eine silberne Stehlampe und eine Tischlampe zusammenzubauen, während Matt einige bunte, unterschiedlich großen Kissen aus ihrer Plastikhülle befreit. Er arrangiert sie auf der Couch und dem Sessel, während ich fassungslos daneben stehe.

Sie sind innerhalb kürzester Zeit fertig, ich unterschreibe und sie gehen. Als sich die Tür hinter ihnen schließt, setze ich mich auf die Couch, ziehe die weiche cremefarbene Decke über mich und ziehe die Knie an meine Brust. Tränen der Verwirrung fließen über meine Wangen und ich frage mich, wie sich ein so großzügiges Geschenk so grausam anfühlen kann.

7

Luca
Vier Monate später

Es sind einige Monate vergangen, seit ich Chanel zuletzt gesehen habe. Dennoch denke ich ununterbrochen an sie. Egal, was ich tue, ich werde die Erinnerung an ihre schönen Gesichtszüge nicht los, oder an die Art und Weise, wie sich ihr Körper in meinen Armen anfühlt. Ich erinnere mich daran, wie unschuldig und rein sie ist … und viel zu gut für mich.

Ich würde alles tun, um sie wiederzusehen. Mehrere Male habe ich vor ihrer Wohnung in meinem Auto gesessen und darauf gewartet, dass sie herauskommt. Und jedes Mal, wenn ich ihr wunderschönes Gesicht sehe, entfacht es den Schmerz, das Verlangen und die Besessenheit, die ich nicht abstellen kann, erneut.

Aber ich nähere mich ihr nicht. Ich weiß, dass ich sie nie der Gefahr aussetzen darf, meine Welt zu betreten. Es ist zu grausam. Selbst wenn ich Vorsichtsmaßnahmen treffen würde, würden die Abruzzos irgendwann von ihr Wind bekommen. Ich war ein Narr, etwas Langfristiges mit ihr in Erwägung zu ziehen. Es würde in einem Blutbad enden.

Jeden Tag gerate ich tiefer und tiefer in die Welt der Abruzzos. In gewisser Weise hat die Zeit, die ich mit Chanel verbracht habe, das Feuer neu entfacht – ich muss Jacopo und seine Familie ausschalten. Ich habe alles getan, was ich konnte, um für ihn immer wichtiger zu werden, und heute teste ich ihn. Entweder verlasse ich seine Dienste in einem Leichensack, oder er wird meinen Wert erkennen.

Als ich durch das Tor des Anwesens fahre, parke und an den Bodyguards vorbeigehe, überkommt mich ein Gefühl des Grauens. Adrenalin pumpt durch meine Adern. Es ist nichts Neues, aber so intensiv war es noch nie. Andererseits habe ich auch noch nie einen solchen Coup durchgezogen.

Ich gehe durch die Villa und betrete Jacopos Esszimmer. Seine Top-Männer und drei seiner neuen Frauen sind anwesend.

Mein Bauch kribbelt. Ich hasse es jedes Mal, wenn ich seine Frauen sehe. Er setzt sie immer auf eine Hühnerfilet-Diät. Sie bekommen ein kleines Stück gegrilltes Fleisch, und das war's.

Viele der Frauen sind krankhaft schlank und unterernährt. Ich verstehe nicht, warum er ihre Kurven hasst. Ist es sein Kontrollzwang oder fühlt er sich wirklich nicht zu ihnen hingezogen, wenn sie gesund und schön aussehen? Es dauert nicht lange, bis sie verkümmern.

Diese Frauen sind nicht aus freiem Willen hier. Sie sind seine Gefangenen. Sie sitzen an seinem Tisch, hören alles mit, was vor sich geht, aber dürfen nicht sprechen.

Noch grausamer ist, dass alle Männer mehr essen, als sie brauchen. Die meisten von ihnen scheinen nicht einmal zu bemerken, dass die Frauen verhungern. Die Abruzzos betrachten die Frauen als wenig mehr als ihr Eigentum. Selbst diejenigen, die freiwillig eine Ehe eingehen, haben kaum Macht.

Heute ist es nicht anders. Ich sehe die Traurigkeit in den Augen der anwesenden Frauen, und ich vermeide es, sie länger als nötig anzusehen. Es kostet mich alles, nicht meine Waffe zu ziehen und alle Männer im Raum zu erschießen. Ich würde nie lebend hier rauskommen.

„Luca, setz dich", befiehlt Jacopo und deutet auf einen Stuhl.

Ich gehorche, und ein Diener stellt einen Teller vor mir ab.

„Iss", fordert Jacopo.

Ich traue mich nicht, ihm zu widersprechen. Ich bin nicht hungrig, aber ich esse die Hälfte und lausche den Gesprächen. Es wird nichts gesagt, was ich gegen ihn verwenden könnte, also warte ich ab und konzentriere mich auf meine Mahlzeit.

Schließlich wendet Jacopo seine Aufmerksamkeit mir zu. „Was hat dich hierhergeführt?"

Ich lege meine Gabel ab und setze mich aufrechter hin. „Ich bringe schlechte Nachrichten."

Er runzelt die Stirn. „Um was geht es?"

Ich schaue die anderen Männer im Raum an. Sie sind seine Top-Berater, aber ich traue ihnen nicht. Außerdem stehen sie jenen zu nahe, die ich der Verbrechen beschuldigen werde, die sie nicht begangen haben.

Ich räuspere mich und sage, „Darf ich um ein privates Gespräch bitten, Boss?"

Jacopo mustert mich mehrere Minuten lang und meine Haut juckt, aber ich wage es nicht, mich zu bewegen. Das würde Schwäche zeigen, und es gibt nichts, was er mehr hasst.

Schließlich nickt er mit dem Kopf in Richtung Tür.

Die Männer stehen auf. Die Frauen bleiben.

Ich schaue sie an. Sie sind zwar Gefangene in seinem Haus, aber ich traue niemandem. Jacopo unterschätzt sie. Eines Tages wird sein mangelnder Respekt vor ihnen nach hinten losgehen. Ich weiß nicht, wann und wie, aber es wird passieren.

Ich glaube, er hält sie hier gefangen, um seine Macht zu demonstrieren und zu zeigen, dass er sie nur als seine Sexsklaven betrachtet.

„Boss, die Frauen auch", sage ich, als ich ihn wieder ansehe.

Er mustert mich, und fast glaube ich, dass er mein Gesuch ablehnen wird. Ich gerate in Panik. Ich würde gerne behaupten, dass er mich nicht einschüchtert, aber ich weiß, wozu er fähig ist.

Jacopo ist einer der gierigsten, monströsesten und rachsüchtigsten Männer, die ich kenne. Er ist psychisch instabil. Er könnte jederzeit ausrasten. Ich weiß es, und jeder in seinem Umfeld weiß es. Und doch können wir nichts tun. Er ist das Oberhaupt der Familie. Keiner wagt es, ihn zu untergraben. Und wenn ich ihn zu Fall bringen will, muss ich sein Spiel mitspielen.

Schließlich sieht er sie an und schnauzt, „Bewegt eure Ärsche. Sofort!"

Die Frauen erheben sich. Eine schwarze Frau klammert sich abrupt an den Tisch. Wahrscheinlich ist ihr schwindelig geworden, weil sie seit Wochen nicht genug gegessen hat. Sie braucht eine Minute, um ihr Gleichgewicht zu finden.

Jacopo schlägt mit der Hand auf den Tisch. „Raus. Sofort."

Eine asiatische Frau packt sie am Arm und hilft ihr aus dem Esszimmer.

Sobald sich die Tür hinter ihnen schließt und ich sicher bin, dass uns niemand belauscht, sage ich, „Boss, wir haben ein Problem mit Benny, Sid und Jimmy."

Jacopo starrt mich durchdringend an. Die Stille ist erstickend.

Benny, Sid und Jimmy sind die drei führenden Männer in seiner Organisation, die seinen Glücksspielring betreiben. Sie erwirtschaften einen großen Teil seines Gewinns. „Was soll das heißen?", zischt er.

Mein Magen dreht sich. Das passiert immer, wenn ich lüge. Oder wenn ich jemanden hintergehe. Ich muss so überzeugend sein, dass er mir glaubt. Wenn er denkt, ich lüge, wird er mir gleich hier im Esszimmer den Kopf abhacken. Ich habe ihn das schon mal machen sehen, also traue ich ihm alles zu.

Ich atme tief durch, schüttle den Kopf und versuche, so angewidert wie möglich auszusehen. „Sie sind Verräter."

„Du beschuldigst meine besten Männer, mich zu verraten?", schreit er.

Es wird schwerer, tief durchzuatmen. Ich versuche, einen kühlen Kopf zu bewahren und sage, „Sie arbeiten für die Marinos."

Jacopo rührt sich nicht, doch der Zorn lässt sein Gesicht erröten. Seine Nasenflügel blähen sich auf, als er mit zusammengebissenen Zähnen fragt, „Hast du Beweise dafür?"

„Sie stecken mit den Marino-Brüdern unter einer Decke. Ich habe es gesehen. Ich habe es gehört."

„Und was genau hast du gesehen und gehört?"

„Sie haben vor, unsere Geschäfte in die Hände der Marinos zu übergeben. Alles, auch die aktuellen Anleihen auf der Straße."

„Das ist unmöglich", sagt Jacopo, doch seine zuckenden Finger verraten mir, dass er seinen eigenen Worten keinen Glauben schenkt.

„Boss, ich kann dir versichern, dass es so ist. Sie haben Dante und Gianni Marino eine Kopie unserer Schuldenbücher gegeben."

Jacopo wird blass. Er packt seinen Scotch und kippt den Rest seines Drinks hinunter. Er knirscht so stark mit den Backenzähnen, dass ich befürchte, er würde sich einen abbrechen. Schließlich fragt er, „Wo und wann hast du das herausgefunden?"

„Letzte Nacht. Ich war unten an den Docks und habe die Waffen abgeholt. Es war dunkel, aber ich habe die drei in der Nähe der Grauzone gesehen. Ich fand es seltsam, denn sie haben an den Docks nichts zu suchen. Außerdem haben sie sich in letzter Zeit sehr merkwürdig verhalten."

„Wie?"

„Ich kann es nicht beschreiben, aber ich vertraue meinem Bauchgefühl", sage ich mit Nachdruck.

Jacopo schweigt.

„Hast du sie dorthin geschickt, Boss?"

Er atmet tief ein, erhebt sich und geht zur Bar. Er schenkt zwei Gläser Scotch ein, reicht mir eines und nimmt dann selbst einen großen Schluck.

Ich trinke selten während des Tages Alkohol. Ich bevorzuge Marihuana, aber ich trinke es, um ihn zu beschwichtigen.

„Woher weißt du, dass sie Dante und Gianni eine Kopie des Schuldenbuches gegeben haben?“

Ich tue so, als wäre ich wütend und schaue finster drein. „Wie ich schon sagte, fand ich es seltsam, dass sie dort waren. Also habe ich mich versteckt und ihr Gespräch belauscht. Es besteht kein Zweifel, dass sie Verräter sind.“

Jacopo kippt seinen Drink hinunter und schweigt länger als sonst. Ich sage nichts und warte darauf, dass er mir die erwarteten Befehle erteilt. Schließlich setzt er sein Glas ab und knurrt, „Du hast es entdeckt. Kümmere dich um sie.“

Ich nicke. „Ja, Boss.“

„Und ich will, dass unsere Autorität wiederhergestellt wird. Du musst dich um alles–“

Es klopft laut an der Tür.

„Was?“, ruft Jacapo laut.

Die Tür öffnet sich. Eddie O’Leary, Joseph O’Learys Sohn, das Oberhaupt der irischen Mafia, betritt das Esszimmer. Die O’Learys sind schon seit Jahren eng mit den Abruzzos verbündet.

„Eddie, ich habe nicht erwartet, dich heute zu sehen“, knurrt Jacopo.

Eddie blickt zu mir. „Wir müssen reden. Unter vier Augen.“

Jacopo steht auf, schenkt ein Glas Whiskey ein und reicht es Eddie. „Worum geht es?“

„Um Brody, diesen Wichser.“ Eddie hebt sein Glas und leert es in einem Zug.

Ich werde hellhörig. Es gibt nur einen Brody, auf den sich Eddie beziehen könnte. Er ist ein O'Connor und Tullys Sohn. Brody ist der älteste von vier Söhnen und der nächste in der Hierarchie der Familie, der die Führung übernehmen soll. Sie sind enge Verbündete der Marinos.

Ich erhebe mich, um zu gehen, um Jacopo nicht zu verärgern, aber er hält mich auf.

„Luca, bleib“, befiehlt Jacopo.

Überrascht setze ich mich wieder hin.

Eddie mustert mich, dann sieht er Jacopo in die Augen.

„Luca hat gerade entdeckt, dass drei meiner besten Männer Verräter sind. Er ist vertrauenswürdig.“

Eddie zieht die Augenbrauen hoch. „Wer?“

„Die Organisatoren meines Glücksspielrings“, knurrt Jacopo.

„Scheiße“, murmelt Eddie.

Jacopo deutet auf den Platz mir gegenüber. „Setz dich. Dann erzähl mir, was du weißt.“

Eddie gehorcht und sagt, „Mein Mann Danny hat die O'Connors infiltriert. Brody ist derjenige, der dein Bordell von der Bundespolizei beschlagnahmen ließ.“

Die Härchen auf meinen Armen stellen sich auf. Das ist nicht gut. Und verdammt sei Brody dafür, dass er sich so weit aus dem Fenster gelehnt hat.

Jacopo wird immer wütender. „Verdammte Ratte", knurrt er.

Ich grunze, um meine Unterstützung zu demonstrieren, aber ich bin auch überrascht, dass die O'Connors das FBI in ihre Fehde einbezogen haben. Das ist ein seltener Zug. Es gibt eine unausgesprochene Regel, dass man solche Dinge ohne die Gesetzeshüter regelt.

„Wie auch immer, ich dachte, das solltest du wissen", sagt Eddie und zündet sich eine Zigarette an.

Jacopo tritt zum Fenster und starrt in den Garten. Der Herbst steht vor der Tür und die Blätter der Bäume, im Wald, der an sein Grundstück grenzt, färben sich in allen Orange-, Rot- und Gelbtönen. Eddie und ich tauschen ernste Blicke aus, bis Jacopo befiehlt, „Danny soll Brody zu den Docks locken. Luca, du wirst Benny, Sid und Jimmy zu diesem Treffen beordern." Er zündet sich eine Zigarre an und nimmt einen tiefen Zug. „Sag ihnen, dass du ihre Hilfe brauchst, um Brody zu töten, aber erst, wenn du bereits an den Docks bist. Sie werden abgelenkt sein und dann kannst du sie ausschalten. Eddie, weihe Danny in den Plan ein. Die einzigen, die lebend zurückkommen, sind Luca und Danny. Wenn es vorbei ist, entsorgt ihr die Leichen in der Fleischfabrik in Jersey."

Ich schlucke die Galle in meiner Kehle hinunter. Ich habe erwartet, dass Jacopo mich anweisen würde, seine drei Männer aus dem Weg zu räumen. Aber Brody ist eine ganz andere Geschichte. Jacopo hat keine Ahnung, dass ich ein Marino bin. Ich will ihn nicht töten, aber es wird schwierig sein, da wieder herauszukommen, ohne meine Tarnung auffliegen zu lassen.

„Gibt es ein Problem?", fragt Jacopo gereizt.

Ich erhebe mich. „Nein, Boss." Ich nicke Eddie zu und füge hinzu, „Ich melde mich, wenn ich die Dinge auf meiner Seite geregelt habe." Ich gehe zur Tür.

„Luca“, ruft Jacopo über die Schulter.

Meine Brust spannt sich und ich drehe mich. Ich ziehe fragend die Augenbrauen hoch.

Seine Lippen verziehen sich zu dem finsteren Lächeln, das ich hasse. Eines Tages werde ich es genießen, es ihm aus dem Gesicht zu wischen. „Lass dir nicht zu viel Zeit mit der Planung.“

„Das werde ich nicht“, antworte ich und verlasse fluchtartig den Raum. Ich meide die Gesichter der Frauen, der anderen Männer und der Wachen. Ich trete aus der Villa, atme die frische Herbstluft ein, und versuche, meinen Puls zu kontrollieren, aber ich muss mich zügeln, nicht aus Jacopos Einfahrt zu rasen.

Als ich weit genug entfernt bin, halte ich an, schlage mit der Hand aufs Lenkrad und schreie, „Scheiße!“

Das ist schlecht. Ich kann keinen O’Connor töten. Und doch weiß ich nicht, wie ich aus der Sache wieder herauskommen soll.

Ich fahre zurück auf die Straße, lasse den Motor meines *Viper* aufheulen und gebe Gas, bis ich mit über hundertsechzig Sachen über die Autobahn rase.

Ich werde angehupt, aber ich bremse nicht. Als ich die richtige Abfahrt erreiche, um zu Angelos Anwesen zu gelangen, fahre ich ab und rase durch das Eingangstor. Ich ignoriere die Wachen und gehe direkt zu seinem Arbeitszimmer, ohne an die Tür zu klopfen.

„Wir müssen reden“, rufe ich.

Dante und Gianni sind anwesend. Sie drehen sich um, und Angelo fragt, „Was ist los?

Ich schließe die Tür, gehe auf die Männer zu und sage, „Wusstet ihr, dass es die O'Connors waren, die das FBI veranlasst haben, das Bordell der Abruzzos zu schließen?"

„Wovon zum Teufel redest du?", fragt Gianni.

„Das würden sie nie tun", sagt Dante.

„Und ob. Und jetzt habe ich den Auftrag, Brody zu töten", knurre ich, zünde mir einen Joint an und versuche, meine zitternden Hände zu beruhigen.

Die Augen der Zwillinge weiten sich.

Angelo wird blass. „Wovon redest du?"

Ich atme tief ein und halte den Rauch in meiner Lunge, dann atme ich aus. Ich nehme noch einen Zug, gehe dann zur Bar und schenke mir ein Glas Wasser ein.

„Luca", fordert Angelo.

Ich trinke es aus und drehe mich dann zu Angelo um. „Du wusstest es, nicht wahr?"

Angelos Gesichtsausdruck beantwortet meine Frage.

„Hast du jemals daran gedacht, dass ich so etwas wissen sollte?", frage ich.

Er antwortet nicht. Stattdessen fragt er, „Wie haben sie es herausgefunden?"

„Brodys Freund Danny ist ein O'Leary", erkläre ich.

„Auf keinen Fall", murmelt Dante.

Angelos Augen verengen sich zu Schlitzen.

„Dieser Wichser! Er war schon immer Brodys rechte Hand!", ruft Gianni.

Eine neue Welle der Wut bricht über mich herein. „Können wir uns auf die Tatsache konzentrieren, dass Jacopo mir gerade befohlen hat, mich mit Danny zu treffen und Brody zu töten?"

Angelo zeigt auf einen Sessel vor seinem Schreibtisch. „Setz dich, Luca."

„Ich ziehe es vor, zu stehen, danke. Was zum Teufel soll ich denn jetzt tun?", frage ich.

„Ich sagte, du sollst dich hinsetzen, Luca", sagt Angelo mit Nachdruck.

Ich starre ihn einen Moment lang an, versuche, meine Atmung zu kontrollieren und spüre kaum noch die Wirkung meines Joints.

Angelo mildert seinen Tonfall. „Setz dich."

Ich gebe nach, lasse mich auf den übergroßen Sessel plumpsen und nehme einen weiteren Zug von meinem Joint.

„Ihr auch", befiehlt Angelo seinen Söhnen.

Sie setzen sich auf die Couch, und Angelo stellt sich zwischen uns. „Wann und wo findet es statt, Luca?"

Ich wische mir mit der Hand über das Gesicht und antworte, „Unten am Hafen. Ich soll Eddie Bescheid sagen, wenn es arrangiert ist."

Angelo nickt. „Gut. Das ist gut. Wir haben also die Kontrolle."

„Meine Tarnung wird auffliegen, wenn ich Danny davon abhalte, Brody zu töten oder es nicht selbst tue."

„Wir haben Zeit, um eine Lösung zu finden", sagt Angelo.

Ich lache sarkastisch. „Zeit? Denkst du, Jacopo gibt mir viel Zeit? Er will das sofort erledigt wissen!"

Angelo reißt die Hände in die Höhe. „Entspann dich, Luca."

„Du hast leicht reden", murmle ich und nehme einen weiteren tiefen Zug.

„Kannst du mir zwei Tage Zeit geben? Tully kommt morgen Abend aus Irland zurück", sagt er.

Ich schüttle den Kopf. „Zwei Tage sind zu viel für Jacopo. Du weißt doch, wie ungeduldig er ist."

Stille erfüllt den Raum.

„Ich bin am Arsch. Entweder ich töte Brody oder ich lasse meine Tarnung auffliegen. Und ich habe zu viel geopfert, um das jetzt zu tun, Angelo."

Er atmet tief durch und geht um seinen Schreibtisch. Er setzt sich hin und wählt eine Nummer.

Dante und Gianni starren mich an, aber ich ignoriere sie. Die beiden sind so gut aufeinander eingespielt, dass mich solche Momente aus der Bahn werfen.

Angelo wendet seinen Blick nicht von mir ab und sagt ins Handy, „Wir haben ein Problem, und wir haben keine Zeit, auf deine Rückkehr zu warten. Ich nehme an, ich habe die Befugnis, deine Söhne nach Bedarf zu befehligen?"

Niemand sagt etwas. Wir können unseren Blick nicht abwenden.

Angelo sagt schließlich, „Verstanden. Ich wünsche dir einen guten Heimflug." Er legt auf und sagt, „Ich werde Brody hierherrufen. Nimm dir den Rest des Tages frei."

„Wirst du ihm sagen, wer ich bin?", frage ich, und mir dreht sich der Magen um. Die O'Connors mögen mit den Marinos verbündet sein, aber je mehr Leute meine wahre Identität kennen, desto riskanter ist es.

„Hast du eine bessere Lösung, um sicherzustellen, dass Brody am Leben bleibt und deine Tarnung nicht auffliegt?", fragt Angelo.

Ich atme tief durch. Es gibt keinen anderen Weg. So oder so, einer von uns muss verlieren. In diesem Szenario ist es nur logisch, dass meine Deckung zuerst auffliegt. Es gefällt mir nicht, aber es ist, wie es ist, also drohe ich, „Er sollte besser sein Maul halten."

„Die O'Connors wissen, wie das Spiel läuft."

„Habe ich eine andere Wahl, als dir zu glauben?" Ich beiße die Zähne zusammen und inhaliere einen weiteren Lungenzug. Dann drücke ich den Joint im Aschenbecher aus und lasse den Rauch entweichen.

Niemand sagt etwas. Angelo verschränkt die Arme vor der Brust. Da ich eine Rolle spiele, die für die Familie von großer Bedeutung ist, erlaubt er mir mehr Spielraum, aber wenn er mir diesen Blick zuwirft, weiß ich, dass ich mich an der Grenze der Respektlosigkeit bewege.

Frustriert stehe ich auf, gehe zur Tür und sage, „Ruf mich an, wenn ich gebraucht werde." Ich bahne mir einen Weg durch das Haus und steige wieder in meinen *Viper,* lasse den Motor aufheulen und fahre schneller aus der Einfahrt, als es Angelo lieb ist.

Ich weiß nicht, wohin ich fahre, bis ich in Chanels Straße einbiege. Es ist reine Dummheit. Ich weiß, dass ich sie nicht haben kann, aber mein Unterbewusstsein sagt mir, dass es mich beruhigen wird, wenn ich nur ihr Gesicht sehe.

Ich halte vor ihrem Haus und stelle den Wagen ab. Es vergehen Stunden ohne ein Zeichen von ihr. Ich bin kurz davor, wieder loszufahren, als ich sie sehe. Sie trägt ein rostoranges Kleid und kniehohe Lederstiefel. In den Armen hält sie zwei braune Einkaufstüten. Aber was mir am meisten auffällt, ist, dass sie zu strahlen scheint.

Der tiefe Schmerz in mir quält mich mehr denn je. Ich ermahne mich, nicht aus dem Auto auszusteigen und umklammere das Lenkrad fester.

Sie ist zwanzig Meter entfernt, als eine der Einkaufstüten reißt. Obst und Gemüse fällt unten heraus und rollt über den Bürgersteig.

Keiner bleibt stehen, um ihr zu helfen. Ohne nachzudenken, springe ich aus meinem Wagen und renne zu ihr hinüber.

Sie bückt sich gerade und greift nach einem Salatkopf, als ich vor ihr zum Stehen komme. Ich ziehe meine Jacke aus, hocke mich hin und breite sie aus. „Leg all deine Einkäufe darauf, ich trage sie für dich hoch."

Sie erstarrt und wird blass, als sie langsam zu mir aufsieht. Ihre rosafarbene, geschwollene Unterlippe bebt und sie starrt mich an, als wäre ich ein Geist.

Mein Herz bricht und beginnt gleichzeitig vor Freude in meiner Brust zu hämmern. Ich greife nach ihrer Wange und sage ohne nachzudenken, was aus meinem Mund kommt, „Ich habe dich so vermisst, Stellina."

8

Chanel

Fußgänger eilen an uns vorbei und stolpern über mein Obst und Gemüse. Lucas körpereigener Moschus- und Patschuli-Duft vermischt sich mit einem Hauch von Marihuana. Er ist so berauschend, dass mir schwindelig wird. Ich erkannte ihn an seinem Duft, bevor ich seine Stimme hörte.

Mein Magen schlägt Purzelbäume und mein Puls beschleunigt sich. Ich überlege, ob ich mich umdrehen und ihn ohrfeigen soll, weil er mich einfach verlassen hat und mir dann Möbel schickte, die mich jedes Mal an ihn erinnern, wenn ich sie ansehe, oder ob ich mich in seine Arme werfen soll.

Luca legt sanft eine Hand auf meine Wange und streicht mir eine Haarsträhne hinters Ohr.

Ein Kribbeln läuft mir über den Rücken. Ich bin wie erstarrt, traue mich nicht, mich zu bewegen, aber will nicht, dass er je wieder seine Hand wegzieht. Ich kann nur daran denken, wie es sich angefühlt hat, als er mich wie ein Liebender berührte. Es verfolgt mich in meinen Träumen. Dann wache ich auf und verbringe zu viele Stunden am Tag mit dem Versuch, es zu vergessen.

Es quält mich.

Er ist für meine Qual verantwortlich.

„Du bist schöner als je zuvor, Stellina."

Wut durchströmt mich. „Was hast du hier zu suchen, Luca?", schnauze ich.

Ein Ausdruck, den ich nicht deuten kann, erfüllt seine Züge. Ist es Traurigkeit? Verwirrung? Reue?

Was auch immer es ist, es bleibt keine Zeit, es herauszufinden. Jemand tritt gegen meinen Butternut-Kürbis, und er fliegt die Straße hinunter.

„Pass auf, wo du hintrittst, Arschloch", ruft Luca, dann schnappt er sich meine Tasche mit den Äpfeln und wirft sie auf seine Jacke.

„Fick dich", ruft der Mann zurück.

Lucas Miene verfinstert sich. Er macht Anstalten, ihm nachzulaufen, doch dann erstarrt er, als hätte er es sich anders überlegt. Er holt tief Luft, um sich zu sammeln und konzentriert sich wieder darauf, meinen Einkauf aufzusammeln.

Ich bin so schockiert, dass ich einfach nur zusehe. Ich weiß nicht, ob das wirklich gerade passiert oder ob ich träume. Luca packt die Enden seiner Jacke und hebt meine Einkäufe mit einer

Hand. Die freie Hand streckt er nach mir aus. „Lass mich dir nach oben helfen."

Ich ignoriere seine Geste und starre ihn an. „Danke für deine Hilfe. Du kannst mir meine Einkäufe geben und wieder verschwinden."

Er verzieht das Gesicht, aber er lässt sich von meinen Worten nicht abschrecken. „Sei nicht albern", sagt er, legt seinen Arm um meine Taille und führt mich die Straße hinunter.

Ich öffne meinen Mund, um zu widersprechen, aber es kommt nichts heraus. Lucas warmer Körper an meinem verschlägt mir die Sprache. *Wir passen immer noch perfekt zusammen.* Meine Gedanken schwirren, und das nur, weil ich ihn wieder spüre. Unterbewusst hoffe ich, dass er dieses Mal bleiben wird. Dass er vielleicht in einer verrückten Welt, in der nichts außer uns zählt, nicht verschwinden wird und wir zusammen sein können.

Wir kommen zu meinem Gebäude und er fragt, „Schlüssel?"

„Luca ..."

„Ich brauche nur den Schlüssel, Chanel", sagt er streng.

Ich sollte diesen Wahnsinn jetzt beenden. Ich sollte ihm meine Einkäufe aus der Hand reißen, ihm sagen, dass er mich nie wieder kontaktieren soll, und ihn vor der Tür stehen lassen.

Aber ich kann es nicht.

Seine Anziehungskraft ist zu stark. Vielleicht liegt es daran, dass meine Hormone verrücktspielen, aber mein Herz schmerzt zu sehr ohne ihn. Es gewinnt den Kampf mit meinem Verstand.

Ich greife in meine Tasche, schließe auf und ziehe die Tür auf.

Er küsst mich auf den Kopf, zieht mich wieder an sich und führt mich zum Fahrstuhl. Als die Türen sich öffnen, steigen ein paar Leute aus, und wir steigen ein. Er drückt den Knopf für mein Stockwerk, und wir schweigen, während er langsam nach oben fährt.

Wenige Augenblicke später treten wir in meine Wohnung. Luca stellt meine Einkäufe in der Küche ab und dreht sich zu mir um. Er mustert mich zögerlich und fragt dann sanft, „Wie ist es dir ergangen?“

Meine Stimme klingt kräftiger als ich mich fühle. „Seit du mich verlassen und mir einen Haufen Möbel geschickt hast?“

Er schließt kurz die Augen, atmet tief ein und dann wieder aus. Dann heftet er seinen traurigen Blick auf mich und gibt zu, „Ich muss ständig an dich denken.“

Ich lache beißend und versuche, die Tränen zu unterdrücken, und frage, „Wenn das wahr ist, warum bist du dann nie zurückgekommen?“

Angespannte Stille erfüllt meine Wohnung, die immer dichter wird, bis ich das Gefühl habe, nicht mehr atmen zu können.

Er antwortet nicht. Meine Stimme zittert, als ich sage, „Du solltest gehen, Luca“, weil sein Schweigen zu lange andauert.

Sein Gesichtsausdruck ist voller Schmerz. „Ist es wirklich das, was du willst?“

Ich nicke zuerst, doch halte schnell inne. Tränen lassen alles verschwimmen und ohne nachzudenken, schüttle ich langsam den Kopf, bevor ich mir mit der Hand über das Gesicht fahre.

Er tritt vor, zieht mich seine sicheren Arme und ich schluchze auf. „Ssch“, gurrt er. „Es tut mir leid.“

Ich bin komplett von der Situation überwältigt. Ich kann meine Tränen nicht zurückhalten. Ich habe monatelang von seiner Rückkehr geträumt und davon, dass wir es schaffen würden, obwohl unsere Loyalität bei verschiedenen Familien liegt. Zu viele Arzttermine sind ohne ihn verstrichen. Inzwischen habe ich herausgefunden, dass unser Baby ein kleines Mädchen ist.

Er hätte da sein sollen. Ich sollte das nicht allein durchstehen müssen, aber es geht nicht anders. Es ist zum Teil meine Schuld, aber wenn Luca mich so einfach aus seinem Leben streichen kann, was würde ihn dann davon abhalten, das Gleiche mit unserer Tochter zu tun?

„Ich wollte dir nie wehtun", murmelt er, spannt seine Arme um mich und fährt mit den Fingern durch mein Haar.

Ich drücke eine Hand gegen seine Brust und schaue schniefend auf. „Warum hast du es dann getan?"

Er spannt seinen Kiefer an und starrt auf mich hinab.

Ich versuche seiner Umarmung zu entkommen, aber er hält mich im Nacken fest, und sein Arm liegt wie ein Stahlband um meinen Rücken, sodass ich mich nicht bewegen kann. „Ich verdiene eine Antwort!", fauche ich.

Er nimmt sich einen Moment Zeit, als würde er seine Gedanken sammeln, dann antwortet er, „Das war nie meine Absicht."

„Ich verdiene eine bessere Erklärung als das, Luca!", schimpfe ich.

Sein heißer Atem vermischt sich mit meinem. Sein Blick huscht zu meinen Lippen, dann konzentriert er sich wieder auf mich. „Meine Welt ist gefährlich. Du gehörst nicht hinein. Wenn ich mein Leben neu beginnen könnte, mit dem Wissen, dich zu treffen, würde ich es tun. Aber ich kann es nicht. Eines Tages, wenn ich getan habe, was ich tun muss, kann ich das vielleicht wiedergutmachen. Ich würde alles geben, alles, um eine solche Chance zu bekommen. Aber im Moment – und ich hasse mich dafür – kann ich dir nicht das Leben bieten, das du verdienst."

Seine Worte treffen mich schwer. Sie bestätigen, dass all meine Fantasien von einer glücklichen Familie nur ein Traum sind. Ich habe immer gewusst, dass er ein Abruzzo ist und nichts das ändern kann. Doch wenn er nicht lügt, zeigt mir seine Aussage auch, wie tief seine Gefühle für mich sind. Und eines weiß ich: Luca ist kein Lügner.

Es frisst meine Seele auf. Die Trauer darüber, dass meine Tochter ihren Vater nie kennenlernen wird, kommt wieder in mir hoch. Jetzt fühlt es sich sogar noch schlimmer an, weil er meine schlimmste Befürchtung bestätigt hat. Ich möchte ihn anflehen, mit mir wegzulaufen, damit wir unsere Probleme hinter uns lassen können.

Das Einzige, was ich sagen kann, ist, „Warum bist du dann hier?"

Schuldgefühle trüben seinen Blick, doch er sagt nichts.

„Wage es nicht, mich so anzusehen und nichts zu sagen!", warne ich und drücke meine Handflächen fester gegen seine steinharten Brustmuskeln.

Er zögert, dann lässt er mich los. Ich trete zwei Schritte zurück, aber er folgt mir, bis ich zwischen der Wand und ihm eingeklemmt bin. Er zieht meinen Kopf an den Haaren zurück, streicht mit dem Daumen über meine Lippen und gesteht dann, „Ich beobachte dich die ganze Zeit."

Die Schmetterlinge in meinem Bauch beginnen zu flattern, während sich die Härchen auf meinen Armen aufstellen. „W-wovon redest du?"

Er zuckt mit den Schultern. „Ich habe seit unserer Trennung Stunden damit verbracht, in meinem Auto zu sitzen oder in dem Café ein paar Häuser weiter zu sitzen und dein Gebäude zu beobachten."

Ich atme scharf ein und frage, „Warum?"

Er lehnt sich zu mir herunter, küsst meine Wange, dann meine Stirn, und sieht mir dann wieder tief in die Augen. Hitze kriecht in meine Wangen und er gibt zu, „Ich kann mich nicht davon abhalten, das zu wollen, was ich nicht haben kann. Und jeder Blick, den ich auf dich erhasche, macht meine Besessenheit noch schlimmer."

Seine Worte sind grausam. Ich frage mich, wie das Universum zwei Menschen aufeinandertreffen lassen kann, die so richtig und doch so falsch füreinander sind.

Er starrt auf meinen Mund und sagt leise, „Ich sollte nicht hier sein."

Ich presse meine Schenkel zusammen und hasse es, dass seine bloße Anwesenheit mich nach all den Monaten noch immer erregt. „Nein, das solltest du nicht", sage ich leise, aber ohne viel Nachdruck.

Sein erigierter Schwanz drückt gegen meinen Bauch und verstärkt das Ziehen zwischen meinen Beinen. Ich träume oft von diesem Mann und fühle mich nachts oft so, als könnte ich aus meiner Haut fahren, weil er mich nicht berührt.

Seine dunklen Augen glühen wie die eines wilden Tiers, das bereit ist, sich in seiner Beute zu verbeißen. Das Feuer bricht meine Entschlossenheit. Ich sollte ihn wegschicken, aber wie jedes Mal, wenn wir im selben Raum sind, kann ich mich seiner Anziehungskraft nicht entziehen.

„Sag mir, dass ich gehen soll, Stellina. Sag es mir sofort, oder ich küsse dich. Ich warne dich, wenn du mich nicht wegschickst, bleibe ich die ganze Nacht. Ich verspreche dir, dass ich dich die ganze Nacht lang lieben werde“, droht er.

Mein Inneres bebt vor Vorfreude und meine Hormone überwältigen mich. Die Stimme in meinem Hinterkopf wird mit jedem Einatmen von Lucas Duft schwächer. Ich öffne meinen Mund, aber es kommt nichts heraus.

Er zieht die Augenbrauen hoch und sagt herausfordernd, „Sag es, bevor du es noch mehr bereust.“

Aller Sauerstoff scheint aus meiner Lunge zu entweichen. Mein Brustkorb hebt und senkt sich mit jedem Augenblick, der verstreicht, schneller.

Er küsst die Beuge meines Halses und murmelt, „Fünf.“

Ich winde mich.

Er drückt seine Lippen auf mein Schlüsselbein. „Vier.“

Empfindungen explodieren in mir wie ein Feuerwerk an einer heißen Sommernacht. Ich wimmere und packe sein Hemd.

„Drei“, murmelt er, schnippt mit seiner Zunge gegen mein Ohrläppchen und saugt dann leicht daran.

„Oh Gott“, flüstere ich, und meine Knie schlackern.

Er streicht mit den Fingerknöcheln über meine Wange und küsst mich auf die Stirn. „Zwei.“

„Luca“, hauche ich kaum merklich.

Er hält inne, blickt mich mit seinem feurigen Blick an und fordert mich heraus, ihm zu sagen, dass er gehen soll.

Das kann ich nicht. Er ist das Stück Käse in der Mausefalle und ich laufe willig in mein Verderben. Ich wollte ihn schon die ganze Zeit, obwohl er nicht gut für mich ist. Doch das ist nicht von Bedeutung. Im Moment geht es nicht um meine Wünsche.

Es geht darum, was ich *brauche.*

Die Sehnsucht nach seiner Berührung verschwindet nie. Es wird nur schwieriger, je länger wir getrennt sind. Also sage ich mir dasselbe, was ich mir vor all den Monaten gesagt habe.

Nur noch ein einziges Mal.

Als ich keinen Einspruch erhebe, übernimmt er die Kontrolle. Seine Lippen ergreifen Besitz von mir. Seine Zunge tanzt mit meiner und schürt das Feuer zwischen uns.

Seine Finger gleiten zwischen uns, knöpfen meine Jacke auf, und ich erstarre.

Das Baby.

Ich habe kaum eine Rundung.

Was, wenn er es errät?

Er zieht sich aus unserem Kuss zurück, spannt seinen Kiefer an und fragt, „Soll ich aufhören?"

„Ich habe etwas zugenommen", platze ich heraus.

Seine Augen weiten sich. Er blickt nach unten und dann wieder zu mir. „Was redest du denn da? Du bist umwerfend."

„Mein Bauch–"

„Glaubst du, dein Gewicht stört mich?"

Ich schließe die Augen und versuche, nicht zu weinen. Ein Mann hat nie etwas Perfekteres zu einer Frau gesagt, was unsere Situation nur noch unerträglicher macht.

„Chanel."

Ich öffne meine Augen.

Er schiebt seine Hand unter mein Oberteil und drückt sie gegen meinen Bauch. Mit der anderen streichelt er meine Wange. „Du bist perfekt, Stellina", beteuert er.

Meine Emotionen überschlagen sich und ich schlucke die aufwallenden Tränen hinunter, die mir die Kehle zuschnüren. Ich frage mich, ob unser Baby seine Hand spüren kann. Dann stelle ich mir vor, wie Luca *sie* hält. Ich stehe kurz davor, die Fassung zu verlieren, also ziehe ich seinen Kopf zu mir herunter und lasse meine Zunge wieder in seinen Mund gleiten.

Wie immer zieht er mich nahtlos aus. Meine Kleidung fällt zu Boden, und seine Lippen wandern an meinem Körper entlang. Meine Haut kribbelt überall, wo er mich berührt und ich genieße seine verbotenen Berührungen.

Innerlich vibriere ich vor Wonne, als er mit meinen Brüsten spielt. Er ist sanfter, als ich es in Erinnerung habe, und doch ist jedes Gefühl stärker als zuvor.

Tränen füllen meine Augen, und ich wische mir über die Wange, als sein Blick auf meinem Bauch verweilt. Ich frage mich erneut, ob er von dem Baby weiß. Da ich es nicht mehr aushalte, drücke ich seinen Kopf weiter nach unten.

Er hebt mich an und zieht meine Oberschenkel über seine Schultern. Seine Lippen kräuseln sich, und er hält einen Moment inne, während er mich mit seinem dunklen, feurigen Blick fixiert.

Ich streichle durch sein Haar und halte für den Bruchteil einer Sekunde den Atem an, bevor sein Mund langsam meine Pussy berührt.

Meine Pussylippen flattern und ein Stöhnen entweicht mir.

Luca beschleunigt seinen Rhythmus, schiebt einen Finger in mich hinein, und die Lust steigt mir zu Kopf, als mich das Hochgefühl überkommt. Weißes Licht blendet mich, als ich meine Lider schließe. Ich packe sein Haar, um mich zu erden, und drücke ihn an meinen Körper.

Er stöhnt, krümmt seinen Finger in meinem Kanal und saugt heftiger an meiner Lustperle.

„L-Luca!“, schreie ich.

Er ist unerbittlich, zeigt mir keine Gnade, bis ich vor Schweiß triefe und seinen Kopf an meine Brust presse. Er lässt meine Beine sinken, drückt mich gegen die Wand und steht dann auf.

Schwer atmend flüstere ich, „Luca.“

„Ssch“, sagt er und streicht mir eine Haarsträhne hinters Ohr. Er küsst mich, hebt mich in seine Arme und trägt mich zur Couch. Er streift seine Hose ab, setzt sich und zieht mich rückwärts über sich, sodass ich in umgekehrter Reiterstellung auf ihm sitze.

Mein Körper schmiegt sich mit Erleichterung an seinen, als könnte er mit einem Mal meine monatelange Sehnsucht nach ihm heilen. Seine Arme schließen sich um meine Taille. Eine Hand umfasst meine Brust und drückt mich an seinen Oberkörper. Mit der anderen packt er meine Hüfte und kontrolliert unser Tempo, als er in mich eindringt. Sein heißer Atem trifft auf meine Halsbeuge, bevor es seine Lippen tun.

„Die schönste Frau der Welt“, murmelt er leise auf Italienisch.

Glückseligkeit umhüllt mich wie eine sanfte, sichere Decke, als sein Schwanz an meinen Wänden entlang gleitet. Er fährt mit der Hand von meiner Hüfte zu meiner Pussy und lässt seinen Daumen um meinen Kitzler kreisen.

Es ist alles zu viel. Ich wurde noch nie zuvor so intensiv stimuliert. Ein Orkan von Orgasmen tobt in meinem Inneren und befreit mich von allen Gedanken darüber, was wir tun und wieso es falsch ist.

„Mein Gott, du bist noch besser, als ich es in Erinnerung hatte", ruft er in seiner Muttersprache.

Ich drehe meinen Kopf, sehe ihn über die Schulter hinweg an, atme schwer und greife nach ihm, um seinen Kopf zu berühren.

Er ertränkt mich in seinen Küssen und gibt mir das Gefühl endlich wieder ganz zu sein, das ich seit unserer letzten Begegnung nicht mehr hatte.

Er lässt seine Hand von meiner Brust zu meiner Hüfte gleiten und erhöht die Geschwindigkeit seiner Stöße, was eine neue Explosion in mir auslöst.

„Ja! So … oh Gott! Genau so, Luca!", schreie ich.

Er grunzt, dann zieht er mein Gesicht vor seins und beobachtet mich intensiv, während ein weiterer Orgasmus durch mich hindurchfährt.

Lucas Wangen röten sich. Ein Schweißtropfen rinnt über sein Gesicht. Sein Atem ist rasend schnell, und er vergräbt seine Stirn an meiner Wange.

Flüstern, gedämpfte Schreie und Stöhnen vermischen sich mit dem Duft unserer Erregung. Ich habe das Gefühl, über uns zu schweben, und alles verschwimmt. Luca schreit etwas auf Italienisch, aber ich verstehe es nicht. Er explodiert so heftig in mir, dass ich mich nicht mehr aufrecht halten kann. Er schlingt beide Arme um mich und presst sein Gesicht in meinen

Nacken. Ein heftiger Schauer überkommt ihn und er stößt tief in mich, während ich zucke.

Die Zeit scheint stillzustehen, während die Nachwirkungen unserer Vereinigung noch durch unsere Körper rollen. Der Schweiß auf unserer Haut wird kalt, bis auf die Stellen, wo wir uns noch berühren. Ein neuer Schauer überkommt mich, und eine Gänsehaut bricht auf meiner Haut aus.

Luca hebt mich langsam von seinem Schoß, legt sich hin und befiehlt, „Komm her, Stellina."

Ich denke nicht nach, gehorche nur und schmiege mich fest an seinen Körper. Er nimmt die cremefarbene Decke und breitet sie über uns aus, dann küsst er mich auf den Kopf.

Keiner spricht. Ich schließe die Augen, lausche seinem Herzschlag und denke an den des Babys, der genauso klingt. Sofort erinnere ich mich an all die früheren Debatten darüber, ob ich ihm sagen soll, dass ich schwanger bin oder nicht.

Aber Luca hat deutlich gemacht, dass er nicht in einer Welt lebt, in der ich zu Hause bin. Wer weiß, was passieren würde, wenn er wüsste, dass ich für die Marinos arbeite und mein Vater auch bei ihnen angestellt ist?

Das Baby ist sein Fleisch und Blut.

Meine Aufgabe als Mutter ist es, das Baby um jeden Preis zu schützen.

Ihr Vater würde ihr bestimmt nicht wehtun.

Kenne ich Luca überhaupt?

Es geht nicht um ihn. Es geht darum, für wen er arbeitet.

Würden die Abruzzos mir mein Baby wegnehmen? Vor allem, wenn sie wüssten, dass ich den Marinos gegenüber loyal bin?

„Ich könnte ewig so liegen bleiben“, murmelt Luca und reißt mich aus meinen Gedanken.

Ich drehe mich weiter zu ihm um, neige den Kopf und stelle die Frage, die ich mir wünschte, nicht stellen zu müssen, „Was machen wir hier, Luca?“

Schuldgefühle und Traurigkeit zeichnen sich in Lucas Miene ab. Er bleibt stumm, streicht immer wieder mit dem Daumen über meine Lippen und lässt den Blick nicht von mir.

Ich beschließe, dass es am besten ist, das Thema zu wechseln, und fahre mit den Fingern über einen dunklen Fleck auf der Rückseite seiner Schulter, den ich nur zu sehen bekomme, wenn er mir den Rücken zuwendet. Er ist ein paar Zentimeter groß und hat die Form einer Silhouette. „Ist das ein Muttermal oder ein Tattoo?“

Sein Blick wird nostalgisch. „Muttermal. Meine Mamma hat mir immer gesagt, es sei mein Schutzengel. Sie sagte, ich hätte so viel Energie in mir, dass ich ihn immer bei mir tragen müsste.“

Ich lächle, schaue genauer hin und stelle fest, „Es sieht ein bisschen wie ein Schutzengel aus. Glaubst du daran?“

Er küsst mich auf die Stirn. „Vielleicht.“

Ich streichle sanft seine rechte Wange, fahre über seine Narbe und frage, „Woher hast du die?“

Er verzieht selbstironisch die Lippen. „Ich war zwölf, als ich mir die eingefangen habe und lebte noch in Italien.“

Ich hebe eine Augenbraue. „Warum lächelst du deswegen?“

Sein Grinsen wird breiter, und er antwortet, „Weil ich ein eingebildeter kleiner Scheißer war, der eine Lektion lernen musste.“

„Wovon redest du?“, frage ich, immer noch entsetzt über den Gedanken, dass ein zwölfjähriger Junge eine Lektion lernen muss, bei der er sich eine lebenslange Narbe zuzieht.

Er starrt mich einen Moment lang an und gesteht dann, „Als meine Mutter starb, zog ich zum Arbeitgeber meines Vaters. Ich war wütend und verleitete seinen Sohn immer dazu, Dinge zu tun, die er nicht tun sollte.“

„Was zum Beispiel?“

Luca grunzt. „Im Büro seines Vaters spielen. Schubladen zu öffnen, die wir nicht öffnen durften. Dazu, seine Schwestern und ihre Freundinnen auszuspionieren, wenn sie sich umzogen.“

Ich streiche mit dem Finger über seine Narbe und frage, „Das hört sich recht unschuldig an.“

Er schnaubt. „Nein. Nichts daran war unschuldig. Wir wussten, wie sein Vater reagieren würde und dass wir etwas Falsches taten. Wir wussten auch, dass es nicht nur den Mädchen, sondern auch seinem Vater gegenüber respektlos war, sie auszuspionieren.“

Ich erschaudere. „Sein Vater hat dir also das Gesicht entstellt?“

Luca gluckst. „Nein. Seine jüngste Tochter Aurora war es. Sie war neun.“

Ich starre ihn entsetzt an.

„Ach, hab kein Mitleid mit mir, Stellina. Ich habe es verdient. Aber ich muss es ihr lassen. Sie hat auch ihrem Bruder die Wange aufgeschlitzt, bevor ihre Mutter ins Zimmer gerannt kam und verlangte, dass sie ihre Waffe fallen lässt. Wenn ich jemals eine Tochter habe, möchte ich, dass sie genauso mutig ist wie die kleine Aurora“, sagt er.

Meine Schuldgefühle wegen des Babys fressen mich fast auf.

Mache ich das Falsche?

Hat unsere Tochter es nicht verdient, einen Vater wie Luca zu haben, der sie lehrt, mutig zu sein?

Luca lehnt sich näher heran und murmelt, „Ja. Ich würde meiner Tochter beibringen, stärker als jeder Mann zu sein, damit es sich niemand wagt, sich mit ihr anzulegen."

Es ist als würden Lucas Worte eine alte Wunde wieder aufreißen. Der neue Schmerz vermischt sich mit altem, und zermalmt erneut meine Seele.

9

Luca

Der Moment fühlt sich falsch und perfekt zugleich an. Chanel liegt in meinen Armen, atmet leise und fährt mit ihren Fingern durch mein Brusthaar. Von Zeit zu Zeit unterhalten wir uns, aber es ist oberflächlich, und wir vermeiden beide den Elefanten im Zimmer.

Ich sollte nicht hier sein.

Ich muss meine Besessenheit zügeln. Ich weiß nur nicht, wie.

Ihr Magen knurrt. Sie sieht zu mir auf und fragt, „Hast du Hunger? Ich bin am Verhungern."

Ich lächle und gebe zu, „Ja, ich könnte essen. Soll ich uns etwas kochen?"

Sie öffnet ihren Mund, aber mein Handy klingelt.

Ich spanne mich augenblicklich an. Das ist Angelos Klingelton. Bei allem, was los ist, kann ich ihn auf keinen Fall ignorieren. Ich setze mich auf, schiebe sie sanft von mir weg und stehe auf. Ich greife nach meinem Handy und bitte sie mit einem erhobenen Finger, kurz zu warten. „Was ist los?"

Angelo antwortet, „Du musst herkommen. Er ist auf dem Weg."

Ich seufze. Der Zeitpunkt könnte nicht schlechter sein. Doch es gibt keine Möglichkeit, das zu umgehen. Ich verfluche Brody erneut dafür, dass er so dumm war, Danny in sein Leben zu lassen, aber vor allem dafür, dass er das FBI gerufen hat. Was hat er sich dabei nur gedacht? Man verpfeift eine andere Verbrecherfamilie nicht ans FBI, und es fällt mir schwer zu glauben, dass er diese Regel nicht kennt.

„Ich bin unterwegs." Ich lege auf und wende mich Chanel zu.

Sie wölbt die Augenbrauen. Sie versucht zu verbergen, dass sie verletzt ist, aber es ist schwer, es nicht zu sehen.

Ich starre sie einen Moment lang an und versuche, die richtigen Worte zu finden, damit sie nicht wieder von mir enttäuscht ist. Schließlich sage ich, „Ich muss weg. Es findet ein Meeting statt, dass ich nicht verpassen darf."

Ihre Augen verengen sich zu Schlitzen. „Ich dachte, du hast versprochen, du bleibst über Nacht."

Schuldgefühle überkommen mich. Ich hasse das Leben, das ich führe und betrauere den Verlust von dem, was direkt vor mir ist. Ich mache einen Schritt auf sie zu. „Es tut mir leid. Es ist etwas dazwischen gekommen, um das ich nicht herumkomme. Ich muss jetzt los."

Sie schüttelt enttäuscht den Kopf. Wut, Frustration und Traurigkeit stehen ihr ins Gesicht geschrieben. Ich habe dieses

Gefühlschaos verursacht und weiß es. „Das war sowieso ein Fehler“, murmelt sie.

Ich sollte unsere Situation nicht auf die Spitze treiben. Ich sollte ihr zustimmen und weiterziehen. Stattdessen greife ich nach ihren Wangen und flehe sie an, „Sag das nicht.“

Sie lacht freudlos und schimpft, „Was machen wir hier, Luca? Das ist nicht gut. Wir wissen beide, dass es zu nichts führen kann. Du hast gesagt, dass du nicht mit mir zusammen sein kannst. Und doch tauchst du aus dem Nichts auf und verschwindest genauso schnell wieder. Also sag mir, was du hier willst und warum du mir das immer wieder antust.“

Mein Herz sackt. Sie ist die letzte Person auf der Welt, die ich verletzen möchte. Und doch weiß ich nicht, wie ich ihre Frage beantworten soll. Sie hat recht. Ich sollte nicht in ihrem Leben auftauchen und dann einfach wieder verschwinden.

„Macht es dir Spaß, mich zu verletzen?“, faucht sie.

„Ich mache das nicht mit Absicht“, antworte ich mit Nachdruck.

Sie schaut weg und schüttelt den Kopf.

Ich weiß, dass wir nicht zusammen sein können, aber das macht es nicht leichter. Ich fühle mich, als hätte ich eine alte Wunde geöffnet und würde jetzt langsam verbluten, aber ich kann sie nicht loslassen. Um die Sache noch schlimmer zu machen, sage ich, „Ich komme so bald wie möglich zurück. Ich verspreche es.“

Sie schüttelt den Kopf und sagt mit unnachgiebiger Stimme, „Nein, Luca. Wir sind fertig. Das war’s.“

Um noch mehr Öl ins Feuer zu gießen, antworte ich, „Du reagierst über, Stellina.“

Sie sieht mich entgeistert an. „Ich überreagiere?“, knurrt Chanel. Ich habe sie noch nie diesen Ton nutzen hören.

„Ich komme wieder."

Sie lacht sarkastisch. „Wann? Wann wirst du zurück sein, Luca? Wirst du morgen zurück sein? In einer Woche? In ein paar Monaten? Wann? Sag mir, wann du dieses Mal zurück sein wirst."

„Warum bist du so wütend auf mich?", frage ich kampflustig, aber ich weiß, dass ich im Unrecht bin. Sie fragt mich das nicht, weil sie 'überreagiert'. Sie hat jedes Recht, mich zur Rede zu stellen.

Chanel erhebt sich und beginnt, im Zimmer auf und ab zu gehen.

„Was kann ich tun, damit du nicht mehr so wütend bist?", frage ich.

Tränen füllen ihre Augen, aber sie blinzelt angestrengt, um sie zu verdrängen. „Hör auf, in mein Leben zu treten und innerhalb von Stunden wieder zu verschwinden. Hör auf, mich zu ficken und mich dann zu verlassen, während ich schlafe oder gleich nachdem wir zusammen waren! Hinterlasse mir keine Notizen, bevor du verschwindest und mir dann extravagante Geschenke schickst. So funktioniert das nicht, Luca. Du hast sehr deutlich gemacht, was du für mich sein kannst und was nicht. Also mach dir nicht die Mühe zurückzukommen, nur um mich erneut zu verlassen und zu verletzten!" Sie marschiert in ihr Schlafzimmer und knallt die Tür zu.

Ich folge ihr, aber ich kann die Tür nicht öffnen, weil sie sie abgeschlossen hat. Ich hämmere an die Tür und fordere, „Chanel, komm raus, damit wir reden können."

„Geh und tu, was du nicht lassen kannst, Luca!", ruft sie.

Ich seufze und verfluche mich für das Leben, das ich gewählt habe. Dann verfluche ich die O'Connors und die Abruzzos. Ich verfluche sogar die Tatsache, dass ich ein Marino bin. Ich habe die Nase voll. Besonders von den Abruzzos. Sie haben nicht nur das Leben meiner Eltern zerstört, sondern ich habe ihnen auch erlaubt, mit diesem Bedürfnis nach Rache, das meine zu beeinflussen.

Unfähig, das Handtuch zu werfen, rufe ich, „Stellina, bitte mach auf."

Diesmal antwortet sie nicht. Laute Musik dröhnt hinter der Tür.

Besiegt schrubbe ich mir über das Gesicht, als sie nicht nachgibt. Ich verlasse ihre Wohnung und fahre zum Anwesen der Marinos. Ich fahre durch das Tor und halte vorm Haupteingang hinter dem schwarzen SUV der O'Connors an.

Ich ziehe meine Glock hinten aus meinem Hosenbund und steige zur gleichen Zeit wie Brody und Aidan aus.

„Was zum Teufel machst du hier?", ruft Brody, und beide richten ihre Waffen auf mich, während ich ihnen die gleiche Ehre erweise.

„Nehmt eure verdammten Waffen runter", knurre ich.

„Du hast hier nicht das Sagen", ruft Aidan.

„Ihr auch nicht. Wenn ihr eure verdammten Waffen nicht runternehmt, puste ich euch beiden die Hirne weg", drohe ich.

„Nicht bevor–", beginnt Aidan zu sagen, wird aber unterbrochen.

„Nehmt eure Waffen runter. Sofort!", fordert Angelo.

Wir drehen uns alle gleichzeitig zu ihm um.

Angelo steht auf der obersten Treppenstufe zur Villa und funkelt uns alle böse an. Er wiederholt, „Ich sagte Waffen runter!"

Ich warte, bis Brody und Aidan ihre Waffen senken, bevor ich Angelos Anweisungen befolge.

Er marschiert die Treppe hinunter und zeigt auf die O'Connors. „Geht rein."

„Was macht er hier?", fragt Aidan aufgebracht.

„Ich sagte, du sollst reingehen. Wenn ich euch Befehle gebe, befolgt ihr sie, genau wie bei eurem Vater. Und jetzt schwingt eure Ärsche rein", antwortet Angelo.

Die O'Connors starren mich noch finsterer an, gehorchen aber.

Angelo bittet mich, vorzutreten

Ich nicke ihm zu.

„Wehe, du erhebst jemals wieder die Waffe gegen sie."

„Ich soll also zulassen, dass sie mir das Hirn wegblasen, ohne mich zu wehren?", frage ich mit hochgezogener Braue.

„Du hast mich gehört", warnt er.

„Dann sollten sie besser davon absehen, wieder auf mich zu zielen, denn das nächste Mal verlassen sie das Gelände in einem Leichensack", knurre ich.

Angelos Miene verfinstert sich und er packt mich am Hemd. „Steckst du zu weit drin?"

Ich schnaube. „Beleidige mich nicht."

Er fixiert mich mit einem abschätzenden Blick. „Muss ich dich daran erinnern, wer hier das Sagen hat?"

Ich spanne meinen Kiefer an.

„Antworte mir!", brüllt er.

„Nein, ich habe es nicht vergessen, Boss", sage ich ruhig.

„Wir können es uns nicht leisten, dass du anfängst, schlechte Entscheidungen zu treffen. Beruhige dich, bevor du reinkommst. Und wage es nicht, einen Fuß in mein Haus zu setzen, bevor du dich nicht unter Kontrolle hast. Hast du mich verstanden?“

Ich schniefe heftig, aber bleibe stumm.

Er lässt mich los und geht hinein.

Ich ziehe einen Joint aus meiner Tasche und rauche ihn, ohne die Wirkung zu spüren. Als ich mich etwas beruhigt habe, gehe ich in Angelos Büro.

Brody und Aidan sitzen auf den Sofas. Sie schmollen, die Arme vor der Brust verschränkt. Angelo hält ihnen gerade einen Vortrag, hört aber auf, als ich eintrete.

Ich schließe die Tür und lehne mich dagegen.

Angelo zeigt auf einen Sessel. „Setz dich.“

„Ich bleibe lieber stehen“, sage ich.

Angelo knirscht mit den Backenzähnen und droht, „Ich werde dich nicht noch einmal warnen, Luca. Setz dich.“

Ich gebe nach und tue, was man mir sagt. Ich habe Angelo heute schon genug verärgert. Wenn ich mich weiter über den Tellerrand hinauslehne, setze ich mich in die Nesseln. Stattdessen konzentriere ich meine Wut auf die O’Connors. Sie haben mich in diese verzwickte Lage gebracht, und jetzt ist meine Tarnung aufgeflogen. Die anderen Marinos mögen den O’Connors vertrauen, aber ich nicht. Ich hatte kaum Kontakt zu ihnen, und solange sie meinen Test nicht bestanden haben, komme ich ihnen nicht entgegen.

Angelo nimmt den Platz neben mir ein. „Scheint, als hätten wir ein großes Problem.“

„Wovon redest du?“, fragt Brody und lässt seinen Blick nicht von mir ab.

„Brody, willst du mir sagen, warum du dem FBI wegen der Bordelle der Abruzzos einen Tipp gegeben hast?“, fragt Angelo aufrichtig interessiert.

Brodys Gesichtsausdruck wird von Abscheu erfüllt. „Dem FBI? Wovon zum Teufel redest du?“

„Wir wissen, dass du es warst“, erkläre ich.

„Du hältst besser deinen Mund“, warnt er und zeigt auf mich.

Aidan blickt Angelo entrüstet an. „Warum ist er überhaupt hier? Warum tötest du ihn nicht dafür, dass er dein Grundstück betreten hat?“

„Darauf komme ich gleich zu sprechen. Weiß dein Vater, dass du das FBI angerufen hast?“

„Zum letzten Mal, ich habe nichts dergleichen getan. Ich weiß nicht, woher du deine Informationen hast. Aber wenn sie von ihm stammen, gibt es offensichtlich ein Problem“, behauptet Brody.

Angelo beugt sich vor. „Du schwörst mir also, Brody, dass weder du noch einer deiner Brüder das FBI wegen eines Abruzzo-Bordells gerufen hat?“

Er wird noch röter vor Wut. „Natürlich habe ich das nicht, verdammt! Hältst du mich für eine Ratte?“

„Ich weiß es nicht. Bist du eine?“, murmle ich leise, ohne den Blick von ihm abzuwenden.

„Was ist dein verdammtes Problem? Warum ist er hier?“, fragt Aidan erneut.

„Seid still. Allesamt“, befiehlt Angelo. Er steht auf, geht zur Bar und schenkt mehrere Shots ein. Er reicht uns die Gläser, aber ich lehne ab. „Ihr müsst euch alle beruhigen.“

Brody nimmt einen Schluck Whiskey und sagt dann, „Ich werde mich beruhigen, wenn du mir sagst, warum mir in deinem Haus ein Abruzzo gegenübersitzt.“

Gott, ich hasse es, als Abruzzo bezeichnet zu werden. Ich kann den Tag kaum erwarten, an dem jeder weiß, dass ich in Wirklichkeit ein Marino bin, und nicht nur ein Möchtegern-Abruzzo, der alles tut, was Jacopo verlangt.

Ich verschränke die Arme und werfe Angelo einen finsteren Blick zu, immer noch nicht glücklich darüber, dass meine Tarnung kompromittiert ist.

„Luca ist mein Neffe.“

Beide O’Connors erstarren und schauen zwischen Angelo und mir hin und her. Brody sagt schließlich, „Sag bitte, dass er dein Spion ist.“

„Natürlich bin ich sein Spion, du Idiot!“, schleudere ich zurück.

Brody hält seine Hände hoch. „Hey, du kannst mir nicht vorwerfen, dass ich gefragt habe.“

Ich knirsche mit den Backenzähnen.

Angelo räuspert sich. „Luca war heute bei Jacopo, als Eddie O’Leary hereinkam. Dein Junge Danny ist einer von ihnen.“

Brody wird blass. Er schüttelt ruckartig den Kopf. „Auf keinen Fall. Nicht Danny.“

„Es ist wahr“, behaupte ich.

„Er ist mein bester Freund. Ich kenne ihn schon ewig. Keine Chance. Ich wüsste, wenn er ein Verräter wäre.“

„Niemand weiß von mir“, sage ich.

„Das ist etwas anderes.“

„Wie bitte?“

Brody wirft Aidan einen flehenden Blick zu. „Nicht Danny.“

Aidan fragt, „Hast du Beweise?“

„Es kam direkt aus Eddies Mund“, antworte ich.

„Er ist ein Lügner“, sagt Brody inbrünstig.

„Nun, du wirst es erfahren, wenn er dich zu den Docks lockt“, antworte ich.

Brodys Augen verengen sich zu grünen Schlitzen. „Mich zu den Docks lockt?“

Ich nicke. „Um dich zu töten.“

Gespannte Stille liegt in der Luft.

„Eddie hat Jacopo erzählt, dass Danny sein Mann ist und dass du das FBI wegen der Bordelle auf sie gehetzt hast.“

Brody springt von der Couch auf. „Ich sagte doch, ich bin keine Ratte!“

„Warum hat Eddie dann behauptet, dass du es bist?“, frage ich ruhig.

Brody schreitet durch den Raum und schüttelt den Kopf. „Ich weiß es nicht.“

Aidan knurrt, „Ich lege Danny um.“

„Du wirst ihn töten, wenn die Zeit reif ist“, sagt Angelo.

Brody dreht sich um. „Woher willst du wissen, dass Eddie Danny nicht die Schuld in die Schuhe schieben will? Vielleicht ist Lucas Tarnung aufgeflogen."

Meine Brust spannt sich. Ich denke darüber nach und verwerfe die Idee dann. „Das ist sie nicht. Jacopo hat mich bei dem Treffen dabei sein lassen. Eddie wusste nicht, dass ich da sein würde."

„Woher weißt du das?", fordert Brody.

Meine Lungen ziehen sich schmerzhaft zusammen. Es besteht immer die Möglichkeit, aber ich verwerfe sie wieder einmal. „Ich weiß es einfach. Deine Zweifel werden verfliegen, sobald Danny eine Situation schafft, in der du zu den Docks gehen musst."

„Was bedeutet das?"

„Benny, Sid und Jimmy sind Jacopos Leute, die sein Glücksspielgeschäft leiten. Ich habe Jacopo davon überzeugt, dass sie für die Marinos arbeiten", erkläre ich.

„Warum hast du das getan?", fragt Aidan ungläubig.

Ich lasse meinen Nacken knacken und antworte, „Damit drei seiner besten Leute von der Bildfläche verschwinden."

Aidan denkt kurz darüber nach und grinst dann. „Da bin ich dabei."

„Halt die Klappe, Aidan. Luca, was haben sie mit der Sache zu tun?", fragt Brody angespannt.

„Er will, dass ich sie töte und dass Danny dich ausnimmt."

„Warum zusammen?"

Ich zucke mit den Schultern. „Ich bin mir nicht sicher, aber wir haben es besprochen, bevor Eddie hereinkam und sagte, dass du Jacopo verpfiffen hast."

„Das habe ich nicht!“, sagt Brody erneut.

„Wann soll das ganze über die Bühne gehen?“, erkundigt sich Aidan.

„Jacopo ist kein geduldiger Mensch. Eddie soll sich bei Danny melden. Ich denke, das wird in den nächsten Tagen geschehen“, sage ich.

Aidan runzelt die Stirn. „Lass uns Danny heute Abend aus dem Verkehr ziehen.“

„Das könnt ihr nicht tun“, sage ich.

„Warum nicht? Er ist ein Verräter“, wettert Aidan.

„Damit würdet ihr meine Tarnung auffliegen lassen, ihr Idioten“, rufe ich.

Aidan zuckt mit den Schultern. „Menschen sterben. Das heißt aber nicht, dass deine Tarnung auffliegt.“

Ich stürze mich auf ihn und ziehe ihn an seinem Hemd von der Couch. „Wenn du alles kaputt machst, worauf ich hingearbeitet habe, schwöre ich bei Gott, dass ich dich jagen werde und–“

„Es reicht!“, knurrt Angelo und zerrt mich von Aidan weg.

Mein Blut rauscht durch meine Adern. Ich starre Aidan an und balle meine Hände an meinen Seiten zu Fäusten.

Angelo zeigt auf Aidan. „Du wirst tun, was ich dir befehle, verstanden?“

Er leckt sich über die Lippen. Sein Gesichtsausdruck ist von Trotz erfüllt.

„Weiß mein Vater darüber Bescheid?“, fragt Brody.

Angelo wendet sich ihm zu und antwortet, „Nein. Ich wollte keine Details am Handy besprechen. Aber er hat mir in dieser

Sache die Führung übertragen."

Brody spannt seinen Kiefer an und starrt dann aus dem Fenster.

Ich kann nicht anders, als Mitleid mit dem Kerl zu empfinden. Es ist schrecklich, herauszufinden, dass dein bester Freund dich all die Jahre betrogen hat.

Jetzt ist es noch wichtiger als je zuvor, dass meine Tarnung nicht auffliegt. Ich bin so nah dran wie noch nie, die Abruzzos zu Fall zu bringen. Eines Tages werde ich in der Lage sein, Jacopo zu töten, ohne selbst in einem Leichensack zu enden.

„Aidan, du wirst mit Brody und Danny gehen. Egal, was passiert, ihr drei schaltet Jacopos Leute und Danny aus. Habt ihr verstanden?", sagt Angelo.

„Verstanden", sage ich.

„Dito", antwortet Aidan.

Brody hält seinen Blick auf den Rasen gerichtet und murmelt, „Ich sage euch Bescheid, wenn Danny seinen Zug macht." Er dreht sich um und schreitet aus dem Büro.

Aidan und ich folgen ihm. Wir gehen alle nach draußen, und Aidan steigt ins Auto. Ich öffne meine Tür, und Brody ruft, „Luca!"

Ich schaue auf.

Er tritt näher und senkt seine Stimme. „Bist du dir sicher … wegen Danny?"

Ich seufze. „Es tut mir leid, aber es scheint wahr zu sein."

„Die Dinge sind nicht immer so, wie sie erscheinen", behauptet Brody.

Ich schaue ihm in die Augen und frage dann, „Willst du, dass ich Danny übernehme? Du kannst einen der Abruzzos ausschalten?"

Brody schnieft heftig und schüttelt den Kopf. „Nein. Ich werde es tun."

Schweigen breitet sich zwischen uns aus. Schließlich dreht er sich um und steigt in seinen SUV.

Ich steige in mein Auto, lasse den Motor an und fahre vom Anwesen. Ich fahre stundenlang planlos durch die Stadt, bin in meine Gedanken versunken. Wider besseren Wissens fahre ich schließlich von der Schnellstraße ab und parke kurze Zeit später auf der anderen Straßenseite von Chanels Gebäude. Ich stelle den Motor ab und bleibe stundenlang dort sitzen, bis die Dunkelheit hereinbricht.

Ihre Wohnung ist dunkel. Ich frage mich, ob sie zu Hause oder unterwegs ist. Ist sie mit Freunden unterwegs? Ich kenne sich nicht gut genug, um diese Frage zu beantworten. Abgesehen von dem Abend, an dem ich sie kennengelernt habe, habe ich sie noch nie mit jemand anderem gesehen. Es gab immer nur uns beide.

Es gibt so viele Dinge, die ich gerne über sie wüsste. Doch das, was ich mir am meisten wünsche, ist, dass ich der Mann sein könnte, den sie verdient.

Das Licht in ihrem Wohnzimmer geht plötzlich an. Sie erscheint am Fenster, und mein Herz macht einen Sprung.

Kann sie mich sehen?

Möchte *sie mich sehen?*

Was denkt sie?

Obwohl ich weiß, dass ich nicht perfekt bin und ihr nicht das bieten kann, was wir beide wollen, kann ich den Gedanken nicht ertragen, die Dinge zwischen uns so zu belassen, wie sie waren, als ich ging. Also steige ich endlich aus meinem Auto. Ich warte vor der Tür, bis ein anderer Mieter aus dem Gebäude kommt, dann gehe ich hinein.

Mein Puls beschleunigt sich. Der Fahrstuhl ist in der obersten Etage, also nehme ich die Treppe. Als ich vor Chanels Wohnungstür ankomme, halte ich inne.

Was soll ich sagen?

Mache ich die Situation überhaupt besser.

Nein. Auf keinen Fall.

Wir können diese Sache nicht einfach so beenden.

Es gibt kein gutes Ende für uns. Es ist besser für sie, wenn ich sie vergesse.

Ich habe ihr versprochen, dass ich zurückkommen werde.

Ich nehme all meinen Mut zusammen und klopfe an ihre Tür. Die längste Minute meines Lebens vergeht, bevor ich höre, „Geh weg, Luca."

Mein Bauchgefühl sinkt. Ich klopfe erneut.

Sie ändert ihre Meinung nicht. „Ich sagte, geh weg!"

„Willst du, dass ich unsere Dreckswäsche auf dem Flur auspacke, damit deine Nachbarn es hören?"

Ein trauriges, emotionsgeladenes Lachen dringt an meine Ohren. „Glaubst du, das interessiert mich noch?"

Ich schließe die Augen und drücke meine Stirn gegen die Tür. „Bitte öffne die Tür."

„Warum kannst du nicht einfach gehen?", ruft sie.

Ich denke über ihre Frage nach und antworte dann ehrlich, „Weil ich es nicht kann."

„Warum?"

„Ich weiß es nicht. Bitte gib mir fünf Minuten", flehe ich.

Einige Minuten vergehen, dann höre ich, wie die Tür aufgeschlossen wird. Ich trete zurück und warte darauf, dass sie sie öffnet. Endlich tut sie es, und mein Herz sinkt tiefer.

Ihre Augen sind rot und geschwollen. Sie sieht erschöpft aus, aber vor allem starrt sie mich hasserfüllt an.

Ich trete ein, schließe die Tür und ziehe sie in meine Arme. Sie drückt sich von meiner Brust ab, aber ich lasse sie nicht los. Schließlich gibt sie nach und schluchzt.

Ich habe mich noch nie so furchtbar gefühlt, aber es wird immer schlimmer.

Sie holt Luft, sieht auf und sagt, „Wenn ich dir je etwas bedeutet habe, wirst du mich gehen lassen, Luca."

„Sag das nicht."

Ihre Unterlippe bebt, aber sie hebt ihr Kinn. „Ich meine es ernst. Wenn noch etwas Gutes in dir steckt, wirst du nicht mehr hierher zurückkommen. Wenn du mich in der Stadt siehst, wirst du in die andere Richtung gehen. Ich flehe dich an, mich weiterziehen zu lassen."

Ein Dolch bohrt sich in mein Herz. Ich möchte widersprechen, aber ich kann nicht. Zu viele Emotionen schnüren meine Kehle zu.

„Bitte", flüstert sie und schließt die Augen.

Ich schlucke schwer und streichle ihre Wangen.

Sie öffnet die Augen, und warme Tränen fließen über meine Hände.

„Ist es das, was du wirklich willst?", frage ich, doch flehe ich in Gedanken an, *nein* zu sagen.

Sie zögert, dann nickt sie langsam. „Bitte."

Vor ihr wusste ich nicht, wie es ist, von einer Frau niedergeschmettert zu werden. Jetzt kann ich ehrlich sagen, dass es das Schlimmste ist, was es auf der Welt gibt.

„Bitte, Luca", fleht sie erneut.

Ohne etwas zu sagen, nicke ich abrupt. Dann küsse ich sie auf die Stirn und gehe und hasse mich mehr als je zuvor.

10

Chanel

Die Nacht scheint nie zu enden. Als der Morgen endlich anbricht, bin ich erschöpft. Ich stehe auf, gehe ins Bad, schaue in den Spiegel und erschaudere. Meine Augen sind rot und geschwollen, mit schwarzen Ringen darunter. Mein tränenverschmiertes Gesicht ist blass.

Verflucht sei er dafür, dass er mir das angetan hat.

Die Erinnerung an Lucas letzten Kuss quält mich. Ich schließe meine Augen, halte mich am Waschbeckenrand fest und versuche, die Tränen zu unterdrücken. Ich dachte, ich hätte alles aus mir herausgeweint, aber anscheinend habe ich mich geirrt.

Ich tue mein Bestes, mich zu schminken, aber es ist sinnlos.

Mein Eyeliner verschmiert, als eine Träne entweicht. Die Wimperntusche haftet kaum an meinen Wimpern, und trotz der Foundation bin ich weiterhin blass.

Ich gebe auf und ziehe meine Uniform an.

Bald werde ich nicht mehr fliegen können.

Eines Tages muss ich allen die Wahrheit sagen.

Ich werfe mir meine Handtasche über die Schulter und verlasse meine Wohnung. Unten angekommen, steige ich in ein Taxi, aber auf dem Weg zum Flughafen fange ich wieder an zu weinen. Als ich ins Flugzeug steige, bin ich völlig fertig.

Ich habe nur ein paar Minuten Zeit, bevor Massimo eintrifft. Also tue ich alles, um das Flugzeug vorzubereiten, und versuche dann, mich vorzeigbar zu machen.

Mein Spiegelbild lässt mich zusammenzucken. Die Person im Spiegel ist nicht präsentabel, und ich wünschte, ich müsste meinem Boss in dieser Verfassung nicht gegenübertreten.

Ich seufze und verlasse das Bad, gerade als Massimo den Jet betritt.

Er ist ungewöhnlich munter und zwitschert, „Guten Morgen, Sonnenschein."

Ich hebe meine Augenbrauen. „Warum sind Sie so glücklich?"

Er erstarrt und mustert mich. Am liebsten würde ich mich in ein Loch verkriechen und sterben. Ich weiß, dass ich scheiße aussehe, und Massimos Gesichtsausdruck verrät mir, dass er genauso denkt. Schließlich fragt er, „Chanel, stimmt etwas nicht?"

Ich setze ein Lächeln auf, aber es ist gezwungen. „Nein, es ist alles gut. Sind Sie bereit, zum Aufbruch?"

Er legt den Kopf schief und verschränkt die Arme. „Chanel, irgendetwas ist hier los. Du siehst erschöpft aus, und du hast geweint."

Ich atme tief durch und versuche, breiter zu lächeln, aber es gelingt mir nicht. Ich kann Massimo nicht in die Irre führen.

Trotzdem zeige ich in den hinteren Teil des Jets. „Wo wollen Sie sitzen?“

„Chanel. Ich muss wissen, was los ist, jetzt sofort. Dir geht es nicht gut“, sagt er beharrlich.

„Alles ist –“ Ein Schmerz in meiner Bauchgegend durchfährt mich. Ich lege meine Hand darauf und schreie, „Aua!“

Massimo legt seine Hand auf meinen Rücken. „Geht es dir gut?“

„Mein … Oh Gott! Ich weiß nicht, was los ist!“, gebe ich zu und beuge mich vor.

„Sag mir, was hier vor sich geht und du brauchst mich nicht zu siezen“, befiehlt er.

Ich öffne meinen Mund, aber ich kann kaum atmen. Ich bekomme schlimmere Krämpfe als bei meiner Periode und kann mich kaum auf den Beinen halten. Mir wird schwindlig, und meine Haut wird klamm.

Massimo führt mich zu einem Sitzplatz und fragt, „Soll ich einen Krankenwagen rufen?“

Ich schaue ihm in die Augen. Meine Lippen und Hände zittern. Ich kann es nicht ertragen. Erneut überkommen mich die Krämpfe, und ich schneide eine Grimasse, stöhne und umklammere meinen Bauch.

„Chanel, was tut weh? Ist es dein Blinddarm? Etwas anderes? Hast du die Grippe? Was ist es?“, fragt Massimo.

Ich kann ihm nicht antworten. Fange stattdessen an zu weinen, weil ich Angst habe, dass ich das Baby verlieren werde. Ich bin erst im sechsten Monat schwanger. Es ist zu früh, um Wehen zu bekommen.

„Chanel, bitte sag mir, was los ist", fleht Massimo.

„Ich bin im sechsten Monat schwanger und glaube, ich bekomme Wehen!", krächze ich.

Er blickt auf meinen Bauch hinab und sieht mir dann wieder ins Gesicht. „Was soll das heißen, du bist im sechsten Monat schwanger?"

„Ich … Oh Gott! Oh, oh, es tut so weh. Oh … Ich … Oh …" Ich fange an zu schluchzen, kann längst keine zusammenhängenden Sätze mehr formen.

Er drückt mich an seine Brust. „Ist schon gut. Mach dir keine Sorgen. Alles wird wieder gut. Ich werde dich ins Krankenhaus bringen."

„Sie, ich meine du, wirst deinen Flug verpassen", hauche ich.

Er sieht mich an, als ob ich verrückt wäre. „Mach dir keine Sorgen. Komm mit. Bringen wir dich hier raus." Er hebt mich in seine Arme, trägt mich die Treppe hinunter und setzt mich dann in seinen SUV.

„Ins Krankenhaus. Schnell", weist er seinen Fahrer an und schließt die Trennscheibe.

Kalter Schweiß bricht auf meiner Haut aus, dann bekomme ich abwechselnd Hitzeschübe. Massimo reibt mir den Rücken. „Willst du, dass ich deinen Vater anrufe?"

Panik ergreift mich. „Nein! Bitte nicht. Er weiß es nicht."

Massimos Augen weiten sich. „Wieso weiß er nicht, dass du im sechsten Monat schwanger bist?"

Erneut werde ich von einer Wehe überrollt. Ich ignoriere seine Frage und schreie, „Es ist zu früh. Es ist viel zu früh."

Massimo drückt meine Hand. „Okay, bleib ruhig. Ich glaube, du sollst atmen oder so."

Das scheint menschlich unmöglich und steigert meine Angst. Ich schluchze noch stärker.

Er versucht weiterhin, mich zu beruhigen, bietet mir Wasser an, aber ich kann es kaum drin behalten.

Die Fahrt verfliegt, ohne dass ich viel davon mitbekomme. Sein Fahrer rast durch den Verkehr und wechselt auf der Schnellstraße immer wieder die Fahrspuren. Schließlich biegt er ab und hält vor der Notaufnahme an.

Massimo hilft mir hinein, und wir gehen alle Protokolle durch. Ich werde in ein Zimmer geführt und muss mir einen Krankenhauskittel anziehen.

Massimo betritt wieder den Raum und runzelt die Stirn. „Chanel, gibt es jemanden, den ich anrufen soll? Vielleicht den Vater?"

Schuldgefühle überkommen mich. „Nein, bitte! Noch darf es niemand wissen!"

„Der Vater weiß es nicht?", fragt er überrascht.

Ich kneife meine Augen zu und flehe erneut, „Bitte sag es niemandem!"

Er hält beschwichtigend seine Hände hoch. „In Ordnung. Ich werde nichts sagen. Aber ich bleibe bei dir."

Ich will nicht, dass er geht, aber ich weiß, dass das nicht sein Problem ist. „Es tut mir leid. Du kannst gehen. Ich weiß, du hast wichtige Dinge zu tun."

„Chanel, mach dich nicht lächerlich", schimpft er, als der Arzt das Zimmer betritt.

„Ich bin Dr. Keelee. Wir werden eine vollständige Untersuchung durchführen müssen. Sind Sie der Vater?", fragt er Massimo.

„Nein", antworte ich.

Massimo tritt näher an mich heran. „Ich bin ihr Boss und ein Freund der Familie."

Der Arzt sieht mich an. „Möchten Sie, dass er hier bleibt, während ich Sie untersuche?"

Ich schüttle den Kopf. Das wäre viel zu seltsam. „Nein."

Massimo tätschelt mir den Kopf. „Ich warte im Flur."

„Danke. Und, Massimo …"

„Ja?"

„Bitte sag es niemandem", flehe ich.

Er hält seine Hand in die Luft. „Ich werde es niemandem sagen. Aber mach dir darüber jetzt keine Gedanken." Er nickt und geht.

Der Arzt untersucht mich gründlich und macht eine Ultraschalluntersuchung.

Als er fertig ist, sagt er, „Es ist alles in Ordnung. Sie haben nur ein paar Braxton-Hicks-Kontraktionen."

Verwirrt frage ich, „Was ist das?"

Er lächelt. „Das ist ganz normal und wird oft als Übungswehen bezeichnet. Das ist nur der Versuch Ihrer Gebärmutter, sich auf die tatsächlichen Wehen vorzubereiten. Aber mit dem Baby ist alles in Ordnung. Alles ist gut."

„Meinem Baby geht es also gut?“, frage ich, um ganz sicherzugehen.

Sein Lächeln wird breiter. „Es geht ihr bestens.“

„Aber es ist kaum zu sehen, dass ich schwanger bin. Und jetzt habe ich diese Braxton-Hicks-Dinger.“

Er zeigt auf meinen Bauch. „Bei manchen Frauen sieht man es nicht so schnell. Sie sind größer, sodass sich das Baby mehr ausbreiten kann. Es hat mehr Platz, um sich zu verstecken. Sie brauchen sich keine Sorgen zu machen.“

Ich stoße einen angespannten Atemzug aus und versuche, meine Angst gehen zu lassen.

„Möchten Sie den Vater anrufen?“, fragt er mich.

Scham erfüllt mich. Ich hasse es jedes Mal, wenn mein Gynäkologe nach dem Vater fragt. Noch schlimmer ist es bei diesem Arzt, und vor allem bei Massimo. Ich muss immer an Luca denken und daran, dass ich ihm die Existenz seines Kindes verheimliche. Aber ich muss mein Baby beschützen. Es hat sich nichts geändert. Luca hat mir in jener letzten Nacht nur bewiesen, dass das die beste Entscheidung ist, die ich für sie treffen kann.

Ich hebe entschlossen mein Kinn.„Nein, das Baby hat nur mich.“

Sein Blick ist voller Mitleid. Ich verschränke die Arme, als wolle ich mich vor seinem Urteil schützen. Er schweigt einen Moment und sagt schließlich, „Ich gebe Ihnen am besten einen Moment. Die Krankenschwester wird gleich kommen und Ihnen Anweisungen geben, bevor sie Sie entlässt.“

Erleichtert, von meiner Entscheidung, alleinerziehende Mutter zu werden, abzulenken, sage ich, „Danke.“

Er verlässt das Zimmer, und ich ziehe mich um.

Massimo kehrt zurück. Er zieht sich einen Stuhl heran und setzt sich. „Nun, das war ein wenig aufregender als das, was ich für heute geplant hatte."

„Es tut mir sehr leid. Ich weiß, dass dein Geschäft wichtig ist. Ich würde niemals–"

„Chanel, bitte. Es ist keine große Sache. Du weißt, dass du wichtiger bist als alles, was ich beruflich mache."

Ich nicke, aber behalte meine Gedanken für mich.

Er lehnt sich näher. „Du weißt, dass du das nicht ewig verheimlichen kannst, oder?"

Ich blicke an die Decke und versuche, all die Emotionen zu unterdrücken, die in mir hochkochen.

Mein Vater wird mich umbringen.

Mein Leben, wie ich es kenne, ist vorbei.

Alle werden mich fragen, wer der Vater ist, aber niemand darf jemals die Wahrheit erfahren.

„Du musst es deinem Vater sagen", sagt Massimo.

„Er wird mir nie verzeihen", antworte ich leise.

Massimo grunzt. „Am Anfang wird er nicht sehr erfreut sein. Aber weißt du was? Ich kenne deinen Vater schon sehr lange. Eines kann ich dir sagen: Er wird das Baby lieben, egal was passiert."

„Woher willst du das wissen?"

Arroganz erfüllt seine Züge, dann grinst er. „Weil ich alles weiß."

Ich verdrehe die Augen.

Massimo verzieht das Gesicht und sieht mich ernst an. „Es ist sein Fleisch und Blut. Er wird dein Baby lieben."

Ich denke über seine Worte nach und hoffe, dass sie wahr sind.

„Aber wer ist der Vater? Warum verheimlichst du das vor ihm?", fragt Massimo plötzlich.

Schamgefühl durchströmt mich. Ich denke über alle Möglichkeiten nach, wie ich darauf antworten kann, ohne die ganze Wahrheit zu offenbaren, und entscheide mich schließlich für, „Er ist nicht gut genug, um in ihrem Leben zu sein."

Massimo verengt die Augen zu Schlitzen. „Gibt es etwas, das ich über diesen Kerl wissen sollte?"

Ich schüttle langsam den Kopf. „Nein, ich habe mich um ihn gekümmert."

Massimo zieht interessiert die Augenbraue hoch. „Du hast dich um ihn gekümmert? Und wie hast du das gemacht?"

Ich atme ein paar Mal tief durch. „Ich habe ihm gesagt, dass er mich nicht mehr behelligen soll. Und er hat zugestimmt, dass er damit aufhören wird."

Massimos Miene verfinstert sich. „Er ist zu dir gekommen, obwohl du es ihm verboten hast?"

„Ja", gebe ich zu.

Zorn huscht über seine dunklen Züge und er ballt sie Hände zu Fäusten. „Bist du sicher, dass er nichts von dem Baby weiß?"

„Ja."

Stille erfüllt den Raum.

„Chanel."

„Hmm?"

Er mustert mich. „Bist du sicher, dass du den Vater nicht mit einbeziehen willst?"

Ich hadere wieder mit mir, doch ich weiß, was ich zu tun habe. Also ziehe ich meine Schultern zurück und sage, „Ja, ich bin mir sicher."

Massimo starrt mich wieder durchdringend an.

„Ich habe keine Zweifel", sage ich mit Nachdruck.

Er nickt. „Dann vertraue ich darauf, dass du weißt, was das Beste für das Baby ist. Aber ich mache mir Sorgen, um dich. Was ist, wenn er doch zurückkommt. Soll ich mich um ihn kümmern?"

Meine Lippen zucken. Es sollte mich nicht überraschen, dass Massimo sich wie ein großer Bruder aufführt. Und ich bin sicher, er würde Luca verprügeln, um mich zu schützen. Andererseits könnte er mich auch feuern und nie wieder mit mir reden, wenn er wüsste, dass ich das Baby eines Abruzzos in mir trage.

„Nein, du brauchst nichts zu tun. Aber danke für das Angebot."

„Was ist, wenn er sein Versprechen nicht hält?", fragt Massimo.

„Ich muss nur meine Situation klären", platze ich heraus.

„Was bedeutet das?"

Ich verfluche mich dafür, dass ich das aufgeschoben habe. Ich habe noch nichts für das Baby besorgt, aber ich brauche eine größere Wohnung und habe noch nicht einmal angefangen zu suchen. Und nur so kann ich sicherstellen, dass Luca nichts von ihr erfährt.

Massimo wartet auf eine Antwort und zieht die Augenbrauen hoch.

„Ich muss mir eine neue Wohnung auf der anderen Seite der Stadt suchen, damit er nicht weiß, wo ich bin“, gestehe ich.

Massimo wirft einen Blick hinter sich und lehnt sich dann näher heran, wobei er seine Stimme senkt, „Bist du sicher, dass ich mich nicht um ihn kümmern soll?“

„Ja, ich bin sicher, er ist harmlos. Aber ich will ihn nicht im Leben des Babys haben. Ich will nur, dass er mich vergisst“, sage ich ernst.

Man könnte die Spannung im Raum mit einem Messer schneiden. Ich erwarte, dass Massimo mich weiter über Luca ausquetschen wird, aber er gibt sich mit meiner Antwort zufrieden und sagt, „Okay.“

Erleichtert lächle ich. „Danke für das Angebot.“

„Es bleibt für immer bestehen, aber, Chanel, du bist im sechsten Monat schwanger. Du kannst nicht ewig davor weglaufen oder es verstecken“, sagt er.

„Ja, ich weiß.“

„Wie kann ich dir helfen?“

Seine Freundlichkeit gibt mir zum ersten Mal seit langem ein gutes Gefühl. „Du brauchst nichts zu tun. Ich weiß es zu schätzen, dass du mich hierher gebracht hast.“

Enttäuschung zeichnet sich auf seinem Gesicht ab. „Warum hast du mir nichts gesagt?“

Erneut überkommt mich die Scham. „Es tut mir leid. Ich wollte meinen Job nicht verlieren. Das will ich immer noch nicht. Kann ich nach der Geburt des Kindes weiter für dich arbeiten?“

Schock erfüllt sein Gesicht. „Glaubst du wirklich, ich würde dich feuern, weil du ein Baby hast?“

Ich zucke zusammen und gestehe, „Ich weiß nicht, wie das funktioniert."

Er lehnt sich zurück und tippt mit den Fingern auf die Armlehne. „Nimm dir so viel Zeit, wie du brauchst. In der Zwischenzeit setze ich jemanden für dich ein, und sobald du bereit bist, zurückzukehren, wird dein Ersatz vor die Tür gesetzt. So funktioniert das in dieser Familie."

Ich lächle. „Einfach so?"

Er schnippt mit den Fingern. „Einfach so."

Erleichterung macht sich in mir breit. Eine Sorge weniger, um die ich mich kümmern muss. Ich füge hinzu, „Danke. Du warst immer ein großartiger Boss für mich."

Er zuckt mit den Schultern. „Erzähl das bloß keinem. Sonst denken sie noch, ich wäre freundlich."

Ich lache. „Verstanden."

Es vergehen einige Augenblicke, dann fragt er, „Wer weiß noch, dass du schwanger bist?"

Unbehagen macht sich in mir breit. Ich verziehe das Gesicht und sage, „Mein Arzt."

Massimo starrt mich ungläubig an. „Du hast es wirklich niemandem erzählt? Nicht einmal deinen Freunden?"

„Nein. Was hätte ich denn sagen sollen? 'Ich bin schwanger und will nichts mit dem Vater zu tun haben, also ziehe ich mein Baby allein groß?" Jetzt, wo ich es sage, klingt es gar nicht mehr so lächerlich. Aus irgendeinem Grund tat es das in meinem Kopf.

Massimo gluckst. „Ja, das klingt ziemlich akkurat."

Ich fahre mit den Händen über meine Gesicht, stöhne und sage, „Ich weiß nicht, was ich tue."

„Das ist zu erwarten. Du bekommst ein Baby", neckt mich Massimo und erhebt sich. „Ich muss ein paar Telefonate führen, dann werde ich sehen, wann du gehen kannst. Ich bin gleich wieder da." Er verlässt mein Zimmer.

Ich ziehe die Decke unter mein Kinn und schließe erschöpft meine Augen.

Als ich aufwache, ist Massimo wieder im Zimmer. „Ich habe deine Entlassungspapiere bekommen. Ich bringe dich nach Hause und bleibe heute Nacht bei dir."

„Das ist nicht nötig. Außerdem habe ich kein Gästezimmer", sage ich.

„Du kannst im Moment nicht allein sein. Ich werde auf deiner Couch schlafen."

„Du kannst nicht auf meiner Couch schlafen."

Er verschränkt die Arme. „Und warum kann ich das nicht?"

Ich muss bei dem Gedanken lachen, dass ein Marino auf meiner Couch schlafen würde. „Du bist Massimo Marino – Milliardär, Trillionär – was auch immer du bist. Ich bezweifle, dass du jemals in deinem Leben auf einer Couch geschlafen hast."

Er grunzt. „Nun, das stimmt nicht ganz. Als ich ein Kind war, habe ich ständig auf der Couch geschlafen. Da kannst du jeden fragen."

„Du musst wirklich nicht bleiben. Ich komme schon zurecht."

„Tut mir leid, Chanel, aber entweder kommst du mit zu mir oder ich bleibe bei dir. Was ist dir lieber?", sagt er.

Ich kann auf keinen Fall in der Villa der Marinos übernachten. Was soll ich ihnen denn sagen? 'Hey, ich werde einfach eine Nacht hier chillen.' Ja, als ob das keine Fragen aufwerfen würde.

„Wähle“, befiehlt er.

„Gut. Wir bleiben bei mir“, brummle ich.

Er grinst. „Gut. Lass uns von hier verschwinden. Ich bin am Verhungern.“

Mein Magen knurrt. „Ich auch“, gebe ich zu.

„Es fühlt sich an, wie einer dieser Pizza- und Eiscreme-Abende, oder?“, fragt er.

Ich nicke. „Klingt gut.“

„Prima. Ich werde unterwegs alles bestellen“, sagt er und tätschelt den Rollstuhl, den ich bis jetzt nicht bemerkt habe. „Los geht's.“

„Den brauche ich nicht“, sage ich.

„Sie werden dich nicht ohne gehen lassen. Es sei denn, du willst, dass ich dich trage?“, grinst er.

Ich stöhne und setze mich in den Stuhl.

Massimo fährt mich durch das Krankenhaus und nach draußen. Sein Fahrer hält vor dem Gebäude, und wir steigen in seinen SUV ein. Ich schlafe fast sofort wieder ein, und er weckt mich, als wir bei mir zu Hause ankommen.

Die Pizza und das Eis werden ein paar Minuten, nachdem wir in meiner Wohnung angekommen sind, geliefert. Wir essen, schauen einen Film, und als es Zeit fürs Bett ist, sage ich, „Ich schlafe auf der Couch. Du kannst in meinem Bett schlafen.“

Massimo schüttelt den Kopf und sagt, „Schwangere Frauen bekommen die Betten. Und jetzt geh dich ausruhen. Ich habe keine Lust, darüber zu streiten."

Da ich weiß, dass es keinen Sinn hat, weiter darüber zu diskutieren, gehorche ich widerwillig.

Am nächsten Tag scheint die Sonne, als ich aufwache. Ich ziehe meinen Morgenmantel an und gehe in die Küche. Ich erwarte, dass Massimo schon weg ist, aber er ist noch da, sitzt an meinem Tisch und liest die Zeitung. Er sieht auf und sagt neckisch, „Es wird auch Zeit, dass du aufwachst."

Ich gähne. „Wie spät ist es?"

Er blickt auf seine Uhr. „Nach zehn."

„So lange schlafe ich sonst nie", versichere ich ihm.

„Du hast es offensichtlich gebraucht. Aber jetzt mach dich fertig. Wir müssen noch etwas erledigen", fügt er hinzu.

„Was denn?", frage ich überrascht.

„Du wirst schon sehen. Und jetzt geh. Zwing mich nicht, es dir noch einmal zu sagen", mahnt er.

„Woher hast du die frischen Wechselklamotten?", frage ich verwirrt.

Arroganz erhellt seine Miene und seine Lippen zucken. „Hast du vergessen, dass ich reich bin? Ich habe mit den Fingern geschnippt."

„Haha!"

„Mach dich fertig", befiehlt er erneut.

„Du bist wirklich herrisch."

Er grinst. „Das ist gut, denn ich zahle deinen Lohn. Und jetzt mach schon."

„Kannst du mir wenigstens verraten, wohin wir gehen? Damit ich weiß, wie ich mich anziehen muss."

„Zieh dir etwas Bequemes an. Und du brauchst kein Make-up und all das", sagt er.

Verwirrt dusche ich schnell, ziehe meine Jogginghose und ein langärmeliges Shirt an. Darüber werfe ich einen Kapuzenpullover, flechte meine Haare zu einem Pferdeschwanz und schlüpfe dann in meine Turnschuhe.

Ich kehre zu Massimo zurück und frage, „Bist du sicher, dass es in Ordnung ist, so rauszugehen?" Ich war in Massimos Gegenwart noch nie so unpassend gekleidet.

Er mustert mich und erhebt sich. „Vollkommen in Ordnung. Lass uns gehen."

„Willst du mir jetzt verraten, wohin wir gehen?"

Er grinst. „Nope."

„Du bist gemein", jammere ich.

Er gluckst und führt mich aus dem Gebäude und in seinen Geländewagen. Wir fahren auf die andere Seite der Stadt und halten vor einem neueren Gebäude.

„Wo sind wir?", frage ich.

Seine Lippen zucken. „Oh, das verrate ich dir nicht. Es dauert noch ein paar Minuten, bis ich es dir sage."

Ich neige den Kopf. „Ernsthaft?"

„Ja." Er steigt aus dem Auto und hilft mir beim Aussteigen. Wir gehen in das Gebäude und durch die Sicherheitskontrolle, dann hinauf in den fünfzehnten Stock.

Wir steigen aus dem Fahrstuhl aus und gehen den Flur entlang. Massimo öffnet eine Tür, und wir betreten eine Wohnung.

Die Wohnung ist *riesig*. Sie hat drei Schlafzimmer und einen offenen Wohnbereich. Es gibt ein kleines Arbeitszimmer und eine große Schlafzimmersuite mit eigenem Bad. Alles ist nagelneu, und die gesamte Front ist aus Glas, mit Blick auf die Stadt.

„Wow! Das ist wunderschön. Aber warum sind wir hier?", frage ich.

„Gefällt es dir hier?", fragt Massimo.

Ich schaue mich noch einmal um. „Natürlich! Warum sollte es mir nicht gefallen? Die Wohnung ist wunderschön. Jeder würde gerne hier leben. Ist das eines deiner neuen Investitionsobjekte?"

Zufrieden sieht er mich an. Er lässt die Schlüssel vor mir baumeln und antwortet, „Nicht mehr."

Ich erstarre. „Was meinst du?"

„Das ist deine neue Wohnung!", erklärt er.

Ich starre ihn an. „Wovon redest du?"

„Ich wollte die Wohnung eigentlich verkaufen, aber betrachte es einfach als mein Babygeschenk."

Ich lache nervös. „Ein Babygeschenk? Bist du verrückt? Die Wohnung ist mehr wert als ich im Jahr verdiene. Das ist viel zu viel."

Er lehnt sich näher heran und zwitschert, „Nicht, wenn man Miss Chanel ist, meine beste Flugbegleiterin."

Ich starre ihn schockiert an.

„Nimmst du den Schlüssel jetzt?“, fragt er.

„Ähm … meinst du das ernst? Oder ist das ein Scherz?“

Er verzieht das Gesicht. „Nein, das ist kein Scherz. Du sagtest, du müsstest umziehen, am besten auf die andere Seite der Stadt, weit weg von deiner alten Wohnung. Außerdem muss es groß genug für dich und das Baby sein. Ich denke, das hier wird reichen, oder?“

Ich lache ungläubig. „Ja, ich denke, das wird es. Das wird mehr als genügen.“

„Okay, super. Freut mich, dass dir die Wohnung gefällt, denn in diesem Moment räumen die Umzugshelfer deine alte Wohnung aus. Sie werden innerhalb der nächsten Stunde alle deine Sachen hierher bringen“, informiert er mich.

Meine Kinnlade kracht zu Boden.

Er bauscht seine Brust auf. „Du solltest dein Gesicht sehen.“

Ich öffne und schließe den Mund wie eine Kaulquappe. „Willst du mich verarschen?“

„Nein. Ich hoffe, du hast deine letzte Nacht in deiner Wohnung genossen.“

Ein seltsames Gefühl überwältigt mich.

Die letzte Nacht in meiner Wohnung.

Luca wird nie wieder vorbeikommen können.

„Was ist los?“, fragt Massimo.

Ich schüttle die Traurigkeit ab und lächle. „Nichts. Diese Wohnung ist wunderschön. Wie hoch ist meine Miete?“

„Habe ich nicht deutlich genug gesagt, dass ich sie dir schenke?“

„Um darin zu wohnen, aber ich muss Miete zahlen“, sage ich.

Massimo legt seinen Arm um meine Schultern. „Der Titel wird in diesem Moment auf deinen Namen überschrieben. Du musst noch einige Papiere unterschreiben. Aber es gibt keine Miete.“

Ich starre ihn schockiert an, aber räuspere mich nach einem Moment. „Ich werde sie *besitzen*?“

„Ja.“

Ich starre ihn wortlos an.

Belustigt fügt er hinzu, „Ich erhöhe auch dein Gehalt, um die Grundsteuer, die Versicherung und die Gebühren für die Wohnung zu decken. Du musst dir also keine Sorgen darum machen.“

Überwältigt frage ich, „Kannst alles über deinen Namen laufen lassen?“

„Warum sollte ich das tun?“

„Damit mich niemand finden kann.“

Schweigen erfüllt meine neue Wohnung. Schließlich nickt er. „Okay, aber sie gehört dir. Wenn du bereit bist, den Titel zu übernehmen, lass es mich einfach wissen.“

„Das ist viel zu viel!“, hauche ich schockiert.

„Nein, das ist es nicht. Und ich will nichts mehr davon hören. Aber es gibt eine Sache, die du für mich tun musst.“

Ich neige meinen Kopf. „Was denn?“

„Du musst aufhören, den Kopf in den Sand zu stecken. Das Baby kommt, also ist es an der Zeit, es deiner Familie zu sagen.

Ich möchte nicht beschuldigt werden, deinem Vater etwas zu verheimlichen", beteuert er.

Mir wird ganz mulmig, aber ich weiß, dass er recht hat. Ich nicke langsam zustimmend. „Okay. Ich werde es ihnen sagen."

Er mustert mich und fragt dann leise, „Hast du deine Meinung geändert, ob ich mich um den Vater des Babys kümmern soll?"

Mein Herz sinkt. *Das wars.* Ich werde Luca nie wieder sehen. Es gibt keinen Grund für mich, jemals in meine alte Wohnung zurückzukehren.

Es ist gut so.

Ich hebe mein Kinn höher. „Nein. Er wird kein Problem darstellen."

11

Luca
Einige Tage später

In den letzten Tagen habe ich all meine Selbstbeherrschung aufbringen müssen, um mich von Chanel fernzuhalten. Obwohl ich bei ihr vorbeifahren und darauf warten wollte, dass sie aus dem Gebäude tritt, habe ich es nicht getan. Doch am liebsten hätte ich sie angefleht, mit mir durchzubrennen.

Ich weiß, dass es das Beste ist. Ich habe noch nie aufgegeben. Es ist meine Bestimmung, die Abruzzos auszuschalten, und ich kann nicht zulassen, dass mein Privatleben mich davon ablenkt.

Sie hatte recht, mich zu bitten, sie nie wiederzusehen. Wenn ich mich nicht zusammenreiße, wird keiner von uns jemals frei sein. Ich würde immer wieder zu ihr zurückkommen, sie verlassen und dann ginge der Teufelskreis von neuem los. Meine Stellina hat etwas Besseres verdient.

Um mich abzulenken, habe ich mich im Fitnessstudio der Abruzzos gequält. Ich habe härter trainiert als je zuvor. Ich habe zu oft im Boxring gestanden, um es zu zählen. Ich spüre die Hiebe kaum, die mich treffen. Jeder Treffer, den ich lande, fühlt sich nur wie ein Bruchteil dessen an, was mein Feind verdient hat.

Ich fühle mich dadurch nicht besser. Jeden Tag muss ich mehr von Jacopos Scheiße ertragen. Es bestärkt mich in meiner Entschlossenheit, ihn in einen Leichensack zu stecken.

Es zerrt an meinen Nerven, auf Eddies Nachricht, dass Danny bereit ist, Brody zu den Docks zu bringen, zu warten. Es macht die Sache noch quälender. Ich bin bereit, es hinter mich zu bringen, und jede Sekunde, die verstreicht, ohne dass ich meinem Ziel näher komme, zerrt an meinen Nerven.

Jacopo ist nicht hilfreich. Er ist noch ungeduldiger als ich. Ständig erinnert er mich daran, dass er mir einen Auftrag gegeben hat, den ich erledigen soll. Jedes Mal wiederhole ich, dass Eddie seinen Teil zuerst erledigen muss. Das bringt ihn zum Schweigen. Dann wirft er mir wieder böse Blicke zu, und ich weiß nicht, was in seinem verrückten Kopf vorgeht.

Jedes Mal, wenn er das tut, denke ich halb, dass er weiß, dass ich ein Spion bin. Ich stelle mir vor, wie er sein Messer zückt und mir die Kehle durchschneidet. Wahrscheinlich würde er meinen Kopf auf einem Tablett auf seinen Esstisch servieren und beim Essen in meine leblosen Augen starren.

Das ist nicht untypisch für ihn. Ich habe ihn einmal dabei beobachtet. Er wies mich und einige seiner Männer an, weiter zu essen, als ob nichts wäre. Und er kontrollierte ständig unsere Teller, um sicherzugehen, dass wir auch wirklich aßen. Das war alles nur, um uns zu testen. Gott bewahre, dass wir nicht in der Lage sein sollten, das Essen zu verdauen, während wir von Blut umgeben sind. In Jacopos Augen würde uns das zu schwach machen, um für ihn zu arbeiten, oder zu einem Verräter.

Meine Sehnsucht nach Chanel lässt mich Jacopo noch mehr hassen. Ich hasse ihn nicht nur dafür, dass er meinen Vater umgebracht hat, sondern auch dafür, dass er mir jede Chance auf ein normales Leben genommen hat. Vor Chanel hat mich das nie gestört. Ich lebte für den Adrenalinrausch, in den mich das Leben als Spion versetzte. Doch jetzt werde ich das Gefühl nicht los, dass sich das Leben ohne mich abspielt.

All die Fragen, die ich sonst immer in den Hintergrund gedrängt habe, lassen sich nicht unterbinden. Und ich werde nicht jünger. Ich dachte, ich würde in den Kreis der Abruzzos eindringen und den richtigen Zeitpunkt finden, um Jacopo zu töten, aber es sind seit meinem Einstieg Jahre vergangen. Angelo hat mich gewarnt, dass es nicht einfach sein würde. Er sagte, Jacopo sei immer von seinen Männern umgeben, und es sei nicht leicht, ihn zu töten und den Versuch zu überleben.

Ich dachte, er würde übertreiben.

Ich war jung und übermütig. Hitzköpfig. Ich habe Jacopo unterschätzt und nicht auf meinen Onkel gehört. Das Bedauern ist überwältigend und ich wünschte, ich könnte in die Zeit zurückkehren, in der ich es nicht fühlte.

Ich steige aus der Dusche und trockne mich ab. Ich öffne meinen Spind und nehme mein Handy heraus.

BOSS: *Es ist so weit. 11:00 Uhr heute Abend.*

Ich: *Verstanden.*

Ich lösche die Nachricht. Boss in Großbuchstaben bedeutet, die Nachricht ist von Angelo. Wenn der Titel mit einem großen B beginnt und der Rest in Kleinbuchstaben geschrieben ist, bedeutet das, sie stammt von Jacopo. Ich ziehe mich an und verlasse das Fitnessstudio. Ich steige in meinen Viper und lasse den Motor an.

Wie erwartet, ruft Jacopo mich innerhalb der nächsten Stunde an.

„Boss. Hast du gute Nachrichten für mich?"

„Heute Abend um elf."

„Betrachte es als erledigt", sage ich.

Stille herrscht am anderen Ende der Leitung. Meine Brust spannt sich, wie immer, wenn er das tut. Ich weiß nie, was sein Schweigen bedeutet. Ein Mann wie Jacopo ist nicht berechenbar. Er kann sich jederzeit gegen dich wenden.

Ich denke oft, dass er weiß, dass sein Schweigen seine Männer verunsichert, auch wenn sie es nicht zeigen oder er uns nicht sehen kann. Wie jetzt. Ich balle meine Fäuste und versuche, mich nicht zu rühren, aber er kann mich nicht einmal sehen.

Schließlich befiehlt er, „Sag mir Bescheid, wenn es vollbracht ist", und legt auf.

Ich seufze erleichtert, aber neue Gedanken plagen mich.

Was, wenn Jacopo weiß, dass ich lüge? Was ist, wenn er mit Benny, Sid und Jimmy gesprochen hat?

Was ist, wenn ich derjenige bin, der reingelegt wurde?

Normalerweise käme mir dieser Gedanke gar nicht in den Sinn, aber irgendetwas an diesem Abend verunsichert mich. Chanel kommt mir in den Sinn, und ich stöhne auf.

„Reiß dich zusammen", murmle ich, dann fädle ich mich in den Verkehr ein. Ich rase durch die Stadt, schlängele mich durch den

Verkehr und verärgere eine Menge Autofahrer. Aber das ist mir egal.

Die Leute sagen vielleicht, rücksichtsloses Fahren sei riskant, aber sie haben keine Ahnung, was riskant wirklich bedeutet. Mein ganzes Leben ist ein einziges großes Glücksspiel. Und ich fange an, mich immer mehr darüber zu ärgern.

Es dauert etwa zwanzig Minuten, bis ich Jacopo Haus erreiche, in dem die Glücksspiele stattfinden.

Ich parke, steige aus und nicke den Sicherheitsleuten zu. Ich bahne mir einen Weg durch das Haus, begrüße ein paar Leute mit einem Händedruck und gelange schließlich vor dem Büro an. Der Sicherheitschef steht vor der Tür.

„Luca", sagt Andy.

„Ich muss mit Benny sprechen", sage ich. Ich nehme an, dass Sid und Jimmy bei ihm sind, aber Benny ist der Hauptverantwortliche. Selbst wenn er allein ist, wird die Nachricht die anderen erreichen.

Andy klopft viermal, dann öffnet er die Tür. „Luca will dich sehen."

„Lass ihn rein", weist Benny ihn an.

Andy gibt mir ein Zeichen, an ihm vorbeizugehen. Ich trete ein und schließe die Tür.

Eine Wolke aus Zigarrenrauch erfüllt den Raum. Drei Metallschreibtische füllen den Raum und unzählige Bildschirme bedecken die Wände, zur Überwachung der Spieler. Sie sind stumm geschaltet. Auf den Schreibtischen stapeln sich Bargeld und andere wertvolle Gegenstände wie Uhren, Schlüssel und Schmuck.

Bennys Schreibtisch steht in der Mitte. Jimmy und Sid sitzen an ihren Schreibtischen. Ich nehme vor Jimmys Schreibtisch Platz.

Benny bläst Zigarrenrauch aus, legt sie in die Kerbe im Aschenbecher und sieht mich an. „Luca. Was führt dich hierher? Willst du eine Wette abschließen?“, fragt er.

Ich grunze. „Nein. Ich will heute kein Geld verlieren.“

Jimmy gluckst. „Du musst der schlechteste Spieler der Geschichte sein, so wie du das immer wieder sagst.“

Ich zeige auf die Gegenstände, die auf seinem Schreibtisch verstreut liegen. „Ich will nicht, dass mein Besitz bei dir landet.“

„Warum bist du dann hier?“, fragt Benny.

Meine Brust spannt sich. Ich schaue ihm in die Augen und sage, „Wir haben ein Problem.“

Bennys Augen verengen sich zu glasigen Schlitzen. „Was ist das Problem?“

Ich schaue finster drein. „Jacopo sagt, er habe heute Abend um elf einen Job für uns. Er sagt, wir müssen uns um jemanden kümmern, und ihr drei wollt sicher dabei sein.“

„Wer ist es?“, fragt Benny.

Ich zucke mit den Schultern. „Der Boss hat es mir nicht gesagt. Er sagte, er hält es unter Verschluss, aber wir werden es erfahren, sobald wir dort sind.“

Benny wendet sich an Jimmy. „Denkst du, es ist dieser Unternehmenslutscher, den unsere Jungs nicht finden konnten?“

Jimmys Wangen werden rot. „Das hoffe ich. Dieser Wichser schuldet uns über dreißig Riesen.“

Benny richtet seinen Blick auf Sid. „Gibt es bei dir noch jemanden, der nicht gezahlt hat?"

Er schüttelt den Kopf. „Nein. Ich habe mich erst gestern Abend um ein loses Ende gekümmert. Was ist mit dir?"

Bennys Nasenflügel blähen sich, als er einen Moment nachdenkt. Schließlich nickt er. „Niemand, der an dem Punkt angelangt ist, dass ich ihn ausnehmen müsste."

„Dann muss er es sein", sagt Jimmy.

„Was hat dir der Boss noch erzählt?", fragt Benny.

Ich schüttle den Kopf. „Nichts. Du weißt, wie er ist."

„Wo findet es statt?", fragt Jimmy.

„Bin mir nicht sicher. Jacopo wird seine Anweisungen schicken, sobald ich euch abgeholt habe. Wir sehen uns um zehn Uhr dreißig", füge ich hinzu und erhebe mich. Ich gehe auf die Tür zu.

„Hey!", ruft Benny.

Mein Inneres bebt. Ich drehe mich. „Was?"

Benny mustert mich einen Moment und fragt dann, „Was glaubst du, warum er wegen eines Unternehmensheinis so einen Aufriss macht? Es ist ja nicht so, dass er jemand Wichtiges wäre. Außerdem sind es nur dreißig Riesen. Normalerweise wartet er damit, bis es über fünfzig sind."

Ich zucke mit den Schultern. „Hey, ich bin nur der Bote, nicht der Boss. Außerdem weißt du, wie gerne der Boss uns auf Trab hält."

Jimmy grunzt. „Ja. Es ist verdammt nervig."

Bennys Kopf ruckt zu ihm herum. „Sei nicht so respektlos“, schimpft er.

Jimmy hebt beschwichtigend seine Hände. „Entschuldige! Ich wollte nicht unhöflich sein.“

Benny sieht ihn einen Moment lang an und wendet sich dann wieder mir zu. „Eine Frage noch.“

„Und die wäre?“, antworte ich und meine Haut kribbelt. Ich muss unbedingt von hier verschwinden. Ich hasse Fragen. Es ist nie klar, ob ich eine neue Lüge erfinden muss, oder etwas anderes vertuschen sollte.

Er lehnt sich zurück und verschränkt seine Finger. „Das wollte ich dich schon immer mal fragen. Was ist zwischen dir und dieser Rothaarigen passiert?“

„Einer Rothaarigen?“, frage ich und denke an Chanel. In meinem Bauch kribbelt es unangenehm.

Bitte sag mir, dass er mich nicht mit ihr gesehen hat.

Benny nickt. „Ja, die, die dich auf der Party des Bosses fast bestiegen hat.“

Ich zerbreche mir den Kopf, aber ich weiß nicht, von wem er spricht. Es sind so viele Frauen auf diesen Veranstaltungen. „Welche Party?“

„Die vor ein paar Monaten.“

Ich versuche mich daran zu erinnern, auf welcher Party ich gewesen sein könnte, auf der mir eine rothaarige Frau ihre Aufmerksamkeit schenkte, aber im letzten Jahr haben mehrere Rothaarige ein Auge auf mich geworfen.

Jimmy lacht. „Er hat so viele Frauen, dass er nicht mehr weiß, von welcher ich rede. Er vergisst sie genauso schnell, wie er sie kennenlernt."

Ich lasse mich auf den Scherz ein. In Wahrheit ist Chanel die Einzige, die ich seit langem berührt habe. Ich habe immer versucht, mich von allen fernzuhalten, die mit den Abruzzos zu tun haben. Vielleicht ist das der Grund, warum ich mich so sehr in sie verliebt habe. Sie ist nicht von dieser Welt.

„Ich meine die von der Geburtstagsparty seiner Tochter. Die Rothaarige im tief ausgeschnittenen Minikleid. Titten, Arsch und Beine", sagt Benny.

Jetzt fällt es mir wie Schuppen von den Augen. „Jacopos Nichte aus Italien?", frage ich entgeistert.

„Ja, genau die."

„Es ist nichts passiert. Sie war besoffen. Ich habe sie auf ihr Zimmer gebracht und bin gegangen", gestehe ich. Ich offenbare ihnen nicht, dass ich sie absichtlich abgefüllt habe, damit sie einschläft und ich gehen kann.

„Du bist nicht geblieben, um dir ein Stück zu holen?", fragt Sid, und mir wird flau im Magen.

Gott, ich hasse diese Typen.

Ich tue mein Bestes, um mein Temperament zu zügeln und nicht vor Wut und Abscheu zu platzen. „Du vergisst, dass ich es bevorzuge, wenn meine Frauen bei vollem Bewusstsein sind."

Sids eingebildetes Grinsen wird noch breiter. Er zuckt mit den Schultern. „Eine Pussy ist eine Pussy."

Ich wende mich wieder an Benny und versuche, ruhig zu bleiben. „Warum fragst du?"

Er grinst. „Ich wollte nur sichergehen, dass nichts vor sich geht."

„Nichts ist jemals vorgefallen", sage ich mit Nachdruck.

Er nickt. „Gut, denn ich habe sie schon zu oft gefickt, um es noch zu zählen."

Jimmy und Sid brechen in Gelächter aus.

„Nur zu. Ich habe noch was zu tun. Wir sehen uns heute Abend", sage ich und gehe.

Ich kehre ins Fitnessstudio zurück und trainiere erneut, um mir die Zeit zu vertreiben und meine Nerven zu stählen.

Es funktioniert nicht. Das könnte die gefährlichste Nacht meines Lebens sein. Ich muss dafür sorgen, dass die richtigen Leute sterben und Brody, Aidan und ich da lebend rauskommen.

Ich verlasse das Fitnessstudio und verdränge den Wunsch, zu Chanel zu fahren. Ich versuche, zu Abend zu essen, aber mein Magen ist ein einziges Chaos.

Es geht nicht anders. Ich muss es einfach hinter mich bringen. Ich wollte die Abruzzos noch nie so sehr hinter mir lassen. Aber ich bin mehr denn je entschlossen, die Sache zu Ende zu bringen und Jacopo und alle in seinem Umfeld zu töten.

Der heutige Abend wird Jacopos Organisation einen weiteren schweren Schlag zusetzen. Sein Geschäft wird leiden, bis er Benny, Jimmy und Sid ersetzt. Ich kann Jacopo vielleicht nicht sofort töten, aber seine Leutnants loszuwerden, ist eine Möglichkeit, ihm zu schaden. Und es sollte mir helfen, in den Rängen aufzusteigen.

Außerdem haben sie es alle verdient, zu sterben.

Als es endlich an der Zeit ist zu gehen, ziehe ich mich komplett schwarz an. Ich steige in meinen schwarzen Geländewagen und fahre zurück zur Spielhalle. Als ich parke, schreibe ich Benny eine Nachricht.

Ich: *Ich bin hier.*

Ich warte, bis sie herauskommen und in mein Auto steigen.

Benny setzt sich neben mich auf den Beifahrersitz. „Hat der Boss Bescheid gesagt, wohin wir fahren?“

Ich wende meinen Blick nicht von der Straße ab. „Zu den Docks.“

„Warum?“

Ich schaue ihm in die Augen. „Es ist nicht dein Unternehmer-Typ.“

Er zieht die Augenbrauen hoch. „Wer ist es dann?“

„Die O’Connors“, informiere ich ihn.

„Welche?“, fragt Benny.

Ich schniefe heftig. „Brody und sein Kumpel Danny. Wir werden sie umbringen. Nun, wir bringen Danny um. Der Boss sagt, Brody soll zu ihm gebracht werden. Wir können ihn aufmischen, aber nichts weiter.“

Geschocktes Schweigen liegt in der Luft. Den ersten Sohn des Oberhaupts einer anderen Verbrecherfamilie zu töten, ist eine große Sache. So etwas tut man nicht leichtfertig. Es ist eine unausgesprochene Regel, die jeder befolgt. Wenn niemand sie befolgen würde, könnte sich niemand mehr frei auf der Straße bewegen. Und kein Ort wäre sicher. Auch wenn wir es unten an den Docks in der Grauzone tun, kann sich das herumsprechen. Außerdem würde Tully O’Connor es nicht hinnehmen, dass einer seiner Söhne verschwindet, ohne sich alle seine Feinde genauer anzusehen.

Sid pfeift und will mit einem Anflug von Nervosität wissen, „Warum sind wir in diese Sache verwickelt?"

„Ziehst du den Schwanz ein?", provoziere ich ihn.

„Halt die Klappe", faucht er.

„Sids Frage ist nicht abwegig. Das ist nicht irgendein dämlicher Spieler von der Straße", sagt Jimmy.

„Wenn der Boss Anweisungen gibt, befolge ich sie. Ich stelle sie nicht infrage. Du etwa?", fordere ich ihn heraus.

Alle verstummen. Niemand würde es wagen, Jacopo zu bitten, seine Befehle zu erklären.

Erleichterung macht sich in mir breit. Ich will nicht noch mehr Lügen erfinden müssen. Ich will keine lange, detaillierte Geschichte darüber erzählen, warum wir tun, was wir tun.

Zum Glück kann ich sie mit meiner Antwort beschwichtigen.

Auf der Fahrt durch die Stadt kann man die Spannung im Auto fast mit dem Messer schneiden. Ich kann ihre Nervosität spüren und bin froh, dass es nicht nur mir so geht. Ich tue mein Bestes, um nichts als zuversichtlich zu wirken.

Wir halten an den Docks und drehen unsere Schalldämpfer auf unsere Glocks. Dann lege ich meine Hand auf die Tür und sage, „Wartet."

Alle drei warten.

„Jacopo hat gesagt, Jimmy soll die Kameras in der Grauzone ausschalten", lüge ich.

„Warum ich?", fragt er.

Ich kann es ihm nicht verdenken. Wenn eine Verbrecherfamilie herausfinden würde, dass er die Kameras gestört hat, wäre er innerhalb weniger Tage tot.

„Noch einmal, ich stelle keine Fragen. Also, nicht vergessen. Brody bleibt am Leben. Jacopo hat darauf bestanden."

„Verstanden. Bringen wir es hinter uns", sagt Benny.

Wir steigen aus. Ich führe sie über das Gelände und ignoriere die Arbeiter. Wir sind ein paar Meter von der Grauzone entfernt, als ich Jimmy mit dem Ellenbogen anstoße.

Er schüttelt den Kopf, zielt auf die Kamera und trifft sie. Ich zeige auf die andere, und er tut dasselbe.

Ich betrete die Grauzone und schlucke die Galle herunter, die in mir hochkommt. Wenn ich in eine Falle gelockt werde oder etwas schiefgeht, bin ich tot.

Lieber tot sein als von Jacopo gefoltert zu werden.

Ich schiebe diesen Gedanken in den Hintergrund und konzentriere mich auf den dunklen Nebel, um zu sehen, ob Danny und Brody schon in Sicht sind.

Aber es ist niemand zu sehen.

Die Härchen auf meinen Armen stellen sich auf, als drei Knallgeräusche die Luft erfüllen. Benny, Sid und Jimmy fallen alle mit Kugeln im Kopf zu Boden. Ein weiterer Knall ertönt.

Mein Puls beschleunigt sich. Ich schaue mich um, dann eile ich tiefer in die Grauzone hinein und versuche, im Grenzgebiet zu bleiben, das an niemandes Territorium stößt.

Jemand zischt mehrmals, um jemanden zum Schweigen zu bringen.

Ich drehe mich und sehe Brody und Aidan.

„Tut mir leid, aber ich will nicht, dass du deine Tarnung aufgeben musst“, sagt Brody, senkt seine Waffe und schießt.

Etwas streift meinen Oberschenkel und ich schreie vor Schmerz. „Scheiße!“, schreie ich und lasse meine Glock fallen. Ich falle zu Boden, und liege schnell in meinem eigenen Blut.

„Wir müssen hier weg“, sagt Brody und deutet auf Aidan.

Sein jüngerer Bruder schnappt sich meine Glock, nimmt die Kugeln heraus und steckt sie in seine Tasche. Dann packen sie mich unter den Armen, ziehen mich so schnell durch die Grauzone, dass ich keinen Halt finde, und lassen mich wieder auf den Boden fallen.

Brody hockt sich vor mich hin.

„Es geht ihm gut. Lass uns verschwinden“, murmelt Aidan.

Brodys grüne Augen glühen vor Schuldgefühlen. „Tut mir leid. Geh sofort zu einem Arzt. Du verlierst eine Menge Blut.“

„Fick dich“, sage ich mit zusammengebissenen Zähnen, aber in Wirklichkeit hat er mir vielleicht gerade das Leben gerettet. Wenn ich ohne Brodys Leiche zu Jacopo zurückgekehrt wäre, hätte der Abend kein gutes Ende genommen.

Sie drehen sich um und laufen auf ihre Seite der Docks.

Ich humple durch die Grauzone, mir ist schwindelig und ich kann den stechenden Schmerz kaum unterdrücken. Als ich mich dem Gebiet der Abruzzos nähere, rufe ich, „Zinc!“

Jacopos Wachmann eilt zu mir herüber. „Verdammt! Was zum Teufel ist passiert? Tiny!“ Er blickt mit gezogener Waffe über meine Schulter hinweg.

Tiny, der größte Kerl, den ich je gesehen habe, taucht aus der Dunkelheit auf.

Zinc zieht sein Hemd aus und bindet es um meinen Oberschenkel. „Wir müssen ihn zu Jacopo bringen“, entscheidet er.

Tiny und Zinc ziehen mich durch die Docks, aber irgendwann wird mir schwarz vor den Augen und ich verliere das Bewusstsein.

12

Chanel
Eine Woche später

„Geht schon mal vor. Ich bin gleich da", befiehlt Massimo den Jungs im Flugzeug. Sie gehen, und er zeigt auf einen Sitz. „Setz dich, Chanel."

Mein Magen flattert vor Nervosität. Ich gehorche und platze heraus, „Habe ich etwas falsch gemacht?"

Er schüttelt den Kopf. „Nein. Ich wollte mich nur kurz mit dir unterhalten."

„Oh, okay. Worüber?", erkundige ich mich, immer noch unsicher, ob ich in Schwierigkeiten bin oder nicht. Massimo bittet mich nie, im Flugzeug zu bleiben, nachdem wir gelandet sind. Normalerweise geht er so schnell wie möglich und macht sich auf den Weg zu seinem nächsten Vorhaben. Ich falte die Hände im Schoß und warte, bis er spricht.

„Ich habe eine Aushilfsflugbegleiterin für die Zeit eingestellt, in der du im Mutterschaftsurlaub bist."

Ich bin mit den Nerven am Ende. Ich bin immer noch besorgt, dass ich meinen Job verlieren könnte.

Was ist, wenn sie ihre Arbeit besser macht als ich?

Ich versuche, mir meine Sorge nicht anmerken zu lassen und sage, „Das ist gut."

Als ob er meine Gedanken lesen könnte, fordert er, „Hör auf, dir Sorgen zu machen."

„Entschuldigung. Es ist nur so, dass ich noch nie von der Arbeit freigestellt war. Ich schätze meine Arbeit bei dir sehr", füge ich hinzu.

Belustigung macht sich in seinem Gesicht breit. „Das freut mich zu hören, zumal ich zu schätzen weiß, was du für mich tust. Aber du wirst dich daran gewöhnen müssen, eine Zeit lang nicht zu arbeiten."

Ich beiße mir auf die Unterlippe und starre an die Decke. Der Gedanke, nicht zu arbeiten und mich um ein Baby zu kümmern, macht mir Angst. Ich habe keine Ahnung, was ich tue.

„Hast du schon darüber nachgedacht, was du tun wirst, wenn das Baby kommt?"

„Wie zum Beispiel …?"

„Wer passt auf das Baby auf, während du reist? Du könntest das Baby vielleicht für ein paar Monate mitnehmen, aber irgendwann musst du dir etwas einfallen lassen", sagt er.

Überrascht frage ich, „Ich kann das Baby mit zur Arbeit bringen?"

Er zuckt mit den Schultern. „Klar. Schlafen sie nicht die ersten paar Monate nur?“

Ich lache nervös. „Ich bin mir nicht sicher. Ich meine, ich lese gerade dieses eine Buch.“

Er wölbt die Augenbrauen. „Welches Buch?“

„Kennst du dieses Buch, in dem es darum geht, was man erwarten soll, wenn man schwanger ist?“, frage ich.

„Ich habe keine Ahnung. Ich habe noch nie jemanden geschwängert. Ich hoffe, das bleibt auch so.“

Scham erfüllt mich. Ich war so dumm, darauf zu vertrauen, dass meine Verhütungsmittel mich schützen würden. Als Luca in der ersten Nacht, in der wir zusammen waren, fragte, ob ich etwas einnehme, sagte ich, dass ich die Pille nehme. Er sagte, er sei clean, und das war gut genug für mich. Jetzt ist mir klar, wie leichtsinnig wir waren.

Massimo räuspert sich. „Entschuldige. Das sollte nicht abwertend klingen. Ich habe einfach Glück gehabt.“

Ich erzwinge ein Lächeln. „Keine Sorge.“

„Weißt du schon, wie die Kinderbetreuung aussehen wird, sobald du wieder arbeiten gehst?“

Das ist ein weiteres Thema, bei dem ich den Kopf in den Sand gesteckt habe, also schüttle ich ihn. „Darüber habe ich noch nicht nachgedacht.“

Er mustert mich.

Ich lasse die Schultern hängen. „Gibt es sonst noch etwas, das du besprechen möchtest?“

„Ich möchte, dass du Barbara ausbildest“, sagt er.

„Wen?“, frage ich.

„Die neue Flugbegleiterin.“

„Oh.“

„Es ist nur vorübergehend“, erinnert er mich.

Ich stoße einen Atemzug aus. „Klar.“

„Es wäre gut, wenn wir einen Ersatz hätten, falls wir es brauchen.“

Eine Gänsehaut breitet sich auf meiner Haus aus. „Einen Ersatz?“

„Für den Fall, dass du mal in letzter Minute einen Notfall hast, wenn das Baby da ist“, antwortet er.

„Das wird nicht nötig sein“, werfe ich bestürzt ein.

Er grunzt. „Irgendwann wird sicher etwas passieren, woraufhin du nicht fliegen kannst, wenn ich dich brauche.“

Noch mehr Panik überkommt mich. Ich packe seinen Arm. „Massimo, ich will meinen Job nicht verlieren!“

„Das wirst du nicht, also entspann dich“, sagt er.

„Es klingt aber ganz danach“, sage ich geschockt.

Er schüttelt den Kopf und wiederholt, „Nein, wirst du nicht. Aber wir müssen realistisch sein und uns vorbereiten. Die Dinge ändern sich. Das Leben geht weiter, Chanel. Ich passe nur auf uns beide auf, das ist alles. Versprochen.“

Ich schaue aus dem Fenster und betrachte den fallenden Schnee.

„Ich verspreche es“, schwört er.

Ich atme aus und beschließe, dass ich es akzeptieren muss. Massimo wird tun, was er will. „Wie hast du sie so schnell gefunden?"

„Papà hat sie in der Vergangenheit bei Bedarf eingesetzt. Sie hat alle Vertraulichkeitsvereinbarungen unterschrieben. Also denke ich, dass es sicher ist, sie zu benutzen."

„Weiß dein Papà, dass ich schwanger bin?", frage ich ihn.

„Keine Angst. Ich habe ihm gesagt, dass du eine Auszeit in einer persönlichen Angelegenheit brauchst. Er weiß nichts von deinen Umständen", beruhigt mich Massimo.

„Danke. Ich weiß das sehr zu schätzen."

Missbilligung macht sich in seinem Gesicht breit. „Ich nehme an, du hast es deinem Vater noch immer nicht gesagt?"

Seine Frage hängt wie eine Abrisskugel in der Luft, die darauf wartet, auf mich niederzurauschen. „Nein, ich kneife immer wieder."

„Chanel, du musst es deinem Vater sagen", sagt er streng.

„Ich weiß. Ich werde es tun", verspreche ich.

Er verschränkt die Arme. „Ich gebe dir zwei Tage Zeit, es ihm zu sagen. Wenn du es nicht tust, werde ich es ihm sagen."

„Nein, tu das nicht. Mein Vater wird sich noch mehr aufregen, wenn er es von dir und nicht von mir erfährt", sage ich aufgewühlt.

Massimo nickt. „Das ist wahr. Aber du kannst das nicht länger vor deiner Familie verheimlichen. Du wirst sie brauchen. Also reiß dich zusammen und erzähl es ihnen."

Ich schrubbe mir mit der Hand übers Gesicht und murmle, „Ich weiß nicht wie."

„Sieh mich an“, sagt er entschlossen.

Ich gehorche.

„Weißt du, wieso du hier arbeitest?“

„Weil ich loyal bin und mehr Charme versprühe als du?“, zwitschere ich.

Er gluckst. „Ich weiß das alles zu schätzen, aber ich respektiere auch, dass du keine Angst hast, meinen Gästen die Wahrheit von Angesicht zu Angesicht zu sagen. Oder mir, was das betrifft. Du stehst für dich selbst ein und lässt dich auch nicht von mir herumschubsen.“

„Du versuchst nicht, mich herumzuschubsen“, sage ich.

Er schnaubt. „Am Anfang schon. Ich wollte sehen, ob du für diesen Job gemacht bist.“

„Echt?“

„Offensichtlich war es nicht auffällig genug“, murmelt er.

Ich sehe ihn schweigend an.

„Je schneller du es hinter dich bringst, desto einfacher wird es.“

Ich stöhne. „Du kennst meinen Vater nicht.“

Er tippt mit den Fingern auf die Armlehne. „Ich kenne ihn sogar sehr gut. Und ich kenne meinen Vater. Ich bin mir nicht sicher, ob ich lieber in deiner oder in meiner Haut stecken würde, aber wir haben alle unsere eigenen Probleme. Du musst es tun. Hör auf, ein Weichei zu sein und bring’s hinter dich.“

Ich salutiere. „Ich höre dich laut und deutlich, Boss.“

Er erhebt sich. „Ich meine es ernst, Chanel. Du hast zwei Tage Zeit. Du kannst das nicht ewig geheim halten. Und ich mag es nicht, Dinge vor deinem oder meinem Vater zu verheimlichen.“

Ich seufze. Ich habe vergessen, dass auch Massimos Kopf auf dem Hackklotz liegt, weil er mein Geheimnis für sich behält. Also sehe ich der Realität ins Auge, dass ich es meinem Vater sagen muss. „Okay. Ich verspreche, ich werde es ihm sagen."

Zufrieden nickt er. „Gut. Wir sehen uns in ein paar Tagen. Dann kannst du die neue Flugbegleiterin anlernen. Sie sollte nicht so viel Hilfe brauchen, aber ich möchte mich nicht mit ihren früheren schlechten Angewohnheiten herumschlagen müssen."

Der Gedanke, jemanden neuen für meine Position anzulernen, dreht mir den Magen um. „Warum sollte ich sie so früh ausbilden? Das Baby kommt doch erst in ein paar Monaten."

Er wirft einen Blick auf meinen Bauch und sieht mich dann dunkel an. „Du kannst nicht mehr fliegen. Du bist im sechsten Monat schwanger."

„Ich darf fliegen, bis ich acht Monate schwanger bin. Das hat der Arzt gesagt", sage ich trotzig.

Er schüttelt den Kopf. „Nein. Du wirst ein paar Monate Urlaub machen, um dich auf das Baby vorzubereiten."

„Das ist nicht nötig", sage ich mit Nachdruck.

„Du musst noch vieles vorbereiten und planen. Aber mach dir keine Sorgen, du bekommst weiterhin dein Gehalt."

Ich schaue ihn bestürzt an und frage, „Du willst mich trotzdem bezahlen, obwohl ich nicht arbeite?"

Er nickt. „Ja, natürlich werde ich das. Es ist das einzig Richtige."

„Echt jetzt?", frage ich.

„Ja. Also bring dein Leben in Ordnung. Du bekommst ein Baby und kannst deine Probleme nicht länger ignorieren."

Hitze steigt mir in die Wangen. Es ist eine Sache, wenn ich weiß, dass mein Leben ein Chaos ist. Es ist eine andere, dass mein Boss davon weiß.

„Wir sehen uns in ein paar Tagen. Lern Barbara an, dann kannst du dich um deinen persönlichen Kram kümmern. Verstanden?"

„Ja", nicke ich.

„Das Angebot steht noch. Wenn du willst, dass ich dich begleite, um mit deinem Vater zu reden, sag mir Bescheid."

Ich bin dankbar für all seine Freundschaft und Unterstützung, aber ich weiß, was ich zu tun habe. „Schon in Ordnung. Ich muss mit ihm allein fertig werden."

„Verstanden. Wenn du deine Meinung änderst, bin ich nur einen Anruf entfernt."

„Danke", sage ich.

Er klopft mir auf die Schulter und geht.

Ich räume den Jet fertig auf und fahre nach Hause. Als ich drinnen ankomme, rufe ich meine Mutter an.

„Ma chérie. Warum ignorierst du meine Anrufe? Ich habe mir Sorgen gemacht."

Ich erschaudere. „Tut mir leid, Mom. Auf der Arbeit ging es drunter und drüber."

„Willst du etwa sagen, du warst zu beschäftigt, um deine eigene Mutter anzurufen?", schimpft sie mit ihrem starken französischen Akzent.

Ich seufze. „Es tut mir leid. Ähm … seid ihr heute Abend zu Hause? Du und Dad meine ich."

„Ja. Warum fragst du? Wirst du uns endlich besuchen? Es ist schon einen Monat her, seit ich aus Frankreich zurückgekommen bin. Dein Vater sagte, du hättest ihn die ganzen drei Monate, in denen ich weg war, nicht einmal besucht!"

Meine Mutter weiß immer, wie sie mich mit Schuldgefühlen in die Knie zwingen kann. In den letzten Monaten habe ich zu viele Ausreden gefunden, um meine Eltern nicht zu sehen. So lange habe ich sie noch nie gemieden. Ich bin versucht, am Handy mit allem herauszuplatzen, damit sie es meinem Vater erzählen kann. Das Einzige, was mich davon abhält, sind Massimos Worte, dass ich mich zusammenreißen soll. Stattdessen sage ich, „Es hat einfach nicht gepasst. Unsere Termine haben sich immer überschnitten."

Sie schnappt dramatisch nach Luft. „Eure Termine? Du brauchst einen Termin, um deinen Vater zu sehen?"

„Mom, ich habe eine Karriere. Genau wie Papà."

Sie macht missbilligende Geräusche, und ich kann mir genau ausmalen, wie sie die Lippen schürzt.

„Wie auch immer, ich dachte, ich komme mal vorbei. Vielleicht zum Abendessen?", frage ich.

„Nun, aber natürlich. Ich mache Lammkoteletts in Cognac-Dijon-Sahnesoße. Wenn du mich früher angerufen hättest, wüsstest du das bereits. Es ist immerhin deine Leibspeise", fügt sie hinzu.

Normalerweise würde ich mich auf das Abendessen freuen, aber irgendetwas an Lamm dreht mir den Magen um. Aber ich kann ihr nicht einfach sagen, dass sie etwas anderes machen soll. „Tut mir leid, dass ich nicht zurückgerufen habe. Kannst du dafür sorgen, dass du viel knuspriges Brot hast?"

Sie schnaubt. „Natürlich werden wir viel Brot haben. Wir sind Franzosen, oder etwa nicht?“

Ich lächle. Meine Mutter war immer stolz auf ihr französisches Erbe. Auch wenn mein Vater für einen Italiener arbeitet, ist sie ihren Wurzeln treu geblieben. „Können wir gegen sieben Uhr zu Abend essen?“

„Das sollte funktionieren. Lass mich das mit deinem Vater abklären. Kann ich dir eine Nachricht schicken, um die Zeit zum Essen zu bestätigen?“

Meine Mutter hat gerade gelernt, SMS zu schreiben, und liebt es, mir Nachrichten zu schicken.

„Ja, das wäre toll, Mom, danke.“

„Und du bestätigst mir, dass du sie erhalten hast, richtig, ma chérie?“

Ich verdrehe die Augen. „Ja, Mom. Ich werde auf deine SMS antworten.“

„Okay. Bis heute Abend“, sagt sie.

„Tschüss.“ Ich lege auf, mache mir ein paar Erdnussbuttercracker und esse sie. Dann nippe ich an einem Glas Wasser und gehe duschen.

Als ich wieder rauskomme, werfe ich einen Blick auf mein Handy.

Mom: *Sieben passt perfekt.*

Mom: *Warum schreibst du mir nicht zurück?*

Ich: *Ich habe deine Nachricht bekommen! Tut mir leid, ich war unter der Dusche.*

Mom: *Das lasse ich dir diesmal durchgehen.*

Ich: *Okay. Schick mir keine SMS mehr. Ich muss mich fertig machen.*

Ich lege mein Handy weg und versuche, vor dem Spiegel zu proben, was ich meinen Eltern sagen werde.

„Mom. Dad. Ich bin schwanger", platze ich heraus und murmle dann, „Nicht gerade die gewandteste Ankündigung."

Ich nehme mir ein paar Minuten, dann versuche ich es erneut. „Mom. Dad. Ich hatte Sex mit einem …"

Nope! Das klingt absolut falsch.

Ich ziehe die Schultern zurück, sehe tief in den Spiegel und hebe mein Kinn. „Mom. Dad. Ich werde eine alleinerziehende Mutter sein."

Ich starre mich an und stöhne.

Warum muss das so schwer sein?

Warum steht in meinem Buch nichts darüber, wie man seinen Eltern sagt, dass man schwanger ist, und es vorm Vater geheim hält?

Ich gebe auf und mache mich fertig. Als ich fertig bin, steige ich in ein Taxi und fahre zum Haus meiner Eltern. Es ist noch früh, aber aus irgendeinem Grund möchte ich meine Mutter sehen, bevor mein Vater nach Hause kommt.

Das Taxi hält vor ihrem Gebäude, und mein Inneres bebt noch stärker.

Es ist so weit. Ich habe keine Zeit mehr. Ich muss es ihnen sagen.

Ich habe keinen Zweifel daran, dass Massimo es tun wird, wenn ich meinen Teil der Abmachung nicht einhalte. Und es ist nicht fair, ihn weiter in die Sache hineinzuziehen oder dass meine Eltern es von jemand anderem als mir erfahren.

Ich atme tief durch, steige aus dem Taxi und gehe ins Gebäude. Ich steige in den Fahrstuhl, gehe den Flur entlang und klopfe an ihre Wohnungstür.

Meine Mom öffnet sie und umarmt mich, sobald sich die Tür schließt. „Ma chérie!“

Ich drücke sie fest an mich und meine Augen füllen sich mit Tränen. Es ist schon zu lange her, seit meine Mom mich umarmt hat. Ich merke, wie sehr ich mich abgekapselt und sie vermisst habe.

Sie zieht sich zurück. „Lass mich dich ansehen.“ Sie legt ihre Hände auf meine Wangen, und dann sinkt ihre gute Stimmung.

Nervöse Schmetterlinge tanzen in meinem Bauch. „Warum siehst du mich so an?“

Sie betrachtet mich genauer. Ihre Stimme verändert sich, als sie fragt, „Warum glühst du?“

Ich erschaudere. Meine Mutter hatte schon immer einen sechsten Sinn. Es ist, als wüsste sie alles, bevor jemand auch nur ein Wort sagen kann. Ich habe mich all die Monate ferngehalten, weil ich wusste, dass sie es irgendwie wissen würde, obwohl mein Bauch noch flach ist und meine Jacke geschlossen.

Um die Sache noch schlimmer zu machen, nimmt sie ihre Hand, öffnet zwei Knöpfe und lässt sie auf meinen Bauch gleiten. Sie wird weiß. „Ma chérie, bist du schwanger?“

Langsam kommen mir die Tränen. Monatelang unterdrückte Emotionen überrollen mich. Alles, was ich tun kann, ist nicken.

Sie keucht. „Wie weit bist du schon?“

Ich schniefe und gebe zu, „Ich bin im sechsten Monat.“

„Sechs Monate! Und du sagst es deiner Mutter erst jetzt?", schreit sie.

Meine Scham umhüllt mich wie eine Decke.

Sie ergreift meine Hand und zieht mich zur Couch. Wir setzen uns, und sie befiehlt, „Du musst mir alles erzählen, Chanel."

Ich schlucke den Kloß in meinem Hals hinunter. „Ich wusste nicht, wie ich es dir sagen sollte."

Ihre Augen verengen sich zu Schlitzen. „Und warum? Ich bin deine Mutter!"

Schuld und Scham erfüllen mich zu gleichen Maßen. Ich senke den Kopf.

„Wer ist der Vater?", fragt sie leise.

Meine Wangen fangen an zu glühen.

„Du weißt es nicht?", fragt sie entsetzt.

„Nein! Natürlich weiß ich, wer der Vater meines Kindes ist! Und genau deshalb wollte ich es dir nicht sagen", gestehe ich.

„Wer ist er?", drängt sie.

Ich schüttle den Kopf.

Verwirrung macht sich in ihrem Gesicht breit. „Du weißt also doch nicht, wer der Vater ist?"

Ich werfe die Hände hoch. „Doch. Ich weiß, wer der Vater ist. Aber ich sage dir nicht, wer er ist. Er weiß nichts von dem Baby."

Sie sieht mich schockiert an. „Warum hast du es ihm nicht gesagt? Dieses Baby ist sein eigen Fleisch und Blut."

Weitere Tränen laufen über meine Wangen. Ich wende den Blick ab.

Sie greift nach meinem Kinn und dreht es zu sich. „Chanel, warum willst du es dem Vater nicht sagen?"

Ich zittere am ganzen Körper. Meine Lippen beben so stark, dass ich fast mit den Zähnen klappere. „Er ist nicht der, für den ich ihn gehalten habe, Mom."

Besorgnis steht ihr ins Gesicht geschrieben. „Was hat das zu bedeuten? Hat er dir wehgetan?"

„Nein. Nichts dergleichen."

„Was meinst du dann?"

Ich weiß nicht, wie ich ihr antworten soll, ohne ihr die Wahrheit zu sagen, und ich werde nie diese spezielle Katze aus dem Sack lassen. „Du musst mir in dieser Sache vertrauen. Es ist niemand, den du kennst."

Sie starrt mich an und ich fühle mich, als könne sie in meine Seele blicken. Es macht mir Angst. Ich weiß nicht, was sie denkt. Dies ist eines der seltenen Male in meinem Leben, in denen ich ihre Blicke nicht deuten kann. Schließlich drückt sie meine Hand. „Bist du sicher, dass du es dem Vater nicht sagen willst?"

„Ja", sage ich mit Nachdruck.

Sie wartet einen Moment und fragt dann erneut, „Du willst mir wirklich nicht sagen, wer er ist? Nur damit ich es weiß?"

„Nein, ich werde es niemals jemandem erzählen. Ich werde es mit ins Grab nehmen."

„Ist er verheiratet?"

Mein Magen dreht sich um. Das habe ich noch nicht einmal in Erwägung gezogen. Könnte Luca verheiratet sein?

„Nein", sage ich jedoch zu meiner Mom.

Ein Moment vergeht, dann umspielt ein kleines Lächeln die Lippen meiner Mutter. „Bekomme ich eine Enkelin oder einen Enkel?"

Erleichtert, dass sie die Nachricht nicht so negativ aufnimmt, wie mein Vater es mit Sicherheit tun wird, antworte ich, „Es ist ein Mädchen."

Ihre Augen füllen sich mit Tränen, und sie klatscht in die Hände. „Okay, wir kriegen also ein Mädchen. Ich darf sie als Erste im Arm halten."

Ich lache, dann fange ich an, unkontrolliert zu schluchzen.

„Oh, ma chérie", gurrt sie und zieht mich in ihre Arme. „Nicht weinen. Es wird alles gut werden. Ich werde dir helfen."

Ihre Worte lassen mich nur noch mehr härter weinen. „Papà wird mich umbringen. Er wird nie wieder mit mir reden", stoße ich schließlich hervor.

Sie reibt mir den Rücken und sagt, „Mach dir keine Sorgen um deinen Vater. Ich werde mit ihm fertig."

Ich schaue auf. „Wie willst du das anstellen?"

„Ich kümmere mich um deinen Vater. Er wird verärgert sein, ja. Aber er wird sich vor allem Sorgen um dich machen. Aber keine Sorge, alles wird gut", sagt sie entschlossen.

„Versprichst du das?", frage ich und schniefe.

Die verletzte Stimme meines Vaters ertönt plötzlich hinter mir. „Chanel, du bekommst mein Enkelkind, und du verheimlichst es mir?"

Meine Stimmung sinkt in den Keller. Ich weiß nicht, warum ich meine Mutter nicht gefragt habe, ob er zu Hause ist, und annahm, er sei nicht da. Ich drehe mich zu ihm. „Dad, es tut mir leid."

„Wer ist er?", fragt er.

Ich hebe mein Kinn und versuche, so zuversichtlich wie möglich zu wirken. „Ich werde es niemandem sagen."

„Sag mir sofort, wer er ist", befiehlt er.

Ich schüttle den Kopf. „Nein. Er ist aus meinem Leben verschwunden. Er wird nie im Leben meines Babys sein. Es spielt keine Rolle, wer er ist."

Mein Vater kommt herüber, kniet vor mir nieder und ergreift meine Hände. „Er ist der Vater deines Babys. Er hat Verantwortung. Aber wenn er ein schlechter Mensch ist, dann kümmere ich mich um ihn."

Furcht erfüllt mich. Ich habe keinen Zweifel, dass mein Vater genau das tun würde. „Nein! Das ist nicht nötig."

„Warum darf er es dann nicht wissen?"

„Genug", sagt meine Mutter.

Er wendet sich an sie. „Sophia, es ist nicht in Ordnung, dass ein Mann unsere Tochter schwängert und sie mit der Erziehung des Kindes allein lässt."

„Er weiß es nicht", sage ich.

Mein Vater sieht mich enttäuscht an. „Es ist nicht richtig, einem Vater sein Kind vorzuenthalten."

„Wenn sie gute Gründe hat schon", sagt meine Mutter zu meiner Verteidigung.

„Deshalb werde ich mich mit ihm befassen, wenn es nötig ist", erklärt mein Vater.

Stille erfüllt das Wohnzimmer.

Frustriert blickt er zwischen uns hin und her, dann fügt er hinzu, „An dieser Geschichte ist noch mehr dran. Ich will die Wahrheit wissen, Chanel."

„Bitte, Papà. Du musst es auf sich beruhen lassen. Wenn du es nicht sein lässt, komme ich nicht mehr hierher zurück."

Sein Kopf ruckt zurück. „Du drohst damit, deinen Vater nicht mehr zu besuchen?"

„Das will ich nicht, aber ich muss mein Baby beschützen und das tun, was ich für richtig halte. So wie du und Mom mich immer beschützt habt."

„Wovor beschützt du das Baby? Wenn er so schrecklich ist, dann ist es meine Aufgabe, mich für dich um diesen Mann zu kümmern", ruft er aufgebracht.

„Nur ein Mensch, der kein Vater sein sollte. Das ist alles", sage ich, aber Lucas Gesicht kommt mir in den Sinn, als ich das sage. Und es tut so weh, weil Luca in Wirklichkeit ein guter Dad sein würde. Aber er lebt in einer gefährlichen Welt.

Mein Vater erhebt sich. Er schüttelt den Kopf und beginnt, im Zimmer auf und ab zu gehen.

„Pierre, das sind gute Neuigkeiten. Wir bekommen ein Enkelkind", zwitschert meine Mutter, dann drückt sie wieder meine Hand.

Mein Vater geht an die Bar und schenkt sich einen Scotch ein. Er kippt ihn hinunter und geht weiter auf und ab.

Meine Mutter steht auf und geht zu ihm. „Pierre, hör auf."

Er dreht sich um. Wut und Schmerz steht ihm ins Gesicht geschrieben.

Sie legt ihre Hände auf seine Wangen und sagt auf Französisch, „Wir bekommen eine Enkelin, und darauf werden wir uns konzentrieren."

„Ich werde mich darauf konzentrieren, herauszufinden, wer der Vater ist und warum Chanel so viel Angst hat, es ihm zu sagen", schimpft er.

Ich erhebe mich. „Dann werde ich nicht mehr herkommen."

Meine Eltern drehen sich zu mir um. „Sag das nicht", sagt Mom. Sie dreht sich wieder zu Papà um. „Du wirst nicht mehr davon sprechen, hast du mich verstanden, Pierre?"

Er spannt seinen Kiefer an und starrt in ihre Augen.

Sie mildert ihren Tonfall. „Es ist Zeit für das Abendessen. Wir werden dieses Gespräch fortsetzen, aber wir reden nicht mehr über den Vater unserer Enkelin. Hast du das verstanden?"

Mein Vater knirscht mit den Backenzähnen.

Sie streichelt erneut seine Wangen und wiederholt sanft, „Wir bekommen ein Enkelkind. Und wir werden sie und unsere Tochter in unserem Leben haben."

Schließlich blickt er mich an, dann wieder meine Mutter und gibt nach. „Gut, Sophia, ich werde nicht mehr darüber sprechen." Er geht ins Esszimmer.

Erleichterung macht sich in mir breit. Er wird mich nicht mehr ausfragen, und meine Entschlossenheit, mein Geheimnis zu bewahren, wird immer stärker.

Egal was passiert, ich muss die Wahrheit über Luca mit ins Grab nehmen.

13

Luca
Zwei Monate später

„Deine Wunde hat sich endlich geschlossen", sagt Phil, der Physiotherapeut.

Ich betrachte das Narbengewebe an meinem Oberschenkel. Endlich habe ich die Physiotherapie-Sitzungen hinter mir, die Jacopo mir aufgebrummt hat. Ich bin immer noch wütend auf Brody, weil er auf mich geschossen hat. Andererseits wusste ich selbst in jener Nacht, dass es das Richtige war.

Jacopo hat mich stundenlang ausgequetscht. Ich musste sehr vorsichtig sein, um meine Geschichte glaubwürdig zu halten und nicht vom grünen Faden abzuweichen, während ich mit Schmerzmittel vollgepumpt war. Ich wollte sie nicht einmal nehmen, aber Jacopo bestand darauf, was er wohl tat, um eine Lücke in meiner Geschichte zu finden.

Er ist immer noch angepisst, dass Brody entkommen ist. Er weiß nicht, dass Aidan dort war. Ich hatte erwartet, dass er einen weiteren Anschlag auf Brody anordnen würde, aber er hat sich aus irgendeinem Grund bisher zurückgehalten.

Es war gut, dass Aidan die Kugeln aus meiner Glock entfernt hat. Jacopo überprüfte sie, während ich mir die Kugel aus dem Oberschenkel ziehen ließ. Nachdem er sich davon überzeugt hatte, dass ich mein Bestes getan hatte, lobte er mich dafür, dass ich seine drei Männer getötet hatte.

„Ja. Alles wieder gut. Ich denke, wir sind hier fertig, richtig? Keine weiteren Sitzungen?“, sage ich zu Phil.

Er gluckst. „Bereit, zur Normalität zurückzukehren?“

„Ja“, sage ich, aber ich bin mir nicht mehr sicher, was das wirklich ist. Das Einzige, was ich weiß, ist, dass ich mich beschäftigen muss. Während ich dienstunfähig war, habe ich mich immer wieder gefragt, was Chanel macht und ob es ihr gut geht.

„Ich befinde dich für rehabilitiert. Ich sage Jacopo, dass du wieder einsatzfähig bist“, sagt Phil.

„Gut“, sage ich und ziehe mein Sweatshirt an. „Danke für alles.“

Er klopft mir auf die Schulter, und ich verlasse die Physiotherapieabteilung des Fitnessstudios. Ich mache mich auf den Weg nach draußen und steige in mein Auto, lasse den Motor aufheulen und fahre los.

Stundenlang rase ich durch die Stadt, ohne ein bestimmtes Ziel zu haben. Ich bleibe auf der Schnellstraße, fahre mehrmals um den Ring und zwinge mich, bei Chanels Abfahrt nicht abzubiegen.

Die letzten paar Monate waren hart. Ich war nicht in der Lage, viel zu tun. Ein paar Wochen lang konnte ich kaum laufen.

Jacopo hat darauf bestanden, dass ich an den Seitenlinien zusehe, bis ich mich erholt habe. Jetzt bin ich endlich an dem Punkt, an dem ich kaum noch humpeln muss.

Verdammter Brody. Er hätte mich in meinen Dreißigern zum Krüppel machen können.

Seit dieser Nacht hatte ich keinen Kontakt mehr zu den Marinos, außer einer SMS von Angelo. Ein paar Tage nachdem ich angeschossen wurde, schrieb ich ihm, dass es mir gut geht. Dann habe ich ihm gesagt, dass ich mich bedeckt halten muss und seine Antwort gelöscht.

Ich sollte nach Chanel sehen.

Nein, ich habe versprochen, mich fernzuhalten.

Ich treffe eine spontane Entscheidung und nehme die Ausfahrt, die mich zu Angelos Villa führen wird. Das Letzte, was ich tun möchte, ist etwas, das mit den Abruzzos zu tun hat. Und ich weiß, dass meine Pause bald zu Ende ist. Sobald Jacopo weiß, dass Phil mir grünes Licht gegeben hat, wird er mich wieder seine Drecksarbeit machen lassen.

Ich nehme mein Handy und rufe an.

Angelo antwortet fast sofort. „Luca."

„Ist es sicher, vorbeizukommen?", frage ich.

„Ja. Perfektes Timing", antwortet er.

„Großartig. Ich bin in der Nähe." Ich lege auf und fahre in kürzester Zeit durch sein Tor. Ich parke hinter einem schwarzen Geländewagen.

Wer ist das?

Das muss einer von Angelos Wagen sein.

Ich schüttle meinen Misstrauen ab, steige aus, nicke den Sicherheitsleuten zu und gehe hinein. Ich laufe durch das Haus und klopfe an die Bürotür.

Angelo öffnet sie und zieht mich in seine Arme. „Luca, es ist schön, dich zu sehen. Bist du wieder ganz gesund?"

„Ja", antworte ich, als er die Tür weiter öffnet. Ich trete ein und erstarre.

Tully und Brody sind im Büro. Eine dicke Wolke Zigarrenrauch hängt in der Luft. Tully pafft an dem schrecklichen Ding und hält ein Glas Whiskey in der Hand. Brody trinkt aus einer Flasche Wasser. Er sieht aus, als käme er gerade aus dem Fitnessstudio.

Vielleicht hat er mit den Marinos trainiert.

Meine Irritation überwältigt mich fast. Ich würde gerne einmal mit meinen Cousins trainieren, anstatt ins Fitnessstudio der Abruzzos zu gehen, aber das ist nicht meine Realität.

Warum sind sie hier?

Angelo bittet mich, Platz zu nehmen.

Ich zögere noch einen Moment, bevor ich näher trete und meine Fäuste an den Seiten balle.

Auch wenn ich weiß, dass Brody wahrscheinlich das Richtige getan hat, werde ich nicht so tun, als ob ich gutheiße, dass er mich angeschossen hat.

Als ob Angelo meine Gedanken lesen könnte, sagt er, „Brody hat getan, was er tun musste."

Ich sehe ihn an. Ich bin mir nicht sicher, woher er weiß, was ich gerade dachte.

Er gluckst und zeigt auf meine geballten Fäuste. „Beruhige dich, Luca."

Ich atme tief durch, nehme einen Joint aus meiner Jackentasche und zünde ihn an. Nach ein paar Zügen setze ich mich den O'Connors schließlich gegenüber. „Danke, dass du auf mich geschossen hast, du Wichser", knurre ich Brody an.

Brody grunzt und behauptet, „Jemand musste dir das Leben retten."

„Blödsinn. Jetzt bist du mir was schuldig", grummele ich, da ich nie zugeben werde, dass er recht hat.

Tully klärt seine Raucher-Stimme. „Ich glaube, das Gegenteil ist eher der Fall. Ich glaube, du schuldest uns einen Gefallen."

„Wie bitte?", knurre ich.

Angelo hält die Hände in die Luft. „Niemand ist jemandem etwas schuldig, Tully. Dies ist keine der Zeiten, in denen man eine Schuld einfordern kann."

Er grinst, und ich möchte ihm am liebsten eine Ohrfeige verpassen. „Komm schon. Mein Sohn hat ihm das Leben gerettet. Hätte er ihn nicht angeschossen, hätte Jacopo einen Preis eingefordert. Wir alle wissen, dass es sein Leben gewesen wäre … oder zumindest ein Körperteil."

Ich runzle angewidert die Stirn. Tully O'Connor ist ein Mann, mit dem ich nicht sehr oft in einem Raum bin, aber jedes Mal, wenn ich es tun muss, stört mich etwas an ihm. Ich traue ihm nicht über den Weg, und das gilt auch für seine Söhne.

Angelo wiederholt mit Nachdruck, „Keiner von euch ist dem anderen etwas schuldig. Verstanden?"

Tully zuckt lediglich mit den Schultern. Ein arrogantes Grinsen breitet sich auf seinem Gesicht aus. Er nimmt noch einen Zug von seiner Zigarre und sagt dann, „In Ordnung, dieses eine Mal lasse ich es durchgehen."

Ich grunze und antworte, „Als ob du irgendeine Autorität über mich hättest."

„In Ordnung. Dieses Gespräch ist beendet", befiehlt Angelo.

Ich nehme noch einen Zug, dann konzentriere ich mich auf Brody und sage, „Du hast Glück, dass Jacopo dich noch nicht umgebracht hat."

„Nicht wirklich", sagt Tully eingebildet.

Ich drehte mich zu ihm um. „Wovon redest du?"

Er starrt mich mit seinen funkelnden, grünen Augen an. „Drohungen sind nicht nur die Währung der Abruzzos."

„Was willst du damit sagen?", frage ich, der ganzen Sache bereits überdrüssig.

Er nimmt noch einen Zug, atmet aus und nimmt dann einen Schluck Whiskey. „Ich habe ihm die Finger eines seiner Neffen in einer Schachtel geschickt", antwortet er beiläufig.

Ich erstarre. Das Letzte, was ich brauche, ist ein aufgebrachter Jacopo. „Und warum hast du das getan?"

„Sagen wir einfach, es bedurfte einer Warnung."

„Macht es dir etwas aus, dich etwas genauer auszudrücken? Vielleicht sogar ein wenig schneller?", sage ich genervt.

Tully schmunzelt und fügt hinzu, „Er kennt die Regeln. Ein Anschlag auf das Leben meines Sohnes ruft nach Vergeltung. Wenn einer meiner Söhne vermisst wird oder getötet wird, wird auch sein kleiner Prinz Biagio zu Freiwild. Ich würde Jacopo den Kopf seines Sohnes in einer Kiste zukommen lassen."

Ich starre Tully an. Der Mann ist genauso verrückt wie Jacopo, aber er ist klug. Trotzdem frage ich, „Du glaubst also, Jacopo wird Brody nichts antun? Oder hinter ihm her sein?"

Tully kippt den Rest seines Getränks hinunter. „Mein kleines Geschenk beinhaltete auch ein Bild seiner Nichte."

Ich starre ihn an. Frauen in die Familienfehden einzubeziehen ist ein weiteres großes Tabu. „Bist du verrückt? Du hast eine Tochter", schleudere ich zurück.

Tully sieht mich hart an. „Meine Tochter ist in Sicherheit und das wird auch so bleiben. Aber Jacopos Lieblingsnichte – die, die er Eddie O'Leary versprochen hat – nun, sagen wir einfach, solange meine Familie nicht angerührt wird, gilt für sich das Gleiche."

„Du bist verrückt", murmele ich. Ich habe genug gehört. Ich wende mich an Angelo, „Gibt es irgendetwas, von dem ich wissen sollte?"

„Nein. Nichts Ungewöhnliches", antwortet er.

Ich erhebe mich, nicht mehr in der Lage, den Gestank von Tullys Zigarre zu ertragen oder ihn anzuschauen. „Sag mir Bescheid, wenn sich etwas ergibt."

Angelo sagt, „Warte. Willst du nicht etwas trinken?"

Ich nehme den letzten Zug von meinem Joint und drücke ihn im Aschenbecher aus, wobei der Rauch langsam entweicht. Ich schüttele den Kopf und schaue die O'Connors finster an. „Nein, ich möchte nichts."

Ich verlasse den Raum und gehe direkt nach draußen, aber Brody folgt mir.

„Luca, warte!"

Ich drehe mich und knurre, „Was willst du, Brody?“

Seine Miene wird ernst. „Du weißt, dass ich es tun musste, oder?“

„Ach wirklich?“, spotte ich.

Er spannt seinen Kiefer an.

„Gibt es sonst noch etwas, das du mir sagen wolltest?“, frage ich.

„Hey, ich habe dich nirgendwo angeschossen, wodurch du langfristige Folgen haben würdest“, sagt er, als ob das die Sache wiedergutmachen würde.

„Woher willst du das wissen?“, knurre ich.

Er verschränkt die Arme. „Es scheint mir, als würdest du wieder gut zu Fuß sein.“

„Ja, aber nicht dank dir“, fauche ich.

„Okay. Was hätte ich denn sonst tun sollen? Wie hättest du das Ausbleiben meiner Leiche erklärt?“, erkundigt er sich.

Ich atme tief durch. Ich weiß, dass er recht hat. Es ist mir klar, dass er es getan hat, um meinen Arsch zu retten. Ich hätte das Gleiche getan. Dennoch wurde er nicht angeschossen, also werde ich das nie eingestehen.

Er kommt auf mich zu und hält mir seine Hand hin.

Ich starre ihn an.

Er gluckst. „Heiliger, du bist ein sturer Bastard.“

Ich sehe ihn stumm an.

„Waffenstillstand“, sagt er schließlich und nickt auf seine Hand hinab.

„Wie auch immer, Brody. Ich habe keine Zeit für so etwas“, sage ich, unsicher, warum er das zwischen uns regeln will.

Er seufzt. „Hey, Mann.“

„Was?“

„Wenn du dich nicht gemeldet hättest, wäre ich jetzt tot. Mein bester Freund wäre dafür verantwortlich gewesen. Können wir einen Waffenstillstand schließen?“, fragt er.

Ich denke über seine Bitte nach und bekomme wieder einmal Mitleid mit dem Kerl. Es war schlimm zu erfahren, dass die Person, der man am meisten vertraut hat, eine verlogene Ratte ist.

Wie ich, im Kreise der Abruzzos.

Aber wie er schon sagte, bin ich stur. „Das ist also deine Art, danke zu sagen? Indem du mich anschießt?“

Er stöhnt. „Du musst darüber hinwegkommen, Luca.“

„Du hast leicht reden“, murmle ich.

„Kumpel. Komm schon. Sind wir cool?“, fragt er und streckt seine Hand erneut aus.

Des Kämpfens müde, murmle ich schließlich, „Ja. Wir sind cool.“ Ich schüttle ihm die Hand und steige ins Auto. Ich lasse den Motor aufheulen, fahre durchs Tor und dann weiter auf der Schnellstraße.

Ich fahre dreimal an der Abfahrt vorbei, die zu Chanels Wohnung führt, bevor ich es schließlich nicht mehr aushalte. Ich gebe nach und biege ab.

Was mache ich hier eigentlich?

Wir müssen einen Weg finden, wie wir zusammen sein können.

Es muss einen Weg geben, sie zu schützen.

Das steht außer Frage.

Ich fahre vor ihrem Haus vor. Vor dem Gebäude steht ein großer Umzugswagen. Sein Anblick versetzt mich irgendwie in Panik. Die Türen stehen offen, also renne ich durch das Gebäude und gehe zu ihrer Wohnung.

Darin herrscht das pure Chaos. Umzugshelfer tragen Kisten hinein, was auf neue Mieter schließen lässt.

Ein glatzköpfiger Mann dreht sich um. Er blickt zu mir herüber und fragt, „Kann ich Ihnen helfen?"

Mein Puls schießt in die Höhe. „Ja, wo ist die Frau, die hier gewohnt hat?"

Er zuckt mit den Schultern. „Woher zum Teufel soll ich das wissen?"

Ich versuche, meinen Ärger zu zügeln und frage, „Hat sie eine Nachsendeadresse hinterlassen?"

Er sieht nachdenklich drein. „Bin mir nicht sicher, Mann. Geh und rede mit dem Vermieter. Ich habe keine Zeit für so was." Er wendet sich an die Umzugshelfer. „Stellt den Fernseher da drüben hin."

Ich bleibe eine lange Minute wie angewurzelt stehen.

Er hält inne und sieht mich wieder an. „Brauchen Sie noch etwas?"

Niedergeschlagen antworte ich, „Nein." Ich verlasse die Wohnung.

Die Nachbarin von nebenan steht im Hausflur und hält mehrere Tüten mit Lebensmitteln in den Armen. Ich gehe zu ihr hinüber und nehme ihr eine der Tüten ab. „Hier. Lassen Sie mich Ihnen helfen."

Überrascht blickt sie auf. Innerhalb von Sekunden schenkt sie mir ein kokettes Lächeln und schnurrt, „Oh, danke. Wohnen Sie in diesem Gebäude?"

„Nein. Ich frage mich, ob Sie wissen, wo die Frau von nebenan hingezogen ist?", erkundige ich mich.

Sie verzieht das Gesicht. „Tut mir leid. Sie ist vor ein paar Monaten ausgezogen."

„Vor ein paar Monaten?", wiederhole ich geschockt.

Sie nickt. „Ja. Es ging alles ziemlich schnell. Ich meine, sie ist gegangen. Ich glaube, sie war nicht mal hier, als die Umzugshelfer ihren Kram gepackt haben."

„Und Sie haben keine Ahnung, wo sie sein könnte?"

Sie schenkt mir ein mitfühlendes Lächeln. „Nein, aber nicht viele Leute kannten sie wirklich. Sie blieb immer für sich, aber ich glaube, sie war zu sehr mit ihrer Arbeit beschäftigt. Sie schleppte immer ihren Koffer mit sich herum."

Mein Herz sinkt weiter. „Danke für Ihre Zeit."

„Klar. Ist sie jemand Besonderes? Oder sind Sie Single?", fragt die Frau.

„Tut mir leid. Ich bin vergeben", lüge ich und kehre zu meinem Auto zurück, fühle mich wie erschlagen.

Wie soll ich herausfinden, wohin sie gegangen ist?

Ich kenne ihren Nachnamen. Ich kann nach ihr suchen.

Entschlossen eile ich nach Hause und schalte meinen Computer ein. Ich suche nach ihrem Namen, finde aber nichts. Ich rufe die Auskunft an, aber sie sagt mir, es gäbe keine Einträge unter diesem Namen. Ich tue alles, was ich kann, um herauszufinden, wohin Chanel Moulin gegangen ist, aber es ist, als hätte sie sich in Luft aufgelöst.

Ich recherchiere, wer der Eigentümer des Gebäudes ist, besorge mir seine Handynummer und rufe an. Er legt auf, ohne mir Auskunft zu geben.

Also recherchiere ich, wie er aussieht und wo er wohnt. Am nächsten Tag warte ich darauf, dass er das Gebäude verlässt.

Als er endlich auftaucht, stelle ich mich ihm in den Weg. „Conrad."

Er zieht die Augenbrauen zusammen. „Wer zum Teufel will das wissen?"

„Ich muss wissen, wo Chanel hingegangen ist", platze ich heraus.

„Wer?", fragt er.

„Chanel Moulin", sage ich.

Seine Augen leuchten auf. „Oh. Du bist der Typ, der mich gestern Abend angerufen hat, nicht wahr?"

„Ja, der bin ich. Hast du ein Problem damit?", sage ich und schenke ihm meinen einschüchterndsten Blick.

Er macht einen Schritt zurück. „Ich bin nicht auf Ärger aus, Mann."

„Dann sag mir, wo sie ist", knurre ich und mache einen Schritt nach vorn.

Er hebt die Hände in die Luft. „Ich weiß nicht, wo sie hin ist."

„Wie ist das möglich? Hat sie dir keine Nachsendeadresse gegeben?"

„Nein. Sie ist ausgezogen und hat nicht einmal ihre Kaution eingefordert. Hat aber ihre Miete komplett bezahlt“, sagt er.

„Warum sollte sie das tun?“, frage ich.

„Ich bin mir nicht sicher, aber die Kaution ist verwirkt. Sie hatte eine Frist, um mir mitzuteilen, wohin ich das Geld schicken sollte“, erklärt er.

Ich sage nichts weiter. Stattdessen steige ich wieder in mein Auto, und die Realität trifft mich bis ins Mark.

Ich habe sie verloren.

Sie will nicht, dass ich weiß, wo sie wohnt.

Die Wahrheit schmerzt schlimmer als alles, was ich je empfunden habe.

Ich bekomme das ungute Gefühl, dass ich sie nie finden werde.

14

Chanel
Sechs Wochen später

„Sophia, reich mir den Schraubenzieher“, ruft mein Vater.

Meine Mutter rollt mit den Augen.

Papà lässt sein Werkzeug überall herumliegen. Die letzten vier Stunden hat er versucht, das Kinderbett zusammenzubauen. Er ist nicht der handwerklich begabteste Mann, deshalb dauert es meist länger, aber am Ende schafft er es immer.

Und mir läuft die Zeit davon. Ich habe zu lange überlegt, wie ich das Babyzimmer dekorieren soll. Am Wochenende sind meine Eltern aufgetaucht und haben mich endlich dazu gebracht, alles fertig zu machen. Sie haben auf mich eingeredet, weil ich angeblich keine Zeit mehr habe, um die Sache aufzuschieben …

und sie haben recht. Das Baby wird in ein paar Wochen zur Welt kommen.

Also haben meine Eltern und ich gestern die Möbel ausgesucht. Meine Mutter und ich haben den ganzen Vormittag damit verbracht, die verschiedensten Babyartikel zu kaufen. Wir haben die gekauften Sachen gewaschen und räumen sie gerade an ihren Platz.

Meine Mutter hält einen kleinen Strampler hoch. „Der ist so süß, nicht wahr? Ich finde, du solltest ihn mit ins Krankenhaus nehmen, damit sie ihn auf dem Weg nach Hause tragen kann."

Ich sehe mir den rosa Strampler mit Glitter und Rüschen an. „Ist das nicht zu schick fürs Krankenhaus, Mom?"

Sie schnappt dramatisch nach Luft. „Ma chérie! Das ist das erste Outfit deiner Tochter! Und schau! Das können wir ihr überziehen, wenn wir abfahrbereit sind." Sie hält einen rosafarbenen Trenchcoat, eine weiße Strumpfhose mit rosafarbenen Herzen und glitzernde Stiefelchen hoch.

Ich neige meinen Kopf und begutachte die Sachen. Es ist zwar entzückend, aber ich dachte eigentlich, dass mein Baby es zu einer Party tragen wird, nicht auf dem Weg nach Hause vom Krankenhaus. Aber ich habe keine Lust zu streiten. Meine Mutter freut sich so sehr auf ihr Enkelkind, dass ich ihr nicht die Laune verderben möchte. „Was immer dich glücklich macht."

Missbilligend schürzt sie die Lippen. „Ist es dir egal, was dein Baby trägt?"

Ich schüttle den Kopf. „Solange sie angezogen und warm ist, ist mir der Rest egal."

Meine Mom sieht mich schockiert an. „Das ist ein großer Moment. Wir werden Fotos machen. Und du wirst dich immer an diesen Moment erinnern."

Ich stemme meine Hand in meine Hüfte, neige den Kopf und frage, „Okay, was habe *ich* auf dem Weg nach Hause getragen?"

Sie rollt mit den Augen. „Du warst ganz in Weiß gekleidet, weil deine Großmutter darauf bestanden hat."

Ich zucke mit den Schultern. „Was ist falsch daran?"

„Mon dieu", sagt sie und ihre Augen weiten sich. „Es ist ein Mädchen. Sie sollte rosa tragen."

Mein Vater schreit, „Sophia! Schraubenzieher!"

„Ups! Ich bringe ihm besser schnell seinen Schraubenzieher", sage ich und schnappe mir schnell den Schraubenzieher.

„Ich kann das also in deine Krankenhaustasche einpacken?", fragt Mom mit Hoffnung in den Augen.

Ich gebe nach. „Klar."

Sie klatscht begeistert in die Hände und ich kann mir ein Lächeln nicht verkneifen. Seitdem ich meinen Eltern alles gebeichtet habe, genieße ich meine Schwangerschaft viel mehr. Ich freue mich auf das Baby, und alles erscheint viel machbarer.

Ich nehme den Schraubenzieher mit ins Schlafzimmer. „Bitte sehr, Papà."

Er ergreift ihn. „Danke, mon chou."

Ich lächle noch breiter. Ab und zu versucht er herauszufinden, wer der Vater ist, aber in letzter Zeit drängt er immer seltener auf eine Antwort. Meine Mom unterbricht ihn immer, bevor er zu weit gehen kann. Aber seit er weiß, dass ich schwanger bin, nennt er mich *mon chou,* als wäre ich ein kleines Mädchen. In

Frankreich nennen Väter oft ihre Töchter so, und es bedeutet wortwörtlich „Mein Schatz.“ Ich habe ihn gebeten, mich nicht mehr so zu nennen, als ich ein Teenager war, aber irgendwie hat er es wieder in seinen Wortschatz aufgenommen. Und ich finde es jetzt eigentlich ganz beruhigend und süß.

„Wow. Das sieht toll aus!“, rufe ich und strahle ihn an. Die Krippe ist schon fast zusammengebaut. Er ist mit dem letzten Teil beschäftigt. Es passt zum zinnfarbenen und schwarzen Mobiliar im Rest der Wohnung.

Nachdem ich in die Wohnung eingezogen bin, hätte ich vielleicht alle Möbel loswerden sollen, die Luca mir geschenkt hatte, aber irgendetwas hat mich aufgehalten.

Eines Tages ging ich in denselben Laden, in dem Luca mir alles gekauft hatte. Ich suchte ein passendes Schlafzimmerset und einige Möbel für das Arbeitszimmer aus.

Sie hatten keine Kinderbetten und vielleicht habe ich deshalb alles so lange aufgeschoben. Aber gestern, als meine Eltern und ich schon im dritten Laden waren, habe ich das Kinderbett, die Kommode und den übergroßen Schaukelstuhl gefunden. Sie passen perfekt dazu, und alles fühlt sich jetzt an, als würde es passen.

Durch die Möbel fühlt es sich an, als sei Luca bei mir. Es ist das einzige, was ich von ihm habe, das ich meiner Tochter geben kann, und obwohl es albern ist, konnte ich mich nicht davon trennen.

Meine Eltern haben den Rest des gestrigen Tages damit verbracht, die Wände im Kinderzimmer rosa zu streichen. Ich hätte es bei dem vorhandenen Weiß belassen, aber meine Mutter hat darauf bestanden. Jetzt, da es fertig ist, bin ich froh, dass sie mich dazu gedrängt hat, sie streichen zu lassen.

Mein Vater nimmt den Schraubenzieher und zieht die letzte Schraube an. Dann tritt er zurück und strahlt stolz, als er verkündet, „Alles fertig."

Ich umarme ihn fest. „Das hast du gut gemacht, Papà."

Er umarmt mich innig und murmelt, „Ich weiß, deine Mom sagt, dass sie das Baby als Erste halten darf, aber–"

„Aua!", schreie ich auf einmal und halte mir den Bauch.

Die Augen meines Vaters weiten sich. „Mon chou!"

Ich zucke erneut vor Schmerzen.

Meine Mom rennt ins Zimmer. *„Ma chérie,* geht es dir gut?"

Ein weiterer heftiger Krampf durchzuckt mich. Ich stöhne, „Oh Gott. Nicht schon wieder."

„Du hast Wehen", sagt meine Mom.

Ich schüttle den Kopf. „Nein. Das sind Braxton-Hicks-Wehen. Ich habe noch ein paar Wochen Zeit bis zur Geburt."

Meine Eltern tauschen einen besorgten Blick aus. Meine Mutter sagt, „Es wäre besser, wenn du dich untersuchen lassen würdest."

„Nein. Ich bin schon dreimal deswegen ins Krankenhaus gegangen. Das ist dasselbe wie …" Mir wird der Atem geraubt, als mich ein Schmerz trifft, der stärker ist als je zuvor. Jedes Mal, wenn sie auftreten, scheinen sie stärker zu werden als beim letzten Mal.

„Atme", befiehlt Mama und geht die Atemübungen mit mir durch, die wir im Lamaze-Kurs gelernt haben.

Ich versuche, es ihr nachzumachen, aber der Schmerz wird immer schlimmer.

„Komm, setzen wir uns", sagt mein Vater und führt mich ins Wohnzimmer.

Ich bin auf halbem Weg zur Couch, als meine Hose durchnässt wird. Entsetzt schreie ich, „Ich habe mir in die Hose gepinkelt!"

„Nein! Deine Fruchtblase ist gerade geplatzt. Wir müssen dich ins Krankenhaus bringen", ruft Mom.

„Was? Nein! Es ist noch zu früh! Ich bin noch nicht bereit!", schreie ich entsetzt.

„Es ist alles gut. Es ist nicht zu früh", sagt sie.

„Doch! Sie sollte ..." Eine weitere heftige Wehe trifft mich. „Mein Uterus wird herausfallen!"

Mein Vater ruft, „Sophia. Wo sind die Autoschlüssel?"

„In meiner Handtasche. Wir haben noch nicht alles gewaschen!", sagt sie frustriert.

„Das machen wir später. Die Schlüssel, Sophia", ruft Papà streng.

Meine Eltern rennen durch die Wohnung und schnappen sich meine Krankenhaustasche und die Handtasche meiner Mutter. Ich sitze auf der Couch und versuche, nicht völlig durchzudrehen.

Was ist, wenn sie kommt, bevor ich im Krankenhaus bin?

Ist es zu früh?

Meine Eltern führen mich innerhalb von Minuten vor die Tür und in ihr Auto. Papà fährt, während Mom auf dem Rücksitz meine Hand hält.

„Pierre, mach schneller", fordert sie.

„Sophia, es ist viel Verkehr", antwortet er.

Ich werfe zum ersten Mal einen Blick aus dem Fenster. Es ist Samstagabend, und New York City ist wie immer sehr geschäftig.

Der Verkehr wird schnell dichter. Wir halten an einer Ampel und mir stockt der Atem. Weitere Schmerzen treffen mich, aber dieses Mal ist es mein Herz. Meine Tränen fallen.

Luca steigt aus seiner roten Viper und nähert sich einer Gruppe von Menschen, die vor einem neuen italienischen Restaurant stehen.

Ihn zu sehen, tut mehr weh, als ich erwartet habe. Ich habe mein Bestes getan, um ihn zu vergessen, auch wenn ich weiß, dass das ein unmögliches Unterfangen ist.

Ich bekomme ein Kind von ihm.

Es scheint eine grausame Strafe des Universums zu sein, ihn zu sehen, während ich in den Wehen liege. Ich bin versucht, das Fenster herunterzulassen und ihn anzuflehen, ins Auto zu steigen. Aber dann wird mir das sprichwörtliche Messer ins Herz gerammt.

Die Augen einer schönen Rothaarigen leuchten auf, als sie ihn sieht. Sie stürmt auf ihn zu, wirft ihre Arme um ihn und küsst ihn auf die Wange.

Mein Herz zerbricht in eine Million Stücke.

Er hat nicht auf mich gewartet.

Sie ist wunderschön.

Wie kann er einfach so weitermachen, während ich sein Kind bekomme?

Er weiß es nicht.

Natürlich ist er weitergezogen. Ich habe ihm gesagt, er soll sich von mir fernhalten. Ich bin umgezogen, damit er mich nicht finden kann.

Ein Moment des Wahnsinns überkommt mich, als ich mich frage, ob ich das Richtige getan habe. Hätte ich meine Schwangerschaft nicht verheimlichen sollen?

Eine Blondine geht auf ihn zu. Sie wirft ihre Arme um ihn und küsst ihn ebenfalls auf die Wange. Ich möchte sterben, als ich sehe, wie all diese Frauen ihn berühren und ich weiß, dass er nicht mehr mein ist.

Ich schluchze noch stärker.

„Ma chérie, wir sind gleich da“, sagt meine Mom und reibt mir den Rücken.

Aber ich kann nicht aufhören. Alles, was ich fühle, ist Schmerz.

Die rote Ampel schaltet auf Grün um und mein Vater fährt näher an Luca heran, und ich schwöre, dass wir uns kurz in die Augen sehen. Mein Vater fährt über die Kreuzung und ich entferne mich immer weiter von dem Vater meines Kindes und dem Hüter meines Herzens.

Papà biegt um die Ecke, und Luca verschwindet aus meiner Sicht, während mich eine längere Wehe trifft.

Ich schreie vor Schmerz.

„Fast da“, wiederholt Mom und streicht mir eine Haarsträhne hinters Ohr.

Es kommt mir wie eine Ewigkeit vor. Endlich kommen wir an und meine Eltern bringen mich schnell in die Notaufnahme. Ich werde direkt auf die Entbindungsstation gebracht. Ich werde ausgezogen und bekomme einen Papierkittel und eine Papierdecke übergezogen. Ein Team von medizinischen Fachkräften schwärmt um mich.

„Wenn Sie bleiben wollen, müssen Sie sich steril machen", sagt eine Krankenschwester zu meinen Eltern.

Mom tut es zuerst, dann Papà. Als sie zurückkommen, klappt ein Arzt zwei Metallbügel nach vorn und stellt meine Füße darauf.

Meine Wehen kommen immer häufiger. „Ich brauche die Epiduralanästhesie", rufe ich.

Der Arzt sieht mich mitfühlend an. „Es tut mir leid, Ma'am, aber es ist zu spät."

Panik überkommt mich. Ich bin nicht mutig genug, um die Wehen ohne Schmerzmittel zu überstehen. Ich habe die Horrorgeschichten über die Frauen gehört, die das tun. Das will ich alles nicht. Ich bin ein Weichei, wenn es um Schmerzen geht.

Der Arzt sagt streng, „Sie schaffen das, Ma'am. Versprochen."

„Nein, nein, nein!", widerspreche ich lautstark.

Papà ergreift meine Hand. „Es wird alles gut, Chanel."

„Nein, ich werde … oh Gott!", schreie ich, als mich eine weitere Wehe trifft. „Sie zerquetscht meine Gebärmutter!"

„Alles normal. Sie sind vollständig geweitet. Pressen Sie auf drei", weist der Arzt an.

Ich schluchze. „Ich kann nicht. Es tut so weh."

„Du schaffst das, mon chou. Drück meine Hand", ermutigt mich mein Vater.

Mom streichelt meinen Kopf und nimmt meine andere Hand. „Komm schon, ma chérie. Dein Baby will dich kennenlernen."

„Eins. Zwei. Drei. Pressen!", ruft der Arzt.

Ich presse mit allem, was ich habe, aber es ist nicht genug. Es fühlt sich an, als würde etwas in meiner Vagina stecken bleiben. Es raubt mir immer mehr den Atem, und Schweiß bedeckt meine Haut. Ich schreie noch stärker.

„Nicht weinen, nicht weinen. Komm schon. Atme, Chanel", sagt Mom und macht wieder die Lamaze-Atemübungen.

Ich ahme sie ein paar Sekunden lang nach, um zu Atem zu kommen.

Der Arzt sagt, „Sehr gut. Noch einmal pressen und dann haben Sie es geschafft. Eins. Zwei. Drei. Pressen!"

Ich gehorche, und plötzlich fühlt sich mein Unterkörper leer an. Der Raum wird in Stille getaucht, und der Arzt hält ein Baby in die Luft.

„Warum weint sie nicht?", fragt meine Mutter alarmiert.

Mein Herz bleibt fast stehen.

Der Arzt und die Krankenschwestern tun etwas mit ihr, und ein Schrei erfüllt die Luft. Erleichterung macht sich in mir breit. Neue Tränen fließen, aber dieses Mal sind es Tränen des Glücks.

Mein Vater küsst meine Stirn, und meine Mutter streckt ihre Arme aus und ruft, „Mein Enkelkind! Lasst mich mein Enkelkind sehen."

Die Krankenschwester nimmt dem Arzt das Baby ab. „Tut mir leid, Granma. Mommy darf ihr Baby zuerst halten."

Meine Mutter schürzt die Lippen und wirft der Krankenschwester einen finsteren Blick zu, aber sie tritt zur Seite.

Ich strecke meine Arme aus und sie legt mir meine Tochter in die Arme. Es ist, als ob die Zeit stehen bleibt und niemand außer ihr existiert. Ich betrachte sie und bestaune ihr volles dunkles Haar. Es erinnert mich an Lucas, was mich wieder zu Tränen rührt.

Ich ziehe sie an meinen Oberkörper und sie greift nach meiner Brust. Ich halte sie etwas höher, und sie findet meine Brustwarze und saugt sich daran fest.

„Sie ist ein Naturtalent", sagt die Krankenschwester.

Ich starre sie weiter an. Sie ist perfekt. Sie hat meine Lippen und ihre Augen haben einen Hauch von Grün, wenn sie mit den Lidern flattert, aber sie hat Lucas Nase und Kinn geerbt. Kleine Tränenflecken zieren ihre Wangen, und ich zähle ihre Finger und Zehen.

Dad unterbricht meine Trance und fragt, „Was ist das auf ihrer Schulter?"

Ich sehe sie an und erstarre. Ein Muttermal, das die gleiche Form und Farbe wie Lucas hat, ziert ihre Schulter.

Erschrocken murmle ich, „Es ist ihr Schutzengel."

„Schutzengel?", fragt Mama und schaut genauer hin.

„Es sieht wirklich so aus", bestätigt Papà.

„Sie wird also immer jemanden haben, der sie beschützt", sagt Mom, was nur noch mehr Emotionen in mir loslöst

Aber ein Teil von mir ist froh, dass sie ihn hat. Selbst obwohl Luca nicht hier ist, um sie zu beschützen, ist sein Schutzengel bei ihr. Oder könnte es irgendwie Luca sein, der sie beschützt?

Wahrscheinlich sind es nur Wahnvorstellungen, aber vielleicht ist es so. Er hat gesagt, er würde seine Tochter immer beschützen, wenn er eine hätte.

Als das Ärzteteam das Zimmer verlässt, wendet sich Mom wieder mir zu, „Magst du uns ihren Namen verraten?"

Monatelang war ich hin- und hergerissen, was ihren Namen angeht. Bis jetzt war ich mir immer noch nicht sicher. Aber jetzt antworte ich ohne zu zögern, „Sie heißt Zara Luciana."

Meine Mom sieht mich überrascht an. „Entschuldigung, aber Luciana? Ist das nicht italienisch? Und Zara kommt aus dem arabischen!"

„Das hat nichts Französisches", fügt Papà hinzu, als ob die Worte meiner Mom nicht deutlich genug gewesen wären.

„Ja. Gibst du ihr keinen französischen Namen?", fragt meine Mutter.

Ich drücke mein Baby enger an mich und streichle ihre Wange. Ich küsse ihre Stirn und starre wieder auf ihr Schutzengel-Mal. „Ihr Name ist Zara Luciana. Ich habe den Namen Zara immer geliebt, das wisst ihr. Außerdem sieht sie aus wie eine Zara, nicht wahr?", füge ich hinzu und hebe herausfordernd die Augenbrauen, falls sie mir widersprechen wollen.

Meine Eltern schweigen einen Moment und sehen Zara an.

Schließlich legt Papà seine Hand auf meine Schulter. „Ja, sie sieht aus wie eine *Zara*. Das ist ein guter Name."

„Aber warum, Luciana?", fragt Mama.

Hitze steigt mir in die Wangen. Ich wünschte, ich könnte ihnen offenbaren, dass ich den Namen gewählt habe, um ihren Vater zu ehren. Ich wünschte, es würde sich nicht so richtig anfühlen, ihr ein Stück von ihm zu geben, wenn ich ihr schon nicht den Mann aus Fleisch und Blut geben kann. Es ist das Richtige.

Wenn ich es meinen Eltern sagen könnte, würde ich es tun. Aber ich kann es nicht. Stattdessen erzähle ich eine Halbwahrheit. „Zara bedeutet Prinzessin und Luciana bedeutet Licht. Ich dachte, das wäre eine gute Kombination."

„Oh", murmelt meine Mutter, zieht die Augenbrauen hoch und nickt dann. „Das ist schön."

Die Krankenschwester betritt wieder das Zimmer. „Tut mir leid, aber die Besuchszeit ist vorbei."

„Ich bleibe über Nacht", sagt meine Mom.

Die Miene der Krankenschwester verhärtet sich. „Niemand darf über Nacht bleiben."

„Und wenn ich der Vater wäre?"

„Sind Sie das?", fragt die Krankenschwester und verschränkt die Arme.

„Mom, mir geht's gut", sage ich.

„Sophia, Zeit zu gehen", befiehlt Papà.

Mom schnaubt. „Was ist denn so schlimm daran, dass ich bleiben will?"

„Sophia!", sagt Papà streng.

„Verdammt." Sie verdreht die Augen, beugt sich zu Zara hinunter und küsst sie auf die Stirn. Sie flüstert ihr etwas ins Ohr und dann folgt mein Vater ihrem Beispiel. Er lächelt. „Das hast du gut gemacht, mon chou."

Ich weine wieder. Meine Eltern geben mir einen Abschiedskuss, und Papà zerrt Mom aus dem Zimmer.

Ich gewöhne mich langsam an die Stille und höre Zaras leisen Atemzügen zu. Sie wimmert und knetet wieder meine Brust. Ich ziehe an der richtigen Stelle, und sie saugt sich an meiner Brustwarze fest.

„Sie haben Glück", sagt die Krankenschwester.

„Warum?", frage ich und schaue auf.

Sie lächelt. „Viele Babys wissen nicht sofort, was sie tun müssen."

„Oh." Ich schaue nach unten und lächle mein wunderschönes Mädchen an.

„Wir müssen noch die Geburtsurkunde ausfüllen", sagt die Krankenschwester.

„Okay."

„Ihre Mutter hat uns all die wichtigen Informationen gegeben. Können Sie sie noch einmal überprüfen, um sicherzugehen, dass sie richtig sind?", sagt sie.

Ich werfe einen Blick auf das Formular. „Das stimmt alles."

Sie nickt. „Und welchen Namen haben Sie gewählt?"

„Zara Luciana", teile ich ihr mit, wobei mich meine Gefühle wieder überwältigen.

„Das ist ein schöner Name", sagt die Krankenschwester.

„Danke."

„Und der Vater? Haben Sie seine Daten?", fragt sie.

Mein Emotionen überschlagen sich. Ich atme tief ein, hebe mein Kinn und schaue ihr in die Augen. „Nein."

Mitleid erfüllt ihren Ausdruck und ich möchte sie am liebsten ohrfeigen. „Sind Sie sicher, dass Sie keinen Vater angeben wollen? Wenn Sie Kindergeld beanspruchen wollen–"

„Ich sagte *Nein*", wiederhole ich entschlossen.

Sie mustert mich und nickt dann. „Okay. Kein Vater." Sie dreht sich um und verlässt den Raum.

Den Rest des Abends verbringen wir größtenteils allein, abgesehen von der Handvoll Krankenschwestern, die nach uns sehen. Ich wechsele zweimal ihre Windel und stille sie erneut. Viele Stunden später erscheint eine neue Krankenschwester zum Nachtdienst. Sie schlägt vor, sie in das Bettchen neben meinem Bett zu legen.

Die Erschöpfung nach der Geburt setzt ein, also diskutiere ich nicht. Zara weint eine Weile, dann beruhigt sie sich endlich. Als sie eingeschlafen ist, streiche ich sanft über ihr Schutzengel-Muttermal.

So müde ich auch bin, ich schlafe nicht besonders gut. Wenn ich schlafe, träume ich von Luca, Zara und mir. Ich wache immer auf, wenn Traum-Luca etwas mit Zara macht – wenn er ihre Windel wechselt, sie badet, ihr zeigt, wie man Fahrrad fährt, und mit ihr zu einem Ball geht.

Jedes Mal, wenn ich aufwache, weine ich.

Das wird niemals geschehen.

Ich starre Zara an und weiß, dass sie so viel mehr verdient, als ich ihr geben kann.

Ich überlege, ob ich einen Fehler gemacht habe, doch dann sehe ich meine friedlich schlafende Tochter an, und bin überzeugt, dass es die richtige Entscheidung war.

Wahrscheinlich kann ich ihr nicht das Komplettpaket bieten, aber ich schwöre, ihr alles zu geben, was sie braucht. Dazu gehört auch, sie um jeden Preis zu beschützen.

Ich zweifle also nicht mehr an mir. Ich muss Luca so weit wie möglich fernhalten. Selbst wenn es weh tut.

15

Luca
Zehn Jahre später

„Ich werde langsam ein alter Mann, Angelo“, seufze ich und fahre mir frustriert über das Gesicht. Ich bin seit über zwei Jahrzehnten undercover tätig. Jedes Mal, wenn ich die Chance habe, Jacopo zu töten, vermasselt mir etwas die Sache. Nicht, dass ich oft die Gelegenheit dazu gehabt hätte.

Heute Abend wird sich das Blatt wenden.

Angelo baute sich vor mir auf. „Bist du bereit dafür, dass ich dich da rausziehe?“

Ich habe den Überblick verloren, wie oft er mich das schon gefragt hat. Normalerweise zögere ich nicht, aber in letzter Zeit bin ich kaum mehr so enthusiastisch.

Ich habe ihm meine Absichten bereits mitgeteilt. Er weiß, dass ich in dem Moment, in dem ich Jacopo töte, aussteige. Aber je länger es dauert, desto entmutigter werde ich. Ich bin es leid, mir zu wünschen, mein Leben wäre anders. Doch ich stecke zu tief drin. Die einzige Möglichkeit, auszusteigen, ohne Jacopo zu töten, ist, dass meine Tarnung auffliegt. Ich bin nicht in der Lage, meine Rachegefühle loszulassen.

Nicht bevor sie alle tot sind.

Angelo wartet auf meine Antwort und beobachtet mich genau.

Ich schüttele den Kopf. „Nein, ich werde nicht aussteigen, bevor ich den Job nicht zu Ende gebracht habe. Das weißt du."

Er sieht mich genauer an. „Du darfst deine Meinung jederzeit ändern, Luca. Unsere Familie wird dir für alles, was du getan hast, immer zu Dank verpflichtet sein."

„Es ist noch nicht vorbei", sage ich.

„Du bist schon sehr lange undercover, Luca. Ich mache mir Sorgen um dich", gesteht er.

„Du brauchst dir keine Sorgen um mich zu machen", sage ich und schüttle den Kopf. Ich führe meinen Joint an meine Lippen und nehme einen weiteren, tiefen Zug.

Ich rauche viel zu viel Gras. Früher habe ich einen Joint am Tag geraucht, aber jetzt bin ich schon bei drei oder vier. Es ist das Einzige, was mich noch beruhigt. Ohne das Marihuana kann ich die Schrecken meines Lebens nicht mehr bewältigen.

Immer wenn ich denke, dass ich das Schlimmste gesehen habe, werde ich Zeuge von etwas anderem – der Terror der Abruzzos ist unendlich. Manchmal habe ich keine andere Wahl, als mitzumachen. In solchen Situationen frage ich mich, ob noch etwas Gutes in meiner Seele steckt.

Angelo gibt nach und fragt, „Okay, was ist dann los? Du sagtest, du hättest etwas mit mir zu besprechen?“

Mein Adrenalinspiegel steigt. „Ich bringe ihn heute Nacht um.“

Angelo starrt mich mit hochgezogener Braue an. Es ist nicht das erste Mal, dass ich Jacopos Todestag bestimme. Jedes Mal, wenn ich es tue, hindert mich etwas daran, es zu durchzuziehen. Aber nicht heute Abend. Heute Abend beende ich diese Farce.

Angelo verschränkt die Arme. „Wie willst du das anstellen?“

„Es ist Jacopos Geburtstag. Er feiert in seiner VIP-Suite im Sexclub.“

„Du kennst die Regeln des Clubs“, warnt Angelo.

Ich hebe beschwichtigend die Hände. „Ich weiß. Aber niemand wird wissen, dass ich es war.“

„Wie willst du das anstellen?“, fragt er skeptisch.

Ich nehme einen Schluck Wasser, schlucke ihn und antworte dann, „Dante oder Gianni müssen die Überwachungsaufnahmen unterbrechen, wenn sie ihn in den Flur und die Toilette gehen sehen.“

Angelo kratzt sich am Kinn und geht dann zum Fenster, wo er in den Vorgarten hinausschaut. Der Sexclub ist der einzige Ort, an dem alle Verbrecherfamilien friedlich zusammen sein können. Sie haben alle ihre eigenen Suiten und halten sich voneinander fern, aber es gibt strenge Regeln. Neutrale Türsteher leiten den Club und sorgen dafür, dass sich alle an die Regeln halten. Aber einige Dinge, wie zum Beispiel Geschäfte im Club, geschehen hinter ihrem Rücken. Sie wissen es, können es aber nicht beweisen. Solange zwischen den Familien Frieden herrscht, drücken sie ein Auge zu.

Im Sexclub ist alles andere erlaubt.

Angelo geht im Zimmer auf und ab. Es ist unwahrscheinlich, dass er diesen Plan billigt, da er die Regeln des Clubs bricht. Er möchte die Konsequenzen am liebsten vermeiden. Wenn er keinen Zugang zum Club hat, gefährdet er seine Geschäfte. Und eine Sache, die Angelo hasst wie die Pest, sind Unterbrechungen in den Geschäften der Marinos.

„Ich muss das hinter mich bringen“, betone ich und versuche, nicht wie ein Bettler zu klingen, aber ich bin verzweifelt.

Ich muss das beenden.

Er schweigt weiter.

„Angelo, es wird Zeit. Ich muss es beenden. Es ist der perfekte Weg. Er wird betrunken sein und auf die Toilette gehen. Solange die Kameras abgeschaltet sind, wird mich keiner sehen.“

Angelo knirscht mit den Backenzähnen und schüttelt den Kopf. „Ich weiß nicht, Luca. Wenn du erwischt wirst, bringt das unsere ganze Familie in Gefahr.“

„Ich lasse mich nicht erwischen“, sage ich mit Nachdruck.

„Das kannst du nicht garantieren“, sagt er.

„Wo sollen wir es denn sonst machen? Wie viele Jahre muss ich noch in diesem beschissenen Leben verbringen, schreckliche Dinge tun und darauf warten, diesen Wichser zu töten?“, explodiere ich plötzlich, denn ich kann mich nicht mehr zusammenreißen.

Angelo tritt näher und senkt seine Stimme. „Ich habe dich immer gefragt, ob du aussteigen willst.“

Ich blicke an die Decke und atme mehrmals tief durch. Dann fixiere ich ihn mit meinem Blick und wiederhole, „Ich bin erst bereit auszusteigen, wenn ich ihn getötet habe. Es ist noch nicht vorbei."

Es vergehen Minuten, in denen Angelo mich mustert. Keiner sagt ein Wort.

Schließlich kann ich es nicht mehr ertragen. „Ich kann es heute Abend erledigen. Dante oder Gianni sollen die Kameras außer Gefecht setzen."

Angelo gibt schließlich meiner Bitte nach. „Ich werde deinen Plan absegnen, aber wenn irgendetwas schiefgeht, ist dein Arsch in der Schusslinie, Luca."

„Das ist in Ordnung. Diesmal läuft nichts schief", sage ich, entschlossener denn je.

„Lass mich das nicht bereuen", warnt Angelo.

„Das wirst du nicht", versichere ich ihm und gehe. Ich laufe aus der Villa und fahre direkt zu meinem Penthouse. Dort angekommen, dusche ich und suche mir eine dunkle Designerjeans, ein figurbetontes schwarzes T-Shirt und eine Sportjacke aus.

Sobald ich angezogen bin, betrachte ich mein Spiegelbild.

Heute Abend wird alles vorbei sein.

Nur noch eine weitere Nacht der Ausschweifungen.

Der Sexclub ist einzigartig. Alles, was man sucht, ist dort zu finden. Es ist auch einer der Orte, die ich am meisten hasse.

Dort gibt so viele verschiedene Arten von Frauen, aber sie sind immer mit einer der Familien verbunden. Oft weiß man nicht, zu welcher Familie sie gehören, was zu Problemen führen kann.

Nachdem Chanel mich weggeschickt hat, habe ich gelernt, dass ich mich von Frauen fernhalten muss. Wenn ich Sex habe, dann nur für eine Nacht. Es ist eine einmalige Sache und ich nehme die Frauen nie mit zu mir nach Hause. Entweder ficken wir im Sexclub, in einem Auto oder in einem Hotel. Und ich bleibe nie über Nacht.

In den letzten zehn Jahren fickte ich ausschließlich die Frauen aus den Reihen der Abruzzos. Sie sind die einzigen, die sicher sind. Aber ich gehe nie zu den Frauen aus den Bordellen. Ich halte mich an die Freundinnen der Ehefrauen und festen Partnerinnen. Die sind am sichersten, es ist einvernehmlich, und sie sind eine Armlänge von Jacopo entfernt.

Das hält meine Verehrerinnen nicht davon ab, mehr zu wollen, wenn sie mich das nächste Mal sehen, aber ich lehne sie immer ab. Ich bin ein Arschloch zu ihnen. Das ist der einzige Weg, um niemandem zu nahezukommen.

Das ist eine weitere Sache, die ich an mir verachte.

Und Gott bewahre, eine Frau riecht wie Chanels Erdbeershampoo. Es ist zehn Jahre her, und ich habe sie immer noch nicht vergessen. Wenn eine Frau auf meinem Schoß sitzt und mir etwas ins Ohr flüstert, tue ich so, als würde es mich amüsieren. Aber dann frage ich mich, was meine Stellina macht und mit wem sie zusammen ist.

Ist sie verheiratet?

Hat sie eine ganze Armee von Kindern?

Denkt sie jemals an mich?

Normalerweise würde ich mich vor einem weiteren Abend im Sexclub drücken, aber nicht heute. Ich freue mich sogar darauf. Denn auch wenn Jacopo heute Geburtstag hat, wird es der letzte Geburtstag sein, den er je erleben wird.

Ich mache mich fertig und nehme die Gran Habano No. 5 Zigarren, die ich für ihn gekauft habe. Ich musste über 100.000

Dollar für die Kiste hinblättern. Es sind die teuersten Zigarren der Welt. Aber man geht nicht zu Jacopos Geburtstag und schenkt ihm etwas Alltägliches.

Ich lasse mich von meinem Fahrer vorm Club absetzen und gehe dann durch die Sicherheitskontrolle und den Hauptbereich im Erdgeschoss.

Es sieht alles aus wie immer. Das gedämpfte Licht schafft eine sexy Atmosphäre. Musik spielt, und die Tanzfläche füllt sich bereits. In der Mitte des Raumes sind überdimensionale Betten aufgestellt, die zu Orgien einladen. Um die Matratzen herum stehen Tische für die Zuschauer. Verschiedene Sitzecken und mehrere Bars sind großzügig im Raum verteilt.

Viele Frauen sind bereits nackt. Frauen ficken Frauen. Männer ficken Frauen. Das Einzige, was nicht im Hauptbereich passiert, sind Männer, die Männer ficken. Die Zuschauer sehen aufmerksam zu. Einige befriedigen sich selbst, während andere die Szene nur beobachten. Aber was sich hier unten abspielt, ist nichts im Vergleich zu dem, was in den VIP-Suiten oder Privaträumen passiert.

Ich gehe entlang der Seiten des Hauptraums, nehme die Treppe in den vierten Stock und gehe am Türsteher vorbei. Oben laufe ich an der Marino-Suite vorbei, und Dante und ich sehen uns in die Augen. Als ich weiter in Richtung der Abruzzo-Suite gehe, sehe ich Gianni auf dem Flur stehen, der gerade mehrere Frauen in einer Ecke mit seinem Charme umgarnt. Er ist in der perfekten Position, um zu beobachten, wer auf die Toilette geht. Sein dunkler Blick trifft mich, und das ist alles, was ich wissen muss.

Die Marino-Zwillinge sind bereit.

Zum ersten Mal seit langem bin ich mir sicher, dass ich Jacopo endlich töten kann. Zufrieden betrete ich die Suite der

Abruzzos und scanne den Raum. Jacopo ist schon ziemlich besoffen und sitzt neben seinem Sohn Biagio.

Ich gehe auf sie zu, und Jacopo ruft, „Luca, es wird auch Zeit, dass du kommst!“

Ich halte ihm die Zigarrenkiste hin. „Die waren nicht so einfach zu finden. Sie sind gerade angekommen. Ich habe gehofft, dafür würdest du mir nochmal verzeihen.“ Ich reiche ihm die Kiste.

Ich unterdrücke den Drang, mein Gewicht nervös von einem Bein auf das andere zu verlagern. Man weiß nie, wie Jacopo auf Umwelteinflüsse reagiert. Er öffnet die Schachtel, nimmt eine Zigarre heraus und schnuppert daran. Dann sagt er, „Nun, ich denke, ich lasse es dir nochmal durchgehen.“

Erleichterung überkommt mich. Er ist gut gelaunt. Das ist ein weiteres Zeichen dafür, dass heute die perfekte Nacht ist.

„Kann ich dir noch einen Drink einschenken?“, frage ich, hebe die Flasche Scotch an und schenke ihm noch einen Schluck ein.

Er nimmt ihn dankbar entgegen. Ich reiche Biagio und einigen seiner Männer ebenfalls einen neuen Drink, und geselle mich zu ihnen. Ich trinke immer noch nicht gerne, aber das ist eine dieser Sachen, die ich tun muss.

„Entschuldigt mich. Ich habe draußen eine Frau gesehen, die ich gerne wiedersehen würde“, sage ich und zwinkere Jacopo zu.

Er grunzt und winkt mich weg.

Ich verlasse die Suite und trete auf den Flur, wo eine Gruppe jüngerer Frauen, die zu den Abruzzos gehören, in einer Sitzecke Platz genommen hat. Ein neues Mädchen schaut mich mit ihren großen Rehaugen an. Ich weiß nicht, wer sie ist. Es ist mir auch egal, aber sie ist der perfekte Lockvogel.

Etwa eine Stunde später geht Biagio auf die Toilette. Ich versuche, mich auf das Gespräch mit der Brünetten einzulassen, die auf meinem Schoß sitzt, aber ich höre kaum zu. Einen Moment später läuft Jacopo an mir vorbei.

Die Haare in meinem Nacken stellen sich auf. „Entschuldige mich bitte", sage ich zu ihr und hebe sie von meinem Schoß.

Sie kichert. „Baby, wo gehst du hin?"

Ich bin nicht ihr Baby.

„Ich bin gleich wieder da", sage ich und stehe auf.

Ich werfe einen Blick den Nebenflur hinunter, wo Gianni verschwindet und Augenblicke später wieder auftaucht. Er tippt sich mit der Hand auf die Hüfte, und ich gehe zur Toilette.

Ich werde sowohl Biagio als auch Jacopo töten. Perfektes Szenario.

Ich bin zehn Schritte von der Toilette entfernt, als Biagio wieder herauskommt. Er legt seinen Arm um mich und befiehlt, „Luca, komm mit mir."

Nicht jetzt.

„Ich muss mal pinkeln. Wir sehen uns gleich", sage ich.

„Das muss warten. Ich muss mich mit jemanden treffen und du wirst mir dabei helfen", befiehlt er.

Ich bekomme ein ungutes Gefühl im Bauch. „Lass mich erst auf die Toilette gehen", protestiere ich.

Er gluckst, packt mich und steuert mich die Treppe hinunter.

Nicht schon wieder.

Warum passiert das immer wieder?

Wir erreichen das untere Ende der Treppe, und Biagio öffnet die Tür zu den Suiten im dritten Stock.

„Was machen wir hier?“, frage ich.

„Eine Frau suchen.“

„Das ist nicht unsere Etage.“

Er zuckt mit den Schultern. „Und? Sei kein Weichei.“

Scheiße!

Er schlendert in die O’Connor-Suite, nähert sich Aidans Freundin und wirbelt sie zu sich herum.

Sie starrt ihn entsetzt an.

Er lehnt sich an sie und murmelt, „Hey, Baby, ich glaube, du bist in der falschen Suite.“

Sie stößt ihn zurück und schreit, „Aidan!“

Ich packe seine Schulter und ziehe ihn zur Tür. „Biagio, wir müssen gehen.“

Doch es ist zu spät. Aidan stürzt herbei, stößt seine Freundin hinter sich und verpasst Biagio einen Schlag direkt gegen die Wange.

Biagio weicht nicht zurück. Wahrscheinlich liegt es daran, dass er so viele Steroide genommen hat, aber er kommt nicht mal ins Taumeln.

Aidan lässt sich davon nicht abschrecken und stürzt sich wieder auf ihn.

Ich stelle mich dazwischen, um ihn zu stoppen. „Genug! Wir gehen“, rufe ich, aber es ist zwecklos. Aidan ist wütend, und Biagio liebt einen guten Kampf. Ich versuche, sie auseinander zu treiben, aber Brody stürzt sich dazwischen und wirft sich auf mich.

Ich werde zurückgedrängt und er verpasst mir einen rechten Haken.

All die Wut, die ich seit Jahren auf ihn hege, weil er mich angeschossen hat, kommt wieder hoch. Seine grünen Augen vermitteln mir den Eindruck, dass er mich töten will. Instinktiv greife ich nach meinem Messer, klappe es auf und schlitze seinen Oberschenkel auf.

„Was zum Teufel soll das, Luca!“, schreit er.

Ein Team von Türstehern stürmt herein. Drei müssen Biagio packen, und jeweils zwei fixieren die O’Connor und mich. Eine der Kellnerinnen stürmt mit einem Handtuch für Brodys blutiges Bein herbei.

Dann trifft Sergio, der Sicherheitschef des Clubs, ein. „Was zum Teufel macht ihr hier?“, knurrt er.

„Er hat angefangen“, sagt Aidan und wischt sich das Blut vom Mund.

„Sie sind in unserer Suite“, ruft Brody und zuckt zusammen, als ein Türsteher das Handtuch fester um seinen Oberschenkel festzieht.

„Was soll die Scheiße?“, fragt Sergio Biagio und mich.

Biagio hat den Mut und die Dreistigkeit, Aidans Freundin anzuschauen und zu sagen, „Ich habe nichts getan. Wollte nur meine Hure für heute Nacht holen.“

Aidan braust wieder auf. Sein Gesicht läuft rot an, und seine Augen funkeln wie die eines wilden Tieres, das bereit ist zu töten. Er brüllt und versucht, sich aus den Fängen der Türsteher zu befreien. Seine Beine und Arme fuchteln in der Luft. „Ich bringe euch um!", droht er.

Dann erscheint Tully wie aus dem Nichts. Mit seiner Raucher-Stimme bellt er, „Was zum Teufel ist in meiner Suite los?"

Stille erfüllt plötzlich den Raum.

Tully baut sich vor Biagio auf. „Was willst du hier, Junge?", knurrt er.

„Alle raus", befiehlt Sergio.

Tully ruckt mit dem Kopf zu ihm. „Das ist meine Suite. Abruzzos sind nicht willkommen, und das weißt du. Das ist nicht unsere Schuld."

Er zeigt auf Brody. „Such deinem Sohn einen Arzt. Der Abend ist für euch vorbei. Allesamt."

Tully wirft einen Blick auf Brody, und seine Augen weiten sich. „Was zum Teufel ist passiert?"

Brody starrt mich an.

Tully wirft einen Blick auf das blutige Messer in meiner Hand, dann bohrt er seine glänzenden Augen in meine. Ich fühle mich etwas schuldig, aber andererseits denke ich, dass Brody endlich bekommen hat, was ihm zusteht.

Jacopo schlendert mit zwei Bodyguards herein. „Läuft nicht so gut in deiner Suite, Tully?"

„Auch du musst verschwinden, Jacopo", knurrt Sergio.

Jacopos Miene verfinstert sich. „Ich werde nirgendwo hingehen. Heute ist mein Geburtstag."

„Das ist mir scheißegal. Ihr seid alle raus“, faucht Sergio erneut. „Ihr habt alle die Grenze überschritten. Vier Monate Suspendierung für jeden einzelnen von euch.“

„Wie bitte?“, knurrt Jacopo.

„Ich sollte kein Hausverbot bekommen, weil diese Idioten in meine Suite gekommen sind“, betont Tully.

„Raus! Oder ich verlängere euer Hausverbot auf sechs Monate!“, droht Sergio.

Ohne ein Wort zu sagen, bahnen wir uns alle einen Weg durch den Club. Die Sicherheitskräfte weichen nicht von unseren Seiten. Als wir draußen ankommen, fährt sofort Tullys Geländewagen vor. Er tritt Jacopo in den Weg und erinnert ihn, „Ich habe dich schon einmal davor gewarnt, Hand an meine Kinder zu legen.“

Jacopo schürzt die Lippen. „Glaubst du wirklich, deine Drohungen machen mir Angst? Mein Sohn ist nicht derjenige, der ärztliche Hilfe braucht.“

Tully spannt den Kiefer an. Er mustert ihn und tritt näher. „Ein Abruzzo hat meinen Sohn berührt.“

„Es war ein Kampf, keine geplante Hinrichtung“, antwortet Jacopo leichthin.

Tullys grüne Augen blitzen wütend auf. Er wirft einen Blick auf Biagio und mich und wendet sich dann wieder Jacopo zu. „Ich mache keine Drohungen, ohne sie wahr werden zu lassen. Das weißt du.“

Jacopo schweigt.

„Willst du wirklich einen Krieg? Denn ich werde dir einen liefern“, faucht Tully.

Jacopo zieht die Schultern zurück und baut sich zu seiner vollen Größe auf. Er sieht mich an und antwortet, „Wie ich schon sagte, das war nicht geplant. Ich werde mich um die Fehler auf meiner Seite kümmern. Ich denke, es ist das Beste, wenn wir den Frieden bewahren."

Tully mustert ihn weiter, bevor er seine Söhne auffordert, in den Geländewagen zu steigen. Er sagt, „Ich warne dich. Noch so ein Vorfall, und ich werde keine Gnade mehr walten lassen."

Jacopos Geländewagen fährt hinter Tullys vor.

Brody sieht mich finster an und sagt, „Wir sprechen uns noch, Luca."

„Ich freue mich darauf", murmle ich.

Die O'Connors steigen in ihre SUVs und fahren los.

Jacopo dreht sich zu mir um und faucht, „Was zum Teufel hast du dir dabei gedacht?"

Wut flammt in mir auf. Ich zeige auf Biagio. „Sprich mit deinem idiotischen Sohn."

„Wie bitte?", knurrt Jacopo.

Ich spanne meinen Kiefer an und versuche, mich zu beruhigen.

„Du kennst die Regel. Niemand darf die O'Connor-Jungs ohne mein Einverständnis anfassen", knurrt er.

Mein vorlautes Mundwerk reitet mich noch tiefer in die Scheiße. „Ist das jetzt dein Ernst? Ich habe gerade deinen Sohn verteidigt."

Jacopo tritt näher. Mein Magen dreht sich, als der Geruch von Scotch und Zigarren in meine Nase steigt. Er senkt seine Stimme. „Willst du dich mit mir anlegen?", fragt er leise, um mich einzuschüchtern.

Ich antworte nicht.

„Zeigst du mir so deinen Respekt?“

Ich schweige weiter.

„Muss ich dich daran erinnern, wer der Boss ist?“, fragt er wütend.

Es kostet mich alles, kein weiteres Wort zu sagen. Er sollte in diesem Moment nicht mehr hier sein. Er sollte tot sein. Und doch ist er hier, wieder einmal, trotzt allen Widrigkeiten.

„Einen Monat lang kein Gehalt, und du hast Aufräumdienst.“

Mein Herz sinkt. Aufräumdienst ist das Schlimmste. Der Aufräumdienst muss all die Leichen entsorgen, die im Laufe der Zeit anfallen. Ich musste das tun, als ich anfing, für die Abruzzos zu arbeiten. Ich bin seit über zwei Jahrzehnten dabei, und jetzt bin ich wieder da, wo ich angefangen habe.

Jacopo tätschelt meine Wange, dann steigt er in seinen Geländewagen und lässt das Fenster herunter. „Melde dich um fünf Uhr an den Docks.“

Es ist bereits drei Uhr morgens und ich lasse den Kopf hängen. Er wird mich tagelang ohne Schlaf irgendeine beschissene Arbeit verrichten lassen.

Ich sage nichts, und die Abruzzos verschwinden.

Als sie außer Sicht sind, rufe ich meinen Fahrer an, und er kommt innerhalb von Sekunden. Doch anscheinend habe ich mich zu früh gefreut, denn mein Handy klingelt und ich stöhne genervt auf. „Ich will es nicht hören.“

Angelo befiehlt, „Beweg deinen Arsch rüber zu Tullys Anwesen. Sofort.“

„Keine Chance“, protestiere ich.

„Ich sagte, du sollst sofort rüberkommen“, knurrt Angelo und legt auf.

Ich schließe die Augen und hämmere meinen Kopf gegen die Lehne des Rücksitzes. Als mein Fahrer mich zu Hause absetzt, steige ich in mein Auto und fahre los.

Auf dem Weg zu Tullys Anwesen kreisen meine Gedanken immer wieder um die gleiche Frage: Wie viel mehr kann ich noch ertragen?

16

Chanel
Sechs Monate später

„Warum willst du es mir nicht sagen?“, schreit Zara fast.

Ich fahre mit den Händen über mein Gesicht und stöhne. „Zara, ich werde das nicht noch einmal mit dir durchmachen.“

„Es geht um meinen Vater. Ich habe ein Recht, seinen Namen zu erfahren. Sag mir einfach, wer er ist“, fordert sie.

Es ist derselbe Streit, den wir schon seit Jahren führen. Jahrelang war alles in bester Ordnung. Sie war ein kleines Mädchen, das seine Mommy liebte und nie etwas anderes kannte. Dann hat sich alles geändert.

Zara kam eines Tages von der Schule nach Hause und fragte mich, warum sie keinen Vater habe.

Ich wusste, dass dieser Tag kommen würde, aber egal wie sehr ich auch versuchte, mich darauf vorzubereiten, nichts, was ich ihr sagte, stellte sie zufrieden.

Ich erklärte ihr, dass Mommys und Daddys manchmal nicht füreinander bestimmt waren. Und dass ich sie genug für zwei liebe, auch wenn ihr Daddy nicht da war. Das warf nur noch mehr Fragen auf.

„Will er mich nicht?", fragte sie und ihre großen grünen Augen füllten sich mit Schmerz.

Mein Herz brach. Ich zog sie an mich und log, „Es tut mir leid, Süße, aber ich kann nichts über deinen Vater sagen. Eines Tages, wenn du älter bist, werde ich dir alles erzählen." Mein Magen drehte sich, als ich das sagte.

Was würde ich ihr schon sagen? Sie durfte niemals die Wahrheit erfahren.

Seither ist sie unerbittlich. Sobald ich denke, dass sie die Sache auf sich beruhen lässt, überlegt sie sich einen anderen Ansatzpunkt und ist entschlossener denn je, die Einzelheiten herauszufinden.

Ich kann es ihr nicht verübeln. Aber jedes Mal, wenn ich ihr dieselbe Ausrede liefere, fühlt es sich immer schlimmer an. Und natürlich führt das zu Spannungen zwischen uns.

„Ich habe ein Recht, es zu erfahren", wiederholt sie und stampft mit dem Fuß auf.

Ich zeige auf ihre nackten Füße. „Das wird dir auch keine Antworten bringen."

„Mom!", schreit sie, das Gesicht rot vor Wut. „Sag es mir!"

Ich öffne den Kühlschrank, hole die übrig gebliebene Lasagne heraus und sage mit Nachdruck, „Du kannst dir diese Einstellung sparen."

„Du bist so gemein!", schleudert sie mir entgegen.

„Whoa! Was ist denn hier los?", ruft meine Mutter, als sie das Zimmer betritt. Manchmal bereue ich es, ihr den Schlüssel zu meiner Wohnung gegeben zu haben. Sie taucht ständig unangekündigt auf. Die meiste Zeit ist es mir egal. Trotzdem würde ich mich manchmal gerne mit meiner Tochter streiten, ohne dass sie sich einmischt – vor allem bei diesem Thema.

„Was machst du hier?", frage ich.

Sie hebt beschwichtigend die Hände. „Ich wollte nur herausfinden, was ihr beide heute Abend vorhabt."

Zara dreht sich zu ihr um und ich mache mich auf das gefasst, was jetzt kommen wird. Sie stürzt sich auf meine Mutter und ruft, „Meine Mom will mir nicht sagen, wer mein Vater ist! Bitte bring sie dazu, es mir zu sagen, Mamé!"

Meine Mutter nimmt Zara in den Arm und wirft mir ihren *„Ich hab's dir ja gesagt"*-Blick zu. Meine Eltern haben mich wunderbar unterstützt, aber sie wollen ebenfalls wissen, wer Zaras Vater ist.

„Zara, geh und mach deine Hausaufgaben", befehle ich.

Sie sieht zu meiner Mutter auf. „Mamé, kann ich das Wochenende bei dir und Papi verbringen? Bitte!"

Mama wischt ihr über die tränenverschmierte Wange. „Natürlich darfst du das. Du bist in unserem Haus immer willkommen."

„Entschuldigt mal bitte. Ich bin genau hier", sage ich und fuchtle mit der Hand in der Luft herum.

Zara wendet sich zum Gehen. „Ich werde packen gehen."

„Zara!", sage ich streng.

Sie legt den Kopf schief und verschränkt die Arme vor der Brust. „Ich möchte bei Mamé und Papi schlafen."

Ich bin verletzt, tief in meinem Herzen. Ich weiß, dass meine Entscheidungen dafür verantwortlich sind und dass ich ihr keine gute Entschuldigung für die Abwesenheit ihres Vaters geben kann. Ich weiß nicht, wie ich sie von der Sache ablenken kann. Ich seufze. „Ich dachte, du wolltest morgen ins Kino gehen."

„Mamé wird mit mir gehen. Stimmt's?", fragt sie meine Mutter und schenkt ihr ein breites Lächeln.

„Natürlich, ma choupinette. Wenn es das ist, was du tun willst", gurrt meine Mutter.

Ich schaue an die Decke und atme ein paar Mal tief durch. Vielleicht ist das der Dank dafür, dass ich meiner Mutter erlaubt habe, auf Zara aufzupassen, während ich arbeite. Die beiden sind unzertrennlich, und manchmal stehe ich deshalb im Abseits. Außerdem verwöhnt meine Mutter sie viel zu sehr.

Ich habe bereits mit meiner Mutter darüber gesprochen, dass sie mich nicht unterstützt, wenn Zara solche Spielchen treibt, aber sie sieht das nur als Spaß.

„Cool! Ich gehe meinen neuen Schlafanzug einpacken", zwitschert Zara und rennt aus der Küche.

„Mom, du musst damit aufhören", sage ich.

Sie weitet ihre Augen und tut ganz unschuldig. „Wovon redest du?"

Ich schüttle den Kopf. „Weißt du was?"

„Ich genieße einfach die Zeit mit meiner Enkelin."

„Ich brauche deine Unterstützung."

„Meinst du nicht, dass es an der Zeit ist, dass du ihr ein bisschen mehr über ihren Vater erzählst?", fragt sie.

Ich komme um die Kücheninsel herum und trete vor sie. „Und was soll ich ihr sagen?", frage ich leise.

Mom zuckt lässig mit den Schultern. „Vielleicht kannst du ihr ein paar Details über ihn erzählen."

„Du bist nur neugierig", werfe ich ihr vor.

„Ich verdiene es zu wissen", beteuert sie.

Ich verdrehe die Augen. „Jetzt geht das schon wieder los."

„Was?"

„Spiel nicht die Unschuldige", warne ich.

„Ich sage nur, dass einige Details ihr nicht schaden würden", behauptet meine Mutter.

Ich fahre mir übers Gesicht, denn ich habe genug von diesem Unsinn und fühle mich bedrängt.

Meine Mutter tritt näher. „Lass uns das Thema wechseln. Was hast du heute Abend vor, jetzt da du freihast? Gehst du vielleicht mit Jeff aus?"

Ich erschaudere innerlich. „Mom, ich habe dir doch gesagt, dass ich mit ihm Schluss gemacht habe."

Sie wirft mir einen missbilligenden Blick zu und sagt, „Ich verstehe es nicht. Er ist ein guter Mann, mit einem anständigen Job. Ihr wart eine ganze Weile zusammen. Ich bin sicher, Zara hätte ihn geliebt. Vielleicht würde sie sogar aufhören, nach ihrem Vater zu fragen, wenn du ihn weiter daten würdest."

Ich starre sie an.

„Was habe ich jetzt gesagt?“, fragt sie.

„Ich war vier Monate mit ihm zusammen. Wir passen nicht zueinander. Und ich werde meiner Tochter niemanden vorstellen, es sei denn, ich heirate die Person“, sage ich mit Nachdruck.

„Vielleicht bist du zu übervorsichtig“, schlägt sie vor.

Das haben Jeff und die sechs Männer vor ihm auch gesagt. Ich zähle in meinem Kopf bis drei und antworte dann, „Ich will nicht, dass sich Zara an jemanden gewöhnt, der nicht bleibt.“

Meine Mutter lächelt und legt ihren Arm um meine Schulter. „Nun, eine Hochzeit wäre schön.“

„Mom!“, stöhne ich.

„Es ist wahr!“

„Okay! Ich bin so weit!“, ruft Zara und zieht einen Weekender hinter sich her.

„Habe ich gesagt, dass du die neue Tasche von Massimo nehmen kannst?“, frage ich, erleichtert, vom Thema meines gescheiterten Liebeslebens abzulenken. Ich bin zu dem Schluss gekommen, dass ich zum Scheitern verurteilt bin. Egal, mit wem ich ausgehe, ich habe nie das Gefühl, dass ich mit Luca verspürte.

Ich habe mich oft gefragt, ob es daran liegt, dass ich ihn ständig in meiner Tochter sehe, aber dann fiel es mir wie Schuppen von den Augen, als Jeff und ich das letzte Mal Sex hatten.

Niemand ist Luca und niemand wird ihm je das Wasser reichen. Mit den anderen Männern jage ich nur der Erscheinung nach, wie es sich angefühlt hat, ihm zu gehören.

Leider hat mich jeder, der seit ihm in mein Leben getreten ist, enttäuscht. Egal, welche Art von Sex wir haben, es macht mich nie annähernd so glücklich, wie ich es mit Luca war.

Manchmal frage ich mich, ob ich mir das alles nur einbilde. Hat es sich wirklich so angefühlt, wie ich es in Erinnerung habe, oder klammere ich mich an die Vergangenheit, weil ich ihn nicht haben kann?

„Darf ich die Tasche benutzen, Mama? Ich liebe sie! Bitte, bitte?“, bettelt Zara und klimpert mit ihren langen Wimpern.

Sie weiß genau, wie sie mich um den Finger wickeln kann.

Sie hat einen viel zu teuren Geschmack für eine Zehnjährige.

Ich hocke mich vor sie. „Okay, aber das nächste Mal fragst du, bevor du etwas nimmst.“

„Okay. Danke!“

Ich ziehe sie an mich. „Umarme mich, damit ich nicht vergesse, dass du mich liebst.“

Sie drückt mich fest an sich.

Ich erwidere ihre Zuneigung und sage, „Ich liebe dich so sehr. Komm am Sonntagmorgen früh nach Hause, damit ich dich wenigstens ein bisschen sehen kann.“

Sie zieht sich zurück. „Wenn ich früher nach Hause komme, erzählst du mir dann von meinem Vater?“ In ihren Augen liegt so viel Hoffnung, dass sich meine Brust zusammenzieht.

Ich gebe nach und sage zu meiner eigenen Überraschung, „Ich werde dir am Sonntag etwas über ihn erzählen.“

Ihre Augen leuchten auf. „Wirklich?“

Meine Kehle ist wie zugeschnürt, aber vielleicht hat meine Mutter recht. Ein kleines Detail kann nicht schaden. „Ja, aber nachdem ich es dir gesagt habe, möchte ich, dass du aufhörst, mich ständig nach ihm zu fragen. Das Thema ist abgeschlossen, wenn wir am Sonntag darüber gesprochen haben."

„Okay. Danke, Mom!" Sie wirft wieder ihre Arme um mich, und ich schließe die Augen.

„Sei brav und hör auf deine Mamé", mahne ich sie.

„Das werde ich." Sie ergreift die Hand meiner Mutter, und sie gehen.

Ich sehe mich in meiner Küche um und erkenne, dass ich mich wahrscheinlich das ganze Wochenende langweilen werde. Ich hatte gehofft, das ganze Wochenende mit Zara zu verbringen.

Mein Handy klingelt und ich schaue auf den Namen auf dem Display, bevor ich antworte. „Hey, Pina."

Meine beste Freundin fragt, „Kann deine Mutter heute Abend auf Zara aufpassen?"

Ich nehme mein Wasserglas in die Hand, trinke einen Schluck und antworte dann, „Du hast sie gerade verpasst. Sie hat sich reingeschlichen und mir meine Tochter wieder mal gestohlen."

Pina lacht. „Tja, dann ist das wohl deine Glücksnacht."

„Warum?"

„Es wird Zeit, dass du wieder in den Sattel steigst."

„Wie bitte?"

„Jetzt, da Jeff nicht mehr aktuell ist", sagt sie.

Ich schäle eine Banane. „Ich bin nicht an einem Blind Date interessiert."

„Wer hat denn von sowas gesprochen?", fragt sie.

Ich entspanne mich. „Okay, gut. Der letzte Typ war ein Ekelpaket."

Pina stöhnt auf. „Ich habe dir doch gesagt, dass du mir das nicht vorwerfen darfst. Meine Schwester hat behauptet, er sei unglaublich."

„Ja, er hat mir eine Gänsehaut verpasst, und zwar keine gute. Ich konnte nicht schnell genug rennen, um ihm zu entkommen", gebe ich zu.

„Verstanden. Zieh dir etwas Schickes an. Wir gehen aus", befiehlt Pina.

Ich lache. „Und wohin entführst du mich?"

„Sage ich dir nicht."

„Warum nicht?"

„Es ist eine Überraschung", antwortet sie.

„Warum stellen sich dann die Härchen auf meinen Armen auf?", frage ich neckisch.

„Weil du etwas Action in deinem Leben brauchst, und ich bin deine beste Freundin!", zwitschert sie.

„Das stimmt", murmle ich, dann beiße ich in die Banane.

„Okay, ich hole dich um neun ab. Das grüne Minikleid, das du hast, würde gut passen!", schlägt sie vor.

Ich schlucke meinen Bissen herunter und frage, „Gehen wir in einen Club?"

„Ähm … na ja …"

„Pina, wohin gehen wir?"

„Ich würde nicht sagen, dass wir in einen Club gehen, aber wir ziehen uns so an, als ob wir das tun würden. Wir sehen uns bald. Bye!“ Sie legt auf, bevor ich noch mehr Fragen stellen kann.

Wir gehen in einen Club, aber keinen Club.

Wo zum Teufel bringt sie mich hin?

Ich esse meine Banane auf und ziehe mir dann mein Sportzeug an. Ich benutze das Fitnessstudio in meinem Gebäude, mache mir Abendessen und esse allein. Dann denke ich über mein Dilemma mit Zara nach, aber es ist schwer, eine Lösung zu finden.

Was soll ich ihr nur über Luca erzählen?

Ich suche mir ein Stück Papier und einen Stift. Dann schreibe ich eine Liste mit all den guten Dingen über Luca, an die ich mich erinnere. Als ich fertig bin, studiere ich die lange Liste. Ich bin überrascht, an wie viele gute Seiten ich mich erinnere, und kämpfe mit den Tränen.

Warum tut es nach all den Jahren immer noch so weh?

Er hätte Zara geliebt.

Ich schaue auf die Uhr, nehme die Liste und lege sie in meine Nachttischschublade. Dann dusche ich, trockne mein Haar und lege mein Make-up auf. Ich gehe an meinen Kleiderschrank und begutachte meine Garderobe.

Ich bin froh, dass Pina weiß, welche Kleider ich habe. Das macht es so viel einfacher.

Ich nehme das grüne Minikleid heraus, kombiniere es mit den passenden High Heels und der Abendtasche. Dann kehre ich zu meinem Frisiertisch zurück und kämme mein Haar. Ich sprühe mir gerade mein Parfüm auf, als Pina anruft.

„Hey, Süße“, antworte ich.

„Ich bin unten, also komm runter, wenn du bereit bist.“

„Bin gleich da“, antworte ich und lege auf. Ich ziehe einen schwarzen Trenchcoat an und verlasse die Wohnung. Sobald ich aus dem Gebäude trete, höre ich Pinas Stimme.

„Hey, Chanel!“, zwitschert sie vom Rücksitz eines schwarzen Geländewagens aus. Das Fenster ist heruntergelassen.

„Hast du ein neues Auto?“, frage ich und steige zu ihr in den Wagen. Sie arbeitet für Massimos Bruder, Dante. Vor Jahren hat sie mit ihm ausgehandelt, dass er für einen Wagen und einen Fahrer aufkommt. Sie redete wochenlang auf mich ein, das Gleiche zu verlangen. Ich ließ sie wissen, dass ich Massimo nicht um so etwas bitten konnte. Er war schon zu großzügig zu mir gewesen, als er mir die Wohnung gab.

Pina hat es danach auf sich genommen, ihm ins Ohr zu flüstern, dass er mir die gleichen Sozialleistungen geben sollte, die Dante ihr zugesteht. Nun, ich sollte das anders formulieren. Als Massimo versuchte, sie abzuwerben, sagte sie, sie würde nicht gehen, weil er seine Angestellten nicht so gut behandele wie Dante. Natürlich ist Massimo sofort in die Falle getappt und hat sie gefragt, was sie damit meint. Und so offenbarte sie ihm, dass ihr aufgefallen sei, dass ich immer noch Taxis nehme.

Das war an einem Freitag. Am Montagmorgen hatte ich einen Wagen samt Fahrer, die mir Tag und Nacht zur Verfügung standen.

Sie schüttelt den Kopf. „Mein Wagen musste gewartet werden. Dante hat meinem Fahrer diesen hier geliehen.“

Ich schaue mich im Geländewagen um. „Er ist schön, aber ich glaube, dein Auto passt besser zu dir. Der ist wirklich groß.“

Sie zuckt mit den Schultern. „Ich glaube, ich könnte mich daran gewöhnen."

„Wohin fahren wir?", frage ich.

Sie wirft ihrem Fahrer einen skeptischen Blick zu und schließt dann das Trennfenster, bevor sie sich mir zuwendet.

„Warum die Geheimnistuerei?", frage ich nervös.

Sie lehnt sich vor. „Nicht ausrasten."

Die Schmetterlinge in meinem Bauch beginnen nervös zu flattern. „Solche Kommentare machen mich nervös."

Sie lacht.

„Pina, wohin gehen wir?"

Sie zögert, dann antwortet sie, „Soooo …"

Ich wölbe meine Augenbrauen. „Spuck's einfach aus."

„Wir gehen in einen geheimen Club."

Ich neige den Kopf. „Ich dachte, du hättest gesagt, wir würden nicht in einen Club gehen?"

Sie nickt. „Das ist nicht die Art von Club, die du gewohnt bist."

Meine Sinne sind in höchster Alarmbereitschaft. „Was bedeutet das?"

Sie betrachtet mein Gesicht.

„Pina!"

„Okay. Es ist ein Sexclub", gibt sie zu.

Ich starre sie erstaunt an.

„Und es gibt noch einen Haken", fügt sie hinzu.

„Dieser wäre …?"

Sie zuckt mit den Schultern. „Es ist eine Art Ort, an dem alle Verbrecherfamilien friedlich koexistieren. Aber es gibt Regeln."

„Ich bin so verwirrt", gestehe ich.

„Es gibt VIP-Suiten, die wir nicht betreten dürfen … na ja, ich sollte sagen, dass wir eigentlich niemals da hineingehen sollten", sagt sie.

„Weil …?"

„Du willst doch nicht etwa mit den Abruzzos oder den O'Learys abhängen, oder?", fragt sie und grinst.

Mein Herz schlägt schneller. *Abruzzos? Würde Luca dort sein?*

„Oder?", fragt sie erneut. Entsetzen macht sich in ihrem Gesicht breit.

„Gott, nein! Warum sollten wir irgendwo hingehen, wo sie sich aufhalten?"

„Das ist die Sache. Alle Familien gehen in diesen Sexclub. Sie haben einen Pakt geschlossen, dass sie einander dort in Frieden lassen müssen. Wir können also in jede Marino- oder O'Connor-Suite gehen", erklärt sie.

„Um was zu tun? Ich will nicht unbedingt Sex haben, wenn die Marinos zusehen!", quieke ich.

Sie klopft mir mit dem Handrücken auf die Schulter. „Igitt. Nein. Das werden wir nicht tun. Du wirst schon sehen."

Ich schüttle den Kopf. „Ich weiß nicht so recht."

„Warum nicht? Ich hätte dich nicht für prüde gehalten", neckt sie mich.

Ich bin nicht mehr die schüchterne kleine Jungfrau, die Luca vor einem Jahrzehnt mit nach Hause genommen hat. Als Massimos Flugbegleiterin habe ich mehr verrückte Sachen gesehen als die meisten Leute, wenn sie sich Pornos ansehen. Und ich habe seit Luca mit einigen Männern geschlafen. Ich fühle mich nicht mehr so naiv. Aber ich gebe zu, „Das ist eine Nummer zu groß für mich. Meinst du nicht auch?"

Sie rümpft die Nase. „Mach dich nicht lächerlich! Bleib einfach bei mir."

„Ich weiß nicht so recht", sage ich.

„Komm schon. Nur dieses eine Mal. Wenn es dir nicht gefällt, brauchst du nie wieder mitzukommen. Bitte", fleht sie.

Luca könnte dort sein.

Ich muss mich von ihm fernhalten.

Wie groß stehen die Chancen, ihn zu treffen?

Wenn er in meiner Gegenwart eine andere Frau fickt, bringe ich ihn um.

Das ist verrückt.

„Chanel! Bitte tu mir den Gefallen", bettelt Pina.

„Was ist mit Massimo? Wird es ihn stören, ob ich dort bin?", frage ich. Ich gehe auf die Partys der Marinos und bin bei den Eröffnungen ihrer Restaurants dabei, aber normalerweise treffe ich mich außerhalb dieser Veranstaltungen nicht mit ihnen.

Sie lacht. „Dante lässt mich gehen und Massimo ist viel entspannter als er. Er wird keine Einwände haben."

„Bist du sicher?"

„Ja."

Der Fahrer hält vor einem Reihenhaus und ich schaue auf. „Warum halten wir hier?“

Pina zeigt auf das Gebäude. „Das ist der Club.“

Ich schaue wieder hinaus. „Es ist niemand da.“

Sie nickt und schaut auf ihre Uhr. „Wir haben vier Minuten, um reinzukommen, sonst lassen sie uns heute Abend nicht mehr rein.“

„Ernsthaft?“

„Ja. Lass deinen Trenchcoat hier und öffne die Tür“, befiehlt sie.

Mein Magen dreht sich. Ich schaue sie fragend an, knöpfe meine Jacke auf und atme tief durch. Dann öffne ich die Tür und trete hinaus.

Pina folgt mir, führt mich die Treppe hinauf und klopft an die Tür. Ein großer Türsteher im schwarzen Anzug antwortet. Er scheint sie zu kennen und bittet uns, einzutreten.

Eine Frau kommt lächelnd auf uns zu, führt uns durch eine weitere Tür, einen Flur entlang und in einen neuen Raum.

Ich erstarre, schockiert von der Menschenmenge und all den sexuellen Aktivitäten, die gerade stattfinden.

Pina hakt sich bei mir ein. „Starre nicht so.“

„M-mache ich nicht“, stottere ich, aber ich kann meinen Blick nicht von dem übergroßen Bett in der Mitte des Raumes abwenden. Es findet gerade eine Orgie statt, und Dutzende von Menschen sitzen an Tischen oder auf Sofas und schauen zu.

Pina führt mich weiter durch den Club. In gewisser Weise fühle ich mich wie eine Kuh auf dem Auktionsblock. Dutzende Augenpaare sind auf mich gerichtet – männliche und sogar einige weibliche. Und sie alle geben mir ein Gefühl von Freiheit, das ich nicht erklären kann.

Wir streifen durch mehrere VIP-Räume, trinken Champagner, lehnen Angebote von Männern ab, die uns anmachen, und tanzen ausgelassen. Dann führt mich Pina in den, wie sie es nennt, privaten Bereich.

Und ich verliere an Selbstvertrauen in Bezug auf Sex, als ich mich umsehe. Ich habe so etwas noch nie gesehen. Es ist faszinierend, aber was mich überrascht, ist, wie ich mich dabei fühle.

Bald betritt Pina einen Raum, der kein Fenster hat. Einer der Männer, die ich als Teil des O'Connor-Clans identifiziere, folgt ihr. Ich schlendere den Flur entlang und bleibe vor einigen Zimmern stehen, bis ich zu einem Fenster komme, das niemand beachtet. In dem Raum feiern sechs Leute eine Orgie. Sie bauen Sexspielzeug in ihr Spiel ein. Ich verliere mich in ihrer Show und nippe an meinem Champagner, als sich ein harter Körper von hinten an meinen Rücken schmiegt. Eine warme Hand umschließt meine Taille und drückt gegen meinen Bauch. Der Geruch von weißem Moschus und Patschuli, gemischt mit Gras und einem Hauch von Scotch, steigt mir in die Nase und beflügelt meine Sinne.

Es gibt nur einen Mann, der sich so anfühlt und so riecht. Ich muss nicht aufblicken, um zu wissen, dass er es ist. Ich erstarre, halte den Atem an und versuche nicht zu zittern.

Sein heißer Atem trifft mein Ohr und jagt mir ein Kribbeln über den Rücken. „Was machst du hier, Stellina?", murmelt er.

Langsam neige ich den Kopf und starre den Mann an, den ich nicht vergessen kann, dem ich aber immer aus dem Weg gegangen bin.

Zehn Jahre sind vergangen und trotzdem schlägt mein Herz höher, sobald ich ihn sehe. Er ist gealtert, was beweist, dass das Klischee wahr ist, dass Männer nur heißer werden, je älter sie werden.

Sein Körper ist noch besser definiert, durch das jahrelange Training. Die Falten in seinen Augenwinkeln vermitteln den Eindruck von Weisheit. Silberne Strähnen durchziehen sein Haar und lassen ihn noch mächtiger, furchterregender und tabuloser erscheinen.

Er ist atemberaubend, aber der Blick in seinen Augen haut mich fast um. Dieser Blick wird mich noch im Schlaf verfolgen. Er scheint mit seinen Emotionen zu kämpfen und mein Inneres ist so aufgewühlt, dass ich mich frage, ob ich Dinge sehe.

Hat er mich vermisst?

Ich möchte nur, dass er mich liebt.

Sehe ich wirklich das gleiche Bedauern und den gleichen Schmerz, mit dem ich täglich zu kämpfen habe?

Warum bin ich hierhergekommen, obwohl ich wusste, dass er hier sein könnte?

Ich öffne meinen Mund, um zu antworten, aber es kommt nichts heraus.

Lucas Hand zittert leicht, als er sie über meine Wange gleiten lässt. Er schluckt schwer und dann verhärtet sich seine Miene. „Das ist kein Ort für dich."

17

Luca

Seit der Auseinandersetzung mit den O'Connors habe ich mich vom Club ferngehalten. Mein Hausverbot wurde vor ein paar Monaten aufgehoben, aber Jacopo hielt mich beschäftigt und ich musste mich in seinen Augen rehabilitieren.

Solange ich Reinigungsdienst hatte, kam ich nicht an ihn heran. Also traf ich mich Anfang der Woche mit Angelo und Tully, um einen Plan auszuhecken. Sie versorgten mich mit „Insiderinformationen" über die neueste Spielhölle der O'Connors. Ich erzählte Jacopo von ihrer Unternehmung und schlug ihm vor, mir zu erlauben, die Iren auszurauben und dann alles niederzubrennen.

Er billigte die Idee, und alles wurde in die Wege geleitet. Aber es kostete Angelo eine schöne Stange Geld – über eine Million Dollar in bar, die ich Jacopo übergab. Tullys Söhne fügten die

Leichen von Männern hinzu, die sie im Laufe der Woche getötet hatten, und ich brannte das Gebäude nieder.

Es war ein voller Erfolg und jetzt stehe ich wieder in Jacopos Gunst.

Es hat mich nicht gestört, nicht in den Club gehen zu müssen, aber es macht mich wütend, dass Chanel hier ist.

Sie gehört nicht hierher.

Wenn sie jemand angefasst hat, bringe ich ihn um.

Ich muss sie hier wegbringen.

Als Chanel mit Pina in den Club kam, dachte ich, mein Verstand würde mir einen Streich spielen. Sie ist dieselbe und doch hat sie sich verändert. Ihr Haar ist etwas kürzer. Es ist jetzt braun, mit blonden Strähnchen. Der selbstbewusste Ausdruck, auf den ich damals von Zeit zu Zeit einen flüchtigen Blick erhaschen konnte, ist jetzt nicht mehr zu übersehen. Sie bewegt sich, als würde ihr der Laden gehören. Und ihre Kurven …

Scheiße. Ich bin ruiniert.

Die achtzehnjährige junge Frau existiert nicht mehr. Sie ist erwachsen geworden. Ich muss mich nicht mit ihr unterhalten, um das zu verstehen. Aber sie ist sexyer als je zuvor. Sie sieht nicht mehr aus wie eine süße, unschuldige, halb-naive junge Frau. Sie ist eine üppige Verführerin, und es gibt keinen Mann in ganz New York, der sie nicht bemerkt und sofort unanständige Gedanken bekommt.

Das ist nur ein Teil der Gründe, warum ich sie seit ihrer Ankunft genau im Auge behalten habe. Ich habe mich in den Schatten oder in Menschenmengen versteckt und darauf gewartet, meinen Zug zu machen.

Pina wich schließlich von ihrer Seite und ich war froh, dass ich mich ihr nähern konnte, aber ich war auch wütend. Pina hatte kein Recht, sie hierher zu bringen und sie dann in diesem Haifischbecken allein zu lassen. Ich weiß nicht, was sie sich dabei gedacht hat.

Andererseits verstehe ich nicht, warum Dante Pina erlaubt, sich hier frei zu bewegen.

Flammen zügeln plötzlich in Chanels grünen Augen auf, und der Ständer, gegen den ich die ganze Nacht angekämpft habe, gewinnt. Mein ganzer Körper schmerzt. Ich habe die Art und Weise vermisst, wie sie ihre Gefühle zeigt. Außerdem riecht sie immer noch nach Erdbeeren.

„Aber für dich ist es okay, hier zu sein?", faucht sie.

„Ich hasse diesen Club", sage ich.

„Warum bist du dann hier?", fragt sie.

Ich schaue hinter mich. Einige Meter weiter steht eine Menschenmenge vor einem Zuschauerfenster, aber niemand scheint uns zu beachten.

Scheiß drauf.

Ich drehe sie und führe sie zur Treppe.

„Luca! Was hast du vor?", ruft sie.

„Sei still", befehle ich und öffne die Tür.

„Was hast du …?"

Ich drücke sie gegen die Wand und lege meine Hand auf ihren Mund. Ihre Augen weiten sich, und Angst erfüllt sie, woraufhin ich am liebsten auf der Stelle sterben würde. Aber jetzt ist nicht der richtige Zeitpunkt, um nachzugeben. Ich spreche leise, da ich nicht weiß, ob noch jemand im Treppenhaus ist, und sage,

„Wir gehen jetzt. Du kannst mich alles fragen, was du wissen willst, sobald wir im Auto sitzen. Bis dahin schweigst du. Hast du mich verstanden?"

„Ich gehe nicht mit dir mit", faucht sie.

„Den Teufel wirst du tun. Entweder du tust jetzt, was ich dir sage, oder ich schmeiße dich über meine Schulter und trage dich hier raus", warne ich.

Sie starrt mich an.

„Stell mich nicht auf die Probe, Stellina", füge ich hinzu.

Sie blinzelt heftig. Ihre Augen funkeln, aber sie hebt ihr Kinn, ohne eine Träne entweichen zu lassen.

Ich streiche mit dem Daumen über ihre vollen Lippen. Sie atmet scharf ein und fixiert mich mit einem Blick. Ich widerstehe dem Drang, sie zu küssen, und wiederhole in sanftem Ton, „Du bist hier nicht sicher. Und jetzt lass uns gehen."

Bevor sie antworten kann, führe ich sie die Treppe hinunter und ins Parkhaus. Wir bleiben im Schatten, bis wir zu meinem silbernen Mazzanti Evantra Millecavalli zum Stehen kommen. Ich öffne die Beifahrertür und deute ihr an, einzusteigen, aber sie zögert.

„Steig ein, Chanel", fordere ich.

Sie schließt einen Moment die Augen und gibt dann nach.

Ich schließe die Tür, steige auf der Fahrerseite ein und lasse den Motor an. Wir schweigen, während ich den Wagen aus der Garage und durch die Straßen der Stadt manövriere. Anstatt wie sonst durch die Stadt zu rasen, halte ich mich an die Geschwindigkeitsbegrenzung und halte an allen Ampeln an.

Vielleicht tue ich es, um unsere gemeinsame Zeit in die Länge zu ziehen. Vielleicht aber auch, um sicherzustellen, dass sie keiner Gefahr ausgesetzt wird. Höchstwahrscheinlich ist es eine Kombination aus beidem, aber unterbewusst debattiere ich darüber, was ich hier eigentlich tue.

Ich habe ihr versprochen, dass ich mich fernhalten würde. Sie ließ mich schwören, dass ich sie in Ruhe lassen und in die andere Richtung gehen würde, sollte ich ihr jemals begegnen. Doch dieser Schwur verfolgt mich jetzt seit zehn Jahren.

Ich bremse an einer Ampel und schaue endlich zu ihr hinüber.

Sie hält ihre Hände fest in ihrem Schoß verschränkt. Ihr grünes Minikleid bedeckt nur ein paar Zentimeter ihrer Oberschenkel. Sie ertappt mich dabei, wie ich ihre Beine anstarrte, und wirft mir einen Todesblick zu.

„Wo wohnst du?“, frage ich sie.

„Das geht dich nichts an“, schnauzt sie.

„Ist das der Grund, warum du dich in Luft aufgelöst hast? Um mir aus dem Weg zu gehen?“, frage ich.

Ihr stockt der Atem und sie starrt mich an.

Ohne an die Konsequenzen zu denken, platze ich heraus, „Dachtest du, ich würde dich einfach so vergessen? Dass ich nicht zurückkommen würde, um nach dir zu sehen und mich zu vergewissern, dass es dir gut geht?“

Sie lehnt ihren Kopf gegen die Kopfstütze und schließt die Augen.

Ich ergreife ihre Hand und führe sie an meine Lippen. „Stellina.“

Sie öffnet ihre Augen, schaut mich traurig an und sagt, „Es ist grün.“

Ich löse meinen Blick von ihrem Gesicht, behalte aber ihre Hand in meiner und fahre auf die Schnellstraße. Nach einigen Kilometern nehme ich die Abfahrt.

„Luca, wohin gehen wir?“, fragt sie.

„Zu mir“, sage ich, ohne zu zögern.

Sie zieht ihre Hand zurück. „Ich werde nicht mit zu dir gehen.“

Ich blicke sie herausfordernd an, „Du willst wirklich nicht mit zu mir?“

„Ja!“

„Dann gehen wir zu dir.“

„Luca …“

„Wir müssen reden, Chanel“, sage ich mit Nachdruck.

„Worüber?“

„Alles.“

„Es gibt nichts zu bereden“, beteuert sie.

Ich grunze. „Doch, und du weißt es.“

Sie wendet sich dem Fenster zu und schüttelt ruckartig den Kopf.

Nur ein paar Kilometer mehr.

Während der restlichen Fahrt sagen wir nichts. Ich fahre in mein Parkhaus und in den Autolift. Dann drücke ich auf die Fernbedienung und wir fahren in meine Privatgarage hoch. Ich stelle den Motor ab und mein Magen kribbelt vor Nervosität.

Sie murmelt, „Du bist umgezogen.“

Ich reagiere nicht, steige aus dem Auto und öffne ihre Tür.

Sie starrt mich herausfordernd an.

Ich greife nach ihr und warne, „Du kannst selbstständig gehen oder ich trage dich."

Ihre Wangen werden puterrot. Sie ignoriert meine helfende Hand und steigt aus dem Wagen, bevor sie an mir vorbei zur Tür geht.

Ich atme tief durch, folge ihr und drücke meine Hand auf das Nanopad. Das Schloss springt auf, und ich öffne die Tür und gebe ihr ein Zeichen, hineinzugehen.

Sie zögert, dann betritt sie mein Penthouse.

Ich trete hinter sie und die Tür verriegelt sich automatisch.

Chanel dreht sich zu mir um. „Bin ich deine Gefangene?"

Gute Idee. Daran habe ich noch gar nicht gedacht.

Lass sie niemals wieder gehen.

„Ich entziehe Frauen nicht ihre Freiheit."

Sie lacht spöttisch. „Natürlich nicht."

„Was soll das heißen?", frage ich und trete näher.

Sie weicht zurück, bis sie an den Beistelltisch an der Rückenlehne des Sofas stößt. Chanel fuchtelt mit den Armen und versucht, das Holz zu packen, um nicht umzufallen.

Ich packe ihre Taille und halte sie fest. „Willst du mir sagen, was du gemeint hast?"

Sie sieht mich trotzig an, aber ihre Augen glitzern. „Vergiss, was ich gesagt habe."

Ich weiß nicht, ob ich sie zu einer Antwort drängen soll oder nicht. Schließlich entscheide ich mich, es vorerst aufzuschieben und frage, „Möchtest du etwas Wasser?"

Sie lacht nervös. „Du bietest mir keinen Drink an?"

Ich betrachte sie genauer. „Brauchst du noch einen?"

„Wie bitte?"

„Du hast eine ganze Flasche Champagner getrunken", sage ich.

Sie starrt mich an und drückt gegen meine Brust. „Hast du mich die ganze Nacht beobachtet?", fragt sie aufgebracht.

„Ja", antworte ich und ziehe sie fester an meine Brust.

Sie atmet heftig ein. Die Flammen in ihren Augen lodern heller als zuvor. Ihr Blick trifft meine Lippen und sie schluckt schwer. Wütend fragt sie, „Bist du die Alkoholpolizei?"

Die Worte amüsieren mich. Ich gluckse, aber es scheint sie zu verärgern.

Sie hebt ihr Kinn und drückt wieder gegen meine Brust. „Du hast kein Recht, über mich zu urteilen, Luca. Jetzt lass mich los."

Ich tue nichts dergleichen und erwidere, „Ich verurteile dich nicht."

Sie lacht spöttisch. „Klingt ganz danach."

Ich fahre mit den Fingern durch ihr Haar und streichle ihre Wange. „Das habe ich nie getan. Ich habe nichts als Respekt vor dir."

„Du kennst mich nicht."

„Nicht?"

„Nein", sagt sie, aber ihre Stimme bebt.

„Vielleicht sollten wir das ändern", schlage ich vor und zeichne ihren Kiefer mit einem Finger nach.

Ihr Atem stockt. Sie blickt wieder auf meine Lippen und murmelt, „Was willst du von mir, Luca?"

„Alles", antworte ich, auch wenn sich nichts geändert hat. Ich habe immer noch nicht erreicht, was ich mir vorgenommen habe. Es ist nicht sicher für sie, in meinem Leben zu sein. Und doch kann ich diese Anziehungskraft, die ich nach all den Jahren immer noch zu ihr verspüre, nicht kontrollieren. Und wie standen die Chancen, dass wir uns heute Abend sehen? All die Jahre habe ich an sie gedacht, und jetzt taucht sie wie von Zauberhand auf. Wenn das nicht Schicksal ist, was ist es dann?

„Du hast gesagt, dass du kein guter Mensch bist", haucht sie.

Ihre Worte treffen mich wie ein Messer ins Herz. Ich wünschte, ich könnte es leugnen. Ich würde alles tun, um behaupten zu können, dass ich der Mann bin, den sie verdient. Aber ich werde sie nicht anlügen. Die Zeit hat das, was zwischen uns ist, nicht verblassen lassen. Sie ist vielleicht sauer, aber ich weiß, dass die Chemie zwischen uns noch immer stimmt. Und sie weiß es auch.

Ehe ich mich versehe, antworte ich, „Glaubst du wirklich, dass die Männer in diesem Club gut sind?"

Sie wendet den Blick ab.

Ich trete zurück und führe sie um die Couch herum. „Setz dich."

Sie blickt darauf und erstarrt. Ihre Wangen werden rot. Sie reißt den Kopf hoch und fragt, „Hast du die gleiche Couch wie ich?"

Ich mache eine allumfassende Geste durch den Raum. „Und alles andere."

Sie zieht die Augenbrauen zusammen. „Warum?"

Ich schüttle traurig den Kopf, atme tief durch und sage dann, „Legen wir alle Karten auf den Tisch?"

Sie zieht eine Augenbraue hoch.

Ich zeige auf die Couch und sehe sie flehend an. „Bitte. Setz dich."

Vorsichtig setzt sie sich auf den Rand eines Sofakissens, aber sie scheint bereit, aufzuspringen, falls ich etwas Falsches sage.

„Du kannst es dir bequem machen", necke ich sie.

Sie bewegt sich nicht.

„Ich bin gleich wieder da", sage ich, gehe in die Küche und öffne zwei Wasserflaschen. Ich kehre ins Wohnzimmer zurück, setze mich neben sie und halte ihr eine Flasche an die Lippen.

Sie nimmt sie mir ab und trinkt einen tiefen Schluck.

Ich folge ihrem Beispiel, dann stelle ich unsere Flaschen auf den Tisch. „Ich habe die gleichen Möbel wie du, weil sie mich an dich erinnern", gebe ich nach einem kurzen Räuspern zu.

Sie schaut an die Decke, holt tief Luft, steht dann auf und geht zum Fenster. Einige Augenblicke vergehen, während sie auf die blinkende Skyline der Stadt starrt.

Aus irgendeinem seltsamen Grund höre ich in meinem Kopf das Ticken ihrer Schlafzimmeruhr. Ich gehe zu ihr hinüber, trete hinter sie und lege meinen Arm um ihre Taille.

„Mich zu umarmen, ist keine Unterhaltung", sagt sie.

„Dann rede. Ich höre zu", sage ich. Meine Erektion drückt gegen ihren unteren Rücken.

„Luca …"

„Wir haben uns zehn Jahre lang nicht gesehen und könnten uns unendlich viele Dinge sagen, aber weißt du, was ich für das Wichtigste halte?", frage ich und drehe sie zu mir.

Sie leckt sich über die Lippen und schüttelt den Kopf. „Nein. Sag es mir." Ihre Stimme ist leiser, und sie wirkt nicht mehr wütend, sondern nur noch traurig. Ihr Gesichtsausdruck bestärkt mich nur noch mehr in meiner Entschlossenheit, es diesmal nicht zu versauen.

Ich fahre mit den Fingerknöcheln über ihre Wange und dann über ihre Lippen. „Die Jahre der Trennung haben das Feuer zwischen uns nicht erstickt. Es hat geschwelt und ist nie ganz erloschen. Jetzt wird es von frischem Sauerstoff gespeist."

Sie schüttelt langsam den Kopf, aber ich sehe denselben lusterfüllten, berauschenden Blick in ihren Augen, den ich früher in ihnen sah.

„Versuch nicht, es zu leugnen, Stellina", sage ich.

„Wir sind nicht mehr dieselben wie früher", argumentiert sie.

Ich beuge mich vor und sage, „Nein, sind wir nicht. Du bist noch schöner als früher. Und ich bin nicht auf der Suche nach dem, was wir waren. Die Vergangenheit interessiert mich nicht, nur die Zukunft."

Sie blinzelt angestrengt, aber ihr stehen die Tränen in den Augen. „Was für eine Zukunft ist das, Luca? Hm?", fragt sie stockend.

Ein Jahrzehnt verlorener Zeit steht zwischen uns. Und der Hass, den ich auf mich selbst empfinde, verstärkt sich. Meine Worte sind wertlos, denn ich kann der Vergangenheit nicht entkommen.

Was ist schon der Sinn meines Lebens ohne sie?

Was hätten wir gemeinsam tun können?

Wie kann ich um Vergebung bitten, weil ich mich für Rache statt für ein Leben mit ihr entschieden habe, solange meine Situation noch die gleiche ist?

Wenn überhaupt, dann ist das Bedürfnis, Jacopo zu töten und die Abruzzos zur Strecke zu bringen, stärker denn je. Das Ausmaß ihrer Zerstörung ist schlimmer, als ich es mir je hätte vorstellen können. Ich habe das Grauen gesehen, das sie verursachen. Manchmal musste ich sogar daran teilnehmen. Und solange sie nicht vernichtet sind, kann ich Chanel nicht vor ihrer Grausamkeit schützen.

Ich habe mein ganzes Leben damit verbracht, den Teufel zu täuschen, und wenn er es eines Tages herausfindet, wird er es auf meine Stellina abgesehen haben.

Ihre Lippen beben, während sie darauf wartet, dass ich auf eine Frage antworte, auf die sie eindeutig eine Antwort verdient. Es zerreißt mich. Auf keinen Fall werde ich ein Versprechen geben, das ich nicht halten kann. Was noch mehr schmerzt, ist die Art, wie sie mich ansieht. Es ist, als wüsste sie, dass ich nicht die ganze Wahrheit sagen kann.

Aber sie ist hier. Nach all diesen Jahren steht sie vor mir. Und ich kann sie nicht gehen lassen. Nicht jetzt.

Ich weiß vielleicht nicht, ob ich ihr eine Zukunft bieten kann, aber ich kann sie nicht aufgeben. Ich werde mir nehmen, was ich brauche – die eine Frau, die immer mein war.

Meine Lippen streifen ihre, als ich antworte, „Wir haben die Gegenwart, meine liebste Stellina."

Eine einzelne Träne rinnt über ihre Wange. Der Kampf in ihrem Inneren ist in den Tiefen ihres Blicks gut sichtbar. Sie will mich, aber sie ringt mit der Entscheidung.

Bevor sie mich abweisen kann, dränge ich mich dichter an sie heran, bis sie am Fenster steht und meine Lippen auf ihren liegen. Sie legt eine Faust auf meine Brust, als wolle sie mich aufhalten, doch ihre Zunge umspielt meine und entfacht ein Feuer in mir, das ich für erloschen gehalten habe, nachdem ich sie verloren hatte.

Worte sind unnötig. Wir müssen keine Begründung für diese Anziehung finden. Es ist eine unaufhaltsame Notwendigkeit für unsere Existenz, wieder miteinander vereinigt zu sein. Verdammt seien die Konsequenzen.

Sie lockert ihre Faust. Ihre Fingerspitzen gleiten über meine Brust und tauchen dann in mein Haar. Ihr süßes Wimmern erfüllt die Luft – es ist viel besser als in meiner Erinnerung.

Ich lasse meine Hände hinter ihre Oberschenkel gleiten und bündle den grünen Stoff, bis ich ihr grünes Kleid bis zur Taille hochziehen kann. Dann lasse ich meine Hände über ihren Hintern gleiten. Er ist voller, runder als früher und erinnert mich daran, wie sehr sie sich verändert hat.

Aber wir sind uns nicht fremd. Wir sind zwei Menschen, die nahtlos zusammenpassen und genau wissen, was der andere braucht.

Es ist ein verlockender Gedanke, sie genau hier, gegen das Fenster, zu ficken.

Ich bezweifle, dass sie etwas dagegen hätte. Die Erfahrung wäre mehr als unglaublich.

Ich hebe sie hoch und sie schlingt ihre Beine um mich, dann greift sie nach meinem Reißverschluss.

Dann fällt es mir wie Schuppen von den Augen. Ich ziehe ihre Hand von meiner Hose.

Ich bin nicht auf der Suche nach einem Quickie.

Ein Fick gegen das Fenster meines Penthouse wird nie genug sein.

One-Night-Stands sind nicht genug. Ich hatte schon zu viele, in der Hoffnung, einen Hauch von dem zu finden, was mich mit Chanel verband.

Aber was ich wirklich tun muss, ist meine Vergehen wieder gutzumachen.

Und ich werde die ganze Nacht damit verbringen, mir ihre Vergebung zu verdienen.

18

Chanel

„So nicht", sagt Luca plötzlich und schiebt meine Hand weg.

Seine Ablehnung trifft mich wie ein Stein, der durch ein Fenster bricht.

Er will mich nicht mehr? Was hatte ich dann hier zu suchen?

Er hat mich praktisch entführt und mit nach Hause genommen.

Das ist typisch Luca. Wartet, bis ich verletzlich bin und lässt mich dann im Stich.

Wut und Scham erfüllen mich. Ich blinzle heftig und wende mich von ihm ab. „Lass mich runter, Luca."

Um mich noch mehr zu quälen, fährt er mit den Lippen meinen Hals hinauf. Ich verfluche das Kribbeln, das auf meiner Haut ausbricht. „Ich lasse dich in meinem Bett runter." Er beginnt, vom Fenster wegzutreten.

Seine gemischten Signale verwirren mich noch stärker. Ich versuche, mich von ihm zu lösen und hauche, „Was?"

Luca spannt seine Arme fester an. Er antwortet nicht, sondern presst seine Lippen auf meine, was mich komplett aus dem Konzept bringt.

Ich bin erledigt. Kann nicht gegen ihn ankämpfen. Viel zu lange musste ich ohne ihn leben. Ich habe mich so oft nach seiner Berührung gesehnt, dass ich aufgehört habe es zu zählen. Die Erinnerung daran, wie es war, ihm zu gehören, hat alle meine anderen Beziehungen in den Schatten gestellt.

Ich hätte die Beine in die Hand nehmen sollen, als Pina mir von dem Club erzählte. Aber die Möglichkeit, Luca wiederzusehen, ließ mich nicht los. Ich habe das Schicksal herausgefordert. Jetzt bin ich in der Höhle des Löwen, und es gibt kein Zurück mehr.

Seine Zunge streift über meine, und ich bemerke nicht einmal, wie er den Reißverschluss meines Kleides öffnet oder meinen trägerlosen BH aufmacht. Er legt mich auf das Bett und zerrt dann an meinem Kleid und meinem Höschen, bis ich völlig entblößt bin. Die kühle Luft in seinem Schlafzimmer verschafft meiner überhitzten Haut einen Moment der Erleichterung. Luca lässt seinen Blick über meinen Körper schweifen, als würde er sich jedes Detail einprägen … sucht nach Einzelheiten, die gleich geblieben sind oder sich verändert haben.

Als sein Blick zu den verblassten Dehnungsstreifen auf meinem linken Unterbauch wandert, gerate ich in Panik.

Er darf nichts von ihr wissen.

„Du bist noch heißer als mit achtzehn", sagt er überzeugt, konzentriert sich wieder auf meine Beine und leckt sich über die Lippen.

Ich schlucke schwer, denn ich weiß, dass ich das morgen bereuen werde, wenn nicht sogar schon heute Abend.

Das tue ich bereits.

Ein einziges Mal wird nicht schaden.

Ich belüge mich selbst.

Gott, ich habe es vermisst, wie ich mich bei ihm fühle.

Es ist egal, dass ich es besser weiß. Ich kann nicht aufstehen und die Zerstörung aufhalten, die mein Herz heimsuchen wird.

Er lässt seine Hände über meine Waden und dann über die Innenseiten meiner Oberschenkel gleiten. Lichtblitze zucken über meine Lider. Ich winde mich, und er fixiert mich mit seinem dunklen, lüsternen Blick. „Sag mir, dass es keinen anderen Mann in deinem Leben gibt, Stellina."

Ich antworte nicht, weil es ihn nichts angeht.

Er packt meine Knöchel, zieht mich ans Ende des Bettes und hält sie an seine Brust. Ich schnappe überrascht nach Luft. Irgendwie hat er sich seiner Hose entledigt, ohne dass ich es nicht mitbekommen habe. Sein Schwanz streift mein Loch, und ich wölbe mich ihm entgegen.

Er hält mich zurück, legt eine Hand auf meine Pussy und fordert, „Beantworte meine Frage."

„Das geht dich nichts an", erwidere ich heiser.

Er umkreist meine Perle mit seinem Daumen und stößt einen Zentimeter in mich hinein. Ich atme scharf ein und versuche, mehr von ihm in mich aufzunehmen, aber er zieht sich zurück.

Schmerz flackert in seinem Blick. „Du trägst keinen Ring. Aber ich bin nicht naiv. Eine Frau wie du hat viele Verehrer und es fällt mir schwer zu glauben, dass du nicht vergeben bist."

„Und trotzdem fragst du", erwidere ich und versuche, näher an ihn heranzurücken.

Er zieht sich zurück und positioniert seinen Schaft so, dass er über meinen Kitzler reibt. Dann ruckt er seine Hüften langsam vor und zurück und erzeugt eine köstliche Reibung, die mich um den Verstand bringt. Ich schließe meine Augen und ein Wimmern entweicht mir. Luca lehnt sich über mich und sein Gesicht schwebt knapp über meinem. Sein Körper schmiegt sich perfekt an meinen und meine Zehen berühren das Kopfteil des Bettes.

Sein heißer Atem weht sanft über meinen Mund. Er treibt mich weiter mit seinem Schwanz in den Wahnsinn, streichelt meine Perle und lässt seine Hüften kreisen. Ich öffne meine Augen, und sein durchdringender Blick bohrt sich in meine Seele. „Wir können das die ganze Nacht machen, meine Stellina. Entweder du beantwortest meine Frage, oder das ist alles, was du bekommst. Und ich verspreche dir, dass ich dich morgen früh zu Hause absetzen werde, ohne dich zu befriedigen."

Du kommst nicht mal in die Nähe meiner Wohnung.

Ich könnte ihm sagen, dass ich single bin, aber irgendetwas an Lucas Drohung bringt mich dazu, ihm zu trotzen. Also schweige ich, mein Atem stockt, und ich starre ihn an.

Er erhöht den Druck der Reibung, mit der er mich quält.

Heiliger, hilf mir.

Blut rauscht in meinen Ohren. Schweiß rinnt über meine Haut. Er verdoppelt seine Anstrengungen und ich winde mich unter ihm. „Hör nicht auf!"

Seine Lippen zucken belustigt. Er wird langsamer und fordert, „Sag es."

Ich schüttle den Kopf.

Er schiebt seine Zunge in meinen Mund, und ich grabe meine Finger in seine Kopfhaut. Er zieht sich zurück und knurrt, „Sag mir seinen Namen. Dann werde ich dafür sorgen, dass du ihn vergisst."

Eine Million Schmetterlinge beginnen in meinem Bauch zu flattern. Ich verfluche mich dafür, dass Luca nach so vielen Jahren immer noch diese Wirkung auf mich hat. Kein anderer Mann hat jemals etwas Ähnliches gesagt und eine so starke Reaktion in mir ausgelöst. Ich liebe und hasse es zugleich.

Leicht verletzt fügt er hinzu, „Ich glaube dir nicht, dass du noch alleine bist."

„Nein, ich date niemanden", platzte ich heraus, weil ich sein Spiel nicht mehr mitspielen will. Ich will, dass er sein Versprechen einlöst und den Mund hält. Ich will die Stimme in meinem Kopf zum Schweigen bringen und mich auf das Gefühl konzentrieren, wieder in Lucas Armen zu liegen.

Er erstarrt und zieht eine Augenbraue hoch. „Du bist mit niemandem zusammen?"

„Nein, bin ich nicht."

„Wie ist das möglich?"

„Ich will nichts über deine Huren wissen", murmle ich.

Er verengt die Augen zu Schlitzen. „Es gibt niemanden, der mir jemals etwas bedeutet hat, außer dir."

Tränen füllen meine Augen. Ich blinzle heftig und erwidere, „Hör auf zu reden, Luca. Ich will deine Lügen nicht hören."

„Ich habe dich nie belogen und fange jetzt nicht damit an. Du bist die Einzige, die mir je wichtig war“, sagt er mit Überzeugung.

Plötzlich kann ich es nicht mehr aushalten und ich drücke gegen seine Brust. „Das war eine schlechte Idee.“

Wie immer lässt er mich nicht entkommen. „Ich höre nur auf, wenn du mir die Wahrheit sagst.“ Er nimmt erneut meinen Mund in Besitz und ich lasse meine Hüften kreisen.

Er lässt seinen Schwanz wieder über mich gleiten und drängt seine Zunge im gleichen Rhythmus in meinen Mund. Es dauert nur ein paar Sekunden, bis ich unter ihm erschauere und mich mit aller Kraft an ihn klammere. „Luca!“, rufe ich verzweifelt.

„Mein, Stellina. Du gehörst mir“, knurrt er in mein Ohr, dann gleitet er mit einem Stoß in mich hinein. Unzusammenhängende Laute erfüllen das Zimmer, und der berauschende Duft von allem, was uns ausmacht, steigt mir in die Nase.

Luca in mir zu haben, macht alle Versuche zunichte, ihn zu vergessen. Es war nicht fair, von einem anderen zu erwarten, dass er mich so erfüllt, berührt oder küsst, wie Luca es tut. Ich stellte unmögliche Erwartungen, als ich versuchte, dem Gefühl nachzujagen, von dem ich träumte.

Luca ist kein durchschnittlicher Mann. Er ist intuitiv und denkt nicht zweimal darüber nach, wie er mir Lust bereiten kann. Er spielt nicht fair, aber ich kann ihm nicht widerstehen.

„Ich will dich ganz um mich spüren“, sagt er und zieht sich dann zurück. Er lässt meine Beine sinken und ich schlinge sie um seine Taille. Dann verschränke ich die Arme in seinem Nacken und er stöhnt. „Absolut perfekt.“

Wieder einmal hat er recht. Unsere Körper passen perfekt zueinander. Innerhalb weniger Minuten schreie ich vor Verlangen, weil ich vom Adrenalin überwältigt bin.

Er fickt mich durch meinen Orgasmus, gleitet aus mir heraus und meinen Körper hinunter. Mit dem Mund erobert er meine Pussy. Schnell. Hart. Erbarmungslos. Manipuliert mich, bis ich in einem weiteren Ansturm der Ekstase zerspringe.

„Oh … oh … oh Gott!“, stöhne ich und vergrabe eine Hand in seinem Haar.

So geht es immer weiter, bis er mich auf den Bauch dreht. Er schmiegt seinen warmen Körper von hinten an meinen schweißbedeckten Rücken. Eine Gänsehaut breitet sich auf meiner Haut aus. Mit dem Knie schiebt er meine Beine weiter auseinander und lässt drei Finger in meine Pussy gleiten, bis ich mich unter ihm winde.

Ich blinzle, unsicher, wie viel Vergnügen ich noch ertragen kann.

Dann streifen seine Lippen mein Ohr. „Ich will dich ganz, Stellina.“

Ich drehe meinen Kopf zur Seite, unsicher, was er damit sagen will, da ich ihm im Nebel der Lust kaum erkennen kann.

Er zieht seine Finger aus meiner Pussy und schiebt einen in meinen Hintern.

Keuchend wölbe ich meinen Rücken, komme ihm entgegen.

Er packt mein Kinn, küsst meine Wange, schiebt seinen Finger langsam tiefer und zieht sich dann zurück, bevor er wieder von vorne beginnt.

Ein Wimmern entweicht meiner Kehle. Die Empfindungen sind neu und tabu, aber es gibt kein Drama. Ich unterwerfe mich dem einzigen Mann, der sich je richtig angefühlt hat und flüchte mich in die Empfindungen, die er in mir auslöst.

Befriedigung erfüllt seine Miene, während er mich betrachtet, um meine Reaktion zu beurteilen. Dann fügt er einen zweiten Finger hinzu. Er dringt auf die gleiche Weise in mich ein, zieht sie dann weiter auseinander und dehnt mich. „Komplett, Chanel."

Ich bin mir nicht sicher, ob es eine Warnung sein soll oder ob er mir nur seine schmutzigen Fantasien gesteht, aber er steckt einen dritten Finger in mein verbotenes Loch.

Der Druck wird stärker und ich bin überrascht, dass es nicht weh tut. Er verteilt weitere, sanfte Küsse über mein Gesicht und meinen Hals, während er mich vorbereitet.

„Atme tief durch, Stellina", befiehlt er und zieht seine Finger heraus.

Ich gehorche und fühle einen unerwarteten Verlust, aber er wird schnell von Luca verdrängt.

Er reißt meine Hüften in die Luft und schiebt seinen Schwanz schnell in mich hinein.

„Oh verdammt!", rufe ich und sacke zurück auf die Matratze – nicht, weil es wehtut, sondern wegen des Schocks über das Unbekannte.

„Ssch", raunt er in mein Ohr und hält inne.

Ich atme mehrmals, flach durch, um mich an die ungewohnte Fülle zu gewöhnen.

Er küsst mich hinterm Ohr, bewegt sich in kurzen, flachen Stößen und fragt, „Okay?"

Ich sehe ihm über die Schulter hinweg in die Augen und nicke.

Er küsst mich auf die Lippen, dann gleitet seine Hand meinen Arm hinauf, packt mein Handgelenk und zieht meine Hände in Richtung des Kopfteils.

Und ich dachte, ich hätte schon alles gespürt. Ich nahm an, dass es nichts mehr gab, was er mit mir machen konnte, um mir mehr Lust zu bereiten.

Aber ich habe mich offensichtlich geirrt.

Mein Körper gehört ihm, er nimmt mich gekonnt, bis ich den nächsten Höhepunkt erreiche, der anders ist als jeder zuvor. Mein Körper bebt und die Lust überwältigt mich. Luca vergräbt sein Gesicht in meinem Nacken und knurrt, „Mein."

Lust und Euphorie brechen wie eine Flutwelle über mich ein, als er in mir kommt. Unsere Körper zucken gegeneinander, während unzusammenhängende Worte aus unseren Mündern drängen.

Unsere Atemzüge und klopfenden Herzen konkurrieren miteinander, als wir zur Ruhe kommen. Er zieht sich nicht aus mir zurück und ich will es auch nicht.

Erst nach einer Weile dreht sich Luca um und zieht mich mit in seine Arme. Wir schweigen und er streicht mit der Hand über die Kurve meiner Taille.

Es dauert einige Minuten, bis sich mein Herzschlag wieder normalisiert hat und ich mir wieder Sorgen mache.

„Ich dachte, ich hätte dich einmal auf dem Rücksitz eines Autos gesehen", gesteht er.

Ich erstarre und frage, „Wann?"

„Ist schon lange her. Wahrscheinlich nicht einmal ein Jahr, nachdem ich dich das letzte Mal gesehen habe. Aber das Fenster war getönt, und die Ampel schaltete im selben

Moment auf Grün. Ehe ich mich versah, warst du wieder weg."

Die Härchen auf meinen Armen stellen sich auf. „Wo warst du?"

„Ich stand vor einem Restaurant", antwortet er.

Ich schließe meine Augen und kämpfe mit den Tränen. Das Bedauern über das, was wir gerade getan haben, trifft mich unerwartet hart.

Das war verdammt leichtsinnig. Luca wieder in mein Lebens zu lassen, ist unverantwortlich.

Ich muss sofort verschwinden.

Er küsst mich auf den Kopf. „Lass uns zusammen duschen."

Ich bewege mich nicht.

Er seufzt. „Stellina, was ist los?"

Ich reiße mich zusammen und sehe ihn an. „Ich brauche ein paar Minuten für mich allein. Kannst du hier bleiben, während ich mich wasche?"

Der Schmerz steht ihm ins Gesicht geschrieben, aber er versucht, ihn zu verbergen. „Natürlich."

Ich gehe ins Bad und schließe die Tür. Ich schließe sie ab und mustere mein errötetes Gesicht im Spiegel.

Das ist so schlecht.

Dusche einfach und verschwinde dann von hier.

Ich wasche mich schnell und wickle mir dann ein Handtuch um den Körper. Als ich ins Schlafzimmer zurückkehre, hat Luca bereits die Laken gewechselt.

„Du bist dran", zwitschere ich.

Er kommt zu mir und schaut mich genau an. „Alles in Ordnung?"

Ich zwinge mich zu einem Lächeln, nicke und sage, „Ja, geh duschen."

Er zögert.

„Geh", befehle ich und zeige auf das Badezimmer.

Ein sanftes Lächeln erhellt seine Züge. Er beugt sich herunter und küsst mich, zieht mich an sich.

Ich erwidere seinen Kuss mit allem, was ich habe. Dies ist unser letzter Kuss. Aber diesmal sage ich es ihm nicht – wie beim letzten Mal, als ich mich von ihm verabschiedet habe.

Ich ziehe mich zurück und wiederhole, „Geh."

Er küsst mich auf die Stirn, gibt mich frei und geht dann ins Bad.

Als ich höre, wie die Dusche anspringt, werfe ich einen Blick durch einen Spalt in der Tür. Das Wasser rinnt auf anziehende Weise über Lucas durchtrainierten Körper und umspielt seine definierten Muskeln. Dann fällt mein Blick auf das Muttermal auf seiner Schulter, das mich in die Realität zurückholt.

Entweder jetzt oder nie.

Ich ziehe mein Kleid und meine Schuhe an und schleiche mich aus seinem Penthouse. Kaum bin ich draußen, hält ein Taxi am Bordstein. Erleichterung überkommt mich, und ich springe hinein. Als ich einige Straßen weiter bin, atmete ich tief durch, um mich zu beruhigen.

Schuldgefühle, Bedauern, Angst und der Schmerz überfallen mich. Ich vermisse Luca bereits. Ich bin völlig ausgelaugt, als der Taxifahrer vor meinem Gebäude hält.

Ich bezahle ihn, steige aus, gehe hinein und bleibe dann stehen.

Massimo sitzt auf einem Stuhl im Foyer und sieht mich herausfordernd an. Er verschränkt die Arme, aber schweigt.

„Was machst du hier?“, frage ich überrascht.

„Sollen wir dieses Gespräch hier oder unter vier Augen führen?“, fragt er.

Mir wird ganz flau im Magen.

Der Club.

Er ist stinksauer.

Verdammte Pina!

„Unter vier Augen“, antworte ich und gehe zum Fahrstuhl.

Er folgt mir, aber wir schweigen, bis wir in meiner Wohnung angekommen sind.

„Ich würde dir ja einen Drink anbieten, aber ich bin zu müde, also bringen wir die Belehrung hinter uns.“

Er runzelt die Stirn. „Der Club ist nicht sicher für dich.“

Seine Worte entfachen ungezügelte Wut in mir. Ich versuche mir einzureden, dass es nichts damit zu tun hat, dass ich dort Luca wiedergesehen habe, aber ich kann mich nicht selbst belügen. Dennoch bin ich mir nicht sicher, warum ich mich mit Massimo anlege. Es ist das erste Mal, dass ich mich ihm widersetze. Vielleicht liegt es daran, dass ich den einen Menschen, den ich will, nicht haben kann, selbst wenn er in greifbarer Nähe ist. Also erwidere ich, „Weil ich eine Frau bin und du ein Mann? Oder weil es für alle, auch für Pina, okay ist, dahinzugehen, aber ich nicht zur Familie gehöre? Oh, warte, vielleicht liegt es aber auch daran, dass ich eine naive, langweilige, alleinerziehende Mutter sein sollte, die nichts als Blümchensex in ihrem Leben braucht?“

Seine Miene verzieht sich. „Das habe ich nie gesagt.“

„Das war auch nicht nötig“, fauche ich.

„Chanel, es ist nicht sicher“, sagt er.

„Spar dir deine Lügen! Mein Vater arbeitet für dich. Ich arbeite für dich. Ich bin nicht unschuldig, und du auch nicht“, sage ich.

Er reibt sich mit der Hand übers Gesicht. „Hör zu, ich weiß, dass es Dinge gibt, die im Jet passieren, aber–“

„Dinge! Versuch gar nicht erst–“

„Das ist nicht dasselbe wie im Club!“, ruft er.

Ich starre ihn an, atme ein paar Mal tief durch und sage dann, „Ich habe dich nie verurteilt, Massimo. Nicht ein einziges Mal.“

„Ich verurteile dich nicht“, behauptet er.

„Nein? Warum bist du dann hier?“, frage ich.

„Es gibt gefährliche Männer in diesem Club“, sagt er mit Nachdruck.

„Ja. Ich weiß. Pina hat mir die Regeln erklärt.“

Verwirrung macht sich auf seinen Zügen breit. „Warum streiten wir uns dann darüber? Warum willst du in einen Club gehen, wo sich Kriminelle tummeln?“

Männer wie Luca?

Ich behalte meine Gedanken für mich und antworte, „Was ich in meiner Freizeit mache, geht dich nichts an.“

„Wenn es um deine Sicherheit geht, geht es mich sehr wohl etwas an“, behauptet er.

„Warum darf Pina dann gehen? Hm?", frage ich erzürnt.

„Dante sollte es ihr nicht erlauben", murmelt er.

„Aber er tut es", rufe ich aufgebracht.

„Ja, aber das geht nur sie etwas an. Und ich bin nicht Dante", sagt er finster.

Ich hebe mein Kinn. „Ich weiß deine Warnung zu schätzen und habe deine Bedenken zur Kenntnis genommen. Gibt es sonst noch etwas, das du besprechen möchtest?"

Massimo sieht mich schockiert an. Er spannt den Kiefer an und schaut finster drein.

„Ich bin müde. Wenn es sonst nichts weiter gibt …"

„Wo warst du heute Abend?", fragt er.

Meine Wut flammt erneut auf. „Das geht dich nichts an."

Er tritt näher. „Sag mir, dass du nicht mit jemandem aus dem Club nach Hause gegangen bist."

„Was geht dich das an, Massimo?", frage ich empört.

Er schnieft heftig, schüttelt den Kopf und geht dann im Raum auf und ab.

Ich schweige, denn ich weiß, dass ich ihn sonst nur noch weiter reizen werde.

Er dreht sich und fragt, „War ich nicht gut zu dir?"

Ich sehe ihn enttäuscht an. „Das ist also deine Strategie? Mir alles vor Augen zu führen, was du je für mich getan hast?"

Er hält beschwichtigend die Hände in die Luft. „Nein! Das ist nicht das, worauf ich hinauswollte."

Ich stemme wütend meine Hand in die Hüfte. „Worauf wolltest du dann hinaus?"

Er sieht mich anklagend an. „Du hörst nicht zu."

„Ich höre sehr wohl zu, Massimo. Du willst, dass ich verspreche, dass ich nicht mehr in den Club gehe. Tut mir leid, das kann ich nicht", sage ich.

„Es gibt andere Clubs–"

„Hör einfach auf! Ich habe nicht viele Freunde. Ich bin alleinerziehende Mutter und habe nicht viel Zeit für mich. Pina ist meine engste Freundin. Ich gehe nicht in irgendeinen beliebigen Club und mit Sicherheit nicht allein. Ist es das, was du willst?", frage ich, immer noch unsicher, warum ich mich mit ihm streite. Würde ich überhaupt zurückgehen wollen, wenn ich Luca nicht gesehen hätte?

Er mildert seinen Tonfall und behauptet, „Ich weiß, wie schwer es ist, eine alleinerziehende Mutter zu sein."

„Nein, das weißt du nicht. Du hast keine Ahnung, und wage es nicht, so zu tun, als ob du verstehen würdest, wie es für mich ist!", fauche ich, drehe mich um und fahre mit der Hand über mein Gesicht. Es ist nicht meine Art, mich darüber zu beschweren, dass ich alleinerziehend bin. Ich habe mich entschieden, Luca nichts von Zara zu erzählen. Doch jetzt fühle ich mich schuldig, weil ich Massimo angefahren bin, während die Last meiner Entscheidung mich erdrückt. Und die Angst, dass meine Tochter mich eines Tages dafür hassen wird, dass ich ihr verheimlicht habe, wer ihr Vater ist, trifft mich härter als sonst.

Stille erfüllt den Raum und ich kann meine Tränen nicht mehr zurückhalten. Schließlich tritt Massimo vor mich und seufzt. „Chanel."

Ich wische mir über die Wangen und schaue auf.

Er zögert, dann sagt er, „Ich möchte nicht, dass du verletzt wirst."

Ich atme tief durch, um mich zu beruhigen und antworte, „Ich weiß. Und ich werde vorsichtig sein."

Er schließt die Augen und legt den Kopf in den Nacken.

Der Club ist die einzige Möglichkeit, Zugang zu Luca zu bekommen. Das darf ich nicht verlieren.

Was denke ich da nur?

„Massimo", sage ich.

Er begegnet meinem Blick.

„Ich brauche das. Lass es auf sich beruhen und einigen wir uns darauf, dass wir in diesem Punkt nicht der gleichen Meinung sind."

Er schüttelt den Kopf und antwortet schließlich, „Gut. Aber wenn irgendetwas passieren sollte–"

„Das wird es nicht. Ich werde mich an die Regeln halten", schwöre ich.

Er knirscht mit den Backenzähnen und nickt. „Gut. Lass mich das nicht bereuen, Chanel."

19

Luca
Sechs Monate später

Es ist sechs Monate her, seit Chanel sich aus meinem Penthouse geschlichen hat, während ich unter der Dusche stand. Ich habe mich seither oft dafür verflucht, dass ich sie aus den Augen gelassen habe.

Ich hätte herausfinden sollen, wo sie wohnt.

Ich hätte herausfinden sollen, für wen sie arbeitet und wie sie in den Club gekommen ist.

Hätte. Hätte. Hätte.

Das alles bedeutet nichts, denn ich weiß immer noch genauso wenig über ihren jetzigen Aufenthaltsort wie in den letzten zehn Jahren. Es gibt nur zwei Dinge, die ich in unserer gemeinsamen Nacht gelernt habe.

Sie ist genauso besessen von mir, wie ich von ihr. Unsere Chemie ist mit den Jahren nur noch explosiver geworden.

Und sie ist mit Pina befreundet. Ich habe sie den ganzen Abend zusammen abhängen sehen. Sie stehen sich sehr nahe, was mich zu der Annahme führt, dass sie mit den Marinos – meiner echten Familie – in Verbindung steht.

Aber was tut sie für sie?

Ich bin schon mit allen Privatjets der Marinos geflogen. Sie ist weder Angelos Flugbegleiterin, noch die seiner Söhne. Ich bin mit allen Fünfen gereist und nicht ein einziges Mal habe ich sie gesehen.

Wie steht sie mit den Marinos in Verbindung?

Sie könnte natürlich nur Pinas Freundin sein, aber sie schien viele Leute in den VIP-Suiten zu kennen. Sie sprach mit ein paar O'Connors, aber sie fühlte sich bei den Marinos offensichtlich wohler – es schien, als ob sie sie gut kennen würde. Mein Bauchgefühl sagt mir, dass sie irgendwie mit ihnen in Verbindung steht.

Sie ist Französin, also gehört sie nicht zur Familie.

Sie macht auf keinen Fall die Drecksarbeit für Angelo, wie ist sie also mit der Familie verbunden?

Die Fragen hören nie auf und ich finde auch keine Antworten. Ich bin mir sicher, ich könnte Angelo nach ihr fragen und er würde antworten, aber dann müsste ich auch seine Fragen beantworten. Und ich bin nicht bereit, über unsere Vergangenheit zu sprechen.

Ich hasse es nicht mehr, wenn Jacopo mich in den Club bestellt. Aber es ist nie der richtige Abend. Sie ist nie da, wenn ich hingehe. Selbst Pina ist kaum da. Jedes Mal, wenn ich sie sehe, steigt meine Hoffnung, Chanel zu sehen. Dann sackt mein Herz, sobald ich merke, dass meine Stellina nirgendwo zu finden ist.

Seltsamerweise würde ich lieber Pina nach Chanel fragen, als Angelo oder seine Söhne. Aber ich kann es nicht riskieren. Soweit die Welt weiß, bin ich ein Abruzzo. Mit Pina zu reden, ist streng verboten. Außerdem wäre sie entsetzt, wenn sie wüsste, dass ich ihre Freundin angefasst habe. Und wenn sie es jemand anderem erzählt, könnte es sich herumsprechen. Das Letzte, was ich will, ist, dass die Abruzzos von Chanel und mir erfahren.

Als Jacopo mich heute Abend zu sich bestellte, machte ich mich eifrig fertig und fuhr zum Club. Ich treffe früher als sonst ein, aber so habe ich die perfekte Gelegenheit, jeden zu beobachten, der den Club betritt.

Ich setze mich in eine Ecke auf der obersten Etage und trinke ein Glas Sambuca. Der Mann, mit dem ich mich für Jacopo treffen soll, trifft ein. Ich gebe die Informationen weiter, die er braucht und lasse dann meinen Blick durch den Club schweifen.

Es ist noch so früh, dass kaum jemand tanzt. Ich schaue mich kurz auf den verschiedenen Etagen um und setze mich dann wieder an den gleichen Platz wie zuvor. Die Zeit verfliegt und ich achte kaum auf Gespräche und ignoriere mehrere Frauen, die um meine Aufmerksamkeit buhlen.

Es vergehen einige Stunden. Der Club wird immer voller, und die verzweifelte Panik, meine Stellina nie wiederzusehen, kehrt zurück.

Warum kehrt sie nicht zurück?

Es ist meinetwegen. Sie geht mir aus dem Weg.

Die Grube in meinem Magen wächst.

Wie konnte ich sie nach all den Jahren wieder entwischen lassen?

Ich schaue auf meine Uhr. Es ist kurz vor Mitternacht und ich stehe kurz davor, durchzudrehen. Ich zünde mir einen weiteren Joint an, aber nach vier Zügen spüre ich nichts mehr.

Scheiße. Selbst das Gras hilft mir nicht mehr, mich zu entspannen.

Ich muss aufhören zu rauchen.

Ich reiche einer der Frauen meinen Joint und stehe auf. Dann gehe ich auf die Treppe zu, aber bleibe abrupt stehen.

Mein Herz springt mir fast aus der Brust. Chanel und Pina betreten den Club. Meine Stellina trägt ein rotes Minikleid und goldene High Heels. Ihr Haar ist länger als beim letzten Mal, als ich sie gesehen habe – es sieht genauso aus, wie bei unseren ersten Treffen. Es hängt in breiten Wellen über ihre Schultern herab, aber eine Seite ist etwas zurückgesteckt. Ihre Schmolllippen sind genauso knallig wie ihr Kleid, und ich möchte sie am liebsten verspeisen.

Sie geht mit Pina durch den Club, die Schultern selbstbewusst zurückgezogen. Meine Brust spannt sich an, und ich realisiere, dass sie schon oft genug hier war, um sich wohlzufühlen.

Ich werde jeden töten, der sie berührt hat.

Ich klammere mich an das Geländer und halte mich davon ab, zu ihr zu stürmen. Der Gedanke, dass sie auch nur eine Sekunde in diesem Club verbringen könnte, ohne dass ich auf sie aufpasse, macht mich wütend.

Und mir wird übel.

Sie schlängeln sich durch die Menge, steigen in den Fahrstuhl, und ich gehe zum Ende des Flurs. Ich trete in den Schatten und warte.

Komm schon. Komm auf diese Etage.

Der Fahrstuhl öffnet sich und Pina steigt aus. Ich warte auf Chanel, aber die Türen schließen sich.

Die Haare in meinem Nacken stellen sich auf. *Wo ist sie?*

Ich nehme die Treppe, zwei Stufen auf einmal, und suche die untere Etage ab. Sie ist nirgends zu sehen, also renne ich in die nächste Etage. Es gibt nur vier Suiten, und sie bestehen aus einer Mischung aus Abruzzos und O'Learys.

Ich kenne die meisten dieser Menschen und einige versuchen, mich in ein Gespräch zu verwickeln. Ich dränge mich durch die Menge und versuche, nicht offensichtlich zu zeigen, dass ich jemanden suche. Das könnte zu unangenehmen Fragen führen.

Ich verlasse die letzte Suite und gehe den Flur entlang in Richtung der Privatzimmer. Mein Puls hämmert schneller, als ich einen Blick durch die Fenster eines jeden Zimmers werfe.

Bitte Gott, lass nicht zu, dass sie in einem von ihnen ist.

Ich gehe an den ersten sechs vorbei, ignoriere die Männer und Frauen vor den Fenstern und erschaudere innerlich bei einigen der Szenen, die sich dahinter abspielen. Ich urteile nicht über die Vorlieben anderer Menschen, aber Sex sollte Spaß machen. Das meiste von dem, was in diesen Räumen passiert, sieht schmerzhaft aus.

Wo ist sie?

Ich gehe durch die nächste Tür. Das ist der Bereich, in dem alle Fenster verspiegelt sind. Die Menschen darin wissen, dass sie beobachtet werden, können aber nicht sehen, wer sie beobachtet. Ich trete hindurch und bleibe stehen.

Meine Stellina steht am Ende des Korridors. Niemand sonst ist in der Nähe. Ihre Hände umklammern den Fensterrahmen und sie starrt konzentriert durch das Glas. Ich schließe die Tür hinter mir und beobachte sie.

Was ist es, das sie so fasziniert?

Ist sie ein Voyeur?

Meine Schritte werden länger. Jeder Schlag meines Herzens klingt in meinen eigene Ohren lauter. Ich trete hinter sie, lege meinen Arm um ihre Taille, und ihr leises Keuchen erfüllt meine Sinne.

Ich lehne mich an sie und murmle, „Was schaust du dir an?" Ich streiche ihr das Haar über die andere Schulter und küsse ihren Hals.

Sie schluckt schwer und blickt dann auf. Ihre grünen Augen glühen heißer. Sie blinzelt heftig, dann sagt sie, „Du solltest nicht in meiner Nähe sein."

„Warum nicht?"

Ihre Unterlippe bebt. „Ich denke, du kennst die Clubregeln. Die Familien sollten sich nicht untereinander mischen."

Meine Brust spannt sich. Von all den Dingen, die mir durch den Kopf gegangen sind, ist mir das nie in den Sinn gekommen.

Sie denkt, ich bin ein Abruzzo.

Alle denken das.

Aber ich bin nicht Teil dieser abscheulichen Familie.

Das darf sie nicht wissen.

Das Leben war noch nie so ungerecht. Ich überlege, wie ich das handhaben soll, aber dann platze ich heraus, „Wie lange weißt du schon, wer ich bin?"

Sie schließt die Augen, als ob die Worte sie quälen würden.

„Stellina …"

„Seit dem Morgen, nachdem wir das erste Mal zusammen waren", gesteht sie.

Die Haare in meinem Nacken stellen sich auf. So vieles ergibt jetzt einen Sinn. „Ist das der Grund für deinen Hass?"

Sie blickt zurück zum Fenster, zittert am ganzen Körper. „Du weißt also, dass ich zu den Marinos gehöre?"

Ich ziehe sie näher an mich und halte sie fester.

„Man wird uns erwischen", warnt sie.

„Ich habe die Tür abgeschlossen", gebe ich zu.

Sie atmet überrascht ein.

„Wie bist du mit den Marinos verbunden?"

Sie sieht mir in die Augen. „Warum? Wirst du ihnen etwas antun?"

Schock durchfährt mich. „Für was für einen Menschen hältst du mich?"

„Du bist ein Abruzzo", stammelt sie, und eine Träne läuft ihr über die Wange.

„Ich bin kein …" Ich schließe meinen Mund und schlucke den Kloß in meinem Hals hinunter. Was soll ich sagen? Soll ich gestehen, dass ich in Wirklichkeit ein Marino bin?

„Du bist kein was, Luca?", drängt sie.

„Ich bin nicht wie sie", sage ich schließlich.

Sie lacht spöttisch. „Na klar."

Es tut weh, dass sie so schlecht über mich denkt, aber ich kann es ihr nicht verübeln. Sie konzentriert sich wieder auf den Raum hinter dem Fenster, und ich folge ihrem Blick.

Ein Paar, das ich noch nie gesehen habe, liegt auf einem Bett. Kerzen sind angezündet. Es läuft leise, verführerische Musik, die ich jetzt erst wahrnehme, weil ich mich nur auf Chanel konzentriert habe. Im Gegensatz zu den Menschen in den anderen Räumen benutzen sie keine Spielzeuge. Sie sind ganz allein, und so wie es aussieht, haben sie nicht nur Sex – sie lieben sich.

„Siehst du anderen gerne beim Sex zu?", frage ich, ohne meine Hände von ihr zu nehmen oder mich zurückzuziehen.

„Ich beobachte *sie* gerne."

„Warum diese zwei?"

Sie starrt das Paar an und antwortet, „Es ist einfacher, anderen dabei zuzusehen, wie sie das genießen, was ich nie haben werde, als mich selbst zu belügen, dass es erreichbar ist."

Ihre Worte treffen mich in ein Dolch ins Herz. Hat Chanel recht? Unsere Situation ist nicht einfach. Es liegen so viele Hürden in unserem Weg, aber etwas tief in mir glaubt, dass wir zusammen sein können. Träume ich von etwas, das nie Realität werden wird?

Die Frau hinter dem Glas stöhnt und wölbt ihren Rücken. Chanel verlagert ihr Gewicht und umklammert den Sims des Fenster so fest, dass ihre Knöchel weiß werden. Ihr Atem geht schneller, sie leckt sich über die Lippen und lehnt sich näher an das Fenster.

Wir beobachten das Paar einige Augenblicke lang. Sie scheinen sich gut zu kennen. Es sieht nicht so aus, als ginge es nur um Sex, was in diesem Club selten vorkommt. Sie kennen sich intim, haben offensichtlich eine Verbindung, die mich überrascht. So etwas habe ich noch nie gesehen.

Nur Chanel gibt mir das Gefühl, so tief mit ihr verbunden zu sein.

Ich werde hart und sehne mich nicht nur nach ihr, sondern auch nach dem, was dieses Paar miteinander teilt.

Die undeutlichen Laute der Frau werden lauter. Chanel holt zittrig Luft, und ich lasse meine Hand auf die Innenseite ihres Oberschenkels gleiten.

Sie erstarrt und sagt kaum hörbar, „Du solltest gehen, Luca."

Ich fahre höher, streiche sanft über den feuchten Stoff ihres Höschens und frage herausfordernd, „Das willst du nicht wirklich, oder?"

Sie schließt die Augen.

Ich küsse ihre Halsbeuge. Sie entspannt sich, lehnt sich an meine Brust, und ich schiebe meinen Finger unter den feinen Stoff ihres Slips.

Sie dreht den Kopf und ich sehe den Kampf in ihren Augen, den sie schon vor Monaten mit sich geführt hat.

Ich greife mit der anderen Hand in ihr Haar, halte sie fest und drücke meinen Mund auf ihren. Meine Zunge drängt ihre Lippen, sich zu öffnen. Für den Bruchteil einer Sekunde sträubt sie sich, dann gibt sie nach und drängt ihre Zunge gegen meine. Ich merke, wie ihr Körper den letzten Widerstand gegen mich aufgibt, als sie unter meiner Berührung erschauert.

„Öffne deine Augen, Stellina", murmle ich.

Sie gehorcht. Feurige Lust steht in ihren Augen geschrieben und sie brennen vor Verlangen. Und ich frage mich, wer das hier mehr braucht. Sie oder ich?

„Dreh dich wieder um und schau ihnen zu“, fordere ich.

Sie wölbt die Augenbrauen und spitzt die Lippen.

Ich küsse sie schnell, dann zwinge ich sie, wieder durch das Fenster zu sehen. Ich dränge sie näher heran, sodass sie zwischen mir und dem kalten Glas eingeklemmt ist, und schmiege meine Wange an ihre.

Unser gemischter Atem beschlägt das Fenster. Der Mann dreht die Frau auf den Bauch und zerrt sie an den Fußgelenken zum Ende des Bettes. Er zieht sie auf die Knie und streicht mit der Hand über ihren Rücken.

Sie streckt die Arme vor sich aus. Er drückt ihren Kopf in das Bett, reißt ihre Hüften höher in die Luft und dringt mit einem Stoß in sie ein.

Ihre Schreie schallen durch den Raum und wetteifern mit der Musik. Ich schiebe gleichzeitig einen Finger in Chanels Pussy, und sie keucht. Hinein und wieder heraus. Dann füge ich einen weiteren Finger hinzu und lasse meinen Daumen auf ihrer Perle kreisen.

Sie wimmert und versucht, ihre Laute zu ersticken, aber je mehr die andere Frau keucht, desto lauter wird meine Stellina.

Alles an diesem Moment macht mich heiß. Verrückt nach der Liebe der Frau, nach der ich mich schon seit einem Jahrzehnt lang sehne. Verzweifelt nach einem Stückchen von dem, was dieses Paar haben kann, wann immer sie wollen. Und völlig geistesgestört, weil ich das Hochgefühl brauche, das ich mit niemandem sonst finden kann.

Ich ziehe ihr Kleid über ihre Hüften und zerre an ihrem Höschen, bis es reißt.

„Luca!", würgt sie hervor.

Ich stecke es in meine Hosentasche, ziehe meine Finger aus ihr heraus und reibe ihren Kitzler. Mit der anderen Hand öffne ich meine Hose und dringe mit einem Stoß in sie ein und stöhne, als ihre feuchte Hitze meinen Schaft umschließt.

Ihre Hüften kommen meinen Stößen in Sekundenschnelle entgegen, ohne dass wir uns ungeschickt oder unbeholfen an den anderen anpassen müssen. Sie drückt ihre Handfläche gegen das Fenster und ihr Mund formt ein schönes O.

„Wir passen besser zusammen als die beiden", behaupte ich und erhöhe die Geschwindigkeit meines kreisenden Daumens auf ihrer Perle.

„Oh … oh …!", haucht sie und zittert, eingesperrt zwischen dem Fenster und meinem warmen Körper.

Der Mann schlägt der Frau auf den Hintern, und sie schreit, „Ja! Oh! Noch mal!"

Er gehorcht und knurrt etwas auf Russisch.

Ich ziehe Chanels Kopf an den Haaren zurück, sodass sie immer noch zuschaut, mich aber auch aus dem Augenwinkel sehen kann. Ich stoße schneller zu, massiere ihre Perle fester und fordere, „Komm für mich, meine Stellina."

Ihre Wangen brennen feuerrot. Sie schreit auf, ihr Körper krümmt sich und sie zittert heftig. Ihre Augen rollen, und sie drückt ihre andere Hand gegen die Fensterscheibe.

Plötzlich bin ich besessen davon, sie in diesem wohligen Zustand zu halten. Ich beiße die Zähne zusammen, will nicht kommen und fühle mich high durch die schiere Kraft, die ich verspüre, weil ich ihr Lust bereiten kann.

„Luca", wimmert sie und blinzelt angestrengt, als könne sie sich nicht konzentrieren.

Ich drehe ihren Kopf, küsse sie und nehme jedes bisschen ihrer Liebe, das ich bekommen kann, in mich auf.

Das macht mir nur Lust auf mehr.

Jeder Schlag ihrer Zunge treibt mein Verlangen nach ihr weiter an und macht es mir schwerer, mich davon abzuhalten, mich in ihr zu entladen.

Aber ich tue es. Vielleicht liegt es daran, dass ich weiß, dass ich sie nicht mehr in den Armen halten kann, sobald das hier vorbei ist. Ich werde mich wieder leer fühlen und jede Sekunde meines Lebens hassen.

Ich zwinge sie wieder dazu, durch das Fenster zu sehen. Das Paar ist mit Schweiß überströmt. Der Mann pumpt wie wild in die Frau und ein roter Abdruck ziert ihre Arschbacke. Er drückt ihren Kopf wieder in die Matratze und sie starrt uns direkt in die Augen, ihr Gesicht ist in Ekstase verzogen.

„Was wir miteinander teilen, wird nie verschwinden", versichere ich Chanel, atme den Erdbeerduft ihres Haars ein und verlangsame mein Tempo.

„Oh Gott!", stöhnt sie. Das Fenster beschlägt so sehr, dass sie nicht mehr hindurchsehen kann.

Ich nehme meine Hand von ihrem Kitzler und wische über das Fenster, aber es ist innerhalb von Sekunden erneut beschlagen.

Sie wimmert, „Luca … oh … oh …"

Ich lasse meine Hände an ihren Armen hinaufgleiten und drücke mich an sie, weil ich ihr so nahe wie möglich sein will.

Er sagt etwas auf Russisch, als er in sie eindringt. Ihre Schreie werden lauter und konkurrieren mit seinen Worten.

Es ist der Katalysator für meinen eigenen Untergang. Ein neues Erdbeben erschüttert den Körper meiner Stellina, und sie zieht ihre Pussy so fest um meinen Schwanz zusammen, dass ich explodiere.

„Fuuuck", knurre ich und mir wird schwindelig vom Adrenalin, das durch meine Adern pumpt.

„Oh … mein … oh …!", stöhnt Chanel.

Himmel und Hölle verschwimmen miteinander. Der Moment der Ekstase ist vollkommen glückselig, bis wir uns beruhigen und die Folter regiert. Als Chanel sich umdreht und ihre glitzernden Augen auf mich richtet, möchte ich am liebsten sterben.

Wir sind immer noch nicht näher dran, eine Lösung zu finden. Sie denkt, ich sei ein Abruzzo und ich kann ihr nicht sagen, dass ich das nicht bin. Egal, wie sehr ich mir den Kopf zerbreche und versuche, einen Weg zu finden, dieses Hindernis zu überwinden, es ist sinnlos.

Es gibt nur eine Lösung, und die war schon immer die Antwort.

Ich muss Jacopo töten.

Ich muss meinen rechtmäßigen Platz bei den Marinos einnehmen. Sobald ich das tue, wird mich niemand mehr für einen Abruzzo halten.

All die Jahre, die ich damit verschwendet habe, Jacopo nicht zu töten, blitzen vor meinem geistigen Auge auf. Die Lösung schien noch nie so weit entfernt zu sein.

„Ich muss gehen", sagt Chanel und mein Herz bricht.

„Komm mit mir nach Hause", flehe ich.

Sie schließt die Augen und schüttelt dann den Kopf. Als sie sie wieder öffnet, sagt sie, „Wir müssen das beenden, bevor es jemand herausfindet.

„Stellina–"

„Du hast mir einmal etwas geschrieben. Du sagtest, du würdest mich nie in Gefahr bringen. Stimmt das noch?", fragt sie.

„Natürlich tut es das!", sage ich mit Nachdruck.

Sie blickt zurück zum Fenster. Ihre Stimme zittert, als sie sagt, „Dann muss ich jetzt gehen, Luca."

Meine Brust spannt sich. Das Paar beginnt sich anzuziehen, und ich kann nicht leugnen, dass es nur eine Frage der Zeit ist, bis uns jemand sieht. Aber ich rühre mich keinen Zentimeter von der Stelle.

Ich kann es nicht.

Sie drückt sich vom Fenster ab und fleht, „Lass mich gehen."

Der Mann hilft der Frau, den Reißverschluss ihres Kleides zu schließen und ich trete widerstrebend zurück.

Chanel dreht sich und zieht sich ihr Kleid über die Hüften. Sie öffnet ihren Mund und schließt ihn wieder, kein Wort kommt heraus.

Ich lege eine Hand auf ihre Wange und sie schließt die Augen. „Die Dinge sind nicht so, wie sie scheinen."

Ihre Augen fliegen auf. „Was bedeutet das?"

Ich schweige, weiß nicht, wie ich ihr antworten soll.

Sie kneift ihre grünen Augen zusammen und mustert mich, bevor sie den Kopf schüttelt. „Das ist das letzte Mal, dass ich das sage. Komm mir nicht zu nahe. Wenn es ernst gemeint war, dass du mich nie in Gefahr bringen wirst, dann muss das aufhören. Leb wohl, Luca." Sie löst sich aus meiner Umklammerung und geht zügig den Flur entlang.

Es ist das erste Mal, dass ich zusehe, wie sie mich verlässt. Jeder Schritt, den sie macht, ist unerträglich schmerzhaft. Am liebsten würde ich ihr hinterherlaufen, aber ich halte mich davon ab, denn ich weiß, dass niemand uns zusammen sehen darf.

Sie erreicht das Ende des Flurs und hält inne. Sie beginnt, sich umzudrehen, aber hält dann inne. Chanel atmet tief durch, hebt ihr Kinn und entriegelt die Tür.

Meine Welt bricht um mich herum zusammen. Sie verschwindet durch die Tür und nimmt mein Herz mit. Ihr „Leb wohl, Luca", hallt in meinen Ohren wider.

Ich wende meinen Blick ab. Das Paar ist im Begriff, den Raum zu verlassen, also drehe ich mich um und schlüpfe ins Treppenhaus. Es ist dasselbe, durch das ich Chanel vor Monaten geführt habe, und ich verfluche mich dafür, dass ich der Versuchung nachgegeben und sie nicht aus dem Club entführt habe, als ich noch die Chance dazu hatte.

Ich renne die Treppe hinunter und verlasse das Gebäude, und kalte Luft schlägt mir ins Gesicht, sobald ich raustrete. Lange Zeit verharre ich in dem schwach beleuchteten Parkhaus.

Sie hat recht. Wir können so nicht weitermachen, solange ich mit den Abruzzos verbunden bin.

Ich bringe sie nur in Gefahr.

Die Wahrheit überwältigt mich und ich schwöre mir, sie nicht mehr zu berühren, bis ich das erledigt habe, was ich schon vor

Jahren hätte tun sollen. Mein Auftrag war noch nie so klar. Irgendetwas muss passieren. Entweder wird Jacopo sterben oder ich verlasse seine Villa in einem Leichensack. Wenn ich mehr Risiken eingehen muss, um mein Ziel zu erreichen, werde ich es tun. Das Einzige, bei dem ich mir sicher bin, ist, dass ich meinen Zug machen und aufhören muss, zu versagen.

Ich frage mich, ob meine Stellina mir die Jahre des Schmerzes und der Täuschung verzeihen wird.

20

Chanel
Drei Jahre später

„Das ist nicht fair, Mom“, jammert Zara.

Ich stemme meine Hand in die Hüfte und wische mir mit der anderen Hand übers Gesicht. „Ich habe es satt, darüber zu streiten, Zara. Meine Antwort wird sich nicht ändern“, sage ich genervt.

„Jeder hat eine Kreditkarte. Warum kann ich nicht auch eine haben?“, schreit sie wütend.

„Du bist erst vierzehn“, antworte ich zum hundertsten Mal.

„Was hat das damit zu tun? Ich will einkaufen gehen. Ich will dich nicht ständig um Geld anbetteln müssen“, faucht sie.

Ich schnaube. „Ich soll also zulassen, dass du einen Haufen Schulden anhäufst?“

„Du verdienst genug“, entgegnet sie.

Entsetzt schaue ich sie an und sage dann, „Du weißt nicht, was ich verdiene. Und was ich verdiene, ist nicht mein Geld.“

„Mom, ich brauche eine Kreditkarte. Das ist nicht fair“, wiederholt sie.

Ich lache spöttisch. „Nicht fair?“

„Ich kann nicht mit dem Rest meiner Freundinnen einkaufen gehen, wenn ich auf das Geld angewiesen bin, das du mir gibst“, fährt sie fort.

Genervt von diesem Gespräch, entgegne ich, „Du kannst nicht einfach anfangen, lächerlich viel Geld für dummes Zeug auszugeben, Zara. So funktioniert die Welt nicht.“

Sie verschränkt die Arme und wirft mir einen stechenden Blick zu. „Du machst dich lächerlich, Mom.“

Ich sehe sie entgeistert an und erhebe meine Stimme. „Ich mache mich lächerlich?“

„Ja, und ich lasse mir ein Tattoo stechen“, kreischt sie.

Der Damm bricht und ich verliere die Geduld. „Nur über meine Leiche.“

Sie grinst. „Du kannst mich nicht aufhalten.“

„Wollen wir wetten?“, drohe ich, aber mein Inneres bebt. Es ist kein Geheimnis, dass es in dieser Stadt tonnenweise Studios gibt, die ihr ohne meine Erlaubnis ein Tattoo stechen würden.

Sie starrt mich herausfordernd an, was mich erschreckt. Wir sehen uns in die Augen, bis sie schließlich die Hände in die Luft wirft. „Ach, du bist so nervig!“

Ich schaue an die Decke. Ich bin diesen Streit so leid. Mein süßes kleines Mädchen hat sich verändert, als sie dreizehn wurde. Mit vierzehn ist es nur noch schlimmer geworden. Sie ist aggressiver in ihren Forderungen als je zuvor. Ich verfluche Luca jedes Mal, wenn wir uns streiten. Sie hat so viel von ihm geerbt … auch seine fordernde Art.

„Sogar Tante Pina findet meinen Seestern cool."

Ich sehe sie durchdringend an. „Tante Pina hat nicht gesagt, dass du dich tätowieren lassen sollst. Sie sagte, deine Zeichnung sähe cool aus. Du hast nicht erwähnt, dass es für ein Tattoo ist."

Zara sieht mich trotzig an. „Was hat das damit zu tun? Es ist ein cooles Design."

„Du bist doch kaum am Strand. Warum willst du dir dann einen Seestern stechen lassen?", frage ich genervt. Mein Herz sagt mir, dass sie es bereuen wird, wenn sie ihren Körper in diesem Alter bestechen lässt.

Sie verdreht die Augen. „Du bist so alt, Mom."

Ich bleibe ruhig und versuche, ihr nicht zu zeigen, wie verletzt ich bin, aber es ist nicht einfach.

Vielleicht bin ich wirklich alt?

Nein, ich bin nicht alt. Es ist absolut irrsinnig, dass meine vierzehnjährige Tochter mit einer Kreditkarte durch New York City laufen will und mir mit einem Tattoo droht.

„Ich verlange nichts, was meine Freunde nicht auch haben", sagt Zara, als ob mich das umstimmen würde.

„Sie sind ein Haufen verwöhnter Gören", platze ich heraus.

Sie starrt mich gekränkt an. „Nein, das sind sie nicht!"

„Geld wächst nicht auf Bäumen", sage ich.

Sie legt den Kopf schief und antwortet, „Du hast einen Haufen Designerzeug. Und wir wohnen in einer schönen Wohnung. Warum kann ich keine Kreditkarte haben? Wir haben doch Geld!“

Noch mehr Schock erfüllt mich. So habe ich sie nicht erzogen. „Ich habe mir all diese schönen Dinge verdient. Du kannst dich glücklich schätzen, so zu leben, wie du es tust.“

„Ach lass mich doch in Ruhe, Mom“, sagt sie.

„Zara, bitte hör auf damit. Du bekommst keine Kreditkarte. Und du bekommst auch kein Tattoo, also hör auf, ständig davon zu reden. Die Antwort ist *Nein*“, sage ich mit Nachdruck.

Sie hebt ihre Müslischale an und wirft sie in die Spüle. „Gut. Ich werde das Thema wechseln. Sag mir, wer mein Vater ist.“

Meine Brust spannt sich. Das ist das Einzige, worüber ich noch weniger sprechen möchte.

Zara starrt mich finster an. „So wie immer, stimmt's, Mom? Du hältst die Klappe und sagst mir nichts, und ich soll das einfach so hinnehmen?“

Ich schweige entschlossen. Die Schuldgefühle und der Schmerz, die ich immer wegen Luca empfinde, hören nie auf. Ich glaube immer noch, dass er ein großartiger Vater gewesen wäre.

Wenn er nur kein Abruzzo wäre.

In den letzten Jahren habe ich Luca öfter im Club gesehen. Er hat mich seit der letzten Nacht vor einigen Jahren nicht mehr berührt.

Ich gehe immer noch in diesen Korridor, beobachte die anderen und hoffe insgeheim, dass er auftaucht, obwohl ich weiß, dass es für keinen von uns klug wäre.

Manchmal tut er das.

Er bleibt immer auf Distanz. Er hat nicht ein einziges Mal die Tür verschlossen, wie er es in jener Nacht getan hat.

Oft stehen Leute im Flur und wir sind nicht allein. Das schafft eine Art Barriere zwischen uns. Aber ich spüre immer seinen Blick auf mir. Die Emotionen darin ändern sich nie.

Die Flammen des Verlangens zwischen uns sind noch nicht erloschen. Seine bloße Anwesenheit löst ein Kribbeln auf meiner Haut aus. Ich widerstehe immer wieder dem Drang, zu ihm zu rennen und mich in seine Arme zu werfen. Ich wünschte, wir könnten der Realität entkommen, aber wir wissen beide, dass das nicht möglich ist.

Sein Leben ist gefährlich und er kann mich nicht beschützen. Wenn mich jemand dabei erwischt, wie ich in diesem Club die Grenzen überschreite und mich mit einem Abruzzo einlasse, kann nichts Gutes daraus entstehen.

Außerdem kann ich Luca nicht in mein Leben lassen. Ich muss Zara beschützen.

Ihr Wunsch, herauszufinden, wer ihr Vater ist, lässt nie nach. Er wird mit der Zeit immer größer und es macht mir Angst.

Ich kann es ihr nicht verübeln. Ich würde es auch wissen wollen. Aber nichts wird meine Meinung über Luca ändern. Und ich habe keinen Zweifel daran, dass er, wenn er von ihr wüsste, darauf bestehen würde, sie zu treffen.

Zara schüttelt den Kopf und lacht sarkastisch. „Du bist so eine Heuchlerin, Mom."

Mein Herz schmerzt. „Ich bin ein Heuchler? Inwiefern?"

„Nenn mir nochmal deine Gründe, warum du mir nichts über meinen Vater erzählst."

„Er ist gefährlich", sage ich zum millionsten Mal.

„Wird er mich umbringen?", fragt sie.

„Nein."

„Wird er mir physisch wehtun?"

Sag Ja, um sie zum Schweigen zu bringen.

Ich kann nicht lügen, also antworte ich, „Nein, er würde dir nie etwas antun."

„Woran liegt es dann, Mom?", faucht sie.

Ich bringe all meine Kraft auf, um die Ruhe zu bewahren. „Wie ich schon sagte, er ist ein gefährlicher Mann. Ich möchte nicht, dass du Teil seiner Welt wirst."

Sie lach, und Abscheu erfüllt ihren Ausdruck. „Und genau deswegen bist du eine Heuchlerin."

Ich verschränke die Arme. „Wie meinst du das?"

„Du arbeitest für einen Marino. Genau wie Papi", feuert sie zurück.

Ich atme tief durch. „Die Marinos sind gute Menschen."

„Sie sind eine Verbrecherfamilie. Was glaubst du, was sie tun, Mom? Ich bin mir ziemlich sicher, dass sie Menschen verletzen und töten. Vielleicht ist das sogar Papis Job!", schreit sie.

Ich unterdrücke den Drang, aus dem Zimmer zu rennen und zu fliehen. „Wage es nicht, deinen Großvater zu beleidigen. Und die Marinos waren immer sehr gut zu uns."

„Du arbeitest trotzdem für die Mafia."

Ich balle meine Fäuste an den Seiten und versuche, mich zu beruhigen. Was soll ich dazu sagen? Ich kann es nicht leugnen. Also ignoriere ich es und befehle, „Wechsle das Thema."

Ihre grünen Augen blitzen auf. „Nein! Das Einzige, was du mir je gesagt hast, ist, dass mein Vater dasselbe Muttermal an der gleichen Stelle hat. Was noch? Erzähl mir mehr von ihm."

Meine Antwort ändert sich nicht. „Es gibt nichts weiter zu sagen. Das ist alles, was du wissen musst. Dieses Gespräch ist beendet. Geh und mach dich für die Hochzeit fertig."

Ein Hauch von Hass blitzt in ihren Augen auf. Am liebsten würde ich mich in einem Loch verkriechen. Mein kleines Mädchen, das mich früher mit nichts als Liebe angesehen hat, ist fuchsteufelswild.

Und es ist meine Schuld. Ich bin diejenige, die die Entscheidung gefällt hat, ob es nun in ihrem besten Interesse war oder nicht.

Sie stapft aus der Küche und geht in ihr Zimmer.

Ich putze die Küche zu Ende und springe unter die Dusche. Die Gedanken kreisen sich in meinem Kopf. Ich habe meine Tochter belogen, aber ich habe es getan, um sie zu schützen.

Schuldgefühle nagen an mir, während ich mein Haar trockne, mich schminke und in mein Kleid schlüpfe.

Ich schnalle gerade meine High Heels zu, als Zara schreit, „Mom, Granpa ist da. Er sagt, er muss mit dir reden."

Die Haare in meinem Nacken stellen sich auf. Warum ist mein Vater hier? Sowohl er als auch meine Mutter sollen an Bridgets und Dantes Hochzeit teilnehmen. Ich werde sie in einer Stunde oder so sehen. Warum ist er hergekommen?

Ich schließe den Riemen und gehe hinaus in den Hauptraum. „Dad, was ist los?"

Sein Schweigen lässt mir das Blut aus dem Gesicht laufen. Gänsehaut breitet sich auf meiner Haut aus. Es macht mir Angst.

Trotzdem sagt er nichts.

„Dad? Geht es Mom gut?“

Er nickt und streckt seine Hand aus. „Ja, deiner Mutter geht es gut.“

Ein kleiner Anflug von Erleichterung durchströmt mich, aber irgendetwas stimmt nicht. „Was ist es dann?“

Er wirft einen Blick auf Zara.

„Ich gehe nirgendwo hin“, beteuert sie. Sie lässt sich auf die Couch plumpsen.

Er fixiert sie mit seinen dunklen Augen und befiehlt, „Geh auf dein Zimmer, Zara. Ich muss mit deiner Mutter sprechen.“

Sie widersetzt sich ihm nicht. Es vergehen nur ein paar Sekunden, bis sie aufsteht, in ihr Zimmer stapft und die Tür zuschlägt.

Ich seufze. „Es tut mir leid. Wir hatten einen harten Morgen.“

Mein Vater tritt vor und die Gänsehaut auf meinen Armen verstärkt sich. „Es hat einen Unfall gegeben.“

„Wer war involviert?“

Sympathie zeichnet sich auf seinem Gesicht ab. „Pina und Tristano.“

Ich starre ihn schockiert an und verstehe nicht, warum sie zusammen waren. Sie arbeitet für Dante, nicht für Tristano.

„Sie waren auf seinem Motorrad unterwegs. Die Abruzzos verfolgten sie und brachten sie von der Fahrbahn ab. Sie ließen Tristano zurück und fuhren mit Pina davon.“

Meine Hand fliegt zu meinem Mund. Mein Magen dreht sich so schnell um, dass mir die Galle im Hals aufsteigt. Ich schlucke sie hinunter und frage besorgt, „Wo ist sie?"

„Das wissen wir noch nicht."

„Was soll das heißen, ihr wisst es nicht?", schreie ich.

„Beruhig dich, Chanel", sagt er ernst.

Meine Lippen beben, aber ich blinzle die Tränen zurück.

„Tristano ist in der Notaufnahme. Die Marinos sind alle bei ihm und die Hochzeit ist verschoben worden. Ich muss los. Sobald ich etwas erfahre, sage ich dir Bescheid." Er dreht sich zum Gehen.

Ich greife nach seinem Bizeps und flehe ihn an, „Dad, du musst sie finden."

„Wir werden alles tun, was in unserer Macht steht, um sie zu finden."

„Dad, sie ist meine beste Freundin", schluchze ich.

Er zieht mich an sich. „Ich weiß, mon chou. Wir werden sie finden", sagt er.

Mein Bauchgefühl sagt mir, dass es aussichtslos ist.

„Kümmere dich um Zara", befiehlt er, dann geht er. Ich gehe zum Fenster, schaue auf die Skyline von New York und mache mir Gedanken über Pina. Ist sie tot oder ist sie noch am Leben?

Ich weiß nicht, wie viel Zeit verstreicht, bis Zara aus ihrem Zimmer kommt und mich aus meiner Trance reißt. Sie sagt leise, „Mom, wir müssen jetzt los. Wir kommen noch zu spät."

Ich wische mir über die Wangen und drehe mich zu ihr um. „Wir werden nicht gehen."

Sie verzieht das Gesicht. „Was soll das heißen? Warum nicht?"

Ich sehe sie an und betrachte ihr rosa Kleid und ihre High Heels. Sie ist kein kleines Mädchen mehr, und das macht mir Angst. Was könnte ihr geschehen?

Ich schniefe. „Du siehst wirklich hübsch aus."

„Mom, bitte sag mir, warum wir nicht gehen."

Ich zeige auf die Couch. „Setz dich."

Sie gehorcht.

Ich setze mich neben sie und ergreife ihre Hand. „Pina und Tristano hatten einen Unfall. Er ist in der Notaufnahme."

Ihre Augen weiten sich. „Was ist mit Tante Pina?"

Ich ringe mit mir, was ich ihr verraten soll. Schließlich beschließe ich, dass die Wahrheit die beste Lösung ist. Sie wird es sowieso erfahren. „Sie wurde entführt."

Zara wird blass. „Von wem?"

Mein Herz schmerzt so sehr, dass ich kaum noch atmen kann. „Von den Abruzzos."

Zara erstarrt und flüstert, „Was werden sie mit ihr machen?"

Ich kämpfe gegen die Tränen an und ziehe sie dicht an mich. Ich versuche, ruhig zu klingen, aber ich scheitere kläglich. „Nichts, Liebling. Es wird alles gut werden. Dein Grandpa wird helfen, sie zu finden."

Zara schluchzt an meiner Brust. Ihre Tränen durchnässen mein Kleid, und es dauert lange, bis ich sie wieder beruhigen kann. Ich kann nur daran denken, was Pina gerade durchmachen muss.

Mein Vater wird sie nicht finden.

Ich ziehe mich zurück, stehe auf und reiche Zara die Hand. „Komm mit. Lass uns zu Grandma gehen, damit sie nicht allein ist."

Zara widerspricht nicht. Bald sitzen wir im Auto und fahren zum Gebäude meiner Eltern. Ich weiß nicht, warum ich hierhergekommen bin. Aber irgendetwas drängt mich dazu, meine Mutter sehen zu wollen.

Als meine Mutter die Tür öffnet, fällt es mir wie Schuppen von den Augen.

„Ich bin so froh, dass ihr hier seid", sagt sie.

Zara wirft sich in die Arme meiner Mutter. Sie liebt ihre Grandma. Sie und meine Mutter haben eine besondere Bindung, und obwohl ich mich dadurch manchmal ausgeschlossen fühle, bin ich in diesem Moment extrem dankbar dafür.

Bevor ich weiß, was ich sage, platze ich heraus, „Ich muss etwas erledigen. Kannst du auf Zara aufpassen?"

„Wohin gehst du?", fragt meine Mutter überrascht.

„Ich muss noch was erledigen. Pass einfach auf Zara auf", verlange ich, als ich mich zum Gehen wende.

Ich eile durch das Gebäude und steige wieder ins Auto.

Ich weise meinem Fahrer den Weg zu Lucas Penthouse. Als ich dort ankomme, laufe ich in die Lobby und sage dem Portier am Sicherheitsschalter, dass ich mit ihm sprechen muss.

Der Mann nimmt den Hörer ab, aber nach ein paar Sekunden schüttelt er den Kopf. „Es tut mir leid, Ma'am, aber er ist nicht da."

Ich schließe die Augen und atme tief durch. Ich setze mich in die Lobby und warte.

Stundenlang verfluche ich mich dafür, dass ich nie seine Handynummer verlangt habe. Ich warte so lange, bis es dunkel wird. Selbst um Mitternacht gebe ich nicht auf. Erst in den frühen Morgenstunden, als die Sonne bereits wieder aufgeht, betritt er endlich das Gebäude.

Die Erschöpfung steht ihm ins Gesicht geschrieben. Sein Haar ist zerzaust, und seine Augen sind blutunterlaufen. Er erstarrt, als er mich sieht.

Ich erhebe mich.

„Stellina, was machst du hier?“, fragt er erschrocken und kommt auf mich zu.

„Ich muss mit dir reden.“

Er legt seinen Arm um meine Taille und führt mich zum Fahrstuhl. Wir sprechen nicht, bis wir in seinem Penthouse sind. „Was haben sie mit Pina gemacht?“, frage ich ohne Vorwarnung.

Er schüttelt den Kopf. „Ich weiß es nicht.“

„Lüg mich nicht an, Luca! Du bist ein Abruzzo“, fauche ich.

Er starrt an die Decke.

„Luca, sag mir, wo sie ist“, fordere ich.

Er fährt mit einer Hand über meine Wange.

Ich stoße ihn weg. „Rühr mich nicht an! Sag mir, wo sie ist!“

„Ich weiß es nicht“, wiederholt er. Mitleid steht ihm in den Augen geschrieben.

Meine Emotionen überwältigen mich. „Sie ist meine beste Freundin“, schluchze ich.

Er tritt näher, aber ich weiche zurück. Er macht einen weiteren Schritt nach vorn und ich weiche noch weiter zurück, bis ich mit dem Rücken an der Wand stehe. Luca stützt seine Unterarme neben beiden Seiten meines Kopfes ab, damit ich nicht entkommen kann.

Er ist *zu nah*. Die letzten Jahre waren eine Qual, da ich nur darauf warten und hoffen konnte, dass er mich wieder auf diese Weise berührt. Meine Sinne schärfen sich.

Ich rieche seinen körpereigenen Duft – Gras, weißer Moschus und Patschuli. Die Narbe auf seiner Wange sieht irgendwie tiefer aus. Die winzigen Fältchen um seine Augen haben sich exponentiell vervielfacht. Wir sind beide älter geworden und es hat sich doch nichts geändert. Er hat immer noch dieselbe Wirkung auf mich wie damals, als ich achtzehn und noch vollkommen naiv war.

Sein Atem vermischt sich mit meinem und verursacht ein Kribbeln auf meiner Haut. Ich mache mir Vorwürfe, weil ich an etwas anderes als meine beste Freundin denke.

Die Tränen fließen schneller. „Bitte, Luca. Wenn dir jemals etwas an mir gelegen hat–“, flehe ich ihn an.

„Du bedeutest mir mehr als alles andere, Stellina. Ich liebe dich, um Himmels willen“, sagt er.

Seine Worte rauben mir den Atem. Diese Liebe scheint besonders grausam zu sein.

Er wischt mir die Tränen weg und sagt, „Ich weiß nicht, wo sie ist. Wenn ich es wüsste, würde ich es dir sagen.“

„Lügner“, werfe ich ihm vor.

„Stellina–“

„Nenn mich nicht Stellina“, schreie ich.

Er spannt seinen Kiefer an. Stille erfüllt das Penthouse. Keiner bewegt sich. „Ich lüge nicht. Ich weiß nicht, wo sie ist."

Ich glaube ihm kein Wort, also versuche ich es noch einmal. „Bitte. Wenn dir jemals etwas an mir gelegen hat–"

„Du liegst mir mehr am Herzen als jeder andere auf dieser Welt, und ich sage dir die Wahrheit. Ich weiß nicht, wo sie ist, aber ich verspreche, ich werde sie finden", schwört er.

Ich möchte ihm glauben, aber ich weiß nicht, ob ich das kann. Ich frage mich, wie jemand, für den ich so viel empfinde, zu einer Familie gehören kann, die so grausam ist.

„Ich verspreche dir, dass ich sie finden werde."

Die Spannung nimmt zu. Sein Blick fällt auf meine Lippen, aber ich trete zurück und drehe mich zum Gehen.

Er packt mein Handgelenk. „Stellina."

Ich drehe mich und befehle, „Nicht!" Ich kann den Ansturm der Gefühle und all das, was wir sind und was wir niemals sein werden, nicht ertragen.

Der Schmerz steht ihm ins Gesicht geschrieben. Er öffnet seinen Mund.

„Nicht!", wiederhole ich.

Er schließ den Mund, dann die Augen.

„Lass mich gehen, Luca", sage ich sanfter.

Er wirft mir einen letzten traurigen Blick zu, dann gehorcht er.

Ich gehe aus seinem Penthouse und steige in den Fahrstuhl. In dem Moment, in dem sich die Türen schließen, breche ich zusammen.

Ich wusste, dass die Abruzzos furchtbare Menschen sind. Es war richtig, dass ich meine Tochter vor ihnen beschützt habe. Doch nichts davon heilt mein gebrochenes Herz. Es unterstreicht nur die Gründe, warum Luca nie in mein Leben hätte treten dürfen.

Sein moralischer Kompass muss komplett falsch eingestellt sein, da er auf der Seite dieser Familie steht.

Ich weiß nicht, ob er sein Versprechen, Pina zu finden, halten wird. Vielleicht lügt er und weiß schon, wo sie ist.

Ich bin mir sicher, dass er mich tief in seinem Herzen wirklich liebt. Und ich fühle genauso. Aber ich werde ihm nie verzeihen, dass er einer Familie gegenüber loyal geblieben ist, die meiner Freundin schaden will.

Ich hatte noch nie in meinem Leben so viel Angst.

21

Luca
Ein paar Monate später

Mit jedem Tag, der vergeht, ohne dass ich Pina finde, werde ich verzweifelter. Alles, woran ich denken kann, ist Chanel, die mich anflehte, ihre beste Freundin zu finden. Und an den Hass, den sie demjenigen entgegenbringt, für den sie mich hält. Es hört nicht auf, mich zu verfolgen.

Als ich hörte, was passiert war, wusste ich, dass Biagio dahinter steckte. Aber nichts, was ich tat, führte mich zu seinem Versteck. Es vergingen Monate, bis er sie schließlich zu Jacopos Anwesen brachte.

Der Drang in mir, beide zu töten, war noch nie so groß. Sie haben eine weitere Grenze überschritten. Die einzige Person auf diesem Planeten, mit der ich mich wirklich verbunden fühle, ist von mir angewidert. Wenn ich Pina nicht finde und sie lebendig zu den Marinos zurückbringe, wird Chanel mir niemals vergeben. Das Vertrauen ist gebrochen. Es ergäbe keinen Sinn mehr, in New York zu bleiben, wenn ich sie nicht zurückerobern kann. Ich habe immer noch die Hoffnung, dass ich eines Tages mein Leben mit ihr teilen kann. Aber die Chance steht gleich null, wenn ich es nicht schaffe, Pina zu retten.

Das muss endlich ein Ende haben. Die Jahrzehnte des Doppellebens sind niederdrückend. Ich bin an einem Kreuzweg angelangt. Also muss ich Jacopo so schnell wie möglich töten. Genau wie Biagio, der jetzt auch auf meiner Liste steht.

Tristanos heimliche Affäre mit Pina schockierte die Marinos. Ich weiß nicht, wer von uns näher am Rande des Wahnsinns steht – er oder ich. Aber im Moment ist er eine tickende Zeitbombe. Als ich ihm offenbarte, dass Biagio sie unter Drogen gesetzt hat, um sie in einem künstlichen Zustand der Amnesie zu halten, wurde er noch wütender. Das war, bevor ich ihm gestand, dass Biagio sie zwingen würde, ihn zu heiraten.

Die Verlobungsfeier findet heute Abend statt. Wir sind auf dem Weg, das Restaurant zu stürmen, aber die hitzige Diskussion, die wir in Angelos Büro hatten, bereitet mir Kopfzerbrechen. Ich habe alle Vorkehrungen getroffen, damit nichts schiefgeht, aber Tristano ist so wütend, dass er nicht mehr klar denken kann. Und Tullys Einmischung – eine Polizeirazzia bei der Dinnerparty – macht die Sache nicht besser.

Normalerweise bin ich nicht dafür, die Polizei einzuschalten, doch in diesem Fall wird es eine gute Ablenkung sein. Allerdings wird es dadurch schwieriger für mich, Jacopo und Biagio auszuschalten.

Als wir fast da sind, fragt Tristano, „Wie hast du überhaupt Zugang zur Küche bekommen?“

Ich grunze. „Ich kenne das Küchenpersonal. Du musst eins verstehen, Tristano, ich bin schon lange in diesem Geschäft."

Er schnaubt. „Ja, du bist ein alter Wichser."

Ich gluckse und freue mich, dass ich diese Spannung etwas abbauen kann. „Nicht viel älter als du, also pass auf, wen du alt nennst. Wie auch immer, ich habe meine Leute in der Küche. Es gibt zwei Köche, einen Tellerwäscher und zwei Kellner. Sie werden uns unterstützen."

„Was ist mit den anderen Angestellten?", fragt er.

Ich schaue ihm unverwandt in die Augen. „Hoffentlich gehen sie aus dem Weg, wenn es losgeht."

Er schweigt.

„Die Hostess steht auf unserer Gehaltsliste. Sie wird die Polizei problemlos durchlassen. Ich habe ihr schon eine Nachricht geschickt", füge ich hinzu.

„Deine Jungs sind alle bewaffnet?", fragt er.

„Natürlich."

„Die Hostess auch?"

„Sie weiß, wie sie sich zu verhalten hat."

Stille erfüllt den SUV.

Ich durchbreche sie und füge hinzu, „Es ist besser, wenn wir sie nicht auffliegen lassen."

„Wenn wir sie enttarnen, enttarnen wir sie", antwortet er.

Ich stöhne, und mein Auge zuckt. Das passiert in letzter Zeit immer öfter. Ich nehme an, es kommt vom Stress oder von der Erschöpfung, aber ich kann es nicht unterbinden. „Ja, nun, ich habe noch andere Sachen mit diesen Typen zu erledigen, was die Abruzzos betrifft. Und das normale Tagesgeschäft muss weitergehen, nachdem wir Pina gerettet haben", brumme ich.

Er blickt finster drein.

„Wir bleiben in der Küche, Tristano. Sie dürfen weder dich noch mich sehen. Ihr Vertrauen in mich ist im Moment schon sehr gering", füge ich hinzu. Es ist eine Warnung.

„Was soll das bedeuten?"

„Das besprechen wir ein andermal. Konzentrieren wir uns auf diese Situation", antworte ich, denn ich möchte nicht auf die schlechten Gefühle eingehen, die ich in letzter Zeit immer habe, wenn ich in Jacopos Nähe bin.

Tristano öffnet und schließt seine Faust ein paar Mal, dann knurrt er, „Biagio wird auf keinen Fall in die Küche kommen. Wir müssen jeden Abruzzo erschießen, den wir finden. Sie sollten sowieso alle sterben."

„Stopp! Du weißt, dass das nicht die Antwort ist. Benutze deinen Kopf. Willst du, dass Pina verletzt wird?", frage ich genervt.

Er wischt sich mit den Händen über das Gesicht und gibt zu, „Natürlich will ich das nicht. Ich will nur mein Baby Girl zurück."

Ich lade meine Glock und bestätige, „Ja, und das werden wir auch möglich machen, aber du folgst meinem Beispiel."

Der Geländewagen fährt in die Gasse hinter dem Restaurant. Er greift nach dem Türgriff, aber ich packe sein Handgelenk und befehle, „Warte."

Wehe, er vermasselt es.

Er knirscht mit den Backenzähnen und tippt mit den Fingern auf seine Oberschenkel. Wir warten, bis mein Handy summt.

Ich werfe einen Blick darauf und nicke dann. „Jetzt können wir reingehen."

Wir steigen aus und treffen den Tellerwäscher am Eingang der Gasse. Er sagt nichts und deutet stumm an, dass wir hineingehen sollen.

Wie geplant, gibt es zwei Köche, einen Tellerwäscher und zwei Kellner. Die Kellner nicken mir zu und bringen volle Tabletts mit Essen durch eine andere Tür.

Tristano stürzt darauf zu und blickt durch das Fenster in den Hauptraum. Er ballt die Hände an seinen Seiten zu Fäusten und kocht vor Wut. „Ich gehe rein."

„Stopp!", knurre ich und halte ihn am Arm fest. „Wenn du das tust, ist sie tot."

Er atmet mehrmals tief durch und beobachtet Pina weiter.

Ich schaue durch das Fenster und warte. Dann passiert es endlich. Ein paar Dutzend Polizisten stürmen in Einsatzkleidung und mit gezogenen Pistolen in das Restaurant.

„Whoa!", schreit Jacopo, wirft seine Serviette auf den Tisch und steht auf. Er fragt, „Was zum Teufel ist hier los?"

Der Captain tritt vor und sagt, „Wir sind hier, um Ihren Sohn zu verhaften, Mr Abruzzo."

Biagio springt von seinem Stuhl auf. „Wovon reden Sie?"

„Biagio Abruzzo, Sie sind verhaftet wegen des Mordes an Guido Berlusconi", sagt der Captain, ohne sich von Jacopo einschüchtern zu lassen.

Biagios Augen weiten sich. „Das ist lächerlich. Ich habe nichts dergleichen getan."

„Nehmen Sie die Hände hoch und treten Sie vom Tisch zurück", fordert der Captain.

„Verlassen Sie meine Verlobungsfeier", ruft Biagio und zerrt Pina neben sich. Sie ist so zerbrechlich, weil sie ausgehungert und unter Drogen gesetzt wurde, dass sie kaum stehen kann.

Drei Männer ringen sich um sie. Die übrigen Männer der Abruzzos erheben sich mit gezogenen Waffen.

Jacopos Blick fällt auf mich und ich erstarre. Dann grinst er.

Er glaubt, dass ich seinen Verbrechersohn retten werde.

Meine Tarnung wird auffliegen, wenn Biagio stirbt.

Jacopo lenkt seine Aufmerksamkeit auf die Polizisten und stellt sich vor Biagio. „Hört zu, Jungs, ich weiß nicht, für wen ihr euch haltet, wenn ihr hier reinkommt und Anschuldigungen erhebt, aber ich kann euch versichern, dass das nicht stimmt. Und jetzt schafft eure Schweineärsche aus diesem Gebäude."

Zwei weitere Männer bilden eine Mauer um Biagio und Pina. Sie beginnen, sich zurück in Richtung Küche zu bewegen.

„Keine Bewegung!", ruft der Captain.

Das Geräusch von Waffen, die geladen und scharf gemacht werden, dringt an unsere Ohren. Biagio und Pina werden weiter zurückgedrängt, bis sie durch die Tür in die Küche geschoben werden.

Die Köche treten vor Tristano und schießen, um die Männer zu töten, die Biagio Schutz bieten. Sie fallen alle zu Boden, und um sie herum bilden sich Blutlachen. Das Restaurant füllt sich mit Schreien.

Die Marino-Brüder stürmen aus der Gasse in die Küche.

Biagios Augen weiten sich, als er Tristano sieht, aber er sieht auch mich. Er vertraut mir immer noch und erlaubt mir, Pina von ihm wegzuziehen. Ich schiebe sie in die Ecke und versuche, sie abzuschirmen.

Er stürzt sich auf Tristano, der ihm die Faust ins Gesicht schlägt.

Überall spritzt Blut hin. Biagios Nase wandert an die Seite seiner Wange. Er taumelt ein paar Schritte zurück und findet dann sein Gleichgewicht wieder.

Schüsse und Schreie füllen das Restaurant. Die Marinos schießen den Hauptraum von der Tür aus zusammen.

Der Tellerwäscher und ich stürzen uns auf Biagio. Wir halten ihn fest, und ich ziehe ihm eine Tüte über den Kopf.

Pina sitzt zitternd in der Ecke. Verwirrung und Angst stehen ihr ins Gesicht geschrieben. Tristano legt seinen Arm um ihre Taille, aber sie weicht vor ihm zurück. Er hebt sie hoch, doch sie schlägt mit ihren Armen und Beinen um sich, aber sie ist zu schwach, um sich effektiv zu wehren.

Auf der anderen Seite der Tür wird weiter geschossen. Massimo, Gianni und ich führen Biagio nach draußen und in einen Geländewagen. Ich setze mich neben ihn und lege ihm ein Seil um den Hals.

Er erstarrt und knurrt, „Du Arschloch! Ich werde dich umbringen!“

Ich ziehe ihm den Handgriff meiner Waffe über die Seite des Kopfes. Die Knochen knacken unter meiner Hand. Ich glaube, das war sein Wangenknochen.

Er grunzt Obszönitäten, die ich nicht verstehen kann.

Ich ziehe das Seil fester und knurre ihm ins Ohr, „Game Over."

„Ich werde dich töten, du verdammter Verräter", sagt er, seine Stimme gedämpft.

Ich halte ihm meine Waffe an die Schläfe und sage spöttisch, „Versuch's doch, du Stück Scheiße."

Gianni legt seine Hand auf meine und schüttelt den Kopf.

Ich halte die Glock auf seinen Schädel gerichtet und bin mehr dazu verleitet abzudrücken als je zuvor. Doch ich weiß, dass ich ihn nicht töten kann. Er hat Pina entführt und wer weiß schon was er mit ihr angestellt hat, was bedeutet, dass sein Schicksal in Tristanos Händen liegt.

Der SUV überholt einen LKW und wir werden ausgehupt.

„Mein Vater wird dich niemals am Leben lassen", warnt Biagio.

Ich hebe erneut meine Pistole und ziehe sie ihm so fest über den Kopf, dass er ohnmächtig wird. Sein Kopf neigt sich zur Seite und fällt dann nach vorne.

„Willst du Tristano verärgern?", fragt Massimo.

Ich antworte nicht. Ich lehne mich zurück und starre aus dem Fenster.

In einem Punkt hat Biagio recht. Jahrzehnte der Täuschung haben jetzt ein Ende. Meine Tarnung ist aufgeflogen, und es gibt keinen Weg zurück.

Jacopo wird mich mit allem, was in seiner Macht steht, jagen lassen. Ich bin am Arsch.

An Jacopo heranzukommen, wird fast unmöglich sein. Solange er nicht tot ist, genau wie all seine Topleute, kann ich mich nicht frei auf der Straße bewegen.

Ich kann auf keinen Fall in Chanels Nähe kommen.

Mein Herz sinkt und schmerzt so heftig, dass ich nach Luft schnappen muss.

Die Sache ist noch lange nicht ausgestanden.

22

Chanel
Zwei Monate später

„Das ist gerade erst reingekommen", zwitschert die Verkäuferin.

Ich begutachte das schwarze Cocktailkleid erneut und gebe zu, „Es ist wirklich hübsch."

Ihre Augen leuchten auf. „Ja, das ist von einem neuen Designer aus Frankreich."

Meine Lippen zucken. „Kein Wunder, dass es mir gefällt."

„Ah! Ich dachte mir schon, ich hätte einen Akzent gehört. Sind Sie aus Frankreich?"

„Vor langer, langer Zeit einmal."

„Möchten Sie, dass ich Ihnen eine Umkleidekabine vorbereite?", fragt sie.

Ich schüttle den Kopf. „Nein, das wird nicht nötig sein. Meine Tochter und meine Freundin haben die größte für sich beansprucht, die Sie haben. Ich schlüpfe einfach dazu."

Sie lächelt noch breiter und sagt, „Ich weiß, von wem Sie sprechen. Ihre Tochter ist sehr schön. Wie alt ist sie?"

„Danke. In ein paar Monaten wird sie fünfzehn", bestätige ich mit einem Anflug von Traurigkeit. Ehe ich mich versehe, wird Zara aus dem Haus sein. Ihre Kindheit ist viel zu schnell vergangen.

„Ich hätte sie auf mindestens siebzehn geschätzt", sagt die Verkäuferin.

Meine Brust spannt sich. „Ja. Sie kommt nach mir. Ich war auch ziemlich frühreif."

„Nun, sie ist wunderschön. Ich werde in ein paar Minuten nach Ihnen schauen, um zu sehen, ob Sie etwas brauchen", sagt sie.

„Toll, danke", antworte ich.

Dann konzentriert sie sich auf eine andere Frau.

Auf dem Weg zu den Umkleidekabinen ziehe ich zwei weitere Kleider von ihren Hängern und durchstöbere die Auswahl an High Heels, bevor ich zu meinen Mädels gehe. Seit Pinas Rückkehr verspüre ich nichts als Glück und Freude.

Seit man die Medikamente abgesetzt hat, die Biagio ihr aufzwang, hat sie all ihre Erinnerungen zurückerlangt. Tristano hat ihr einen Heiratsantrag gemacht, und wir kaufen gerade unsere Outfits für das Probeessen.

Ich warte darauf, dass Luca auftaucht, aber dann erinnere ich mich daran, dass er nicht weiß, wo ich bin.

Nach reiflicher Überlegung, habe ich beschlossen, nicht wieder in den Club zurückzukehren. Es ist egal, wie sehr ich mich im Laufe der Jahre nach ihm gesehnt habe, ich kann mich nicht weiter in gefährliche Situationen begeben, um ihn zu sehen. Er hat mir versprochen, dass er Pina finden würde. Aber er hat es nie getan. Monate vergingen, und er tat nichts. Ich danke Gott täglich, dass Tristano sie gerettet hat.

Ich habe ihn also nicht mehr gesehen, seit ich ihn in jener Nacht im Penthouse aufgesucht habe. Es gibt Tage, an denen es mich alles kostet, nicht zurückzukehren, nur um ihn zur Rede zu stellen. Wenn er mich wirklich geliebt hätte, dann hätte er sie gerettet.

Er würde nicht die Drecksarbeit der Abruzzos erledigen.

Ich wünschte, ich könnte sagen, dass ich keine Gefühle mehr für ihn habe, aber das wäre gelogen. Doch ich habe mich gebessert – jedes Mal, wenn sie aufflammen, unterdrücke ich sie. Was die Abruzzos Pina angetan haben, hat bewiesen, wie abscheulich sie sind, und das gilt auch für Luca.

Als Pina zurückkam, hatte sie so viel Gewicht verloren, dass sie bis auf die Knochen abgemagert war. Sie haben sie ausgehungert. Es sind seither einige Monate vergangen, und sie fängt endlich an, ihre üblichen Kurven wiederzuerlangen.

Ich werde Luca nie verzeihen, dass er das zugelassen hat.

Ich will gerade in die Umkleidekabine treten, als Zara angewidert aufstöhnt.

Überrascht erstarre ich und lausche, denn ich kann mir nicht helfen.

„Ich habe dein Muttermal immer geliebt“, sagt Pina.

Ein Hauch von Wut schwingt in Zaras Stimme mit, als sie zugibt, „Ich hasse es."

Meine Brust zieht sich zusammen. Das hat sie noch nie gesagt, mir gegenüber zumindest nicht. Fast lasse ich mich dazu verleiten, hineinzustürmen, aber ich halte den Atem an und bleibe an Ort und Stelle.

Seit Pinas Rettung ist mein Verhältnis zu Zara wieder ganz beim Alten. Sie benimmt sich nicht mehr wie ein übermütiges Kleinkind und fragt nicht mehr nach einer Kreditkarte oder einem Tattoo. Wir haben viel Zeit miteinander verbracht – so wie früher, als sie noch klein war. Ich habe jede Minute davon genossen. Endlich war es zu Hause wieder ruhig und friedlich, und ganz ohne Streitereien.

„Es ist hässlich", sagt Zara genervt.

„Wovon redest du? Das gibt dir Charakter. Außerdem, wer möchte nicht einen Schutzengel haben, der ständig auf ihn aufpasst?", fügt Pina hinzu.

„Es ist nur eine ständige Erinnerung", antwortet Zara leise.

Mein Puls schnellt in die Höhe und mein Herz schmerzt.

„Eine Erinnerung an was?", fragt Pina.

„Meine Mom hat es dir nicht gesagt, oder?", erwidert Zara.

„Was meinst du?", sagt Pina überrascht.

„Das Einzige, was mir meine Mom je über meinen Vater erzählt hat, ist, dass er gefährlich ist und genau das gleiche Muttermal hat wie ich. An der gleichen Stelle", lässt Zara sie wissen.

Ich kneife meine Augen zu und halte mich am Rahmen der Umkleidekabine fest.

„Also möchte ich mir ein Tattoo stechen lassen, um es zu verdecken“, platzt Zara heraus.

„Aber es ist wunderschön und einzigartig“, argumentiert Pina bestürzt.

Zaras Stimme ist von Schmerz erfüllt, als sie erwidert, „Ich bin es leid, immer wieder daran erinnert zu werden, dass ich keinen Vater habe. Mit jedem Tag, der vergeht, wird meine Mom noch entschlossener, mir zu verheimlichen, wer er ist.“

Einen Moment lang herrscht Stille. Schuldgefühle überfluten mich.

„Ich werde also nie die Wahrheit erfahren. Deshalb möchte ich es lieber verdecken. Dann muss ich nicht jeden Tag in den Spiegel starren und daran erinnert werden, dass er immer ein Fremder sein wird“, fügt Zara hinzu.

„Oh, Süße“, sagt Pina mitfühlend.

„Wenn er so gefährlich ist, dann muss er ein schlechter Mensch sein. Was macht das aus mir?“, fragt Zara.

Mein Atem stockt. Ich wusste nicht, dass Zara so empfindet. Ich hasse es, dass ich ihr das angetan habe. Es tut mir in der Seele weh, dass ich ihr nicht sagen kann, wer ihr Vater ist, besonders da ich mit einem so liebevollen Vater aufgewachsen bin.

Sie hat ein solch inniges Verhältnis zu ihrem Dad verdient.

Ich glaube immer noch nicht, dass Luca ihr je etwas antun würde, aber ich kann ihm nicht vertrauen. Die Abruzzos hätten Pina fast umgebracht, und er hat nichts getan, um sie zu retten.

Er ist ein Monster, und ich muss mir die Wahrheit immer wieder ins Gedächtnis rufen.

„Ich glaube, du betrachtest das Ganze aus der falschen Perspektive. Vielleicht ist er nur in einige Dinge verwickelt, die er nicht tun sollte. Was wäre, wenn das Muttermal bedeutet, dass er auf dich aufpasst?"

Zara klingt verzweifelt, als sie Pina anfleht, „Tante Pina! Weißt du, wer er ist? Wenn ja, dann sag es mir bitte einfach. Bitte!"

Pinas lauter Seufzer dringt an meine Ohren. „Es tut mir leid, Süße. Ich weiß es nicht. Deine Mom hat mir nie etwas über ihn erzählt. Sie hat seine Identität keinem anvertraut, also muss sie ihre Gründe haben."

„Ich habe es so satt zu hören, dass sie ihre Gründe hatte", sagt Zara.

„Da bin ich mir sicher. Aber ich nehme an, dass es auch für sie nicht einfach ist", sagt Pina.

„Bitte nimm sie in dieser Sache nicht in Schutz", faucht Zara.

Gespannte Stille liegt in der Luft.

„Ich hoffe, du lässt es nicht verdecken, denn ich liebe es. Ich denke, es ist ein Teil von dir. Es macht dich zu dem, was du bist", sagt Pina schließlich.

„Sobald ich es bezahlen kann, lasse ich mir ein Tattoo stechen. Ich muss warten, bis ich achtzehn bin, aber dann werde ich es tun", sagt sie.

Ich schlucke den Kloß in meinem Hals hinunter.

War es unfair von mir, ihr das Tattoo zu verweigern?

Warum hat sie mir das nie gesagt?

„Ich mache dir jetzt den Reißverschluss zu", sagt Pina, um vom Thema abzulenken.

Das Ratschen des Reißverschlusses dringt an meine Ohren. Ich atme tief durch, um mich wieder unter Kontrolle zu bekommen. Konnten sie die Schuldgefühle spüren, die meine Haut unangenehm kribbeln ließen oder meine Traurigkeit, wegen der mein Herz weint?

„Oh, wow! Zara! Das steht dir fantastisch", ruft Pina plötzlich.

„Ich liebe es", sagt sie.

„Du musst dieses Kleid unbedingt kaufen", antwortet Pina.

Zara stöhnt. „Meine Mom wird mich das nicht tragen lassen. Du weißt doch, wie sie ist."

„Ja, aber es ist ein besonderer Anlass. Und es ist meine Party, also lass mich mit deiner Mom reden", zwitschert meine beste Freundin.

Ich verdrehe die Augen, klopfe an die Tür und rufe, „Wozu will Pina mich denn überreden?"

Die Tür geht auf, und mein Herz setzt einen Schlag aus. Zara trägt ein pinkfarbenes Minikleid. Es ist schulterfrei und kürzer, als ich es mir wünschen würde, und es passt ihr wie angegossen.

Mein kleines Mädchen existiert nicht mehr. Sie wird eine junge Frau, und das macht mir mehr Angst, als ich je erwartet hätte.

„Sie sieht toll aus, nicht wahr?", fragt Pina.

Ich möchte sie umbringen. Was denkt sie sich dabei, ihr zu sagen, dass sie so etwas tragen kann? Es ist zu kurz. Sie wird mich wieder für den Bösewicht halten, wenn ich ihr verbiete es zu tragen.

„Du siehst gut aus, Zara, aber ich glaube, wir brauchen etwas, das etwas länger ist", sage ich vorsichtig.

„Siehst du, ich habe es dir gesagt", sagt Zara frustriert und wendet sich Pina zu.

Sie stemmt ihre Hand in ihre Hüfte. „Komm schon, Chanel. Ich bin mir sicher, dass du in ihrem Alter auch solche Sachen getragen hast."

Ich lache amüsiert. „Mein Vater hätte mich in meinem Zimmer eingesperrt."

„Wir sind nicht mehr in den 1950er Jahren, Mom", sagt Zara.

„Ich bin nicht in den 50er Jahren geboren, vielen Dank!", erkläre ich angefressen.

„Mir doch egal", murmelt Zara und verdreht die Augen. Sie dreht sich um. „Kannst du mir den Reißverschluss aufmachen, Tante Pina? Ich habe dir doch gesagt, dass sie mich das nicht tragen lässt."

Pina zieht die Augenbrauen hoch.

Mein Bauchgefühl sagt mir, dass ich Zara diese Entscheidung treffen lassen muss. „Dreh dich um", sage ich ernst.

„Warum?", fragt sie störrisch.

„Tu es einfach." Ich wedle meinen Zeigefinger im Kreis.

Zara gehorcht und ich erkenne die Hoffnung, die in ihren Augen schimmert. Ich bringe es nicht übers Herz, ihr das zu verbieten. Sie hat schon genug zu verarbeiten.

Ich betrachte sie in ihrem Kleid.

„Okay, wir machen den Test. Zara, setz dich hin", ruft Pina plötzlich.

„Warum?"

„Wir müssen den Perverslings-Test machen", verkündet Pina.

Zara verzieht das Gesicht. „Igitt! Was ist das?“

„Setz dich“, wiederholt Pina etwas strenger.

Zara wirft ihr einen skeptischen Blick zu, aber sie setzt sich.

„Überschlag deine Beine“, befiehlt Pina.

Zara folgt ihren Anweisungen.

Pina und ich starren auf ihren Unterkörper.

„Okay, ihr zwei macht mir echt Angst“, platzt Zara plötzlich heraus.

Pina dreht sich zu mir um. „Man kann nicht einmal etwas sehen. Sie hat einfach nur endlos lange Beine.“

Ich lache unentschieden. „Nur endlos lange Beine?“ Der Gedanke, dass irgendjemand meine Tochter ansieht, beunruhigt mich.

Zu meiner Überraschung sagt Zara nichts. Früher hätte sie sich mit mir gestritten. Aber das ist nur ein weiteres Zeichen dafür, dass sich einige Dinge geändert haben. Ich weiß nicht, wie lange sie so bleiben werden, aber ich betrachte es als Gewinn.

Und ich muss ihr auch ihre Siege gönnen.

Zara legt den Kopf schief. „Mom, warum mache ich das, wenn du mir nicht erlaubst, es zu kaufen?“

Ich gebe nach. „Du kannst es kaufen.“

Zaras Augen weiten sich in Unglauben. „Wirklich?“

„Ja, dieses eine Mal. Gewöhne dich nicht daran und mach mir bei zukünftigen Shoppingtrips das Leben nicht schwer“, warne ich.

„Das werde ich nicht!“ Zara springt auf und wirft ihre Arme um mich. „Danke, Mom. Ich liebe es.“

Ich drücke sie fest an mich. „Du siehst wirklich gut aus. Aber im Ernst, Zara. Ich will nicht, dass du so kurze Kleider trägst. Das ist eine einmalige Sache, okay?“

„Okay, danke!“ Zaras Handy summt. Sie zieht es aus ihrer Jeanstasche und wirft einen Blick darauf. Sie beißt sich auf die Lippe und sieht mich an.

„Was?“

„Grace und ihre Cousine Amy sind hier“, sagt Zara.

„Und?“, frage ich.

„Sie wollen ins Kino gehen. Kann ich mit ihnen gehen? Sie sind nur einen Block entfernt“, sagt sie.

„Du willst uns coole Leute im Stich lassen?“, neckt Pina sie gespielt entrüstet.

Zara schneidet eine Grimasse. „Es tut mir leid. Wirst du böse auf mich sein?“

„Nein, natürlich nicht, Süße.“ Pina umarmt sie.

„Darf ich gehen, Mom?“, fragt Zara erneut.

„Du kannst gehen, aber ich schreibe meinem Fahrer. Er wird dich hinbringen und fährt dich wieder nach Hause. Keine Ausnahmen“, sage ich. Seit Pinas Entführung will ich Zara nicht aus den Augen lassen und passe besonders gut auf sie auf. Das habe ich früher nie getan, aber jetzt fühlt sich alles so zerbrechlich an. Und ich glaube, sie fühlt sich auch wohler, zusätzliche Sicherheit zu haben.

Sie widerspricht nicht. „Okay. Danke!“ Sie schreibt ihren Freundinnen zurück und sagt, „Sie sind zwei Läden weiter.“

„Du bleibst bitte hier, bis der Fahrer vorfährt", sage ich streng.

„Das werde ich!" Zara umarmt mich. Ich mache ihr den Reißverschluss auf, sie zieht ihre Jeans und ihr T-Shirt an und hüpft aus der Umkleidekabine.

Pina lächelt. „Gute Entscheidung, Chanel. Das Kleid steht ihr wirklich gut, und etwas Zeit mit ihren Freundinnen wird ihr guttun."

„Das Kleid wird mich in ein frühes Grab bringen", antworte ich, aber ich bin nicht verärgert.

Pina lächelt. „Gut. Willst du die anprobieren?" Sie zeigt auf meine Kleider.

„Ja." Ich probiere das schwarze Kleid an und es gefällt mir, also ziehe ich mich wieder an und wir bezahlen für unsere Einkäufe.

„Wollen wir einen Kaffee trinken gehen?", fragt sie, als alles abgewickelt ist.

„Das wäre toll", sage ich. Wir warten mit Zara und ihren Freundinnen auf den Fahrer, und sobald sie sicher im Auto sitzen, gehen Pina und ich die Straße hinunter zu einem Café.

Ich bestelle einen Milchkaffee und sie einen Cappuccino, dann setzen wir uns mit unseren Getränken an einen Tisch, der weit weg von allen anderen steht. „Und, wie geht es dir?", frage ich sie.

Pina wirft mir einen verärgerten Blick zu. „Willst du mich das jetzt jedes Mal fragen, wenn du mich siehst? Ich habe dir doch schon gesagt, dass es mir wieder gut geht."

Ich schneide eine Grimasse. „Tut mir leid. Aber du weißt, dass ich mir Sorgen mache. Du hast eine Menge durchgemacht. Und ich hatte noch nie so viel Angst, wie als du weg warst."

Dunkelheit füllt ihre Züge, aber sie mildert ihren Tonfall. „Ging mir genauso." Sie schaut aus dem Fenster.

Ich lege meine Hand auf ihre. „Bist du sicher, dass es dir gut geht?"

Sie setzt ein tapferes Gesicht auf. „Ja, das bin ich. Lass uns das Thema wechseln."

„Okay", stimme ich zu.

„Lass uns über etwas reden, das mich schon eine Weile beschäftigt."

„Und das wäre …?", frage ich, aber mein Bauchgefühl sagt mir, dass ich diese Frage noch bereuen werde.

Ihre Miene ist ernst. Sie legt ihre Hand auf die meine und betrachtet mich einen Moment lang eingehend.

Ich rutsche unruhig hin und her. „Was?"

„Meinst du nicht auch, dass es an der Zeit ist, dass du Zara ein bisschen mehr über ihren Vater erzählst?", platzt sie heraus.

„Nein", sage ich in der festen Überzeugung, dass ich in dieser Situation die beste Entscheidung getroffen habe.

Pina schüttelt enttäuscht den Kopf.

„Sieh mich nicht so an", schimpfe ich.

„Es hat einen großen Einfluss auf ihr Leben, Chanel. Sie hat ein Recht darauf, etwas über ihren Vater zu erfahren", sagt Pina.

„Es gibt nichts, was ich ihr sagen kann", behaupte ich und nehme einen Schluck von meinem heißen Getränk.

„Na gut. Dann sag wenigstens mir, wer es ist", befiehlt Pina.

„Du weißt, dass ich das nicht tun werde“, schimpfe ich, verärgert, dass sie darauf drängt, obwohl wir diese Diskussion schon viel zu oft geführt haben.

„Warum nicht?“, drängt sie.

„Müssen wir das wirklich noch einmal durchgehen?“, rufe ich wütend.

Sie seufzt und hebt beschwichtigend die Hände in die Luft. „Hör zu, ich will damit nur sagen–“

„Es geht dich nichts an. Halt dich da raus“, warne ich sie.

„Ich bin deine beste Freundin. Wir haben alles zusammen durchgemacht. In den letzten Monaten hast du verlangt, dass ich dir alles erzähle, was ich durchgemacht habe, und das wollte ich nicht. Aber ich habe es getan. Ich denke, du bist es mir schuldig, mir zu sagen, wer es ist“, behauptet sie.

Mein Inneres bebt. Ich schließe die Augen und schwöre, „Ich kann nicht. Ich werde seine Identität mit ins Grab nehmen.“

Gespannte Stille liegt in der Luft und ich konzentriere mich auf mein Getränk.

„Chanel, ich weiß, es ist schwer.“

„Nein, das weißt du nicht.“

„Dann kläre mich auf. Erklär mir, warum du es niemandem sagen kannst“, fleht Pina.

„Er ist gefährlich“, sage ich.

„Das ist keine akzeptable Antwort, und das weißt du“, wirft sie ein.

Ich kann es nicht mehr ertragen. All die Jahre, in denen ich seine Identität verheimlicht habe, erdrücken mich. Es ist zu viel, um es allein zu ertragen. Eine Träne rinnt über meine Wange.

Pina schiebt ihren Stuhl neben meinen und legt ihren Arm um meine Schulter. „Du weißt, dass ich niemandem etwas verraten werde, aber du kannst das nicht ewig für dich behalten", sagt sie sanft.

„Das muss ich aber", sage ich, aber die Last fühlt sich schwerer an als je zuvor.

„Warum ist er so gefährlich? Sag mir nur das und ich lasse es auf sich beruhen", verspricht sie.

Ich blicke an die Decke und atme tief durch.

„Chanel."

Ich schaue ihr in die Augen. „Was, wenn ich dir sagen würde, dass ich zu ihm gegangen bin und ihn angefleht habe, dich zu finden, und er hat es nicht getan?"

Die Farbe schwindet aus ihren Wangen. „Wovon redest du?"

Scham erfüllt mich. Ich hätte nie mit einem Abruzzo schlafen dürfen. Aber er hat mir meine Tochter gegeben, also kann ich unsere Bekanntschaft nicht komplett bedauern. Es irgendjemandem gegenüber zuzugeben, vor allem Pina, nach dem, was sie ihr angetan haben, ist allerdings schmerzhafter, als ich es mir je vorgestellt habe.

Sie lässt ihren Blick durch das Café schweifen. Wir sind weiterhin die einzigen Personen, die in der etwas versteckten, hinteren Ecke sitzen. Verwirrung und Angst stehen ihr ins Gesicht geschrieben. Vorsichtig fragt sie, „Was willst du damit sagen, Chanel?"

Meine Augen füllen sich mit weiteren Tränen, die überzulaufen drohen. Meine Gefühle überwältigen mich.

Sie zieht mich fester in ihre Arme und drängt, „Sag es mir."

Ich gebe nach. „Er ... er ist einer von *ihnen*."

Schock steht ihr ins Gesicht geschrieben. Sie schluckt schwer und fragt schließlich, „Ein Abruzzo?"

Ich kneife die Augen zusammen, während mir heiße Tränen über die Wangen laufen.

„Oh mein Gott", murmelt sie.

„Ich wusste es nicht, bis ich mit ihm zusammen war. Du musst mir glauben!", flehe ich.

„Natürlich glaube ich dir. Weiß ... weiß er von Zara?"

„Gott nein! Und er darf es nie erfahren!"

Sie nickt. „Natürlich."

„Verstehst du jetzt, warum keiner jemals etwas erfahren darf?"

Ein wissender Blick, den nur jemand zeigen kann, der etwas so Schreckliches erlebt hat, dass er die Auswirkungen voll und ganz versteht, füllt ihre Augen. „Ja."

„Würdest du deiner Tochter von ihm erzählen?", frage ich heiser.

Sie zögert nicht. „Nein."

Ich hebe mein Kinn und wische mir die Tränen weg. „Sie darf es nie erfahren, Pina", sage ich, und sehe ihr tief in die Augen.

Pina atmet tief durch. „Ja. Ich bin der gleichen Meinung. Du hast das Richtige getan. Sag es ihr nie."

23

Luca

Ich schiebe den Schlüssel ins Schlüsselloch der Gassentür und nehme die Treppe zwei Stufen auf einmal. Es ist ein langer Weg bis nach oben. Brody wohnt im Penthouse, aber ich kann nicht riskieren, im Fahrstuhl oder anderswo in diesem Gebäude gesehen zu werden.

Ich habe mich monatelang versteckt gehalten und bin kaum noch nach draußen gegangen. Aber endlich habe ich einen Plan.

Aus Gewohnheit ziehe ich mein Käppi noch tiefer nach unten in mein Gesicht und steige weiter die Treppe hinauf.

Oben angekommen, laufe ich den Korridor zum Penthouse hinunter. Ich klopfe an die Tür und läute.

Etwas raschelt auf der anderen Seite, dann höre ich Brody befehlen, „Geh ins Schlafzimmer und bleib dort, bis ich dir sage, dass du rauskommen kannst."

„Wer ist da?“, fragt eine Frauenstimme.

„Tu einfach, was ich sage“, fordert Brody.

Ich glaube, ich störe.

Tja. Pech gehabt.

Es vergehen einige Minuten, bis Brody die Tür öffnet. „Was machst du hier?“, fragt er.

„Wir müssen reden“, flüstere ich.

„Hat dir schon mal jemand gesagt, dass du vorher anrufen sollst?“, faucht er.

Ich schniefe heftig und starre ihn stumm an.

Er grunzt, dann tritt er in den Korridor. Er schließt die Tür, drängt mich in eine Ecke und fragt, „Wo hast du dich die ganze Zeit versteckt?“

„Spielt das eine Rolle?“, antworte ich.

Er mustert mich und sagt dann, „Nein, wahrscheinlich nicht. Wie bist du hier hochgekommen?“

Ein Moment der Stille vergeht. Ich kenne einen seiner Sicherheitsleute, der mir einen Schlüssel fürs Treppenhaus besorgt hat, aber ich werde ihn nicht verpfeifen.

Brody schüttelt den Kopf, sauer, dass jemand für ihn arbeitet, der mir gegenüber loyaler ist als ihm. „Du weckst gerade den Wunsch in mir, meine Männer zu verhören.“

Ich ignoriere seinen Kommentar und platze heraus, „Ich muss Jacopo und seine Lakaien töten. Es muss endlich ein Ende nehmen.“

Er nickt. „Ich stimme zu. Aber wieso bist du dann hier?“

Ich schlucke meinen Stolz hinunter und gebe zu, „Ich brauche deine Hilfe."

Erstaunt sieht er mich an. „Warum meine?"

„Ich habe nicht deine Fähigkeiten", antworte ich vorsichtig.

„Was willst du damit sagen?"

Ich schaue mich um und versichere mich, dass wir nicht belauscht werden. Es ist sicher. Die Frau in seinem Penthouse kann bestimmt nichts hören, aber ich spreche trotzdem so leise wie möglich. „Als du in Irland warst, hattest du Zugang zu Bomben, oder?"

Seine Augen verengen sich zu Schlitzen. „Natürlich hatte ich das. Worauf willst du hinaus, Luca?"

Ich atme tief durch und sage, „Jacopo und seine Berater treffen sich in einer Woche im Westflügel seines Anwesens."

„Und?", fragt Brody.

Eine Gänsehaut macht sich auf meiner Haut breit. „Du musst den Laden für mich in die Luft jagen."

Brodys Augen weiten sich. Mein Puls steigt, während wir uns anstarren. „Nun, du hattest genug Zeit, dir ein paar extreme Maßnahmen auszudenken, während du untergetaucht warst, nicht wahr?"

„Es gibt keinen anderen Weg. Mein Leben ist seit Jahrzehnten ein einziges Affentheater. Jedes Mal, wenn ich diesen Wichser töten wollte, ist etwas dazwischengekommen. Und jetzt kann ich keine Ruhe finden, bis er und seine Berater tot sind. Sie müssen *alle* sterben. Kannst du mir dabei helfen, Brody?" Es hört sich verzweifelt an, aber das ist der Punkt, an dem ich angelangt bin. Ich bin in meinem ganzen Leben noch nie so verzweifelt gewesen. Mich zu verstecken, macht mich wahnsinnig. Aber wenn ich mein Gesicht in der Öffentlichkeit zeige, bin ich ein toter Mann.

Brody schweigt.

„Das ist die einzige Möglichkeit, Brody. Es muss enden."

Er atmet aus, kratzt sich am Kopf und fragt, „Warum hat Angelo das nicht mit meinem Vater besprochen?"

Ich lasse die Schultern hängen und antworte, „Du weißt, warum."

Er stöhnt. „Ich wusste, dass du das sagen würdest. Meinem Vater wird das nicht gefallen. Und Angelo auch nicht."

„Das ist mir scheißegal! Die Welt wird ein besserer Ort sein, wenn sie tot sind. Niemand kann das Gegenteil behaupten."

Er hebt beschwichtigend die Hände. „Ich bestreite es nicht. Das Problem ist, dass mein Vater wissen wird, dass meine Brüder oder ich dahinterstecken, wenn die Bude in Flammen aufgeht."

Ich trete näher, knirsche mit den Zähnen und versuche, nicht zu verzweifelt zu klingen. „Hilfst du mir nun oder nicht?"

Er blickt über seine Schulter. Es vergehen einige lange Augenblicke und ich bin kurz davor, mich umzudrehen und zu gehen, bevor er wieder spricht. „Ja, ich werde dir helfen."

„Wirklich?"

„Zwing mich nicht, mich zu wiederholen."

Erleichterung macht sich in mir breit. „Danke. Wie sollen wir das anstellen? Ich habe alles geplant, aber ich habe keine Ahnung, wie wir die Bomben in Jacopos Villa bringen sollen."

Brody grunzt. „Das wird kein Problem sein."

„Warum nicht?", frage ich überrascht.

„Besser, du stellst keine Fragen. Überlass das einfach mir. Wann treffen sie sich?“, erkundigt sich Brody.

„Dienstagnacht. Das Meeting beginnt um acht“, antworte ich.

Brody wackelt auf den Beinen. Seine Augen leuchten mit freudiger Erwartung auf. „Du weißt, dass du das Leben von Frauen und Kinder riskierst, ja?“

Mein Herz klopft schneller. Ich habe es in Betracht gezogen. „Jacopos Treffen mit seinen Beratern finden im Westflügel statt. Dort sind weder Angestellte noch Frauen oder Kinder zugelassen. Sie werden alle auf der anderen Seite des Hauses sein.“

„Dafür gibt es keine Garantien“, warnt Brody.

Ich nicke. „Es gibt keinen anderen Weg. Sie müssen alle sterben. Wir müssen die Abruzzos in Schutt und Asche legen. Der Zweck heiligt die Mittel.“

Er mustert mich, dann nickt er. „Okay. Wir werden es um neun Uhr tun, um sicherzugehen, dass alle Nachzügler weg sind. Ich gebe dir einen Platz in der ersten Reihe, damit du zusehen kannst. Warte auf meine Nachricht. Ich schicke dir die Details, wo wir uns treffen.“

Ich ziehe die Augenbrauen hoch. „Wie willst du das anstellen? Wir dürfen uns nicht in der Nähe des Geländes aufhalten.“

Pure Arroganz leuchtet in Brodys Augen auf. „Ich erledige das schon, Luca. Lern von deinem Meister.“

Ich beschließe, dass es das Beste ist, nicht zu streiten. „In Ordnung.“

„Eine Sache noch“, fügt er hinzu.

Die Haare in meinem Nacken stellen sich auf. „Was?“

„Du schuldest mir danach was“, sagt er.

Mein Magen dreht sich. Darüber war ich mir klar. Trotzdem hasse ich es, einem O'Connor etwas zu schulden. „Du bist genau wie dein Vater", knurre ich.

„Willst du dir jemand anderen suchen, der deine Drecksarbeit erledigt?", fragt er.

„Nein", murre ich.

„Gut. Und jetzt verpiss dich, bevor dich jemand sieht", befiehlt er und kehrt in sein Penthouse zurück.

Ich streife vorsichtig durch das Gebäude. Als ich am Fuß der Treppe ankomme, ziehe ich mein Käppi tiefer ins Gesicht und meine Kapuze darüber. Draußen atme ich die Stadtluft ein, gehe um die Ecke des Gebäudes und überquere die Straße. Ich schlüpfe in den verbeulten Chevy, den ich fahre, seit ich untergetaucht bin.

Ich sollte in das Safe House zurückkehren, das ich seit jener Nacht in New Jersey bewohne. Und doch erfüllt mich so viel Erleichterung, dass ich mir etwas Zeit dafür nehme, darüber nachzudenken, was ich in Gang gesetzt habe.

Es ist endlich so weit.

Eine Million Gedanken schießen mir durch den Kopf. Schließlich starte ich den Motor und will gerade losfahren, als mein Mund trocken wird. Mein Magen dreht sich.

Das kann nicht sein.

Warum ist sie hier?

Ich schaue genauer hin und hoffe, dass ich halluziniere, aber meine Augen täuschen mich nicht.

Alaina O'Leary, Jacks Tochter, der den Clan in Irland anführt und Josephs Bruder ist, tritt aus Brodys Gebäude.

Warum ist Alaina O'Leary hier?

War es ihre Stimme, die ich in Brodys Penthouse gehört habe?

Nein, das kann nicht sein.

Das ist unmöglich.

Sie setzt ihre übergroße Designer-Sonnenbrille auf und schlüpft in einen SUV. Er fährt los.

Ich bin versucht, ihr zu folgen, aber mein Bauchgefühl sagt mir, dass das Risiko zu groß ist. Das Ende ist nah, und ich kann nicht riskieren, gesehen zu werden. Ich bin zwiegespalten. Ein Teil von mir möchte zu Brody zurückkehren und ihn nach ihr fragen, aber ich kann jetzt keinen Staub aufwirbeln. Er ist der Einzige, der das für mich tun würde.

Also verdränge ich Alaina aus meinen Gedanken und beschließe, ihn später nach ihr zu fragen.

Ich fahre in meinen Unterschlupf und verhalte mich eine Woche lang unauffällig. Jeder Tag scheint sich unendlich in die Länge zu ziehen. Mein Interesse an Alaina schwindet nicht. Ich frage mich immer wieder, warum sie dort war oder wie Brody meine Situation lösen wird.

Als der Dienstag endlich anbricht, ist mein Inneres das reinste Chaos. Gegen acht bekomme ich eine Nachricht von Brody.

Brody: *Alles ist bereit. Komm ins Chewys.*

Ich: *Alles klar.*

Warum will er, dass ich ihn dort treffe?

Chewys ist der Name, den die O'Connors dem heruntergekommenen Bürogebäude gaben, das Tully vor kurzem gekauft hat. Es liegt mitten in einem verlassenen Teil der Stadt. Für das bloße Auge sieht es aus wie eine verdammte Bruchbude. Doch der wahre Grund, warum Tully es gekauft hat, ist der Kerker, in dem er Menschen foltert.

Ich steige in meinen Chevy, fahre los und komme zur gleichen Zeit wie Brody an.

Wir gehen hinein, und ich frage, „Warum sind wir hier? Jacopos Villa liegt mindestens fünfundvierzig Minuten entfernt."

Brodys Lippen zucken. „Du weißt schon, dass es im heutigen Zeitalter Technologie gibt?"

„Was zum Teufel soll das bedeuten?", knurre ich nervös.

„Entspann sich", sagt er genervt und seufzt.

Ich atme tief durch, um genau das zu tun. „Gut."

Er schüttelt den Kopf, als sei ich ein Idiot. „Du hast etwas Nachholbedarf. Wir leben immerhin im einundzwanzigsten Jahrhundert, nicht im vergangenen."

„Brody, lass den Scheiß. Warum sind wir hier? Sag mir nicht, dass du deine Meinung geändert hast", warne ich.

Er ruckt den Kopf zurück. „Natürlich habe ich meine Meinung nicht geändert. Wie ich schon sagte, es ist Zeit, sich zurückzulehnen und die Show zu genießen."

Ich schrubbe mir mit der Hand übers Gesicht und verfluche seine Spielchen. „Was soll das heißen?"

Er holt sein Handy aus der Tasche und wischt über den Bildschirm. Dann deutet er mir an, mich an den Schreibtisch zu setzen.

Ich gehorche und er schnappt sich den anderen Stuhl. Er setzt sich neben mich und legt sein Handy auf den Schreibtisch, damit wir beide den Flatscreen sehen können. Er klingt aufgeregt, als er befiehlt, „Warte nur ab." Er tippt auf eine Taste.

Jacopos Anwesen kommt in Sicht. Er drückt ein paar Tasten und die Kamera zoomt auf den Westflügel.

„Woher hast du das?“, frage ich schockiert.

Er grinst. „Was dachtest du denn, wie wir den Laden in die Luft jagen würden?“

Ich zucke mit den Schultern. „Ich bin mir nicht sicher, aber ich nahm an, dass einer deiner Leute die Bomben in seine Villa schmuggeln würde.“

Er lacht heiter. „Das ist was für Amateure, Luca. Glaubst du, ich bin einer?“

Ich lasse mich auf sein Geplänkel ein. „Nein, Brody. Du bist ein Profi. Kannst du mich jetzt bitte aufklären?“

Sein Grinsen wird breiter. „Sagen wir einfach, die O'Connors mögen es, Dinge im militärischen Stil zu erledigen.“

Verwirrt starre ich ihn an.

„Drohnen, Luca“, fügt er hinzu.

„Heilige Scheiße“, murmle ich. Ich wusste, dass die O'Connors seit ihrer Zeit in Irland mit Bomben herumhantieren, doch an Drohnen habe ich nie gedacht.

„Das ist brillant“, gebe ich zu.

Er plustert sich stolz auf. „Ja, ich bin ziemlich brillant.“

„Werde nicht übermütig“, knurre ich.

Er lacht, und wir unterhalten uns, bis es kurz vor neun ist. Kurz vor der vollen Stunde reibt er seine Hände aufgeregt aneinander. „Bist du bereit für die Show?“

Ich bin nervös, aber nicke. „Ja. Ich hoffe nur, dass keine Unschuldigen in der Nähe sind.“

„Zu spät. Darüber kannst du dir jetzt keine Gedanken mehr machen", sagt er.

„Es trifft nur den Westflügel, richtig?", frage ich.

„Ja. Präzision ist mein Ding. Nochmal: Ich bin kein Amateur", prahlt er.

Ausnahmsweise bin ich für seine Fähigkeiten dankbar.

Die Zeit vergeht im Schneckentempo. Mein Magen krampft sich immer weiter zusammen, bis es neun Uhr ist.

Plötzlich explodiert der Flügel, in dem sich Jacopo und seine Berater befinden. Trümmer werden in die Luft geschleudert. Rauchschwaden und Feuer erheben sich gen Himmel. Ich nehme alles in mich auf und ein Schauer läuft mir über den Rücken.

Brody fragt keck, „Gut genug für dich?"

Ich starre ihn schockiert an und murmle, „Es ist vollbracht."

Er scheint unbeeindruckt. „Ja. Sie haben die Explosion auf keinen Fall überlebt. Keine Chance."

Ich werfe einen Blick zurück auf die Rauchwand auf dem Bildschirm. Man kann kaum die Umrisse der zurückgebliebenen Struktur erkennen.

Brody schnappt sich sein Handy vom Schreibtisch und steht auf. „Du solltest dich vielleicht noch ein paar Tage bedeckt halten, bevor du dich langsam wieder ins zivile Leben eingliederst. Aber du schaffst das schon. Es gibt niemanden, der das Zehn-Millionen-Dollar-Kopfgeld bezahlen kann, das Jacopo auf dich ausgesetzt hat."

Ich erhebe mich und schüttle den Schock ab. „Hey, bevor du gehst, muss ich noch etwas mit dir besprechen."

„Gibt es noch etwas anderes, das ich in die Luft jagen soll? Wenn ja, wird der Gefallen, den du mir schuldest, größer ausfallen als gedacht." Er grinst wie ein Verrückter.

Ich ignoriere seine Bemerkung und platze heraus, „Warum kam Alaina O'Leary aus deinem Gebäude?"

Die Farbe weicht aus seinem Gesicht. Er versucht, sein Unbehagen und seine Überraschung zu verbergen, aber mir entgeht nichts. „Ich weiß nicht, wovon du sprichst."

Aber er tut es. Ich weiß, dass er es tut. „Lüg mich nicht an. Alaina O'Leary verließ dein Gebäude am selben Tag, an dem ich bei dir war. Nicht lange, nachdem ich gegangen bin."

Sein Blick wird starr. „Ich verstehe nicht, was du damit sagen willst. Wenn ein O'Leary auf meinem Grund und Boden gewesen wäre, würden sie das Gebäude nicht lebend verlassen."

„Wenn zwischen dir und Alaina etwas läuft …"

„Beschuldigst du mich gerade wirklich einer Beziehung mit einer O'Leary?", knurrt er.

Ich versuche, ihn anders zu erreichen. „Von allen weiß ich wahrscheinlich am besten, dass die Dinge nicht immer so sind, wie sie scheinen."

„Mir ist nicht bekannt, dass sich Alaina O'Leary in der Nähe meines Gebäudes aufgehalten hat, aber ich werde mich darum kümmern. Sonst noch etwas?", sagt er kalt.

Ich beschließe, es erst einmal auf sich beruhen zu lassen. Irgendwann werde ich schon herausfinden, ob Brody etwas mit Alaina am Laufen hat oder nicht. „Nein. Danke nochmal für deine Hilfe."

„Super. Bis später", antwortet er und flüchtet zu seinem Auto. Er fährt mit quietschenden Reifen vom Parkplatz und ich mache mich auf den Weg zum Safe House.

Nur wenige Minuten nach meiner Ankunft erhalte ich eine Nachricht.

BOSS: *Komm sofort hierher.*

Ich: *Bin schon unterwegs.*

Meine Brust spannt sich. Mein Handeln wird Konsequenzen haben. Ich wusste es, bevor ich mit Brody gesprochen habe.

Als ich ankomme, stöhne ich innerlich auf. Angelo und Tully, und all ihre Söhne, sind in seinem Büro. Sie stehen mit verschränkten Armen und verhärteten Mienen vor mir.

Tully stößt einen Lungenzug Rauch aus und sagt todstill, „Welcher meiner Söhne hat dir geholfen?"

Ich stelle mich dumm. „Wobei?"

Er tritt näher und droht, „Fordere mich nicht heraus, Luca."

„Kann mich jemand aufklären, was hier los ist?", sage ich, zücke einen Joint und zünde ihn an.

Angelo schnappt mir den Joint aus den Händen und drückt ihn in einem Aschenbecher aus. Er zeigt mir ins Gesicht und fragt, „Wer hat dir geholfen, Jacopos Anwesen zu sprengen?"

Ich versuche, überrascht dreinzublicken und grunze. „Du weißt genau, dass ich keine Ahnung von Bomben habe. Aber ist der Wichser tot?"

Tristano antwortet, „Ja. Und alle seine Top-Berater."

Ich nicke. „Gut. Ich kann nicht behaupten, dass es mich betrübt."

Tullys Blick verdunkelt sich. „Hast du überhaupt eine Ahnung, was du getan hast?“

Ich werfe meine Hände in die Luft. „Ich habe nichts getan. Bomben sind nicht mein Metier.“

„Ich will sofort wissen, wer es war!“, explodiert Tully plötzlich.

Spannung erfüllt den Raum. Er betrachtet jeden seiner Söhne. Sie stehen alle erhobenen Hauptes da, ohne mit der Wimper zu zucken. Er stürzt sich auf mich, packt mich am Oberteil, und Spucke fliegt aus seinem Mund, als er fragt, „Wer hat dir geholfen?“

Ich schubse ihn weg. „Fass mich nicht an, verdammt.“

„Wir müssen uns alle beruhigen“, wirft Dante ein.

Angelo wirbelt herum und warnt, „Wage es nicht, die Sache kleinzureden.“

Tristano behauptet, „Ich verstehe nicht, was daran so schlimm sein soll. Diese Wichser mussten alle sterben, besonders nach dem, was sie Pina angetan haben. Warum kümmert euch das überhaupt?“

„Eine Bombe ist kein simpler Schuss aus einer unmarkierten Waffe! Man kann sie nicht vertuschen! Was glaubst du, wen das FBI ins Visier nehmen wird? Wir werden mit diesen Bomben in Verbindung gebracht werden“, faucht Tully.

„Wer hat denn sowas behauptet? Ich bin mir sicher, dass derjenige, der das getan hat, weiß, wie er seinen Arsch retten kann“, sagt Brody.

Tullys Wut wächst und er stößt Brody in die Brust. „Du warst es, nicht wahr?“

Brody behält seinen starren Blick bei und antwortet, „Ich habe nur eine Beobachtung gemacht."

„Verdammt noch mal!", schreit Tully.

Das Verhör zieht sich Stunden hin, aber niemand übernimmt die Verantwortung für den Drohnenangriff und schließlich entlassen Angelo und Tully uns.

Ich verlasse die Villa der Marinos und steige in den Chevy. Dann kehre ich zum ersten Mal seit Monaten ich in mein Penthouse zurück.

Ich bin endlich frei. Nach all diesen Jahrzehnten …

Als ich mein Penthouse betrete, stehe ich noch immer unter Schock. Ich betrachte die Skyline von New York. Ich stehe kurz vor einem Nervenzusammenbruch.

Ich drücke meine Handflächen gegen die Scheibe und schaue mir die geschäftige Stadt genauer an.

Wo lebt meine Stellina?

Wie kann ich sie finden?

Mit jedem Atemzug werde ich meiner Freiheit bewusster und leiste einen neuen Schwur.

Ich *werde* sie finden.

Ich *werde* mir ihre Liebe und ihr Vertrauen zurückverdienen.

Und sie wird ab jetzt für immer meine erste Priorität sein.

24

Chanel
Ein Monat später

„Zara, wir kommen zu spät", rufe ich und stecke meinen Ohrring in mein Ohrläppchen.

„Ich bin noch nicht so weit", ruft sie zurück.

Ich seufze und laufe in ihr Badezimmer. „Hopp, hopp! Sie werden nicht warten, bis …" Ich erstarre.

Zaras verzweifelte Miene intensiviert sich. Sie hat ihr Muttermal mit orangefarbener, viel zu dunkler Foundation verdeckt. Sie sieht mich an und schnappt, „Es sieht schrecklich aus. Ich weiß."

Ich räuspere mich und trete näher. Ich habe sie nie auf ihr Gespräch mit Pina im Laden angesprochen. Es war mir zu beschämend, zuzugeben, dass ich sie belauscht hatte. Außerdem vermeide ich es, das Gespräch auf ihren Vater zu lenken. „Was machst du da?"

„Wonach sieht es denn aus? Ich mache eine Sauerei", faucht sie und versucht, es zu verschmieren.

Ich nehme ihr die Foundation aus der Hand und lese das Label. Der Farbton ist furchtbar. Er hebt sich unvorteilhaft von ihrer cremigen Haut ab, und ich frage mich, wie sie ihn ausgesucht hat. „Süße, das ist nicht dein Farbton. So wirst du mehr Aufmerksamkeit auf dein Muttermal lenken."

Feurige, grüne Augen bohren sich in meine. „Im Laden sah es gut aus, als ich die Foundation auf meinem Handrücken getestet habe."

Ich schnappe mir ein Abschminktuch und frage, „Kann ich dir helfen?"

Sie hat nichts dagegen. Nickt nur und sieht mir ruhig zu, wie ich ihr Kunstwerk wegwische.

Als ich fertig bin, zwitschere ich, „Alles erledigt. Sonntag können wir zu Bloomingdales gehen und den richtigen Farbton besorgen, der zu deinem Hautton passt."

„Wirklich?", fragt sie zögerlich.

„Ja, natürlich. Wenn es das ist, was du willst?", frage ich und wünsche mir, sie würde ihren Schutzengel nicht so sehr hassen.

Tränen füllen ihre Augen. Es bringt mich um, aber sie blinzelt sie weg und antwortet, „Ja. Bitte."

„Super, dann ist es abgemacht." Ich werfe das schmutzige Abschminktuch in den Mülleimer und lege meinen Arm um sie. Wir betrachten unser Spiegelbild. Sie hat ihr pinkfarbenes Kleid an, und ich trage ein schwarzes. „Sieht aus, als hätten wir uns ganz gut herausgeputzt."

Sie strahlt. „Danke, dass ich dieses Kleid kaufen durfte, Mom. Ich weiß es wirklich zu schätzen."

Ich ziehe sie fester an mich und küsse sie auf den Kopf. „Gern geschehen. Du solltest dich allerdings bei deiner Tante Pina bedanken."

Sie lacht. „Ich weiß. Ich sollte öfter mit ihr einkaufen gehen."

Ich stöhne. „Komm nicht auf dumme Gedanken. Wir haben das doch besprochen."

Sie rollt mit den Augen. „Ja, ich erinnere mich."

„Gut. Wir machen uns besser auf den Weg", sage ich.

Wir verlassen die Wohnung, da mein Fahrer bereits unten auf uns wartet. Zara schwärmt die ganze Fahrt lang aufgeregt von der Hochzeit. Morgen ist Pinas großer Tag und Zara redet seit einer Woche von nichts anderem mehr.

Wir fahren vor dem Restaurant vor und ich sehe, es ist bereits voll. Besorgt schaue ich auf meine Uhr und zucke zusammen. „Ups."

„Wir sind spät dran, nicht wahr?", fragt Zara.

Ich steige aus dem Auto und sie folgt mir.

Sie hakt sich bei mir ein und lehnt sich näher heran. „Sollte man nicht immer etwas stilvoll zu spät kommen?"

Ich lache und stimme zu, „Auf jeden Fall."

Sie strahlt. „Das wird ein schönes Wochenende, Mom."

Ich nicke heiter und füge hinzu, „Nein. Es wird ein wirklich *unglaubliches* Wochenende!"

Der Türsteher öffnet uns die Tür, und wir treten ein. Tristanos und Pinas Familie und Freunde sind überall im Restaurant verteilt und ich lasse meinen Blick durch den Raum schweifen.

Wir unterhalten uns mit ein paar Leuten, während wir uns durch die Menge kämpfen, bis wir bei Tristano und Pina ankommen. „Hallo! Tut mir leid, dass wir zu spät kommen", rufe ich schließlich, als wir es geschafft haben.

Pina wirft ihre Arme um mich und küsst mich auf die Wange. Dann macht sie dasselbe bei Zara. Sie tritt strahlend zurück, hält unsere Hände und schwärmt, „Ihr beide seht toll aus!"

„Danke, Tante Pina!", sagt Zara und umarmt Pina erneut. Dann fragt sie, „Wo ist die Toilette? Ich mache mir gleich in die Hose!"

Tristano nickt hinter ihr. „Komm mit, ich zeige es dir." Er führt Zara weg.

„Du siehst umwerfend aus", sage ich.

Pina strahlt wie die Sonne. „Danke."

„Bist du bereit für deinen großen Tag?", frage ich. Ich freue mich für meine beste Freundin, aber ich bin auch ein bisschen eifersüchtig. Als kleines Mädchen habe ich immer davon geträumt zu heiraten. Die Hoffnung, dass das jemals passieren wird, habe ich allerdings aufgegeben. Pinas Strahlen wärmt und bricht mein Herz zur gleichen Zeit.

Sie atmet tief durch und nickt. „So bereit, wie man nur sein kann!"

„Du wirst–"

„Da ist die zukünftige Braut", schallt die Stimme meiner Mutter durch den Raum und wir drehen uns. Mom zieht Pina in ihr Arme und mein Vater zieht mich in eine Umarmung. Dann wechseln sie die Plätze. Wir umarmen uns alle, und Zara kommt zurück.

„Ma choupinette!“, ruft Dad, ergreift ihre Hände und hält sie zu beiden Seiten von sich. Er wirft einen Blick auf ihr Kleid und sieht mich dann an.

Oh nein. Er wird etwas über die Länge sagen.

„Sieht Zara nicht toll aus?“, wirft Pina plötzlich ein.

„Natürlich“, sagt Mom und schiebt meinen Vater aus dem Weg, bevor er etwas sagen kann. Sie umarmt Zara und küsst sie auf die Wange. „Du wirst zu schnell erwachsen.“

„Ich bin fast fünfzehn“, beschwert sich Zara gespielt.

„Genau das meine ich“, sagt Mom.

Zara rollt mit den Augen, aber sie lächelt.

In der nächsten halben Stunde bewegen wir uns durch den Raum und sprechen mit fast allen Gästen.

Der DJ lässt die Musik verklingen, hebt das Mikrofon und verkündet, „Wenn alle Platz nehmen könnten, es ist Zeit fürs Abendessen.“

„Das ist mein Stichwort. Du sitzt da drüben, Süße“, sage ich zu Zara und zeige auf ihren Tisch in der Mitte des Raumes. Pina hat entschieden, dass nur Massimo und ich an ihrem Tisch essen werden. Der Rest der Hochzeitsgesellschaft ist im ganzen Raum verstreut.

„Ich muss schon wieder auf die Toilette. Ich muss aufhören, dieses Zeug zu trinken.“

Ich nehme das Glas und rieche daran, dann nippe ich an dem Getränk.

Sie stöhnt. „Mom! Es ist nichts Schlimmes darin.“

„Hey, du kannst es mir nicht verdenken, zu checken“, sage ich.

Sie schüttelt den Kopf und geht auf die Toilette.

Ich setze mich an den Tisch des Brautpaares, zwischen Pina und Massimo. Er beugt sich vor und fragt, „Hast du deine Rede schon fertig geschrieben?

„Ich brauche sie nicht aufzuschreiben. Ich habe alles im Kopf", prahle ich.

„Wirklich?"

„Ja."

„Hmm. Mal sehen, wer besser im Reden schwingen ist", fordert er.

„Hast du deine aufgeschrieben?", frage ich neugierig.

„Nein."

„Dann viel Erfolg", sage ich kämpferisch, als der Kellner uns die Champagnerflöten reicht.

Massimo steht auf und macht alle im Restaurant auf uns aufmerksam. Schließlich wird es still im Raum, und er lächelt Pina an und ruft, „Pina, Pina, Pina."

„Massimo, Massimo, Massimo", zwitschert sie zurück.

„Sollen wir ihnen alle unsere Geheimnisse verraten?", fragt er.

Sie wölbt ihre Augenbrauen.

Tristano grinst und zieht sie näher an sich heran.

„Vielleicht sollten wir über die Malediven reden", schlägt Massimo vor.

„Oh Gott", murmelt sie.

Ich erhebe mich und trete neben ihn, ergreife das Mikrofon und werfe ein, „Da ich die Braut am besten kenne, denke ich, es ist an der Zeit, die schmutzigen Details auszupacken."

Pina bedeckt ihr Gesicht und stöhnt, aber sie lächelt.

Dante ruft, „Ich glaube, ich kenne sie besser, Chanel."

„Rede dir das nur ein", zwitschere ich.

Massimos Augen leuchten vor Schalk. „Erzähl uns mehr."

„Oh nein", murmelt Pina und schüttelt den Kopf.

Ich strahle sie an. „Keine Sorge, liebe Freundin. Ich werde die peinlichen Sachen für mich behalten. Na gut, zumindest die meisten."

„Chanel", tadelt Pina gutmütig und lacht.

Tristano legt seinen Arm um sie und küsst sie auf die Wange. Sie schmiegt sich enger an ihn.

„Erzähl mal, Chanel", stachelt Massimo mich an.

„Ich habe lange darüber nachgedacht, was ich sagen soll. Ich denke, wir sollten über den Tag sprechen, an dem ..." Ich erstarre und lasse das Mikro fallen. Meine Knie beginnen zu beben, und ich umklammere Massimos Arm, um mich zu stützen.

Zara hat an ihrem Tisch Platz genommen und Luca hat sich neben sie gestellt. Mein größte Angst wird wahr.

Massimo fängt das Mikro und fragt, „Whoa. Geht es dir gut?"

Mein Herz hämmert so wild, als wolle es aus meiner Brust springen. Ich straffe die Schultern, und lasse weder meine Tochter noch Luca aus den Augen. „Lass meine Tochter in Ruhe!", rufe ich.

In Lucas Augen blitzen all die Gefühle auf, die sich in meiner Seele widerspiegeln. Aber dieses Mal falle ich nicht darauf herein. Ich muss Zara von ihm wegbekommen, bevor es zu spät ist. Er tritt an die Seite des Tisches. „Chanel–"

„Zara, lauf!", befehle ich. Ohne nachzudenken, greife ich hinter Massimo und schnappe mir seine Glock. Dann richte ich sie auf Luca.

Zara schreit. „Mom! Was machst du da?"

Luca versucht es erneut. „Chanel–"

Massimo senkt den Kopf und fordert in aller Ruhe, „Gib mir die Waffe."

Mein Blut steht in Flammen. Ich kann niemanden außer Luca ansehen. Ich knirsche mit den Zähnen und warne, „Du hast drei Sekunden, um von meiner Tochter zurückzutreten."

Er hebt beschwichtigend die Hände, als wolle er mich beruhigen. „Wir müssen reden."

„Ich sagte, du sollst zurücktreten!", schreie ich, wie eine Verrückte und entsichere die Waffe.

Mein Vater tritt vor den Tisch. „Mon chou, gib mir die Waffe."

Ich schaue ihn kurz an und dann wieder zu Luca.

„Chanel, was machst du da?", fragt Pina verängstigt.

Ich zittere am ganzen Körper. Verwirrt schlucke ich und frage, „Warum hast du einen Abruzzo eingeladen?"

„Einen–" Sie steht auf und tritt neben mich. „Chanel, er ist–"

„Schaff ihn weg von meiner Tochter", fordere ich.

„Ist er … oh Gott! Chanel, du–"

„Jetzt!", schreie ich, trete vom Tisch weg und gehe mit erhobener Waffe durch den Raum.

„Ma chérie", tadelt Mom. „Bist du verrückt geworden?"

Warum kümmert es niemanden, dass ein Abruzzo hier ist?

Ich ignoriere sie, bis ich ein paar Meter von Zara und Luca entfernt zum Stehen komme. „Zara, wir gehen."

„Was? Mom!", schreit sie und eine Träne läuft ihr über die Wange.

„Meine Stellina", sagt Luca leise.

„Nenn mich nicht deine Stellina", schreie ich hysterisch.

Pina versucht es erneut, „Chanel–"

„Zara, wenn du jetzt nicht sofort in Gang kommst, erschieße ich ihn", drohe ich und es ist mein voller Ernst.

„Was? Warum?", fragt sie entsetzt.

„Zara, tu, was deine Mutter sagt", fordert Dad. Er lässt mich nicht aus den Augen.

Widerstrebend geht sie zum Ausgang.

„Wenn jemand versucht, mich daran zu hindern, mit meiner Tochter zu verschwinden, werde ich diese Waffe gebrauchen. Wenn uns jemand folgt, schieße ich. Und wenn du jemals wieder in die Nähe meiner Tochter oder mir kommst, so wahr mir Gott helfe, bringe ich dich um", sage ich zu Luca.

Seine Augen weiten sich. „Wir müssen reden, Chanel. Die Dinge sind nicht so, wie sie scheinen."

„Spar dir das", fauche ich, und gehe rückwärts, bis ich neben Zara stehe. „Schreib unserem Fahrer."

„Mom", fleht sie.

„Jetzt", befehle ich.

Sie holt ihr Handy aus der Tasche und gehorcht. Dann flüstert sie, „Du machst mir Angst."

In Wahrheit mache ich mir selbst Angst. Alle Anwesenden im Raum starren mich an. Doch der Einzige, auf den ich mich konzentriere, ist Luca.

Mein Fahrer hält vor dem Restaurant, und ich befehle Zara nach draußen zu gehen und einzusteigen. Als sie im Auto sitzt, folge ich ihr rückwärts aus dem Gebäude und steige neben ihr ein.

„Nach Hause. Und gib Gas", sage ich zum Fahrer.

Er nickt und setzt den Blinker, bevor er sich in den New Yorker Verkehr einfädelt.

„Mom, bitte nimm die Waffe runter", fleht Zara.

Ich schaue auf meine Hände und stelle fest, dass die Waffe noch nicht gesichert ist. Ich sichere sie und lege sie auf meinen Schoß. Dann atme ich mehrmals tief durch, aber ich kann mich nicht beruhigen.

Er weiß über sie Bescheid.

Warum hat es niemanden interessiert, dass ein Abruzzo unter uns war?

Ich bin unendlich verwirrt. Ich starre auf die Waffe in meinen Händen hinunter, während ich von meinen Ängsten überwältigt werde. Wir erreichen unser Gebäude und ich lasse die Waffe in meine Handtasche gleiten, bevor wir aussteigen, und Zara mir die Treppe hinauf folgt. Wir schweigen, bis die Tür hinter uns ins Schloss gefallen ist.

„Mom?", fragt sie.

Ich sehe sie an und hasse mich noch mehr.

Sie zittert. Ihre Wimperntusche läuft ihr in schwarzen Schlieren über die Wangen. Ich gehe auf sie zu, aber sie weicht zurück und ruft, „Fass mich nicht an."

„Süße, bitte", flehe ich, denn ich weiß nicht, was ich sonst sagen soll. Wenn sie herausfindet, dass Luca ihr Vater ist, wird sie versuchen, ihn wiederzufinden.

„Wer war dieser Mann?", fragt sie.

Ich öffne meinen Mund, aber es kommt nichts heraus. Es ist, als ob die Sorgen und Ängste der letzten Jahre sich zu einem Kloß zusammengetan hätten, der jetzt in meiner Kehle feststeckt.

Ihre Augen werden langsam größer, bis sie mich ungläubig anstarrt. „I-ist e-er … oh mein Gott, Mom! Ist er mein Vater?"

Ich erschaudere und beginne den Kopf zu schütteln, halte aber inne.

Entsetzen füllt ihre Miene und weitere Tränen fallen. „Er ist ein Abruzzo? Ich bin zum Teil Abruzzo?", fragt sie.

„Nein!", rufe ich erschrocken. „Du bist *keine* Abruzzo!"

„Aber er ist es?"

Ich kann ihr nicht antworten.

„Sag es, Mom! Du hast ihn einen Abruzzos genannt! Sag es mir", schreit sie aufgebracht.

Ich bringe den Namen nicht über die Lippen. *Abruzzo.* Ich kann es nicht sagen.

Sie wirft mir verzweifelte Blicke zu.

Meine Wohnungstür fliegt auf und meine Mutter und mein Vater kommen hereingestürmt. „Ma chérie, was ist da gerade passiert?", fragt Mom.

Ich wende meinen Blick nicht von Zara ab. Sie sieht mich an, hebt das Kinn und sagt, „Das war mein Vater." Ein Meer von Tränen rinnt über ihre Wangen, während sie mich anstarrt.

„Wovon redest du?", fragt Dad.

Meine Welt bricht um mich herum zusammen. Jahrelang habe ich dieses Geheimnis gehütet, und innerhalb einiger Minuten wurden all meine Mühen zerstört. Wie konnte ich das nur zulassen?

„Chanel", sagt mein Vater streng.

Ich schließe die Augen und versuche, den Schmerz zu unterdrücken, der mein Herz zerreißt. Meine Lunge zieht sich zusammen und mein Atem raspelt.

„Chanel?", fragt mein Vater erneut.

Ich drehe mich langsam um und sehe ihn an.

Er fragt, „Luca ist Zaras Vater?"

Ich schlucke den Kloß in meinem Hals hinunter und stoße ein „Ja" hervor.

Meine Eltern sehen mich schockiert an. „Warum hast du mir nichts gesagt?"

Gleichzeitig fragt Mom, „Wie konnte das passieren?"

Ich kann ihre Fragen nicht beantworten. Ich kann es einfach nicht. Ich setze mich auf die Couch und senke meinen Kopf zwischen die Knie, kann kaum noch atmen.

Mom eilt herüber, legt ihren Arm um mich und reibt meinen Rücken. „Einfach atmen."

„Täuschst du gerade eine Panikattacke vor, Mom?", fragt Zara.

Meine Schluchzer bleiben mir im Hals stecken.

„Zara, hör auf. Hört einfach alle auf", befiehlt Dad.

„Ich werde meinen Vater suchen", sagt Zara und geht zur Tür.

Mein Vater stellt sich vor sie und versperrt ihr den Weg. „Nein, das wirst du nicht."

„Er ist mein Vater", sagt Zara beharrlich.

„Du kannst später mit ihm reden. Jetzt ist nicht der richtige Zeitpunkt."

„Ich habe lange genug gewartet. Es ist mir egal, ob er ein Abruzzo ist. Er ist mein Vater. Ich habe ein Recht darauf, ihn kennenzulernen", ruft sie entrüstet.

Die Augen meines Vaters verengen sich zu Schlitzen. „Du fändest es akzeptabel, wenn dein Vater ein Abruzzo wäre?", knurrt er.

„Was meinst du mit 'wäre'? Er ist keine hypothetische Frage."

Mein Vater schüttelt den Kopf. „Nein, meine Liebe. Dein Vater ist kein Abruzzo. Er ist ein vollblütiger Marino."

Eine Gänsehaut stellt die Härchen auf meinen Armen auf. „Wovon redest du? Er ist ein Abruzzo. Er hat es nicht einmal geleugnet", fauche ich.

Mein Vater schüttelt den Kopf und senkt die Stimme. „Nein, das ist er nicht. Er hat Jahrzehnte undercover für die Familie gearbeitet. Für die Marinos. Nicht für die Abruzzos."

Mein Magen dreht sich so schnell um, dass mir die Galle hochschießt. Ich springe auf und renne zur Toilette. Es ist knapp, aber ich schaffe es rechtzeitig, um mich in die Toilette zu übergeben. Da ich heute noch nichts gegessen habe, kommt kaum etwas.

Mom folgt mir. Sie versucht, sich um mich zu kümmern, aber ich stoße sie weg und schluchze, „Ich bin so verwirrt."

Was habe ich getan? Wie kann das sein?

Warum hat Luca mir das nie gesagt?

„Du musst das in Ordnung bringen", rät Mom.

„Ich verstehe nicht, wie das passieren konnte. All diese Jahre, Mom. So viele vergeudete Jahre!" Ich schluchze noch heftiger.

Mitleid steht ihr ins Gesicht geschrieben. Sie zieht mich in ihre Arme und wiegt mich beruhigend. „Alles wird gut."

„Das wird es nicht", beharre ich. „Zara hasst mich. Sie wird mich immer hassen."

„Unsinn", sagt Mom.

Die Folgen meines Handelns verfolgen mich. Ich habe einen großen Fehler begangen.

Der einzige Mann, den ich je geliebt habe, hätte mein sein können und war es nicht.

Wut überschattet plötzlich meinen Kummer. Luca hat mich jahrelang belogen. „Er wusste, dass ich dachte, er sei ein Abruzzo. Er hat nie etwas zu mir gesagt", rufe ich außer mir.

Sie versucht meine Tränen wegzuwischen und sagt, „Er wird seine Gründe gehabt haben."

„Welche?", frage ich verzweifelt.

Sie legt eine Hand an meine Wange, schaut mir in die Augen und antwortet, „Ich weiß es nicht, ma chérie, aber du musst es herausfinden."

25

Luca

Alle im Raum starren mich angespannt an. Verwirrung erfüllt mich.

Ich muss immer wieder an das Gespräch denken, das Zara und ich vor der Toilette geführt haben. Ich kam aus der Herrentoilette und stieß mit ihr zusammen.

Nachdem ich mich entschuldigt hatte, schaute ich genauer hin und sagte, „Du kommst mir bekannt vor. Kennen wir uns?“

Sie hielt inne und antwortete dann, „Ich glaube nicht. Aber viele Leute sagen, ich sehe aus wie meine Mutter. Vielleicht kennst du sie.“

„Wer ist deine Mutter?“, fragte ich.

„Ihr Name ist Chanel Moulin“, antwortete sie, aber ich fühlte mich, als hätte jemand eine Bombe unter mir gezündet.

Ich erstarrte und konnte meinen Blick nicht von Zara abwenden.

Sie lachte nervös, „Kennst du sie?"

Ich riss mich zusammen und zwang mich zu einem Lächeln. „Ja, ich kenne sie. Mein Name ist Luca. Und wie heißt du?"

„Zara."

„Das ist ein schöner Name. Ich bin überrascht, dass sie dir keinen französischen Namen gegeben hat", bemerkte ich aus einem mir unbekanntem Grund.

Zara zuckte mit den Schultern. „Nur mein Nachname ist französischer Herkunft. Mein zweiter Vorname ist Luciana. Meine Großeltern konnten auch nicht verstehen, wieso sie das gemacht hat."

Luciana? Die weibliche Form von Luca?

Das hat nichts zu bedeuten. Es war reiner Zufall.

Trotzdem sträubten sich die Haare in meinem Nacken. „Zara, wie alt bist du?", fragte ich.

„Fast fünfzehn."

Ich rechnete schnell nach. Mein Puls stieg so hoch, dass mir das Atmen schwerfiel. Dann entdeckte ich es. Mein Mund wurde trocken und ein Kloß bildete sich in meinem Hals.

Zara ertappte mich dabei, wie ich auf ihre Schulter starrte. Sie fuhr mit der Hand darüber, als wäre es ihr peinlich.

„Darf ich das mal sehen?", sagte ich, als ich ihre Hand wegnahm und genauer hinschaute.

Ihr Gesicht wurde rot. „Ich hasse es. Ich werde es so bald wie möglich übertätowieren lassen."

Ich war so geschockt, dass ich mich kaum dazu durchringen konnte, zu fragen, „Warum hasst du es?“

Sie rollte mit den Augen. „Meine Mutter nennt ihn meinen Schutzengel. Das ist das einzige Detail, das ich über meinen Vater weiß. Sie sagte, er hat dasselbe Muttermal. Ich bin es leid, täglich an ihn erinnert zu werden.“

Mein Magen drehte sich. „Warum willst du nicht an ihn erinnert werden?“

Sie sah mich traurig an. Doch dann schüttelte sie den Kopf, hob ihr Kinn und antwortete, „Ich würde ihn nicht erkennen, wenn ich auf der Straße an ihm vorbeigehe, wozu also eine Erinnerung an ihn haben?“

Ein stechender Schmerz durchbohrte mein Herz und ich war sprachlos.

Sie trat zurück und nickte mir zu. „Ich gehe jetzt besser. Es geht gleich los.“ Dann drehte sie sich um und verschwand.

Ich konnte nicht anders als ihr zu ihrem Tisch zu folgen. Es bestand kein Zweifel daran, wer ihr Vater war.

Meine Tochter. Heiliger.

Dann sah ich Chanel am Tisch des Brautpaares sitzen und mit Massimo lachen. All die Gefühle, die ich je für sie empfunden habe, kamen wieder hoch – und noch etwas Neues.

Wut.

Wie konnte sie mir meine eigene Tochter vorenthalten?

Im selben Moment, in dem Chanel meinen Blick auf sich bemerkte, brach die Hölle los.

Und nun bekomme ich die Nachwirkungen des Chaos zu spüren.

Pierre Gagnon richtet seinen mörderischen Blick auf mich und schäumt, „Um dich kümmere ich mich später, Luca."

Seine Frau wirft mir einen scharfen Blick zu, und sie verlassen schnell das Restaurant.

Das verwirrt mich noch mehr. *Was hat er mit Chanel zu tun?*

Alles ist schiefgegangen. Monatelang habe ich gewartet, weil ich wusste, dass Chanel hier sein würde. Ich habe weder Angelo noch sonst jemanden um Informationen gebeten. Jeden Tag konzentrierte ich mich darauf, mein Leben zu ordnen, damit ich ihr alles geben konnte, was sie verdiente. Dann probte ich stundenlang, wie ich ihr die Wahrheit sagen und all die Lügen bereinigen würde, die ich ihr jahrelang aufgetischt habe.

Ich hielt es für das Beste, keine Aufmerksamkeit auf uns zu lenken, bevor ich die Gelegenheit hatte, mit ihr reinen Tisch zu machen. Tief in meinem Herz hatte ich gehofft, dass wir uns heute Abend sehen würden, dass ich ihr alles erklären könnte, und wir würden endlich unser gemeinsames Leben beginnen können.

Ich habe mich offensichtlich geirrt.

Sie hat mir mein Fleisch und Blut vorenthalten.

Wahrscheinlich habe ich kein Recht, wütend zu sein, aber ich bin es. Zaras Geburtstag, ihr zweiter Vorname und das Muttermal schließen jeglichen Zufall aus. Sie ist meine Tochter.

Massimo reißt mich aus meiner Trance, baut sich vor mir auf und knurrt, „Was sollte das, Luca?"

„Ich weiß es nicht", lüge ich.

Pina gesellt sich neben Massimo und starrt mich an. „Was hast du getan?"

„Ich muss mit Chanel sprechen“, platze ich heraus und gehe auf die Tür des Restaurants zu.

Massimo packt mich am Arm und wirbelt mich herum. Pina ist ihm dicht auf den Fersen. „Du bist der Grund, warum sie nicht wollte, dass jemand weiß, wo sie wohnt, nicht wahr?“

Ein Schauer läuft mir über den Rücken. Seine Anschuldigung ist verletztend, aber mein Gefühl sagt mir, dass er die Wahrheit sagt. Und mir wird klar, dass ich immer noch keine Ahnung habe, wo sie wohnt. „Ich muss mit ihr reden. Wie lautet ihre Adresse?“, frage ich aufgewühlt.

„Wir geben sie dir nicht, außer sie will dich sehen“, faucht Pina. Sie zieht ihr Handy hervor und hält es an ihr Ohr.

„Wenn du ihr etwas tust, bringe ich dich um, Luca“, droht mir Massimo.

Ich habe keine Zeit, zu reagieren, denn Pina zieht das Handy vom Ohr und sagt, „Sie geht nicht ran.“ Sie tritt näher und stößt mich mit dem Finger in die Brust. „Was hast du mit meiner besten Freundin gemacht? Sag es mir!“ Doch irgendwie habe ich das Gefühl, dass sie mehr weiß, als sie zugibt.

„Ich werde meine Waffe holen“, sagt Massimo.

„Ich begleite dich“, antworte ich.

„Den Teufel wirst du tun!“, knurrt er.

Angelo erscheint zu unserer rechten. Sein finsterer Blick gleicht Massimos. „Luca, gibt es etwas, das du mir sagen willst?“

Massimo tritt nach draußen.

„Nein“, antworte ich knapp und folge Massimo.

Sein Fahrer hält gerade vor dem Restaurant und mein Cousin öffnet die Tür. Er dreht sich zu mir um und sagt, „Du kommst nicht mit."

Ich ziehe meine Glock, entsichere sie und drücke ihm den Lauf an den Kopf. „Zur Hölle mit dir. Ich komme mit."

Seine Miene verfinstert sich weiter. „Was? Willst du mich jetzt erschießen?", fragt er höhnisch.

„Stell meine Geduld nicht auf die Probe. *Steig. Ein.*"

Er zaudert einen Moment, dann sieht er mich durchdringend an. „Bist du sicher, dass es eine gute Idee ist, unangekündigt bei ihr zu Hause aufzutauchen? Die Frau hat dir fast den Kopf weggeblasen. Und ich habe sie noch nie in ihrem Leben eine Waffe halten sehen."

„Nun, sie weiß offensichtlich, was man damit macht, denn sie hat sie entsichert. Aber ich werde das Risiko eingehen", sage ich frustriert.

Er setzt sich immer noch nicht in Bewegung.

Ich fange an, rückwärts zu zählen. „Drei. Zwei." Der Countdown läuft.

„Fick dich. Du wirst noch dafür bezahlen, dass du mir eine Waffe an den Kopf gehalten hast." Er gibt nach und steigt in den SUV.

Massimo nennt seinem Fahrer Chanels Adresse und er fährt los.

Ich präge sie mir ein und frage, „Wieso kennst du ihre Adresse auswendig?"

Er sieht mich finster an. „Das geht dich nichts an, oder?

Ein unerwarteter Gedanke überwältigt mich. Ich balle die Hände zu Fäusten und knurre, „Bist du mit Chanel zusammen?"

Abscheu erfüllt seine Miene. „Wovon sprichst du? Du weißt, dass ich mit Katiya verheiratet bin."

Ich starre ihn durchdringend an, unsicher, ob er lügt.

„Ich ficke meine Angestellten nicht."

„Deine Angestellten?", frage ich verwirrt.

„Sie ist meine Flugbegleiterin."

Ich schüttle den Kopf. „Barbara ist deine Flugbegleiterin."

Er lacht höhnisch. „Nein, ist sie nicht. Barbara springt für Chanel ein, wenn ihr etwas dazwischen kommt. Chanel ist meine Vollzeit-Flugbegleiterin, Schwachkopf."

Ich grunze. „Woher sollte ich das bitte wissen?"

„Offenbar gibt es vieles, was du nicht weißt, denn Chanel scheint dich zu hassen, aber du tust so, als stündest du unter Schock. Und ich weiß, dass du nicht dumm bist, Luca. Also, was zum Teufel ist los?"

Ich ignoriere seine Frage und sage, „Was hat sie mit Pierre Gagnon zu tun?"

„Er ist ihr Vater."

„Was? Ihr Nachname ist Moulin", antworte ich geschockt.

Massimo schüttelt den Kopf, als könne er nicht glauben, wie dumm ich bin.

„Was?", frage ich.

Er seufzt und sagt dann, „Pierre benutzt *Gagnon*, damit niemand weiß, wer seine Frau und Chanel sind. Er macht das schon, seit sie nach Italien zogen. Es ist zu ihrem Schutz."

Ein weiteres Puzzleteil fügt sich an seinen Platz. Ich habe mich oft gefragt, warum Chanel die Abruzzos so sehr hasste. Ich konnte nie herausfinden, was sie mit den Marinos verbindet, außer dass sie Pinas Freundin ist.

Der Rest der Fahrt vergeht schweigend. Der Fahrer hält vor einem Gebäude. Als wir hineingehen, nickt Massimo dem Sicherheitspersonal zu, und sie kontrollieren nicht einmal seinen Ausweis.

Meine Eifersucht ist kaum zu zügeln. „Warum kennt dich der Sicherheitsdienst so gut, wenn Chanel nur deine Flugbegleiterin ist?"

Wir betreten den Fahrstuhl. Er tippt einen Code ein und verschränkt die Arme. „Dieses Gebäude gehört mir, du Idiot."

„Schluss mit den Beschimpfungen", drohe ich.

Er murmelt, „Wenn sie versucht, dich zu töten, werde ich nicht dazwischen gehen."

Genug ist genug. Ich drehe mich und stoße ihn gegen die Wand. „Was ist dein Problem, Mann?"

Er knirscht mit den Zähnen und sagt, „Du hast ihr offensichtlich etwas getan. Ich bin mir ziemlich sicher, dass ich weiß, was, aber ich will es von dir hören."

„Kümmere dich um deinen eigenen Scheiß", warne ich ihn. Die Türen öffnen sich, und ich stoße mich von ihm ab. Ich folge ihm, bis wir vor ihrer Wohnung anhalten.

Er klopft an die Tür.

Pierre antwortet und stürzt sich sofort auf mich, als er mich vor der Tür stehen sieht. Er stößt mich gegen die Wand im Flur, packt mich am Kragen und sagt anklagend, „Was hast du mit meiner Tochter gemacht?"

„Das geht nur Chanel und mich etwas an", sage ich ruhig.

„Nein, das ist eine Sache zwischen ihr und ihrer Familie", behauptet er.

Massimo reißt ihn von mir weg und murmelt, „Das hilft nicht, Pierre."

„Das geht nur deine Tochter und mich etwas an", wiederhole ich mit Nachdruck.

„Und mich", erklingt eine junge Stimme in der Nähe.

Meine Lunge fällt in sich zusammen. Ich schaue zu Zara auf.

Mascara läuft ihr über die Wangen und färbt ihre cremige Haut grau. Ihre Unterlippe bebt, genau wie es Chanels immer getan haben. Sie umklammert den Türrahmen so fest, dass ihre Knöchel weiß hervortreten. Ihre grünen Augen durchbohren mich, als sie fragt, „Du bist also mein Vater?"

Ich bin sprachlos. Auf diese Frage bin ich nicht vorbereitet. Vor einer Stunde hatte ich keine Ahnung, dass sie existiert. Jetzt steht eine wunderschöne junge Frau vor mir. Und alles, was ich fühle, ist Bedauern. Und es wird sich exponentiell verstärken, je mehr Zeit ich habe, die Situation zu verarbeiten.

Sie wölbt ihre Augenbrauen – auf dieselbe Weise wie Chanel. Weitere Tränen laufen ihr über die Wangen.

„Ich wusste nichts von dir. Ich schwöre es", platze ich heraus.

Sie hebt ihr Kinn. Ich denke, dass sie mir glaubt. „Du bist ein Abruzzo, oder nicht?"

Mir dreht sich der Magen um. „Bin ich nicht, aber die Situation ist ziemlich kompliziert."

Sie verzieht das Gesicht und fragt verunsichert „Was bedeutet das?"

Ich öffne meinen Mund und schließe ihn wieder.

„Sag schon“, befiehlt sie.

„Darüber sollten wir nicht im Flur sprechen. Aber ja, deine Mutter dachte, ich sei einer“, gestehe ich.

„Du hast sie glauben lassen, dass du ein Abruzzo bist. Meine junge, lenkbare Tochter. Sie war kaum erwachsen“, wettert Pierre.

Ich spanne meinen Kiefer an und konzentriere mich wieder auf ihn. Unter normalen Umständen würde er nicht einmal infrage stellen, dass jeder auf der Welt dachte, ich sei ein Abruzzo und kein Marino.

Ich frage mich, ob der letzte Monat, in dem ich meinen rechtmäßigen Platz in der Familie eingenommen habe, all diese Gründe verschwinden lassen hat.

Werde ich für immer ein Bösewicht sein, weil ich meine Tarnung so lange aufrechterhalten habe?

„Du weißt, wie unsere Welt funktioniert und was meine Aufgabe war, Pierre.“

Eine Nachbarin tritt auf den Flur und fragt, „Was ist hier los?“

Wir ignorieren sie.

Chanels Mutter erscheint plötzlich im Eingang und zerrt Zara in die Wohnung. Sie kehrt zur Tür zurück und wirft mir einen wütenden Blick zu. „Du hast Nerven, hierherzukommen.“

„Soll ich die Polizei rufen, Sophia?“, ruft die Nachbarin, und sieht mich drohend an.

Massimo grunzt und antwortet, „Lady, wenn Sie die Bullen rufen, werde ich Ihnen Probleme bereiten. Dann können Sie sich um eine neue Unterkunft bemühen. Kümmern Sie sich um Ihren eigenen Kram."

„Massimo!", tadelt ihn Pierre.

Sophia tritt in den Flur und zwingt sich zu einem Lächeln. „Connie, es tut mir wirklich leid, dass wir dich gestört haben. Wir haben ein kleines Familienproblem. Es ist alles in Ordnung. Bitte geh wieder rein."

Connies Blick wandert zwischen Massimo und Sophia hin und her. „So etwas sollte in unserem Gebäude nicht passieren."

Massimo stöhnt.

Sophia tritt näher an die Nachbarin heran. „Ja, ich weiß. Es tut mir sehr leid. Bitte verzeih uns. Wir werden uns bemühen, leiser zu sein." Sie dreht sich zu uns um, zeigt auf die Wohnungstür und befiehlt, „Rein mit euch. Allesamt. Sofort."

Wir gehorchen und sie schließt die Tür hinter uns. „Setzen", fordert sie und sieht uns wütend an.

Keiner macht Anstalten, ihrem Befehl Folge zu leisten.

„Ich sagte, ihr sollt euch setzen", faucht sie.

Massimo und Pierre nehmen auf dem Sofa Platz. Es sind die gleichen Möbel, die ich Chanel vor Jahren gekauft habe. Ich starre sie an.

„Du auch, Luca", sagt Sophia nachdrücklich.

Ich löse meinen Blick von den Möbeln und schaue Zara an. Sie sieht so verzweifelt und verwirrt aus. Ich kann es ihr nicht verdenken. Und ich hasse es, dass sie so sehr leidet.

Ich möchte meine Tochter in meine Arme ziehen und ihr sagen, dass alles gut werden wird. Die Angst, dass ich dazu vielleicht nie in der Lage sein werde, zwingt mich fast in die Knie. Es ist mehr, als ich ertragen kann.

Der Schmerz vervielfacht sich. Sie ist fast erwachsen. Fast fünfzehn. Und ich habe alles verpasst. Ich war bei keinem ihrer Geburtstage, besonderen Anlässe oder kleinen Meilensteine dabei. Sie kennt mich nicht, aber ich sehe den Kummer, den ich ihr verursacht habe.

Ich hätte hier sein müssen, um sie zu beschützen.

Ich hätte sie geliebt.

Hätte ich von ihr gewusst, hätte ich andere Entscheidungen getroffen. Mein Leben geändert.

Chanel hat mir nie die Chance dazu gegeben.

Wut steigt in mir auf. Sie wirbelt auf wie ein Orkan und verdreht mir den Kopf. Ich schlucke die Galle hinunter, aber kann meinen Blick nicht von Zara abwenden.

Sophia tritt an Zaras Seite. Sie legt ihr den Arm um die Taille und schnappt, „Setz dich, Luca!“

Ich schlucke erneut.

Sie wendet sich an Zara. „Ma choupinette, warum gehst du nicht auf dein Zimmer?“

Zara hebt ihr Kinn und schüttelt vehement den Kopf. „Nein, ich gehe nicht auf mein Zimmer.“

„Die Erwachsenen müssen reden“, sagt Sophia.

Zaras Augen glühen wie Lava. „Ich werde euch nicht länger erlauben, mich im Dunkeln tappen zu lassen!“, schnappt sie. „Genug mit den Geheimnissen! Ich werde diesen Raum nicht verlassen!“

Sophias Augen verengen sich zu Schlitzen. „Zara–"

Stolz übermannt mich. Zara ist nicht nur schön, sie ist auch fähig, für sich selbst einzustehen und hat keine Angst vor der Wahrheit.

„Sie kann bleiben", werfe ich dazwischen.

Sophia starrt mich einen Moment an und sagt dann, „Das ist nicht deine Entscheidung."

„Von wegen. Sie ist *meine* Tochter." Ich sehe Zara in die Augen und nicke. „Setz dich hin, wenn du bleiben willst."

Langsam macht sie sich auf den Weg zur Couch und ich schlucke erneut schwer, um die Schuldgefühle zu verdrängen, die mich zu überwältigen drohen.

Wer hat sie beschützt, als sie einen Vater brauchte?

Wie ist ihr Leben ohne mich verlaufen?

Der Schmerz des Verlustes von Jahren mit meinem Kind überkommt mich. Ich verfluche Chanel dafür, dass sie mir nichts von Zara erzählt hat. Sie weiß, dass ich meinen Vater in jungen Jahren verloren habe. Ich wollte nie ein Versager-Vater sein.

Aber sie hat mich zu einem gemacht.

Das wird sich ab sofort ändern.

Ich schwöre, dass ich alles tun werde, um eine Beziehung zu Zara aufzubauen, ob es Chanel oder ihren Eltern nun gefällt oder nicht.

Mit fünfzehn Jahren darf Zara diese Entscheidung doch bestimmt schon selber treffen, oder?

Wird sie mich nach all den Jahren überhaupt in ihrem Leben haben wollen?

Ich sehe Sophia in die Augen und warne sie, „Versuch nicht, dich zwischen meine Tochter und mich zu stellen. Jetzt, da ich von ihr weiß, kannst du sie nicht mehr vor mir verstecken."

„Sie wussten es nicht", sagt Chanel plötzlich, als sie in den Raum tritt.

Meine Wut steigt. Ich drehe mich um und schaue sie zum ersten Mal in meinem Leben mit etwas anderem als Liebe im Blick an.

Gespannte Stille liegt in der Luft.

Massimo bricht sie. „Kann mir bitte jemand meine Waffe holen? Ich glaube, das ist eine Familienangelegenheit, die mich nichts angeht."

Chanel blickt ihn an und schneidet eine Grimasse. „Das tut mir leid."

Er steht auf und sagt, „Wir reden später, okay? Wo ist sie?"

Sie geht zu ihrer Handtasche, holt die Glock heraus und reicht sie ihm.

Er zögert, dann zieht er sie an sich und murmelt, „Ich bin nur einen Anruf entfernt, wenn du mich brauchst."

Sie schnieft und nickt. Sie tauschen einen vielsagenden Blick aus, und er lässt sie gehen.

Er küsst Zara auf den Kopf und sagt, „Pierre. Sophia." Dann wirft er mir noch einen angewiderten Blick zu und geht.

Ich ignoriere ihn und konzentriere mich wieder auf Chanel. „Wir müssen reden."

Sie kneift die Augen zu.

Ich wende mich an Zara und sage, „Entschuldige uns für einen Moment.“ Dann eile ich zu Chanel und manövriere sie in ihr Schlafzimmer.

„Luca, was–“

Ich schließe und verriegele die Tür, dann führe ich sie in ihr angrenzendes Badezimmer und sichere auch diese Tür.

„Was machst du da?“, ruft sie aufgebracht.

Ich dränge sie gegen die Tür und überbrücke die Distanz zwischen uns. Der Duft ihres Erdbeershampoos steigt mir in die Nase. Ich atme tief ein und verfluche mich, weil ich sofort hart werde.

Was hat diese Frau nur an sich?

Ich kann nicht einmal auf sie wütend sein, ohne sie ficken zu wollen.

„Wie konntest du mir mein eigenes Fleisch und Blut vorenthalten?“

Schuldgefühle stehen ihr ins Gesicht geschrieben. Ihre Unterlippe bebt. Tränen steigen ihr in die Augen.

„Stellina, antworte mir“, fordere ich.

Der Schmerz in ihrem Blick, durchbohrt mein Herz wie ein Messerstoß. Heiße Tränen fließen über ihre Wangen.

Ich mildere meinen Tonfall und frage, „Warum?“

„Du weißt warum“, antwortet sie.

Es vergehen einige Augenblicke, in denen wir beide schwer atmen und versuchen zu verstehen, was wir getan haben und wie wir an diesen Punkt gelangt sind.

„Du hättest dich mir anvertrauen können“, beteuert sie.

Ich schließe die Augen und blicke über ihren Kopf an die Wand. Das Blut rauscht in meinen Ohren.

„Hättest du das Wohl deiner Tochter in die Hände eines Abruzzos gelegt?"

Ihre Worte treffen mich wie ein Messer, das in eine alte Wunde sticht. Ich kann nicht lügen und antworten, „Nein. Aber du hast mir keine Chance gegeben, etwas zu ändern."

„Woher hätte ich wissen sollen, dass du etwas geändert hättest? Niemand scheidet aus den Rängen der Abruzzos aus, weil sie eine Frau geschwängert haben", sagt sie.

Meine Brust spannt sich. Ich schüttle den Kopf. „Ich hätte meine Tarnung auffliegen lassen. Ich hätte meinen rechtmäßigen Platz bei den Marinos eingenommen."

Sie schüttelt den Kopf, und weitere Tränen fallen. „Woher hätte ich das wissen sollen?", schluchzt sie.

Das ist eine berechtigte Frage. Und genau das ist unser Problem. Nichts an dieser ganzen Sache ist richtig.

Es ist alles so katastrophal schiefgelaufen.

Ihre Entscheidungen.

Meine Entscheidungen.

Die Geheimnis das Resultat unserer Handlungen. Ich kann nicht sagen, was richtig und was falsch ist.

Ihre Macht über mich ist zu überragend. Sie ist alles, was ich je wollte. Doch unsere Situation ist viel komplizierter, als ich gedacht habe.

Ich trete zurück und sage entschlossen, „Ich werde mich nicht von meiner Tochter fernhalten."

Sie kneift ihre Augen zu.

„Ich werde euch beide morgen zur Hochzeit abholen“, füge ich mit Nachdruck hinzu. Ich akzeptiere keine Einwände.

Sie öffnet ihre Augen. „Was?“

„Ich sollte mich vielleicht klarer ausdrücken. Ich werde Teil ihres Lebens sein, Chanel. Ich werde meine Tochter kennenlernen. Du kannst dich uns anschließen oder nicht, aber ich werde den morgigen Tag mit meiner Tochter verbringen.“

Sie legt ihren Kopf schief. Ein Meer von Tränen rinnt über ihre Wangen. „Luca–“

„Und sag deinen Eltern, sie sollen sich raushalten. Sie können entweder ihre Abneigung gegen mich überwinden oder sich tiefer hineinsteigern. Das ist ihre Entscheidung. Aber sie werden mich nicht rausekeln“, warne ich und verlasse das Bad.

„Luca!“, ruft sie und läuft hinter mir her.

Ich gehe in den Hauptraum und trete vor Zara, während ich mein Handy herausziehe. „Wie lautet deine Handynummer?“

Ihre Augen weiten sich.

Sophia erhebt sich. „Du hast kein Recht–“

„Halt dich da raus, Mom“, unterbricht Chanel sie.

Ich sehe zu ihr hinüber, aber es ist immer noch zu schmerzhaft. Ich hasse es, dass sie leidet, und ich kann im Moment nichts dagegen tun. Also konzentriere ich mich wieder auf Zara und frage in einem sanfteren Ton, „Kann ich deine Handynummer haben?“

Sie rattert sie herunter und ich speichere sie ab. Dann schicke ich ihr eine Nachricht.

Ich: *Hier ist dein Dad. Speichere meine Nummer.*

Ich beuge mich zu ihr hinunter und küsse ihr Haar, dann sage ich, „Ich werde dich und deine Mutter morgen zur Hochzeit abholen. Du kannst mich jederzeit anrufen."

Sie starrt mich mit einem Mix aus Gefühlen an. Hoffnung, Überraschung, Schock.

Ich gehe und versuche, die Ereignisse des heutigen Tages zu verarbeiten. Je weiter ich mich von meiner Tochter jedoch entferne, desto entschlossener werde ich, sie nie wieder zu enttäuschen oder im Stich zu lassen.

26

Chanel
Einen Tag später

Egal, wie oft ich Zara zu erklären versuche, warum ich Luca nichts von ihr erzählt habe, sie ist nicht bereit es zu akzeptieren. Stattdessen wird sie mit jedem Mal wütender.

„Du hättest es ihm sagen sollen. Er hätte mich geliebt", ist ihre neue Lieblingsantwort.

„Das habe ich nie bezweifelt", gebe ich zu.

Meine Antwort scheint sie nur noch mehr zu verärgern. „Wie konntest du ihn mir dann vorenthalten?", fragt sie den Tränen nahe.

Ich wiederhole zum gefühlt millionsten Mal, „Ich dachte, er sei ein Abruzzo. Er hat meinen Verdacht bestätigt. Ich kannte nie die Wahrheit. Und ich würde dich nie einer solchen Gefahr aussetzen."

„Oh, also ist mein Vater schuld?", fragt sie aufgebracht und ihre Wangen werden noch röter.

Mein Inneres bebt. „Nein. Wir sind beide schuld."

Zaras Gesichtsausdruck verrät mir, dass sie Luca nicht für den Schuldigen hält. Ihr Handy vibriert, und sie nimmt es vom Tisch. Ein kleines Lächeln erhellt ihr Gesicht.

Eifersucht flammt in mir auf. Die Nachrichten begannen gestern Abend, bevor sie sich in ihrem Schlafzimmer eingeschlossen hat. Heute Morgen ging es weiter, und ich weiß, dass es Luca ist, der ihr schreibt.

Jetzt, da ich weiß, dass er ein Marino ist, sollte ich mich entspannen. Stattdessen bin ich angespannter denn je. Ich habe immer gewusst, dass Luca ein toller Vater sein würde. Ich sollte also überglücklich sein, dass sie endlich eine Beziehung zu ihm haben kann.

Und ich möchte, dass sie sich besser kennenlernen.

Trotzdem befürchte ich, dass sie mich für immer hassen und mir nie wieder verzeihen wird. Ich fürchte, je näher sie Luca kommt, desto mehr wird sie mich wegstoßen. Ich habe Angst, dass wir unsere Beziehung nicht mehr retten können.

Zara blickt mich an und verkündet, „Er ist im Fahrstuhl."

Ich ziehe die Schultern zurück und nicke. Die Schmetterlinge in meinem Bauch flattern aufgeregt.

„Du musst ihn auf die Besucherliste setzen. Mein Vater sollte nicht vom Sicherheitspersonal angehalten werden, bevor er mich sehen kann."

Ich spanne den Kiefer an, sage aber nichts. Es ist schwer zu begreifen, dass Luca von nun an ein fester Bestandteil in meinem Leben sein wird. Er mag ein Marino sein, aber ich bin mir nicht sicher, ob das sicherer für Zara ist.

Nicht, dass er Zara oder mir je etwas antun würde. Das war nie das Problem. Es ging immer um die Abruzzos. Jetzt, da sie keine Gefahr mehr darstellen, sollte mein Inneres nicht mehr in Aufruhr sein. Aber die Situation ist komplexer als ich es mir je vorgestellt habe.

Aber ich kann mich des Gefühls nicht erwehren, dass ich all die Schuld zugeschoben bekomme, obwohl Luca ebenfalls Teil dieses Schlamassel ist. Ich habe meine Schuld nicht bestritten, und akzeptiere die Rolle, die ich gespielt habe. Luca hingegen hat mir nie genug vertraut, um mir die Wahrheit zu sagen. Zum Teil verstehe ich seine Beweggründe, doch tief im Inneren bin ich unglaublich wütend und gekränkt. Der Dämon auf meiner Schulter fragt, ob er sich wirklich anders entschieden hätte, wenn er von Zara gewusst hätte. Hätte er seine Tarnung auffliegen lassen und seine Position bei den Abruzzos wirklich für Zara und mich aufgegeben? Wären die Abruzzos dann hinter uns her gewesen, da er sie vor so vielen Jahren noch nicht ausgeschaltet hatte?

Egal, wie oft ich mir diese Fragen stelle, ich komme nie zu einem klaren Schluss.

Letzte Nacht konnte ich kaum schlafen. Und wenn ich es tat, dann habe ich von Luca geträumt. Nur waren es nicht die normalen Träume, die ich sonst habe. Ich habe von ihm und Zara geträumt. In meiner Traumwelt, hat er sie zum Altar geführt, als sie heiratete, doch ich fühlte mich weiter wie eine Außenseiterin.

Ich bin unter Tränen aufgewacht.

Ich bin zwar froh, dass Zara endlich ihren Vater in ihrem Leben hat, aber ich habe mich noch nie so allein und verängstigt gefühlt.

Und ich will ihn immer noch. Letzte Nacht wirbelten all die Gefühle wieder in mir auf, die ich je für ihn empfunden habe. Neue und alte Gefühle vermischten sich. Doch ich bin nicht dumm. Die Täuschungen häuften sich, und welches Paar kann das jemals überwinden?

Paar.

Wir waren nie ein Paar.

Die Wahrheit tut weh.

Ich werde aus meinen Gedanken gerissen, als es an der Tür klopft. Es kribbelt in meinem Bauch. Ich bin noch nicht bereit, Luca wiederzusehen, aber ich habe keine andere Wahl.

Zara springt auf, sprintet förmlich zur Tür und reißt sie auf. „Hi!", ruft sie und stürzt sich auf ihn.

Er erwidert ihre überschwängliche Umarmung und strahlt pure Freude aus.

Die Eifersucht hält mich fest in ihren Krallen.

Ich muss mich zusammenreißen. Dies ist nicht die Person, die ich sein will.

Er tritt mit dem schönsten Strauß roter Rosen ein, den ich je gesehen habe.

„Sind die für mich?", zwitschert Zara.

Nervös sieht er mich an. Und verdammt sei er für seinen dunklen, anziehenden Blick. Hitze flackert in den Tiefen seiner Augen, als er mich abschätzt. Er reißt seinen Blick von mir los und konzentriert sich wieder auf Zara. „Nein. Ich habe etwas anderes für dich mitgebracht. Die sind für deine Mom."

Mein Herz setzt einen Schlag aus und ich wünschte, ich könnte meine Anziehung auf ihn besser kontrollieren.

Luca schließt den Abstand zwischen uns und reicht mir die Blumen. Er küsst mich schnell auf die Wange und fragt leise, „Wie geht es dir, Stellina?"

Die Schmetterlinge in meinem Bauch flattern auf Hochtouren. Luca trägt einen schwarzen Smoking. Er ist der Inbegriff von sexy, eine wahre Augenweide. Nie hat ein Mann besser ausgesehen. Seine breiten Schultern füllen ihn perfekt aus. Sein Oberkörper verjüngt sich auf dem Weg nach unten, zu seinen Hüften. Und die Konturen seiner muskulösen Oberschenkel zeichnen sich unter der Hose ab.

Es ist das erste Mal, dass ich ihn in einem Smoking sehe. Plötzlich erinnere ich mich daran, wie perfekt wir früher zusammenpassten – wie Puzzleteile, die füreinander geschaffen waren. Ich frage mich, ob wir das immer noch tun würden. Dann tadle ich mich, weil das nie passieren wird.

Es ist zu viel zwischen uns passiert.

Sein körpereigener Duft – weißer Moschus und Patschuli, gemischt mit etwas Marihuana – hängt zwischen uns, aber er ist nicht so aufdringlich, als hätte er weniger geraucht als früher.

Nichts hat sich geändert und doch ist nichts mehr, wie es mal war. Sein Spitzname für mich löst Freude und Schmerz zugleich in mir aus, aber ich ermahne ihn nicht. Stattdessen räuspere ich mich und antworte, „Den Umständen entsprechend gut. Und dir?"

Er schenkt mir ein kleines Lächeln. „Ähnlich."

Einen Moment lang regen wir uns nicht. Sein Blick fällt auf meine Lippen, und mein Herz schlägt plötzlich schneller. Er murmelt, „Du siehst wunderschön aus."

Hitze füllt meine Wangen. Ich bin ungeschminkt, und mein Haar ist nicht frisiert.

Plötzlich dreht er sich um und greift in seine Smokingjacke. Er zieht eine längliche Schachtel heraus, hält sie seiner Tochter hin und sagt, „Das ist für dich, Zara."

Ihre Augen leuchten auf. „Was ist es?"

Er gluckst und sagt, „Öffne sie und sieh nach."

Vorsichtig zieht sie an der Schleife und öffnet langsam den Deckel. Sie starrt den Inhalt an und dann ihren Vater.

Er fragt nervös, „Bedeutet das, dass es dir gefällt?"

„Mir gefällt? Ich liebe es! Es ist wunderschön!", ruft sie überschwänglich.

„Es gehörte meiner Mutter. Ich dachte, du solltest es haben", erklärt er.

Mir entgeht der Hauch von Traurigkeit in seiner Stimme nicht und mein Herz krampft sich zusammen, wie immer, wenn ich an die Geschichte denke, die er mir über den Tod seiner Eltern erzählt hat.

Zaras Augen glänzen, als sie die Halskette aus der Schachtel zieht. „Danke, Dad. Das ist toll."

Dad.

Ich kämpfe mit meiner Eifersucht und hasse mich immer mehr dafür, dass ich so etwas empfinde.

Luca tritt vor. „Willst du sie anprobieren?"

„Ja! Und kann ich sie heute tragen?", fragt sie ihn hoffnungsvoll.

„Natürlich", antwortet er und nimmt ihr die Halskette ab. Sie streicht ihr Haar über eine Schulter, und er legt sie ihr um den Hals.

Zara dreht sich, und Luca lächelt.

„Deine Großmutter hätte es geliebt, dich das tragen zu sehen", sagt er leise.

Zara runzelt die Stirn und fragt, „Was ist passiert?"

Luca zögert, dann antwortet er, „Lass uns ein anderes Mal über deine Großeltern reden. Okay?"

Sie öffnet den Mund, um zu widersprechen, schließt ihn aber wieder. Dann sagt sie leise, „Okay."

Ich trete vor und betrachte die Halskette. Es ist ein goldenes, italienisches, mit Diamanten besetztes Halsband. „Es ist absolut atemberaubend."

Zara legt ihre Hand darüber. „Ich gehe jetzt in den Spiegel schauen!" Sie rennt aus dem Zimmer und lässt uns allein.

Gespannte Stille tritt ein.

Luca greift in seine Tasche und holt sein Handy heraus. „Wie lautet deine Handynummer?"

Das hat er mich in der Vergangenheit schon unzählige Mal gefragt, aber ich habe sie ihm nie gegeben. Mein erster Gedanke ist es, das Thema zu wechseln. Ich öffne meinen Mund, aber er zieht eine Augenbraue hoch. Ich erstarre.

„Wir haben eine gemeinsame Tochter, Chanel."

Ich zucke mit den Schultern. „Ich weiß. Alte Gewohnheiten lassen sich nur schwer ablegen."

Seine Lippen zucken. Er nickt und fragt erneut, „Nummer?"

Ich nenne sie ihm und er speichert sie ab. Dann tippt er auf den Bildschirm, und mein Handy klingelt.

Ich lache nervös. „Ich schätze, das bist du?"

„Ja. Du kannst mir nicht mehr entkommen", sagt er und zwinkert dann.

Mein Inneres wird zu Wackelpudding.

Zara taucht wieder auf und zwitschert, „Wir sollten gehen, damit wir nicht zu spät kommen."

Luca und ich reißen unsere Blicke voneinander los. Er nimmt ihr die Kleidersäcke und die Tasche ab. „Ich trage das."

Sie strahlt ihn an.

Er deutet auf die Tür. „Die Damen zuerst."

Ich atme tief durch, gehe an ihm vorbei und spüre seine Augen auf mir. Wir treten in den Flur, dann in den Fahrstuhl, und Zara hakt sich bei ihm ein. „Das ist die erste Hochzeit, bei der ich dabei sein darf."

Er lächelt sie liebevoll an. „Ich bin froh, dass ich dabei sein darf."

Wir durchqueren die Lobby und Luca führt uns zu seinem Geländewagen.

Sobald wir drinnen sitzen, fährt sein Fahrer los. Ein paar Blocks weiter nimmt der Fahrer die Auffahrt zur Schnellstraße und schneidet jemanden die Vorfahrt ab, woraufhin wir ausgehupt werden. „Hör auf, wie ein Verrückter zu fahren. Meine Familie ist im Wagen", knurrt Luca.

Zara strahlt in an.

Mein Herz sackt mir in die Hose.

Ich bin dem Untergang geweiht.

Wenn man Luca erst einmal kennt, kommt man nicht umhin, ihn zu lieben.

Zara plappert die ganze Fahrt lang. Luca versucht, mich in das Gespräch einzubeziehen, aber Zara schließt mich immer wieder aus. Als wir endlich an unserem Ziel ankommen, bin ich erleichtert.

Luca begleitet uns in die Hochzeitssuite.

Zara schreit, „Tante Pina!", und wirft ihre Arme um sie.

Pina lacht und erwidert ihre Umarmung „Bist du bereit für Haare und Make-up?"

„Duh", zwitschert Zara und verdreht die Augen.

Pina zeigt hinter sich auf das Beauty-Team, das bereits auf uns wartet. „Sie sind startklar, wenn du es bist."

Zara klatscht aufgeregt in die Hände und setzt sich dann vor den Schminktisch. „Bis später, Dad."

„Dad?", stößt Pina hervor, aber nur ich kann es hören. Sie wirft Luca einen düsteren Blick zu.

„Sei nett", warne ich leise.

Pina kam nach dem Probedinner unangekündigt vorbei. Wir blieben noch weit in die Nacht hin wach. Ich erzählte ihr alles, auch die Dinge, die ich bei meinen Eltern und Zara ausgelassen hatte. Aus irgendeinem Grund schien es falsch, ihnen Lucas und meine Beziehung über die Jahre hinweg zu erklären.

Ich fühlte mich so schuldig, dass ich ihren großen Tag ruiniert und eine so große Szene gemacht hatte. Also entschuldigte ich mich dutzende Male.

Pina lachte lediglich und sagte, „Wenigstens wird niemand jemals mein Probeessen vergessen."

Ich stöhnte peinlich berührt auf. Trotzdem war ich erleichtert, dass sie nicht wütend auf mich war. Es war jedoch egal, wie oft ich sie bat, nicht wütend auf Luca zu sein. Sie ließ es nicht auf sich beruhen.

Und genau deshalb ist sie wahrscheinlich auch meine beste Freundin. Sie hat mir immer den Rücken gestärkt. Niemand sonst scheint das im Moment zu tun, also bin ich ihr besonders dankbar.

Luca wirft mir einen letzten, höschenschmelzenden Blick zu und dann geht er.

Sobald er verschwunden ist, entspanne ich mich ein wenig.

Im Laufe des Vormittags werden wir frisiert und geschminkt, dann ziehen wir unsere Brautjungfernkleider an. Doch es ist klar, dass Zara mir immer noch nicht verziehen hat.

Sie sieht mich kaum an und lässt sich auf kein Gespräch mit mir ein, es sei denn, ich stelle *ihr* explizit eine Frage. Im Kreise der anderen ist sie fröhlich, und das bleibt nicht unbemerkt.

Pina nimmt sie schließlich zur Seite und sagt, „Hey, es ist meine Hochzeit. Also musst du heute tun, was ich sage."

Zara stemmt ihre Hand in die Hüfte und jammert, „Wirklich? Muss ich irgendwas Verrücktes tun?"

„Nein. Aber du musst tun, was ich will", bekräftigt Pina.

Zara zuckt mit den Schultern. „Okay, aber eines Tages, wenn ich heirate, musst du dasselbe tun."

„Abgemacht", stimmt Pina zu.

„Also, was muss ich für dich tun?", fragt Zara.

Pina beugt sich vor und murmelt ihr etwas ins Ohr.

Zaras Blick verhärtet sich. Ich habe diesen Gesichtsausdruck im Laufe der Jahre schon zu oft gesehen, und er erinnert mich jedes Mal an Luca.

Pina wirft ihr einen herausfordernden Blick zu.

Zara blickt mich an und konzentriert sich dann wieder auf Pina. Sie seufzt und behauptet, „Ich werde es versuchen."

Pina lächelt breit und fügt hinzu, „Gibt dir einfach Mühe. Es ist mein Hochzeitstag."

Zara stöhnt, dann nickt sie. „Okay. Du gewinnst." Sie dreht sich zu mir um. „Du siehst gut aus, Mom."

Ich blinzle heftig. „Danke, Süße. Du auch."

„Ich bin hier", zwitschert die Näherin, die mit dem Hochzeitskleid hereingestürmt kommt.

Innerhalb weniger Minuten wird Pina hineingesteckt.

„Wow! Du siehst umwerfend aus", schwärme ich und betrachte das ärmellose, figurbetonte, weiße Kleid aus italienischer Spitze. Meine Augen füllen sich mit Tränen.

„Nicht weinen", befiehlt die Visagistin, tritt vor mich und tupft unter meinen Augen entlang.

Pina leuchtet auf, und ich freue mich so für meine Freundin. Sie verdient ein Happy End.

Ashley, die Hochzeitskoordinatorin, kommt herein und klatscht in die Hände. „Oh mein Gott, du siehst umwerfend aus!", ruft sie.

„Danke", antwortet Pina, dann sieht sie mich an und rollt mit den Augen. Sie ist kein Fan von ihrer Hochzeitsplanerin, aber sie behauptet, sie sei die beste in New York.

„Zeit zu gehen, sonst kommen wir zu spät", verkündet Ashley.

„Sollten wir nicht stilvoll zu spät kommen?", fragt Zara verwirrt.

Ashley antwortet, „Ja, aber der Priester ist alt. Lasst uns die Hochzeit hinter uns bringen, bevor er umkippt."

„Ist er krank?", frage ich besorgt.

Sie schüttelt den Kopf. „Nein. Aber es ist nicht auszuschließen, dass er während der Trauung umkippt und stirbt."

Pina verdreht erneut die Augen.

„Hopp, hopp", befiehlt Ashley, und klatscht wieder in die Hände.

Die Hochzeitsgesellschaft hat sich bereits in der provisorischen Kirche eingefunden. Es sind so viele Menschen anwesend, dass in keiner Kirche in New York genug Platz für sie war. Also hat Angelo den Priester überredet, die Zeremonie hier abzuhalten. Dann ließ er eine Nachbildung der Kirche der Marinos schaffen, allerdings in einem größeren Maßstab.

Die Musik beginnt zu spielen und die Brautjungfern machen sich auf den Weg den Mittelgang hinunter. Zara läuft vor mir und Ashley befiehlt mir, ihr zu folgen, sobald sie ungefähr die Hälfte des Weges hinuntergelaufen ist.

Ich blicke nach vorn, und als ich näher komme, erscheint Luca wie aus dem Nichts. Er ist der letzte Trauzeuge und stellt sich neben Gianni. In seinem Blick lodern heiße Flammen und meine Knie geben fast nach.

Verflucht sei er für diesen sexy Blick.

Ich nehme meinen Platz neben Zara ein und warte auf Pina.

Die Musik wechselt zu einem traditionellen Hochzeitslied, und alle stehen auf. Dann tritt Pina in den Mittelgang. Sie wird von ihrem Vater zum Altar geführt, der dann ihren Schleier lüftet, sie auf die Wange küsst und etwas in Tristanos Ohr sagt, während sie sich die Hände schütteln. Er gluckst, nimmt Pinas Hand und küsst sie. Er führt sie zum Priester, und sie reicht mir ihren Blumenstrauß.

Es ist eine vollständige katholische Messe. Sie dauert über eine Stunde, und ich habe zu viel Zeit, Luca anzuschauen. Er ertappt mich oft, und als es Zeit für das Gelübde ist, fixiert er mich mit seinem Blick.

Die Kirche und die Menschen um uns treten in den Hintergrund. *Er* ist das Einzige, was ich sehe. Und während Pina und Tristano sich aneinander binden, denke ich nur an eins.

Ich wünschte, Luca und ich könnten noch einmal von vorne anfangen.

Es ist unmöglich.

„Du darfst die Braut jetzt küssen", sagt der Priester plötzlich und reißt mich aus meiner Trance.

Tristano gibt Pina einen langen, heißen Kuss und die Anwesenden brechen in Jubel aus. Dann führt das frisch vermählte Paar die Hochzeitgesellschaft aus der Kirche.

Massimo tritt vor und begleitet mich den Gang hinunter. Als ich am Ende ankomme, drehe ich mich um.

Anscheinend hatte Luca Dante überholt, denn er führt eine strahlende Zara den Gang hinunter.

Wir gesellen uns zu Pina und Tristano und warten, bis alle anderen Gäste herausgekommen sind. Lucas Augen ruhen nur auf Zara und mir. Mehrmals röten sich meine Wangen, wenn ich seinen Blick auffange.

Sobald alle dem Brautpaar gratuliert haben, begeben wir uns in den nächsten Raum, wo wir den Aperitif einnehmen.

Zara weicht nie von der Seite ihres Vaters. Sie strahlt vor Glück, außer natürlich, wenn sie mich anschaut.

Als es Zeit ist, sich zum Essen zu setzen, zieht Luca einen Stuhl für mich heraus. Ich nehme meinen Platz ein, und er wiederholt die Geste für Zara. Er nimmt den Platz zwischen uns ein.

Das entspricht nicht Pinas Sitzplan, aber im Moment ist ihr das wahrscheinlich egal.

Massimo hält seine Rede. Meine Wangen gehen in Flammen auf, als ich mich an die Ereignisse des letzten Abends erinnere. Es sind viele Leute anwesend, die nicht beim Probeessen waren, aber ich spüre die Blicke vieler, die das Schauspiel mitangesehen haben.

Luca schien zu spüren, wie beschämt ich bin. Unterm Tisch legt er seine Hand auf meinen Oberschenkel und drückt ihn sanft.

Ich atme tief ein, weiche seinem Blick aus und halte meine Augen auf Massimo gerichtet. Als er fertig ist, sieht er mich an, aber ich schüttle den Kopf.

Angelo ergreift das Mikro und hält seine Rede.

Als es vorbei ist, seufze ich erleichtert.

Luca lehnt sich an mein Ohr und sagt neckisch, „Nicht so aufregend wie letzte Nacht."

Ich sehe ihn überrascht an.

Der Humor lässt ihn um Jahre jünger aussehen. Und es hilft mir, mich ein wenig zu entspannen.

„Es ist mir immer wieder eine Freude, dich zu unterhalten."

„Wer hat dir beigebracht, eine Waffe zu halten?", fragt er.

„Mein Vater. Ich war zwölf", gestehe ich.

Er wölbt die Augenbrauen und sagt, „Ich dachte zeitweise wirklich, du würdest mich erschießen."

Ich zucke zusammen. „Tut mir leid."

Er grinst. „Ich schätze, du schuldest mir einen Tanz, Stellina."

Die Schmetterlinge in meinem Bauch breiten freudig ihre Flügel aus.

Eine Kellnerin unterbricht unseren besonderen Moment und setzt uns zwei Teller vor die Nase.

Ich nehme mehrere Schlucke von meinem Wasser, esse auf und dann beginnen schon die Festlichkeiten.

Luca führt Zara auf die Tanzfläche, und sie bleiben fast den ganzen Abend dort. Ich mische mich unter die Gäste.

Als ich geraume Zeit später aus der Frauentoilette trete, stellt er sich mir in den Weg.

„Hallo", sage ich.

„Du bist genau die, die ich gesucht habe", sagt er und ergreift meine Hand. Er zerrt mich auf die Tanzfläche und ein langsames Lied beginnt zu spielen.

Luca zieht mich in seine Arme und die Welt scheint um mich zu schwinden. Dann lässt er eine Bombe platzen, auf die ich nicht vorbereitet war. „Zara und ich verbringen morgen den ganzen Tag zusammen."

Ich schaue auf und kämpfe gegen die Eifersucht an, die ihr hässliches Haupt erhebt. „Oh. Okay. Was wollt ihr zwei denn machen?"

Er sieht mir tief in die Augen. „Wir werden die Möbel für ihr Schlafzimmer aussuchen."

Ein kalter Schauer läuft mir über den Rücken. Ich erstarre und sehe ihn unverwandt an.

Er wirft mir einen herausfordernden Blick zu und ich neige den Kopf zur Seite.

„Wirst du versuchen, das Sorgerecht für sie zu erkämpfen?", frage ich wütend.

Er schüttelt den Kopf. „Nein. Wir werden es uns teilen."

Ich blinzle heftig und schüttle den Kopf. „Nein."

„Stellina–"

„Versuch nicht, mir meine Tochter wegzunehmen, Luca. Ich warne dich."

„Ich würde niemals–"

„Was willst du dann?"

„Ich möchte, dass ihr bei mir einzieht", sagt er.

Schockiert blinzle ich. „Wovon redest du?"

Seine Augen halten so viel Entschlossenheit, dass mein Herz zu rasen beginnt. „Wir sind füreinander bestimmt, Stellina. Ich habe dich immer gewollt. Und du willst mich. Daran hat sich nichts geändert."

„Aber alles andere hat sich geändert", stoße ich hervor.

Er fährt sanft mit den Knöcheln über meine Wange. „Ja. Wir können jetzt endlich zusammen sein."

Der DJ kündigt an, dass es Zeit für den Brautstraußwurf ist. Er weist alle alleinstehenden Damen an, auf die Tanzfläche zu kommen und Zara kommt aufgeregt auf uns zugerannt. „Ich hoffe, ich fange ihn!"

Luca wendet seinen Blick von mir ab. „Komm nicht auf dumme Gedanken!"

„Duh." Sie kichert und sieht ihn fröhlich an.

Die Frauen füllen die Tanzfläche und ich schlüpfe durch die Menge, um draußen etwas frische Luft zu schnappen.

Ich bin eine Weile draußen, bevor Luca meinen Namen ruft.

Ich drehe mich. „So einfach ist das nicht, Luca."

„Warum nicht?", fragt er.

Ich wende mich von ihm ab und murmle, „Wir haben einander niemals vollständig vertraut."

Er hebt mein Kinn, als er vor mir steht. „Von jetzt an wird alles anders."

27

Luca

Einen Tag später

Es spielt keine Rolle, wie sehr ich mich anstrenge, um Chanel davon zu überzeugen, dass wir endlich eine Chance haben. Ich konnte ihre Zweifel in den Tiefen ihrer Augen sehen.

Es ist meine schuld. Nach Jahre der Täuschung ist sie vorsichtig geworden.

Ich kann es ihr nicht verübeln. Sie ist eine alleinerziehende Mutter, die alles für ihr Kind tun würde. Wenn ich mir einen Moment nehme und die Situation objektiv betrachte, empfinde ich nichts als Bewunderung für alles, was sie schon von Beginn an bewältigt hat – vor allem, als sie dachte, ich sei ein Abruzzo.

Zara ist fantastisch. Ich hasse nur, wie sie Chanel behandelt. Aber ich habe vor, dem heute ein Ende zu setzen.

„Was denkst du?“, frage ich sie und mein Magen dreht sich. Normalerweise kümmert es mich nicht, was andere über meine Wohnung denken – nicht, dass ich im Laufe der Jahre viele Besucher hatte.

Zara sieht sich in der Suite in meinem Penthouse um, die ich für sie ausgewählt habe. Sie befindet sich in einem anderen Flügel als mein Schlafzimmer. Ich dachte, es sei das Beste, ihr etwas Privatsphäre zu geben, da sie ein Teenager ist und bald erwachsen sein wird.

Sie strahlt. „Ich liebe es!“

Erleichterung macht sich in mir breit. Ich zeige auf die Wände und sage, „Wenn du willst, können wir das andere Zimmer in einen Hobbyraum umwandeln, damit du mehr Platz hast, wenn deine Freunde zu Besuch kommen.“

„Ich kann meine Freunde hierher einladen?“, fragt sie überrascht.

„Natürlich“, antworte ich schnell. Wenn sie hier ist, kann ich ein Auge auf sie haben. Ich kann sicherstellen, dass sie mit guten Leuten abhängt und in nichts Schlimmes verwickelt wird.

Sie wirft ihre Arme um mich. „Danke, Dad!“

Ich umarme sie fest und bin dankbar, dass ich endlich in ihrem Leben sein kann. „Nichts zu danken. Sollen wir Mittagessen gehen und dann Einkaufen?“

Sie zieht sich zurück. „Klar.“

Wir verlassen das Penthouse und steigen in meinen Geländewagen. „Deine Mutter hat mir erzählt, dass du Sushi magst?“

„Ich liebe es“, ruft sie.

„Großartig. Ich kenne ein kleines Restaurant, das dir gefallen wird“, behaupte ich.

Sie strahlt. „Wie heißt es?“

„Sushi.“

Sie zieht die Augenbrauen hoch. „Originell.“

Ich nicke. „Ja. Aber es ist fantastisch. Versprochen.“

Ihr Handy summt, sie schaut darauf und stöhnt.

„Was ist los?“, frage ich.

„Nichts.“

„Das klang nicht nach nichts“, dränge ich.

Sie rollt mit den Augen und sagt, „Es ist nur meine Mutter.“

Ich beschließe, unser Gespräch aufzuschieben, bis wir im Restaurant sind. „Ist alles in Ordnung?“

„Sie will wissen, ob ich zum Abendessen zu Hause sein werde“, antwortet sie.

Ich überlege, wie lange wir wahrscheinlich unterwegs sein werden, und nicke. „Sag ihr, dass du spätestens um sechs wieder zu Hause sein wirst.“

Zara legt den Kopf schief und sieht mich fragend an.

„Was ist los?“

Vorsichtig fragt sie, „Kann ich bei dir bleiben?“

Meine Brust spannt sich. Ich wünsche mir nichts lieber, aber ich will nicht, dass Chanel ausflippt. Ich wähle meine Worte mit Bedacht und antworte, „Ich muss heute Abend arbeiten, also werde ich nicht zu Hause sein. Aber du kannst an einem anderen Abend bei mir bleiben."

Sie verzieht das Gesicht. „An einem Sonntagabend?"

Ich nicke. „Klar. Arbeitet dein Grandpa nicht manchmal am Sonntagabend?"

Sie atmet tief durch, aber ihr Gesichtsausdruck wirkt eher verstört. „Doch."

Ich mustere sie. „Was ist los?"

Sie beißt sich auf die Lippe und wendet sich dem Fenster zu. „Nichts."

Ich ergreife ihr Kinn und drehe sie zu mir. „Irgendetwas stimmt nicht."

Sie zögert, dann gibt sie zu, „Ich möchte bei dir einziehen."

Mein Mund wird trocken. „Deine Mutter wäre am Boden zerstört."

Sie zuckt mit den Schultern. „Sie wird darüber hinwegkommen."

Ich schüttle den Kopf und sage, „Nein, das würde sie nicht."

Zara rutscht unruhig hin und her. „Sie hatte mich fast fünfzehn Jahre. In ein paar Jahren ist es Zeit, allein zu leben. Warum kann ich nicht ein paar mit dir verbringen?"

„Du würdest deine Mutter vermissen", sage ich.

„Nein, das würde ich nicht. Bitte", fleht sie.

Das Auto hält vor dem Restaurant. „Lass uns das Gespräch drinnen fortsetzen", schlage ich vor. Ich steige aus dem Auto und helfe Zara beim Aussteigen. Drinnen angekommen, platziert uns die Hostess im hinteren Teil.

Zara blickt sich um und sagt dann, „Es ist definitiv ungewöhnlich. Ich liebe Orte wie diesen!“

Ich klopfe mir mental auf die Schulter, weil ich etwas richtig gemacht habe. „Ja?“

„Mom und ich versuchen immer, Orte wie diesen zu finden. Wir haben eine Liste mit Restaurants, die wir unbedingt ausprobieren wollen“, erklärt sie mir.

„Vielleicht können wir diese Liste gemeinsam abarbeiten“, antworte ich.

Zaras Grinsen wird breiter. „Das würde mir gefallen.“

Ein Kellner stellt zwei Wassergläser vor uns ab. „Wisst ihr schon, was ihr wollt?“

„Was magst du?“, frage ich meine Tochter.

„Alles.“

„Soll ich für dich bestellen?“

„Klar!“, zwitschert sie.

Ich bestelle einen Koni- und Seetang-Salat, Sashimi mit Lachs und fettem Thunfisch und vier Sushi-Röllchen, die sonst niemand in New York City macht. Der Kellner schreibt alles auf und geht.

Langsam ordne ich meine Gedanken und sage dann, „Wir müssen noch unser Gespräch von vorhin beenden.“

„Wenn du mich bei dir wohnen lässt, verspreche ich dir, dass ich keine Nervensäge sein werde“, sagt sie.

Mein Kopf ruckt zurück und ich starre sie an. „Das ist mir nie in den Sinn gekommen.“

„Oh. Okay. Darf ich?“, bittet sie und klimpert mit den Wimpern.

Ich stöhne innerlich auf. Ich habe keinen Zweifel, dass die Jungs sich in Scharen anstellen werden, mit ihr auszugehen, wenn die Zeit reif ist. Ich werde alles genau im Auge behalten müssen.

Ein weiterer Grund, warum Chanel bei mir einziehen sollte.

Ich mache mir eine mentale Notiz, das anzusprechen, wenn wir uns wieder unterhalten.

„Bitte", fleht Zara.

Ich atme tief durch und versuche so diplomatisch wie möglich zu antworten, um Chanel nicht vor den Kopf zu stoßen, „Du kannst bei mir einziehen, wenn deine Mutter es auch tut."

Verwirrung macht sich in Zaras Gesicht breit. Sie legt den Kopf schief. „Du willst, dass sie bei uns lebt?"

„Ja."

„Warum? Sie hat dir nie von mir erzählt."

„Deine Mutter hat dir ihre Gründe erklärt, richtig?", frage ich.

Zaras Züge verfinstern sich. „Sie sagte, sie habe befürchtet, dass die Abruzzos mir wehtun würden."

Ich lehne mich vor und ergreife ihre Hand. „Ja. Und deine Mutter lag nicht falsch. Diese Menschen tun furchtbare Dinge. Sie hat alles getan, was sie konnte, um dich zu beschützen."

„Aber du hättest mir nicht wehgetan. Ich habe sie gefragt, ob sie jemals Angst hatte, dass du mir wehtust, und sie hat es verneint", sagt Zara.

Ihr Eingeständnis gibt mir ein gutes Gefühl. Wenigstens wusste Chanel, dass ich Zara nie etwas antun würde. „Aber wenn die Abruzzos von dir gewusst hätten, hätte ich nicht für deine Sicherheit garantieren können. Deine Mutter hat die richtige Entscheidung getroffen."

„Sie hat dich mir vorenthalten“, sagt Zara anklagend.

Ich seufze. „Ich weiß, es ist schwer zu verstehen, aber du musst mir vertrauen.“

Sie starrt mich unnachgiebig an.

„Vertraust du mir, Zara?“

Ihr Blick wird weicher. Sie nickt und antwortet leise, „Ja.“

„Mit deinem Leben?“, frage ich weiter.

„Natürlich!“

„Okay. Du kennst mich erst seit weniger als achtundvierzig Stunden. Du kennst deine Mutter schon dein ganzes Leben. Meinst du nicht, dass sie es verdient, dass du ihr etwas mehr Vertrauen entgegenbringst?“, frage ich.

Zara schweigt.

„Wenn die Abruzzos mich je hätten verletzen wollen, hätten sie dir etwas angetan.“

Furcht erfüllt ihre Augen. „Aber Mom hat gesagt, dass ich mir darüber im Moment keine Sorgen machen muss. Stimmt das, oder sollte ich besorgt sein?“

Ich schaue mich um, um sicherzugehen, dass niemand anderes in der Nähe ist, der das Gespräch belauschen könnte. „Nein, du musst dir keine Sorgen machen, Zara. Jeder, der dir etwas angetan hätte, ist tot“, versichere ich ihr, die Stimme gesenkt.

„Hast du sie getötet?“, fragt sie.

Fassungslos über ihre Fragen lüge ich, „Nein.“

„Nein?“, fragt sie.

Ich bin stolz auf sie. Sie ist so klug und ich finde es toll, dass Zara so direkt ist und sich nicht scheut, schwierige Fragen zu stellen. Aber es macht mir auch Sorgen. Ich nehme mir eine Minute Zeit, um mich zu sammeln, bevor ich antworte. „Nein, das habe ich nicht. Aber du solltest wissen, dass ich nie mit dir über meine Arbeit sprechen kann. Das ist eine Grenze, die ich nie überschreiten werde."

Ihre Miene ist von Schmerz geprägt.

„Es ist zu deiner Sicherheit."

Sie braucht eine Minute, um meine Worte zu verdauen und nickt dann. „In Ordnung. Das ist fair."

„Also zurück zu deiner Mom. Sie hat getan, was sie tun musste. Und wenn ich damit leben und ihr verzeihen kann, solltest du das auch."

Zara sieht mich erstaunt an. „Du vergibst ihr?", fragt sie verletzt.

Ich lehne mich weiter vor. „Ja. Sie hat ihr Leben der Aufgabe gewidmet, dich aufzuziehen und für deine Sicherheit zu sorgen. Dafür werde ich ihr immer dankbar sein."

Zara schürzt ihre Lippen.

„Vielleicht habe ich mich in dir getäuscht."

„Was soll das heißen?"

„Ich dachte, du wärst reif für dein Alter, aber vielleicht habe ich dich überschätzt", antworte ich und hoffe, dass es mir nicht in den Hintern beißt.

Sie verzieht das Gesicht und behauptet, „Du hast dich nicht geirrt."

„Nein?"

„Nein“, antwortet sie trotzig.

„Dann musst du mir zeigen, dass du reif genug für diese Gespräche bist. Einen Groll gegen deine Mom zu hegen und sie so zu behandeln, wie du es getan hast, ist unreif“, sage ich ernst.

Zaras Wangen laufen rot an. „Sie hat dir befohlen, dieses Gespräch mit mir zu führen, nicht wahr?“

„Sie hat nichts dergleichen getan.“

„Warum setzt du dich dann für sie ein?“

Ich versuche nicht, die Sache zu beschönigen. „Ich will mich nicht mit dir streiten. Aber du hast gehört, was ich gerade gesagt habe, oder?“

Sie atmet tief durch und ihre Schultern sacken. „Ja.“

„Okay. Nun, das ist ein Grund. Dann gibt es noch einen weiteren“, gestehe ich.

„Was denn noch?“

„Es gibt nur eine Frau auf dieser Welt, die ich je geliebt habe. Und das ist deine Mom.“

„Du hast sie geliebt?“

„Ich liebe sie immer noch. Das habe ich immer und ich werde nie damit aufhören.“

Zara legt den Kopf schief. „Liebst du sie oder bist du *in* sie verliebt?“

„Ich bin in sie verliebt. Wie verrückt und aus tiefstem Herzen. Die Art von großer, unendlicher Liebe, die ein Mann für nur eine Frau in seinem Leben empfinden kann. Deine Mom ist dieser Mensch für mich“, erkläre ich ihr.

Ihre Augen weiten sich. „Selbst nach allem, was sie getan hat?“

„Ich trage mehr Schuld an unserer Situation als sie", gestehe ich.

„Wie kommst du darauf?", fragt sie bestürzt.

„Ich habe deiner Mom nicht genug vertraut, um ihr zu sagen, wer ich wirklich bin, obwohl ich es hätte tun können. Wenn du also jemandem die Schuld geben musst, dann mir und nicht ihr", sage ich ernst.

Zara schweigt einen Moment.

Der Kellner bringt zwei Teller und die Salate, und sieht uns erwartungsvoll an. „Braucht ihr noch etwas?"

„Ich habe alles. Zara?", frage ich.

Sie schüttelt den Kopf und lächelt den Kellner an. „Ich bin zufrieden. Danke."

Er geht.

Zara starrt mich an.

Ich gebe etwas Koni- und Seetang-Salat auf einen Teller und reiche ihn ihr. Dann richte ich meinen Teller an.

„Wirst du versuchen, meine Mom zurückzugewinnen?", fragt sie schließlich.

Ich unterdrücke ein Grinsen. Ich bin zwar fest entschlossen, Chanel zurückzugewinnen, aber ich will nicht, dass Zara es ihr übel nimmt, wenn sie nicht auf meine Versöhnungsversuche eingeht. „Deine Mom und ich haben eine Menge zu klären", sage ich bedacht.

„Aber du willst sie?", fragt Zara.

„Ich möchte das Vertrauen deiner Mutter zurückgewinnen und dass du sie mit Freundlichkeit und Liebe behandelst", antworte ich.

Zara starrt auf ihren Teller.

„Hey“, sage ich.

Sie schaut auf.

Ich mildere meinen Tonfall. „Ich weiß, dass du deine Mom liebst.“

Ihre Augen glänzen. Sie schnieft und blinzelt heftig.

„Meine Eltern sind tot. Ich würde alles geben, um noch eine Minute mit ihnen zu verbringen“, gestehe ich.

„Es tut mir leid. Was ist passiert?“

Mir dreht sich der Magen um, aber ich beschließe, in diesem Fall nicht zu lügen. „Jacopo Abruzzo hat meinen Vater getötet, als ich sieben Jahre alt war. Meine Mutter beging einige Jahre später Selbstmord.“

Sie starrt mich entsetzt an.

„Wenn du das nächste Mal deine Mom ignorieren oder etwas Böses sagen willst, erinnere dich daran, dass sich ein Leben innerhalb von Minuten verändern kann. Jede Sekunde, die wir auf dieser Erde haben, ist kostbar, aber nur geliehene Zeit. Und eines Tages, das garantiere ich dir, wirst du es bereuen, wenn du ihr keine Liebe oder deinen Respekt entgegenbringst.“

Sie schweigt.

„Und das will ich nicht für dich. Und deine Mom hat es auch nicht verdient.“

Sie spannt ihre Schultern an.

Ich zeige auf ihren Teller und befehle, „Iss.“

Wir essen ein paar Minuten lang in Stille.

„Ich wollte sie nicht schlecht behandeln", sagt Zara schließlich, und bricht das Schweigen.

„Ich weiß. Aber du hast es getan."

Sie kämpft mit einer Träne.

Ich ergreife erneut ihre Hand. „Du kannst das ganz leicht ändern."

Sie nickt. „Okay. Werde ich machen."

„Versprichst du mir das?"

Sie hebt ihr Kinn. „Ich verspreche es."

„Braves Mädchen."

Wir essen unsere Salate auf, aber das Gespräch ist erstmal verstummt. Als wir fertig sind, werden unsere Teller abgeräumt und das Sashimi und Sushi-Rollen werden serviert.

Sobald der Kellner gegangen ist, sage ich, „Ich habe eine Frage."

Zara zieht die Augenbrauen hoch.

Meine Nerven sind angespannt. „Übernachtest du manchmal bei deinen Großeltern?"

„Ja. Andauernd. Warum?"

„Kannst du mir einen Gefallen tun?"

Sie setzt ihre Stäbchen ab. „Klar. Was denn?"

„Weißt du, ob deine Mom morgen Abend Pläne hat?"

Zara denkt kurz nach und sagt dann, „Nur wenn Massimo irgendwo hinfliegt. Manchmal bricht er in letzter Minute auf."

Ich ziehe mein Handy heraus und wische über das Display. Dann schicke ich ihm eine Nachricht.

Ich: *Muss Chanel morgen Abend oder am Dienstag arbeiten?*

Massimo: *Warum sollte ich dir Auskunft geben?*

Ich: *Hör auf, dich wie ein Arschloch aufzuführen. Nachtragend zu sein, bekommt dir nicht.*

Massimo: *Nein. Sie hat frei.*

Ich: *Danke.*

Massimo: *Wenn du ihr wehtust, bringe ich dich um.*

Ich: *Danke für dein Vertrauen.*

Massimo: *Ich warne dich lediglich im Voraus.*

Ich: *Verstanden.*

Ich lege mein Handy weg. „Massimo sagt, sie hat frei."

„Und?", fragt Zara.

„Ich muss dich um einen weiteren Gefallen bitten", gestehe ich.

„Was?" Sie schiebt sich eine Sushi-Rolle in den Mund und stöhnt dann. „So gut."

Ich gluckse. „Hab ich dir doch gesagt."

Sie kaut und schluckt, dann trinkt sie einen Schluck Wasser. Sie wischt sich den Mund mit einer Serviette ab und durchbohrt mich dann mit ihrem undurchdringlichen Blick. „Was ist das für ein Gefallen?"

„Kannst du morgen bei deinen Großeltern übernachten?", frage ich.

„Warum?"

„Ich möchte mit deiner Mom ausgehen."

„Ich kann allein zu Hause bleiben. Ich bin fast fünfzehn“, sagt sie.

Fast hätte ich ihr von meinen Übernachtungsplänen erzählt, aber ich verkneife es mir. Stattdessen sage ich, „Ich arbeite in einem gefährlichen Beruf und habe schon viele schlimme Dinge erlebt. Kannst du mir einen Gefallen tun und bei deinen Großeltern übernachten, damit ich mir keine Sorgen machen muss?“

Sie rümpft die Nase. „Damit du mit Mom schlafen kannst?“

Auf jeden Fall.

Und um mit ihr aufzuwachen.

Dann kann ich noch mehr mit ihr schlafen.

„Zara, kann ich dir ein Geheimnis verraten?“, frage ich mit hochgezogener Braue.

„Klar.“ Sie taucht eine Sushi-Rolle in die Sojasauce und steckt sie sich in den Mund.

Während sie kaut, gestehe ich, „Du hast mich gefragt, ob ich deine Mom zurückgewinnen will. Nun, ich will ehrlich zu dir sein. Das will ich. Aber ich werde es ihr nicht übelnehmen, wenn sie mir nie wieder vertraut. Wir müssen eine Menge Probleme bewältigen, und ich kann mich nicht vollkommen darauf konzentrieren, wenn ich mir Sorgen mache, dass du allein zu Hause bist.“

Sie schluckt und fragt, „Bedeutet das, dass ihr dann wieder zusammen wärt?“

„Das kann ich nicht beantworten. Alles, was ich will, ist, das Vertrauen deiner Mom zu gewinnen“, sage ich wahrheitsgemäß.

„Aber du hast gesagt, du liebst sie. Stimmt das?“

„Ja. Das stimmt.“

Ihre Lippen kräuseln sich. „Wenn du sie also für dich gewinnst, könnten wir dann beide bei dir einziehen?"

Ich gluckse belustigt. Ich hätte wissen müssen, dass sie zwei und zwei zusammenzählen würde. Trotzdem will ich nicht, dass sie ihre Mom unter Druck setzt. Es muss Chanels Entscheidung sein, ob sie mir vergeben und mich wieder lieben will. „In einer perfekten Welt würde ich mir nichts sehnlicher wünschen als das. Aber die Welt ist nicht perfekt. Also wiederhole ich, was ich bereits gesagt habe. Ich möchte das Vertrauen deiner Mom zurückgewinnen. Danach sehen wir weiter."

Sie lächelt. „Und du willst, dass sie sich wieder in dich verliebt."

Ich zeige auf ihr Essen und befehle, „Iss dein Sushi", und schiebe mir eine Sushi-Rolle in den Mund. *Sie ist viel zu clever.*

Zara gehorcht, und wir essen eine Weile schweigend. „Okay. Ich werde bei meinen Großeltern schlafen. Ich schreibe ihnen gleich mal, um zu sehen, ob sie einverstanden sind." Sie holt ihr Handy aus der Tasche und schickt ihnen eine Nachricht.

Kurze Zeit später summt es und sie liest ihre Antwort. Sie grinst. „Alles klar. Du kannst dich offiziell an meine Mutter ranmachen."

„Auf diese Bemerkung gehe ich gar nicht erst ein", sage ich.

Sie grinst breiter.

„Und du wirst wieder nett zu deiner Mom sein, richtig?"

Sie rollt mit den Augen und stöhnt, „Ja, Dad."

Dad.

Es fühlt sich immer noch surreal an, wenn sie es sagt.

„Braves Mädchen", lobe ich.

Ihre Augen funkeln. Sie beißt sich auf die Lippe und starrt mich an.

„Warum siehst du mich so an?", frage ich beunruhigt.

Sie zögert, dann fragt sie, „Kann ich dein Muttermal sehen?"

„Klar." Ich öffne zwei Knöpfe an meinem Hemd und schiebe den Kragen zur Seite.

Zara beugt sich über den Tisch und murmelt, „Hm."

„Was?", frage ich.

Sie lehnt sich zurück und ich schließe mein Hemd. „Es sieht wirklich genauso aus wie meins. Und es ist irgendwie unglaublich, dass es an der gleichen Stelle ist."

Ich nicke. „Ja, das ist es."

Sie strahlt. „Ich weiß, was meine Mutter glücklich machen wird, wenn ich nach Hause komme."

„Ach ja? Was denn?"

Sie grinst und sagt, „Ich werde ihr sagen, dass ich kein Tattoo mehr will."

28

Chanel
Einen Tag später

Ich versuche den ganzen Tag, mich abzulenken und mich zu beschäftigen, um nicht an heute Abend zu denken.

Aber es ist unmöglich.

Luca hat Zara gestern abgesetzt und wollte mit mir unter vier Augen sprechen. Zara rannte in ihr Zimmer, ohne zu widersprechen. Es machte mich misstrauisch, dass sie wusste, worüber er mit mir reden wollte, was meine Stimmung weiter trübte.

„Was ist hier los?“, fragte ich.

Er sah mich mit seinen flammenden Augen an, als könnte er direkt in meine Seele sehen. Ich verlagerte mein Gewicht von einem Fuß auf den anderen und versuchte, meine Fassung zu bewahren, als er sagte, „Ich möchte dich morgen Abend zum Essen einladen. Hast du frei?"

Die Schmetterlinge in meinem Bauch spielten verrückt. „Zu einem Date?"

Er grinste. „Ja, Stellina. Ein Date, das wir schon vor Jahren hätten haben sollen."

Meine Nerven liegen blank. Luca ist der einzige Mann, den ich jemals wirklich gewollt habe, aber es fällt mir noch immer schwer zu glauben, dass er jetzt ein permanenter Teil in Zaras und meinem Leben ist.

Ich muss zu lange gezögert haben, denn er trat vor, legte seinen Arm um meine Taille und zog mich dicht an seinen harten Körper. Er vergrub seine Hand in meinem Haar und zog meinen Kopf nach hinten.

Ich keuchte, und meine Knie wurden schwach.

Er drückte mich fester an sich. Der schwache Hauch von Marihuana, weißem Moschus und Patschuli wirkte wie eine Droge auf meine Sinne. Seine Lippen waren nur Zentimeter von meinen entfernt. Sein Blick fiel auf meinen Mund, dann blickte er wieder in meine Augen und fragte, „Willst du, dass ich bettle? Ich bin mir nicht zu schade."

Ich lachte nervös und verfluchte mich, als mein Blick zu seinem Mund wanderte. „Ich wusste nicht, dass Betteln dein Ding ist."

Seine Lippen zuckten. „Normalerweise nicht, aber ich werde meinen Stolz herunterschlucken und es tun, wenn du es von mir verlangst."

Alle meine Gedanken verschwammen. Mein Geist konzentrierte sich nur auf eins: Luca.

„Und? Bist du einverstanden, oder muss ich dich an ein paar andere Dinge erinnern?“, murmelte er.

„Welche Dinge?“, hauchte ich.

Er schloss die Lücke zwischen uns so schnell, dass ich keine Zeit hatte, mich zurückzuziehen.

Nicht, dass ich das überhaupt gewollt hätte.

Seine Zunge teilte meine Lippen und ich unterwarf mich ihm, vergrub meine Finger in seinem Haar und wünschte, dieser Kuss würde nie enden.

Aber ich war nicht die Einzige, die auf die körperliche Nähe reagierte. Lucas Erektion drückte gegen meinen unteren Bauch und verursachte ein tiefes Ziehen in meinem Inneren, was mich in eine Art Trance verschlug.

Dann unterbrach er unseren Kuss und holte mich in die Realität zurück.

Wir waren beide außer Atem, doch er behielt seine Fassung bei. Die Flammen in seinem Blick brannten heißer. „Ich hole dich um sieben ab. Zara schläft bei deinen Eltern.“ Er ließ mich nicht gehen, als wüsste er, dass ich hinfallen würde, wenn er seine Arme von meiner Taille löste.

Er hatte recht. Ich versuchte immer noch verzweifelt, mein Gleichgewicht wiederzufinden. „Weiß Zara davon?“, fragte ich und schluckte schwer.

„Ja.“

Meine mütterlichen Instinkte meldeten sich und ich sagte besorgt, „Ich denke, wir sollten ihr keine falschen Ideen in den Kopf setzen.“

Er verzog das Gesicht. „Über uns?“

Meine Stimme brach, als ich „Ja“, sagte.

Er strich mit dem Daumen über meine Lippen und antwortete, „Keine Sorge, Stellina. Ich habe die Situation im Griff.“

„Wie?“, fragte ich, fand meinen Halt und richtete mich auf.

„Ich habe ihr gesagt, dass wir eine Menge zu besprechen haben und dass ich es nicht gut finde, wenn sie alleine hier übernachtet. Wir sehen uns dann um sieben.“

„Oh“, war alles, was ich sagen konnte.

Er lehnte sich an mein Ohr und fügte hinzu, „Aber versteh mich nicht falsch. Dieses Mal wirst du mir gehören. Für immer.“

Ich schluckte schwer und öffnete meinen Mund, aber es kam nichts heraus.

Sein Kiefer war entschlossen angespannt, als er zurücktrat. Er zwinkerte mir zu, drehte sich und schlenderte zur Tür hinaus.

Was zur Hölle?

Oh mein Gott!

Ich war halb panisch, bis Zara sich räusperte. Als ich mich umdrehte, zuckte ich zusammen.

Sie klimperte mit den Wimpern und zwitscherte geradezu, „Was ziehst du für dein Date an?“

„Es ist kein Date“, platzte ich heraus, immer noch vorsichtig, ihr falsche Ideen zu geben.

Sie schmunzelte und sagte, „Natürlich nicht. Du solltest das kupferne Kleid tragen, das Pina dir geschenkt hat.“

„Das ist schick“, sagte ich. Pina hatte es mir zum Geburtstag geschenkt, kurz bevor sie entführt worden war. Weil ich nicht mehr in den Club ging, hatte ich keine Gelegenheit mehr gehabt, es zu tragen. Der kurze Rock, der tiefe Ausschnitt und das fehlende Rückenteil machten es ein wenig zu sexy, um es in der Öffentlichkeit zu tragen.

Zara biss sich auf die Lippe und zog die Augenbrauen hoch.

„Weißt du, wohin er mich ausführt?“, fragte ich.

Sie tat so, als würde sie ihre Lippen verschließen und den Schlüssel wegwerfen.

„Sag es mir“, forderte ich.

„Tut mir leid“, zwitscherte sie und weigerte sich, mir etwas zu verraten.

Seit sie mehr Zeit mit Luca verbringt, ist sie wieder mein kleines, süßes Mädchen. Sie hat mich sogar einige Male umarmt. Es ist, als würde sie mich nicht mehr dafür verantwortlich machen, dass ich ihr ihren Vater vorenthalten habe.

Heute Morgen, als meine Mom Zara abholte, ging ich ihr aus dem Weg, entschuldigte mich und sprang unter die Dusche. Es war noch zu früh, und ich wollte die Fragen, die ihr ins Gesicht geschrieben standen, nicht beantworten.

Seit ein paar Stunden laufe ich in meinen High Heels im Wohnzimmer auf und ab. Um sechs Uhr fünfundvierzig summt meine Sprechanlage.

Ich springe auf und gehe zur Tür. Ich drücke den Knopf und sage, „Ja?“

„Ms. Moulin, Mr. Luca Marino ist hier. Soll ich ihn hochschicken?“, fragt der Sicherheitsdienst.

„Ja, bitte“, antworte ich und klopfe mit den Fingern auf meine Oberschenkel.

Ein paar Minuten später klopft es an der Wohnungstür.

Ich atme tief durch und öffne sie.

„Wow! Du bist … Wow, Stellina. Du sieht umwerfend aus“, sagt er, mustert mich ein zweites Mal und fixiert mich dann mit seinem dunklen, feurigen Blick.

„Danke“, antworte ich. Hitze steigt mir in die Wangen. Erstarrt erwidere ich seinen Blick.

„Darf ich reinkommen?“, fragt er.

„Ja! Entschuldige“, sage ich und trete zurück.

Er schließt die Tür, greift dann in seine Anzugjacke und holt eine quadratische Schachtel heraus. „Das ist für dich.“

„Du hättest mir nichts mitbringen müssen“, sage ich.

„Ich wollte es aber.“ Er schüttelt die Schachtel und reicht sie mir mit einem Lächeln. „Willst du sie nicht öffnen?“

Ich lache nervös und schelte mich dann dafür.

Warum bin ich so nervös?

Es ist nur Luca.

Ist das sein Ernst? Führt er mich wirklich auf ein Date aus?

Ich räuspere mich. „Ja. Entschuldige.“

Er tritt näher, berührt meine Wangen und legt seine Lippen auf meine. Anders als gestern ist er nicht in Eile. Dieser Kuss ist langsam, als würde er mich auskosten.

Mein Herz klopft schneller. Er zieht sich grinsend zurück und macht mir Lust auf mehr.

„Du wirkst nervös.“

„Das bin ich“, gebe ich zu.

Er streichelt meine Wange und sagt, „Das muss nicht sein."

„Leichter gesagt als getan", erwidere ich.

Er tritt zurück, nickt auf die Schachtel und befiehlt, „Öffne sie."

Ich ziehe an der roten Schleife und hebe den Deckel an. Mein Puls schießt in die Höhe. Er hat mir ein wunderschönes Armband geschenkt, das zu der Halskette passt, die er Zara gegeben hat. „Gehörte das auch deiner Mutter?"

Die leichte Traurigkeit, die bei der Erwähnung seiner geliebten Mamma immer aufflammt, verschleiert seinen Blick. „Ja. Meine Mutter hätte dich und Zara geliebt. Ich denke, ihr beide hättet sie auch gemocht. Ich möchte, dass du es bekommst."

„Es ist wunderschön", sage ich erstickt.

Er lächelt. „Ich bin froh, dass es dir gefällt."

Ich nehme es aus der Schachtel und halte es ihm hin. „Kannst du mir helfen, es anzulegen?"

Er nickt, nimmt mir das Armband ab und legt es mir ums Handgelenk. „Bereit aufzubrechen?"

„Natürlich. Wohin gehen wir?", frage ich.

„Es ist eine Überraschung."

Ich stöhne. „Das ist nicht fair."

Er öffnet die Tür und bittet mich, in den Flur zu treten. Er schließt die Tür ab und sagt, „Sorry, aber ich werde nichts verraten."

„Sogar Zara weiß es", jammere ich.

Er grunzt. „Sie weiß nicht alles."

„Nicht?", frage ich.

Er drückt auf einen Knopf, um den Fahrstuhl zu rufen. „Ich habe ihr gesagt, dass ich dich in mein neues französisch-italienisches Restaurant ausführen werde."

„Aber das wirst du nicht?"

„Es ist nur zur Hälfte wahr."

Ich ziehe fragend die Augenbrauen hoch.

Die Fahrstuhltüren öffnen sich. Wir steigen ein und er drückt den Knopf fürs Erdgeschoss. „Sie weiß nur von dem Restaurant."

„Was hast du sonst noch geplant?"

Er zögert, dann antwortet er, „Ich habe mir etwas einfallen lassen."

„Und das wäre …?"

Er gluckst und sagt, „Du wirst schon sehen." Der Fahrstuhl hält und die Türen öffnen sich. Er führt mich durch die Lobby und in einen Geländewagen, der am Straßenrand wartet.

Es dauert nur zehn Minuten, bis wir das Restaurant erreichen. Als wir vorfahren, steigt er schnell aus und führt mich an der Schlange von Leuten vorbei, die auf den Einlass warten.

Luca nickt der Hostess zu und führt mich dann durch das romantisch beleuchtete, überfüllte Restaurant. Wir erreichen den hinteren Teil, gehen einen Gang entlang, dann bleibt Luca vor einer Tür stehen. Er drückt seine Handfläche auf einen Scanner, und ein Fahrstuhl öffnet seine Türen. Wir fahren ins nächste Stockwerk.

Als wir aussteigen, stehen wir im Vorraum eines privaten Esszimmers. Eine Wand aus Glas befindet sich im hinteren Bereich, aber dahinter ist alles dunkel. Ein Strauß frischer

Rosen und Teelichter zieren die Mitte des Tisches. Darauf stehen Wasser- und Weingläser, sowie Silberbesteck und Teller. Leise Musik spielt im Hintergrund, und in der Ecke befindet sich eine Sitzecke.

„Was denkst du?“, fragt Luca.

„Es ist wunderschön.“ Ich zeige auf die Fensterwand. „Was liegt dahinter?“

„Du wirst schon sehen“, sagt er verführerisch.

„Ach, komm schon! Bitte sag es mir!“, jammere ich.

Er gluckst und zieht einen Stuhl für mich zurück. „Tut mir leid, Stellina, erst nach dem Essen.“

Ich tue so, als würde ich schmollen.

Er nimmt den gegenüberliegenden Platz ein und rückt seinen Stuhl dann neben mich. Dann lehnt er sich zu mir rüber. „Du siehst gerade genauso drein wie Zara.“

Ein Kellner kommt herein, und wir setzen uns beide aufrechter hin. Er hält eine Flasche Rotwein in der Hand und sagt, „Den haben wir gerade reinbekommen. Ich nahm an, Sie würden ihn zu schätzen wissen.“ Er schenkt ein wenig in ein Glas ein und wartet.

„Verkoste du ihn“, sagt Luca.

Ich schwenke den Wein in meinem Glas, atme den kräftigen Duft von Brombeeren und Johannisbeeren ein und nehme einen Schluck. Die Aromen explodieren in meinem Mund. Ich schlucke und nicke. „Wow. Der ist unglaublich.“

„Es ist ein seltener Malbec aus Frankreich“, sagt der Kellner und schenkt mir und Luca je ein Glas ein. „Werden Sie bei dem Menü bleiben, das Sie bereits zusammengestellt haben, oder gibt es etwas anderes, das Sie wünschen?", fragt er Luca.

Dieser schüttelt den Kopf. „Wir halten uns an das, was ich bestellt habe."

„Sehr gut. Ich werde den ersten Gang in Kürze servieren." Er verlässt den Raum.

„Mach dir keine Sorgen. Ich habe alles mit Zara besprochen."

Meine Ängste brodeln wieder hoch. „Luca, ich glaube, es ist wirklich wichtig, dass wir bei Zara keinen falschen Eindruck erwecken."

Seine Miene verhärtet sich. „Das stimmt. Und ich habe dir gesagt, dass ich nichts dergleichen getan habe."

Ich starre ihn an.

Er verengt die Augen zu Schlitzen. Er mustert mich so intensiv, dass ich innerlich zusammenzucke.

„Sei nicht verärgert. Sie ist jung und–"

„Sie ist meine Tochter. Ich werde nichts tun, was ihr schaden könnte", erklärt er mit Nachdruck.

Ich atme tief durch.

Er senkt seine Stimme. „Sag mir, dass du nicht glaubst, dass ich ihr jemals etwas antun würde."

Ich nehme einen Schluck Wein, sammle meine Gedanken und antworte, „Nicht absichtlich."

Er sieht mich verletzt an. „Aber du denkst, ich könnte es aus Versehen tun?"

Ich lege meine Hand auf seinen Arm. „Bitte versuch mich zu verstehen. Wenn Zara sich etwas in den Kopf setzt, ist sie nicht mehr davon abzubringen. Ich möchte sie nicht noch mehr enttäuschen, als ich es ohnehin schon getan habe."

„Du hast sie nicht enttäuscht", sagt er.

„Das habe ich", sage ich beharrlich. „Sie hat ihre Entschlossenheit von dir. Ich will nicht, dass sie versucht, sich in das einzumischen, was zwischen uns passiert."

Finsternis überschattet seine scharfen Züge. Er nimmt meine Hand und fragt, „Was denkst du, ist das zwischen uns?"

Die Schmetterlinge in meinem Bauch flattern wie wild. Ich schüttle den Kopf und gestehe, „Ich weiß es nicht."

„Habe ich mich nicht deutlich genug ausgedrückt?", fragt er.

Ich antworte nicht.

„Willst du nicht, was ich will?", fragt er.

„So einfach ist das nicht", behaupte ich.

„Warum? Es erscheint ziemlich eindeutig. Du. Ich. Zara. Zusammen. Willst du das nicht?", fragt er.

Mein Bauch kribbelt. Ich wende den Blick ab und Angst krallt sich in mein Herz.

Er dreht mein Kinn, zwingt mich, ihn anzuschauen, und fordert, „Antworte mir."

Meine Emotionen stauen sich in meiner Kehle. Ich blinzle heftig, dem Weinen leid, aber unfähig, es zu kontrollieren.

Er wischt mir die Träne von der Wange. „Sag mir, warum du weinst", befiehlt er leise.

„Was ist, wenn du deine Meinung änderst? Was ist, wenn wir einziehen und du feststellst, dass es gar nicht so toll ist, mich in deinem Leben zu haben?", frage ich.

„Das wird niemals passieren, Stellina", antwortet er entschlossen.

„Das kannst du nicht mit Sicherheit sagen."

Er streicht mir eine Haarsträhne hinters Ohr und sagt, „Du bist die einzige Frau, die ich je wollte. Und du hast mir eine Tochter geschenkt, die–"

„Die ich dir vorenthalten habe!"

„Aus legitimen Gründen."

Schuldgefühle überkommen mich. „Ich habe Zara so sehr wehgetan."

Reue schwemmt seine Züge. „Ich habe meinen Teil beigetragen, Chanel. Wir beide kennen die Wahrheit. Wir sind beide schuldig, aber wir hatten unsere Gründe. Keiner von uns kann in der Zeit zurückreisen und es ändern. Wir können uns entweder für immer Vorwürfe machen oder nach vorne schauen. Und ich meinerseits, will mich nur auf die Zukunft konzentrieren. Mit Zara. Mit dir. *Zusammen*."

Ich atme ein paar Mal tief durch und versuche, meine Fassung wiederzuerlangen.

Er streicht mir mit dem Daumen über den Kiefer und fragt, „Ist es das, was du willst? Willst du mich auch?"

Mein Herz dehnt sich aus und ich habe Angst, es könnte platzen. „Das ist alles, was ich je wollte."

„Aber?", drängt er.

„Es ist schwer zu glauben, dass wir endlich zusammen sein können. Ich muss mich erst einmal an den Gedanken gewöhnen, dass ich Zara nicht mehr vor dir verstecken muss."

Luca sieht mich verständnisvoll an. Er nickt und gesteht, „Ich verstehe. Aber das hier ist real, Stellina. Du und ich waren schon immer echt. Nichts kann unser Glück mehr aufhalten. Also werde ich es nicht von mir weisen."

Ich nehme seine Worte in mich auf und überlege.

Der Kellner unterbricht uns. Er stellt einen Teller mit Kaviar, Blinis und Crackern ab und fragt, „Kann ich Ihnen noch etwas bringen?"

Luca zieht die Augenbrauen hoch.

Ich schüttle den Kopf.

Er winkt den Kellner weg, und als wir wieder allein sind, legt er seine Hand auf meinen Oberschenkel. Ein Kribbeln durchfährt mein Innerstes. „Versprich mir, dass du dich auf die Zukunft konzentrierst und nicht in der Vergangenheit hängen bleibst."

Die Schmetterlinge in meinem Bauch erwachen wieder zu Leben.

Kann es wirklich so einfach sein?

„Stellina, versprich es mir. Wir haben genug Zeit vergeudet. Und es bringt nichts Gutes, wenn wir an unseren Fehlern festhalten. Es wird Zara nur schaden", fügt er hinzu.

Das kann ich nicht abstreiten. Er hat recht. „Okay. Ich verspreche es."

Luca sieht mich zufrieden an. Er lächelt, dann nimmt er ein Blini und gibt Kaviar darauf. Er hält es mir an den Mund und nickt. „Gut. Lass uns essen."

Ich öffne meinen Mund und der Kaviar schmilzt auf meiner Zunge. Wir verbringen die nächsten Stunden damit, mehrere vorzügliche Gänge der französischen und italienischen Küche zu probieren. Wir sprechen über Dinge, die wir in den letzten Jahren für uns behalten haben. Ich gestehe, dass ich ihm fast von Zara erzählt hätte, als ich schwanger war. Er gesteht mir, dass er mehrmals darüber nachgedacht hat, seine Tarnung aufzugeben. Und er sagt, dass er nie aufgehört hat, nach Pina zu suchen, und dass er, sobald er ihren Aufenthaltsort entdeckt hatte, geholfen hat, sie zu retten.

Es ist ein emotionales Gespräch, aber wir sind beide froh, dass wir es endlich ansprechen können. Der Kellner räumt unsere Teller ab, füllt die Weingläser nach und verschwindet.

Luca erhebt sich und streckt seine Hand aus.

Ich ergreife sie und er hilft mir auf. Emotionen, die ich nicht deuten kann, kreuzen seinen Blick. Ich weiß nicht, was er im Schilde führt, aber er führt mich zum überdimensionalen Fenster. „Bist du bereit zu sehen, was ich für dich vorbereitet habe?"

Ich schaue ihn überrascht an. „Für mich?"

Seine Augen lodern, sein Blick brennt heiß und versengt jedes Nervenende in meinem Körper. Er antwortet, „Nur für dich, Stellina." Er gibt mir einen keuschen Kuss und tritt hinter mich, legt seinen Arm um meine Taille. Dann klopft er an die Scheibe.

Ein sanftes Licht wird eingeschaltet. Nur zwei Dinge befinden sich in dem Raum – ein großes Bett und ein Paar. Sie fallen bereits übereinander her und der Mann öffnet das Kleid der Frau.

Ich atme scharf ein und lege meine Hand auf Lucas auf meiner Taille. Ich habe mich oft gefragt, warum ich nicht aufhören konnte, andere zu beobachten. Meine Clubbesuche ermöglichten es mir, Luca zu sehen, aber ich liebte jede Minute, in der ich die Paare beobachtete, die eine echte Beziehung hatten.

Er flüstert mir ins Ohr, „Wir werden nie wieder in den Club zurückkehren, Stellina. Von jetzt an wirst du hier zusehen. Aber ich garantiere dir, dass du nie wieder das Gefühl haben wirst, nicht *das Gleiche* haben zu können wie die Menschen hinter der Scheibe."

29

Luca

Chanel errötet, wie immer, wenn sie anderen Paaren zusieht. Sie schluckt schwer, dann sieht sie zu mir auf und fragt, „Das hast du für mich gebaut?“

„Ja.“

„Wann?“

„Sobald mir der Makler die Immobilie vorgeschlagen hat“, antworte ich.

Sie zieht die Augenbrauen zusammen und sagt, „Aber wir waren nicht zusammen. Ich hätte es vielleicht nie gesehen.“

Mein Puls erhöht sich. „Ich hatte nur ein Ziel, außer die Abruzzos auszuschalten. Und das war, dich zurückzugewinnen und den Rest meiner Tage mit dir zu verbringen.“

Sie starrt mich an, atmet flach, und eine Million Gefühle huschen über ihr Gesicht.

Ich streichle ihre Wange und gestehe, „Ich hasse den Club. Ich war nur wegen der Arbeit dort. Dann habe ich dich wiedergefunden. Das gab mir einen Vorwand, um hinzugehen, aber der Gedanke an dich an diesem verdorbenen Ort, macht mich krank. Ich will nicht, dass du auch nur in die Nähe von diesen gefährlichen Männern kommst, Stellina."

„Ich habe nie etwas mit ihnen gemacht", platzt sie heraus.

Ich bin schockiert. Im Laufe der Jahre hat es mich immer weiter in den Wahnsinn getrieben, darüber nachzudenken, was sie dort mit einem anderen Mann machen könnte. Ich habe sie nie mit jemandem gesehen, aber ich war auch nicht so naiv zu glauben, dass sie nicht ständig von Männern angebaggert wurde. „Ich urteile nicht, Stellina. Ich habe nicht–"

„Ich war dort nie mit jemand anderem zusammen! Ich habe Pina und Massimo glauben lassen, dass ich dort hingehe, um zu spielen, damit sie mich nicht fragen, was ich in Wahrheit tue. Ich wollte nicht, dass mir jemand folgt. Ich habe viele Nächte lange nach dir gesucht", sagt sie und ihre Augen quellen über.

„Und ich habe immer nach dir gesucht", gestehe ich und lege einen Arm um sie.

Augenblicke vergehen. Schließlich unterbricht sie unseren Blick, wendet sich wieder dem Fenster zu und sagt, „Dachtest du, ich würde die Show verpassen?"

Ich lasse meine Hand auf ihren Oberschenkel sinken und fahre mit meinen Fingern in langen Strichen über die Seite ihres Schenkels. Sie atmet scharf ein und lehnt sich fester an mich. Ich küsse sie im Nacken und antworte dann, „Ich habe dich beobachtet und weiß, was du gerne siehst."

„Manchmal fragte ich mich, ob etwas mit mir nicht stimmte, … warum ich gerne zuschaute, obwohl ich immer wusste, dass ich nicht haben konnte, was die Paare hinter dem Fenster hatten. Oder warum ich mich immer wieder in den Club quälte, obwohl ich wusste, dass ich dich nur ansehen, aber nie berühren konnte."

Ich schiebe meine Hand unter ihren Rock und zwischen ihre Schenkel. Sie drängt ihren Hintern gegen meinen Ständer, und ich ermahnte mich, dass ich sie nicht nehmen kann – nicht heute Nacht. Das ist nur der Anfang. Ich will sie in meinem Bett haben, wo sie hingehört. „Es ist nichts falsch an dem, was du magst. Es macht mir sogar Spaß, dir dabei zuzusehen."

Sie legt den Kopf schief und beißt sich auf die Lippe. Das Grün ihrer Augen spiegelt ein wachsendes Bedürfnis wider, das ich in den vergangenen oft Jahren stundenlang aus der Ferne beobachtet habe.

Meine Lippen zucken. „Sieh dir die Show an, Stellina", befehle ich.

Sie gehorcht.

Ich lasse meine Hand über ihre Brust gleiten und streiche langsam über den Stoff über ihrer Brustwarze. Sie verhärtet sich. Ich hebe meine andere Hand ein Stück weiter und mein Daumen streift ihren bereits feuchten Slip.

Ihr Körper gibt weiter nach und entspannt sich völlig unter meinen Berührungen. Sie zittert, ihr Atem stockt und sie presst eine Hand gegen die Scheibe, um sich zu stützen.

Das Kleid der Frau auf dem Bett fällt zu Boden. Sie trägt nichts darunter, und der Mann tritt zurück und nimmt sich einige Augenblicke Zeit, um ihren nackten Körper zu betrachten. Sie windet sich unter seinem Blick und wird rot.

Je länger er sie begutachtet, desto mehr macht er sie wahnsinnig. Ihre Hände und Lippen beginnen zu zittern. Ihr Brustkorb hebt und senkt sich schneller.

Er krümmt seinen Finger, und sie schließt den Abstand zwischen ihnen, knöpft sein Hemd auf und schiebt es ihm über die Schultern. Dann konzentriert sie sich auf seine Hose und lässt sie zu Boden fallen.

Ich drücke einen weiteren Knopf, und das Geräusch seines Gürtels, der auf den Boden schlägt, erfüllt unser privates Esszimmer.

Chanel packt meinen Oberschenkel und gräbt ihre Nägel in meinen Quadmuskel. Der Mann übernimmt die Kontrolle, küsst die Frau und dreht sie zum Fenster.

„Können sie uns sehen?“, fragt Chanel aufgeregt.

„Nein, Stellina. Die Scheibe ist verspiegelt. Genau wie du es magst.“

Sie nickt eifrig. Wärme strahlt von ihrem Körper aus, und sie presst ihre Schenkel gegen meine Hand.

Der Mann positioniert die Frau so, dass sie an die Scheibe gedrängt ist und uns direkt gegenübersteht. Er murmelt, „Alle beobachten dich.“

Ein lustvolles, zufriedenes Lächeln umspielt ihre Lippen. Sie sieht uns direkt an, als ob sie hindurchsehen könnte, aber das kann sie nicht.

Ich gleite mit meinem Finger unter Chanels Höschen und in ihre feuchte Hitze, stoße langsam in sie und umkreise ihre Lustperle mit meinem Daumen.

Sie wimmert und blinzelt heftig. Ihr Mund formt ein perfektes O und sie atmet rauer.

Der Mann befiehlt, „Hände hoch, gegen die Scheibe."

Die Frau tut, wie ihr geheißen wurde, und drückt ihre Handflächen an das Fenster.

Er fixiert ihre Handgelenke mit einer Hand, dann schlingt er seinen anderen Arm um ihre Taille und hebt ihre Hüften an. Mit einer fließenden Bewegung stößt er in sie.

Sie schreit auf.

Chanel wimmert.

„Gefällt dir die Show?", frage ich sie neckisch.

Der Mann stößt gemächlich in die Frau und senkt seinen Kopf, um an ihrem Hals zu knabbern.

„Ja", würgt sie hervor.

Chanel lässt die beiden nicht aus den Augen. „Fick mich, wie er sie fickt, Luca", haucht sie.

Ihr Worte quälen mich. Ich bin so hart, dass es weh tut, aber ich will nichts tun, was sie davon abhält, mit mir nach Hause zu kommen.

Was ist, wenn wir es hier tun und sie kalte Füße bekommt?

„Ich will, dass du heute Nacht in meinem Bett schläfst. Wir können die ganze Nacht Sex haben, Stellina."

Sie begegnet meinem Blick – ihre grünen Flammen leuchten heller und das Rot in ihren Wangen vertieft sich. „Zuerst hier", fleht sie.

„Aber–"

Sie zieht meinen Kopf zu sich herunter und lässt ihre Zunge so schnell in meinen Mund gleiten, dass mir fast schwindlig wird.

Zwischen den Küssen murmelt sie, „Ich brauche dich jetzt, Luca. Lass uns nicht mehr warten."

Es gibt nichts mehr, das mich aufhält. Ich kann mich nicht länger zurückhalten, sie zu nehmen. Ich öffne meine Hose, ziehe ihr Kleid hoch und schiebe ihr Höschen zur Seite. Genau wie der Mann stoße ich in einem Zug in sie hinein.

Sie schreit in meinen Mund, dann konzentriert sie sich wieder auf die Geschehnisse auf der anderen Seite des Fensters.

Es dauert nur ein paar Sekunden, bis ich mitbekomme, was der Mann mit der Frau macht. Ich konzentriere meinen Blick auf Chanel und genieße jede Sekunde davon, wie sie auf mich und die Szene vor uns reagiert.

Vielleicht ist das ein weiterer Grund, warum wir so gut zusammenpassen. Im Laufe der Jahre wurden ihre Vorlieben zu meinen. Es quälte mich, zuzusehen, wie andere das bekamen, was wir beide wollten, während ich sie aus der Ferne beobachtete.

Ihre Brüste pressen gegen die Scheibe, gegenüber der Frau dahinter, sodass es scheint, als würden sie sich berühren. Ich zwinge ihre Handflächen gegen die der Frau. Jeder meiner Stöße reflektiert die des Mannes.

„Oh … oh …", schreit Chanel, als die andere Frau ruft, „Ja!"

„Du bist die reinste Perfektion, Stellina. Wie seit jeher", flüstere ich in ihr Ohr.

Sie sieht mich aus den Augenwinkeln an, blinzelt heftig und sagt dann, „Wir … Luca. Wir sind … per- … oh Gott!"

Ihre inneren Muskeln umklammern meinen Schwanz mit der Kraft eines Schraubstocks und beginnen dann so heftig zu flattern, dass ihre Knie nachgeben. Ein Erdbeben der Lust durchfährt sie und treibt mich an den Rand des Wahnsinns.

„Fuuuuck", stöhne ich und versuche alles, was in meiner Macht steht, um mich nicht in ihr zu entladen.

Die andere Frau schreit, „Ich komme! Oh Gott! Ich komme–" Sie schmeißt den Kopf in den Nacken … genauso wie meine Stellina.

„Mein Gott!", grunzt der Mann, sein Gesicht ist rot und eine Schweißperle rinnt ihm über die Schläfe. Er atmet durch die Nase, sein Gesichtsausdruck ist entschlossen, und er spannt den Kiefer am, um das gleiche rhythmische Tempo einzuhalten. Wir ficken im Gleichklang.

„Luca!", stöhnt Chanel.

Ich drehe sie zu mir um, packe die Rückseite ihrer Oberschenkel und hebe sie hoch.

Sie schlingt ihre Beine um meine Hüften, und ich stoße wieder in sie hinein. Unsere Münder treffen in einem Rausch der Ekstase aufeinander.

Ich klatsche die Hand wahllos auf die Knöpfe, um den Ton vom anderen Raum auszuschalten. „Nur wir."

Sie nickt und packt mein Haar so fest, dass ich ein paar Strähnen herausreißen spüre.

Ich presse sie mit dem Rücken gegen die Fensterscheibe und vergrabe meine Hand in ihrem Haar, um ihren Kopf zu fixieren und ihre Lippen auf meine zu pressen.

Wir können uns nicht mehr zurückhalten, bewegen uns gegeneinander, entfesseln Jahre der Sehnsucht und des Bedauerns.

Danach ist der Raum in Stille getaucht. Nur unsere rasenden Atemzüge und klopfenden Herzen sind zu hören. Es vergeht einige Zeit, bevor ich meinen Kopf aus ihrer Halsbeuge hebe und ihr in die Augen schaue.

Es vergehen noch einige Minuten, bevor ich sie langsam zu Boden sinken lasse. Als ich sicher bin, dass sie alleine stehen kann, ziehen wir uns an und ich geleite sie durch das Restaurant in die Gasse, wo mein Fahrer wartet, und wir steigen in den Geländewagen ein.

Sie setzt sich im selben Moment, in dem wir losfahren, rittlings auf mich und heizt die Flamme an, die nie erlischt.

Wir küssen uns ununterbrochen, lösen uns nicht voneinander, bis wir vor meinem Gebäude halten. Ich führe sie schnell durch das Gebäude zum Fahrstuhl und in mein Penthouse.

Die ganze Nacht bleiben wir ineinander verschlungen und als der Morgen graut, halte ich sie friedlich schlafend in meinen Armen. Ich greife in die Schublade meines Nachttisches und ziehe einen Ring heraus. Mein Puls erhöht sich und ich küsse sie aufs Haar.

Ein paar weitere Stunden vergehen. Meine Nerven sind zum Zerreißen gespannt, weil ich nicht weiß, wie ihre Antwort lauten wird.

Ich habe keinen Zweifel. Sie ist die einzige Frau, die ich je begehrt habe.

Endlich wacht sie auf und schaut mit einem kleinen Lächeln zu mir hoch und sagt schüchtern, „Morgen."

Ich gebe ihr einen keuschen Kuss auf die Lippen. „Morgen." Dann drehe ich sie auf den Rücken.

Ihr Lächeln wird breiter. Sie vergräbt ihre Finger in meinem Haar und fragt, „Bin ich wirklich in deinem Bett aufgewacht? Und du hast neben mir geschlafen?"

Ich bin so glücklich wie noch nie zuvor. Fast schwindelig vor Euphorie. „Ja. Es ist wahr. *Es ist die Wirklichkeit,* Stellina."

Sie antwortet nicht, sondern streichelt meinen Hinterkopf.

Ich nehme meinen Mut zusammen und halte ihr den Ring vor die Nase.

Ihre Augen weiten sich.

Ich brauche einen Moment, um meine Gedanken zu sammeln, aber dann platze ich heraus, „Du und ich, Stellina. Für immer. Das ist alles, was ich je gewollt habe. Du und ich, und jetzt auch Zara. Heirate mich."

Ihre Augen glänzen, huschen zwischen meinen und dem Ring hin und her. Ihr Schweigen macht mich nervös. „Luca–"

„Sag nicht nein. Bitte, sag nicht nein", flehe ich.

Ihre Lippen zucken, und sie streicht mit der Hand über meine Wange. „Ich sage nicht nein."

Erleichterung macht sich in mir breit. „Nicht?"

Sie schüttelt den Kopf, und eine Träne läuft ihr über die Wange. „Nein. Ich habe dich immer geliebt, Luca. Von dem Moment an, als ich dich sah, gehörte mein Herz dir. Und alles, was ich je wollte, war mein Leben mit dir zu teilen."

Außer Zaras Existenz ist das die wichtigste Enthüllung, die ich je in meinem Leben erfahren werde. Es bringt mich etwas aus der Fassung.

Endlich gehört sie mir. Nach all diesen Jahren können wir endlich ein gemeinsames Leben aufbauen.

Und ich schwöre, dass ich sie nie wieder verletzen werde.

30

Chanel
Drei Monate später

„Mom!“, ruft Zara.

Ich wende mich vom Spiegel ab und schaue um meine Friseurin drumherum. „Wow! Du siehst wunderschön aus!“

Sie strahlt. Ihr schwarzes Brautjungfernkleid sitzt perfekt und schmiegt sich an die wunderschönen Kurven ihres Körpers, die immer deutlicher werden. Sie zieht einen Stuhl neben den Schminktisch und hält mir einen Umschlag entgegen. „Das ist für dich!“, zwitschert sie.

„Was ist es denn?“

Sie lächelt. „Es ist von Dad.“

Ich reiße ihr den Umschlag aus der Hand, öffne ihn aber nicht.

„Willst du ihn nicht aufmachen?“, fragt sie.

Glück erfüllt mich. Alle meine Träume gehen in Erfüllung. Zara hat ihren Vater in ihrem Leben. Sie verhält sich wieder wie das süße Mädchen, das ich großgezogen habe.

Es ist alles auf Luca zurückzuführen. Kurz nachdem wir bei ihm eingezogen waren, legte sie sich mit mir an, weil ich ihr keine Kreditkarte geben wollte. Er kam ins Zimmer, als wir uns stritten und sagte entschlossen, „Zara, mein Büro. Sofort.“

Ihre Augen weiteten sich. In diesem Ton hatte er noch nie mit ihr gesprochen. Sie öffnete ihren Mund, um zu widersprechen, aber Luca warf ihr einen missbilligenden Blick zu.

Sie klappte ihren Mund zu und tat, wie ihr befohlen.

Er kam zu mir, küsste mich und sagte dann, „Ich kläre das schon. Ich habe für dich und Zara einen Tag im Spa mit Pina gebucht. Mein Fahrer wartet unten. Geh und vergnüge dich mit Pina. Zara bleibt hier.“

Ich starrte ihn an, von seinem großzügigen Geschenk überrascht, aber auch darüber, dass Zara ihm nicht widersprach. Das hätte ich nicht sein sollen. Er verwöhnt uns ständig. Trotzdem ist er immer streng mit Zara, wenn sie mir nicht den nötigen Respekt zollt. Das lässt sie immer innehalten, aber sie ließ sich nicht von ihrem Wunsch nach einer Kreditkarte abbringen. Aber es war das erste Mal, dass sie das Thema ansprach, während Luca zu Hause war.

Er deutete mir, zu gehen. „Geh. Viel Spaß. Ich werde das Essen fertig haben, wenn du nach Hause kommst.“

Ich zögerte und warf einen Blick ins Büro. „Bist du sicher, dass ich nicht bleiben und mich um dieses Problem kümmern soll?“

Er grunzte. „Nein. Ich schaffe das schon. Genieße deine Zeit mit Pina." Er küsste mich erneut, führte mich zur Tür und wartete, bis ich im Fahrstuhl stand.

Als ich von meinem erholsamen Tag zurückkehrte, war Zara nirgends zu sehen.

„Wo ist sie?", fragte ich.

Seine Miene verhärtete sich. „In ihrem Zimmer, ohne jegliche elektronische Geräte. Hoffentlich denkt sie über all die Chancen nach, die du ihr ermöglicht hast und die materialistischen Besitztümer, die sie sich glücklich schätzen kann, zu haben."

Ich starrte ihn an.

Er kippte einen dampfenden Topf Ravioli in ein Sieb und gluckste. „Wieso schaust du so schockiert?"

„Sie wird eine Woche lang schlechte Laune haben", murmelte ich.

„Wolltest du, dass ich ihr erlaube, so mit dir zu reden?"

„Nein, ganz und gar nicht. Ich warne dich nur", sagte ich.

Er zuckte die Achseln. „Kann sie ruhig. Sie kann ohne Abendessen zurück auf ihr Zimmer gehen, wenn sie sich nicht benehmen kann. Vielleicht kündige ich sogar ihren Handyvertrag. Wenn sie sich wie eine Zweijährige aufführen will, werde ich sie wie eine behandeln. Ich habe sie bereits gewarnt und werde mich nicht wiederholen."

Ein Grinsen umspielte meine Lippen und wurde immer breiter. Ich ging um die Kücheninsel herum und warf meine Arme um seinen Hals.

Er zog mich näher an sich heran und lehnte seine Stirn an meine. „Das gefällt mir, Stellina."

„Danke."

Er zog eine Augenbraue hoch. „Weil ich unsere Tochter diszipliniert habe?"

Ich lachte leise. „Ja. Es ist schön, dass du immer hinter mir stehst, auch wenn es egoistisch von mir ist, dich den Bösewicht spielen zu lassen."

Er gab mir einen keuschen Kuss. „Du musstest diese Rolle lange genug spielen. Soll sie doch böse auf mich sein! Hast du Hunger?"

Ich küsste ihn erneut und erwiderte, „Ich sterbe vor Hunger. Es riecht fantastisch."

„Großartig. Lasst uns essen. Ich werde unsere Prinzessin holen", murmelte er und zwinkerte.

Ich gab die Sauce zu den Ravioli und trug sie mit dem Salat zu Tisch.

Wenige Augenblicke später tauchten Luca und Zara auf. Sie setzte sich zu mir und sagte aufrichtig, „Es tut mir leid, Mom. Ich bin dankbar für alles, was du für mich tust, und für alles, was ich dank dir habe."

Ich drückte dankbar ihre Hand. „Danke. Hast du Hunger?"

„Ja."

Wir genossen einen schönen, gemeinsamen Abend, was eine weitere Überraschung war. Und ich fügte es der Liste der Dinge hinzu, für die ich Luca dankbar war. Er ist ein unglaublich guter Vater.

Nach einigen Monaten der Planung unserer Hochzeit ist unser großer Tag endlich angebrochen.

„Mom, mach ihn auf!“, ruft Zara.

Ich lache. „Nicht, während du mir über die Schulter schaust.“

„Aber er hat gesagt, du musst ihn lesen“, jammert sie.

Ich schaue meine Friseurin an. „Würdest du mich kurz entschuldigen?“

Sie nickt, und ich gehe ins Bad. Vorsichtig öffne ich den Umschlag und ziehe die Nachricht heraus.

An meine liebste Stellina,

Worte können nicht beschreiben, wie es sich angefühlt hat, auf dich zu warten. Du hast mir alles gegeben, was ich mir jemals wünschen konnte, und die Freude, die du in mein Leben bringst, ist unendlich.

Heute früh bin ich aufgewacht und habe mich gefragt, ob alles nur ein Traum war – ein fabelhafter, unerreichbarer Traum, der mir entrissen werden würde. Und das Loch, das all die Jahre in meiner Brust klaffte, begann wieder in meinem Herzen zu wachsen.

Dann rief mich Zara an und schwärmte von unserem Hochzeitstag. Das Loch füllte sich schnell. Jedes Quäntchen Liebe, das ich in mir trage, gebührt meinen Mädels.

Heute bin ich der glücklichste, zufriedenste und dankbarste Mann der Welt. Und das werde ich immer sein.

Ihr habt mich in euer Leben gelassen, ohne mir meine Schwächen vorzuwerfen. Ich verdiene die Liebe nicht, die ihr mir bedingungslos schenkt, aber ich möchte sie niemals missen.

Deshalb gelobe ich dir alles zu geben. Mein Herz. Meinen Körper. Meine Seele. Bis zu dem Tag, an dem ich sterbe. Ich werde euch beide bis ans Ende meiner Tage lieben, wertschätzen und beschützen. Ich werde alle verbleibenden Schwächen nach bestem Wissen und Gewissen überwinden, um immer das zu tun, was in eurem besten Interesse ist.

Danke, dass du mich liebst.

Danke, dass du mir eine zweite Chance gegeben hast.

Danke, dass du unsere Vergangenheit überwunden hast und mir alles gibst, was ich mir jemals wünschen könnte.

Für immer dein,

Luca

Ich schnappe mir ein *Tempo* und trockne meine Augen, dankbar, dass ich noch kein Make-up trage. Dann lese ich den Brief noch mehrere Male. Nach einigen Augenblicken reiße ich mich zusammen, gehe ins angrenzende Zimmer zurück und stecke den Brief in meine Reisetasche.

„Was stand darin?“, fragt Zara aufgeregt.

Pina lacht und befiehlt, „Kümmere dich um deinen eigenen Kram, Schnüffelnase!“

„Hey! Ich bin keine Schnüffelnase!“, ruft Zara empört.

„Du bist unglaublich neugierig! Der Inbegriff einer Schnüffelnase“, erklärt Pina.

Ich küsse Zara auf die Wange. Sie ist jetzt genauso groß wie ich, und ich versuche immer noch, mich daran zu gewöhnen, dass mein kleines Mädchen nicht mehr so klein ist. „Verrate ich dir nicht."

Den Rest des Morgens verbringen wir damit, uns fertig zu machen, miteinander zu lachen und die Gesellschaft des anderen zu genießen.

Als ich schließlich zum Altar schreite, blickt mich Luca mit glänzenden Augen an. Er grinst so breit, dass mein Herz höher schlägt.

Vorne angekommen, bleiben mein Vater und ich vor Luca stehen. Papà umarmt mich und küsst mich auf die Wange, dann lehnt er sich an Luca und sagt, „Ich übergebe dir meinen wertvollsten Schatz. Halte sie ihn Ehren."

Ich stöhne innerlich auf, aber das überrascht mich nicht. Das Verhältnis zwischen meinen Eltern und Luca ist jetzt viel besser als zu Anfang. Aber mein Vater wird Zara und mich immer beschützen wollen.

Lucas Miene wird ernst. Er nickt und antwortet, „Danke. Das werde ich."

Papà wirft ihm einen letzten warnenden Blick zu und küsst mich auf die Wange, bevor er sich zu meiner Mutter in die Kirchenbank setzt.

Luca ergreift sanft meine Hände und murmelt in mein Ohr, „Für immer, Stellina."

Ich schaue ihn an und erwidere, „Für immer."

Und alles, was ich mir jemals gewünscht habe, wird endlich zur Realität.

EPILOG

Luca
Drei Jahre später

„Bitte heißen Sie mit mir die diesjährige Jahrgangsbeste willkommen, Zara Marino“, verkündet der Schulleiter.

Das Auditorium bricht in Beifall aus und meine Brust schwillt vor Stolz. Ich juble und schaue zu Chanel hinüber. Sie strahlt, ebenso wie ihre Eltern.

Der Applaus verebbt und wir nehmen wieder Platz. Ich lege meinen Arm um meine Stellina und küsse ihre Schläfe. Sie sieht mich an, und ich zwinkere ihr zu.

Meine wunderschöne Tochter zieht die Schultern zurück und schaut erst ihre Mutter und dann mich an. Ich schlucke die aufwallenden Gefühle hinunter, die mich zu überwältigen drohen.

Zara ist fast ein Abbild von Chanel, als sie achtzehn war. Es fällt mir schwer, sie bei der Stange zu halten und sie von den Jungs fernzuhalten. Chanel unterstützt zwar meinen Beschützerinstinkt, muss mich aber hin und wieder daran erinnern, dass ich Zara nicht einsperren und den Schlüssel wegwerfen kann.

Ich drohe oft damit, dass ich genau das tun werde.

Meine Tochter hat beschlossen, dass sie keine lange Rede halten will. Sie grübelte wochenlang, was sie sagen sollte.

Ich sagte immer wieder, sie solle auf ihr Herz hören, dann würde es schon klappen.

Gestern rief sie mich zuversichtlich an. Ich war gerade bei Angelo. Sie teilte mir mit, dass sie sich entschieden hatte und sagte, „Mom hat gesagt, ich kann heute Abend mit Zach abhängen."

„Wer ist Zach?", fragte ich aufgebracht, während sich die Haare in meinem Nacken aufstellten.

„Dad, er ist wirklich nett", behauptete sie.

Ich grunzte. „Das werde ich selbst beurteilen."

„Er geht auch nach Harvard", erklärte sie.

Meine Brust zog sich zusammen. Der Gedanke, dass Zach auf der Universität Zugang zu ihr haben könnte, machte mir das Atmen nicht gerade leichter. „Du kennst die Regeln", erwiderte ich.

Ich konnte förmlich sehen, wie sie die Augen verdrehte. „Mach dir keine Sorgen. Ich habe ihn bereits zum Abendessen eingeladen, damit du ihn verhören kannst. Er ist gewarnt worden."

Wenigstens hält sie sich an die Regeln, ohne mich anzuflehen, sie wieder zu ändern.

Als Zara anfing, zu daten, habe ich strenge Regeln aufgestellt. Keiner durfte sie daten, es sei denn, er kommt rüber und isst mit uns zu Abend, damit ich ihn stundenlang über sich selbst und seine Familie ausfragen konnte.

„Nun, du hast mir gerade den ganzen Spaß daran genommen."

„Dad!", tadelte sie.

„Wann kommt er vorbei?", fragte ich.

„Abendessen steht um sechs auf dem Tisch", sagte sie.

Ich wickelte meine Geschäfte ab und eilte nach Hause. Zach schien ein guter Junge zu sein, aber ich würde nicht unvorsichtig werden und Zara zeigen, was ich dachte. Ich nahm ihn beiseite wie all die anderen Jungen, die sie mit nach Hause gebracht hatte, und flößte ihm Todesangst ein.

Zara räuspert sich und sagt, „Ich habe lange überlegt, was ich heute sagen soll. Der einzige Rat, den ich der diesjährigen Abschlussklasse geben kann, ist das, was mich das Leben gelehrt hat."

Chanel drückt meinen Schenkel und fährt mit einem Taschentuch unter ihren Augen entlang.

Zara nickt und fährt fort. „Das Leben legt einem viele Steine in den Weg. Manche sind einfach zu überwinden. Einige sind wahre Hürden. Aber alles geschieht aus einem bestimmten Grund, auch das Schlechte. Und manchmal gibt es Dinge, die man sich im Leben wünscht. Dinge, deren Abwesenheit wehtun. Aber nur weil man das, was man sich wünscht, in diesem Moment nicht hat, heißt das nicht, dass man es nie bekommen wird. Man muss einfach darauf vertrauen, dass es irgendwann zu einem kommt." Sie sieht mir wieder in die Augen.

Liebe und Stolz überwältigen mich. Ich kann es nicht verhindern. Ich kämpfe mit einer Träne.

Sie lächelt noch breiter und sagt, „Danke."

Das Publikum steht auf und jubelt. Es dauert eine Weile, bis wir nach draußen strömen und sie zu uns stößt. Nachdem wir Fotos gemacht haben, fahren wir zum Anwesen der Marinos. Alle Marinos warten bereits auf uns, zusammen mit ein paar Freunden der Familie. Sogar die Ivanovs und O'Malleys sind aus Chicago eingeflogen, um mit uns zu feiern.

Tully wartet mit Bridget, Sean und Fiona auf uns, aber seine vier Söhne sind nach Irland zurückgekehrt. Sie sind ein paar Monate nach Chanels und meiner Hochzeit abgereist. Laut Tully ist die Situation zu explosiv, um sie nach Hause zu beordern.

Ich habe ihn gefragt, warum er es „explosiv" genannt hat. Er schenkte mir nur sein wissendes Grinsen und nahm einen weiteren Zug von seiner Zigarre.

Zara läuft mit Sean, Fiona und einer Handvoll ihrer Freunde, die sie eingeladen hat, darunter auch Zach, davon. Wir sehen sie für den Rest der Party kaum noch.

Chanel steht an meiner Seite, und ich schaue mich im Raum um. Überall rennen Kinder jeden Alters herum. Angelos vier Söhne und ihre Ehefrauen sowie Arianna und Killian haben alle Kleinkinder und Neugeborene im Schlepptau. Die Marinos vermehren sich wie die Karnickel, und Angelo sitzt zufrieden auf der Couch, und die Kinder krabbeln auf ihm herum.

Tiefer Frieden erfüllt mich. Endlich kann ich der Welt zeigen, dass ich ein Marino bin. Ich habe mein Geburtsrecht eingefordert und es gibt keine Fragen mehr, wem meine Loyalität gebührt.

Die Abruzzos sind kaum noch existent. Brodys Bombe hat die Familie fast vollkommen ausgelöscht. Die verbleibenden Mitglieder, die alle um die Macht kämpfen, haben ihre Vorherrschaft in New York nur noch weiter geschwächt.

Chanel legt den Kopf schief und fragt, „Bereust du es, nicht mehr Kinder zu haben?"

Ich ziehe eine Augenbraue hoch und frage, „Ist das eine Fangfrage? Bist du schwanger?"

Sie lacht. „Nein. Die Drei-Monats-Spritze funktioniert noch ganz gut."

Ich atme erleichtert aus und ziehe sie näher an mich. „Wenn du es wärst, würde ich mich freuen. Aber das arme Kind würde mir leidtun."

„Warum?", fragt sie überrascht.

„Ich bin gerade fünfzig geworden, Stellina", sage ich und kann immer noch nicht glauben, wie schnell das Leben fortschreitet. Ich knete ihren Hintern und erkläre, „Nicht jeder ist so jung wie du."

Ihre Lippen zucken. „Ein junger Hüpfer."

„Ja. Und im Vergleich zu mir wirst du das immer sein."

Sie grinst und geht auf die Zehenspitzen, um mir ins Ohr zu flüstern. „Was würdest du sagen, wenn der junge Hüpfer einen Abend im Restaurant verbringen möchte?" Sie zieht sich zurück und blickt mir mit ihren feurigen, grünen Augen tief in meine Seele.

Ich werde sofort hart. Der an das private Esszimmer angrenzende Voyeurraum war eine der besten Ideen, die ich je hatte. Im Laufe der Jahre haben wir ihn auf viele Arten genossen. „Der Chef de Cuisine hat ein neues Menü kreiert."

„Oh?", fragt sie unschuldig.

Das „Menü" ist die Szene, die ich den Paaren vorgebe.

Ich nicke und sehe mich um, um sicherzugehen, dass niemand uns belauscht. Ich beuge mich vor und murmle, „Es beinhaltet–" Ich fahre mit meinen Fingern über die zarte Haut an ihrem Hals.

Sie erschaudert und ihre Augen weiten sich.

Ich gluckse und fordere, „Sag mir, dass du mich liebst, wenn du es wirklich wissen willst."

Sie sieht mich ernst an. Sie legt ihre Hände auf meine Wangen und sagt, „Ich werde dich immer lieben. Und das weißt du auch."

Ich kann mir ein Grinsen nicht verkneifen. Ich wusste, was sie sagen würde, bevor sie antwortete. Ihr Versprechen ändert sich nie, aber ich liebe es, das zu hören. Nach all den Jahren erfüllt es mich immer noch mit mehr Freude, als ich mir je hätte vorstellen können.

Es ist eine Lehre, die ich in diesem Leben gelernt habe. Die kleinsten Dinge sind manchmal die wichtigsten – die am meisten bedeuten. Das Einzige, was wirklich zählt. Chanels und Zaras Liebe ist alles, was ich zum glücklich sein brauche.

Und ich muss es endlich nicht mehr missen.

Sind Sie bereit für die O'Connors in Mafiakriege Irland?

Doch holen Sie sich zuerst einen kleinen Vorgeschmack auf Die Auktion, den ersten Teil des Club Indulgence-Duetts.

DIE AUKTION

Club Indulgence

Mir wurde der Genuss, meinen Partner zu zerstören, noch

versüßt, als seine Tochter die Bühne betritt. Immerhin ist es eine Wohltätigkeitsauktion.

Aber ich will sie nicht nur für einen Monat.

Ich gebe ein unschlagbares Gebot ab, sodass sie sich für ein Jahr verpflichtet.

Ihr starker Wille, ihre trotzige Unabhängigkeit und ihr wenig entgegenkommendes Verhalten gegenüber ihrer Familie befriedigen meine fleischlichen Gelüste und mein Bedürfnis nach Rache.

Ich werde sie brechen, sie trainieren und sie in die Sub verwandeln, das sie insgeheim ist.

Sie ist meine Schachfigur in meinem Spiel um Vergeltung, und ich werde gewinnen.

Dann werde ich sie ganz L.A. als *Mein* präsentieren, einschließlich ihres Vaters.

Sobald unser Jahr vorüber ist, wird der Schaden angerichtet sein.

Ich werde sie gehen lassen und mein Leben ohne ihren Vater oder irgendjemanden, der mit ihm assoziiert ist, weiterführen – einschließlich ihr.

The Auction ist das erste Buch des *Club Indulgence* Duetts. Es handelt von einer verbotenen Liebe, erzwungener Nähe, einem Altersunterschied und zweifelhaften, einvernehmlichen Handlungen.

Lesen Sie "Die Auktion", Buch Eins des Club Indulgence Duetts.

Blättern Sie weiter, um den Prolog von Die Auktion zu lesen.

PROLOG

DIE AUKTION

RIGGS MADDEN

SIEBEN JAHRE ZUVOR

„Riggs?“ Hugh Gallow stößt mich mit dem Ellenbogen an und reißt mich aus meiner Trance. Ich habe kaum ein Wort von dem langweiligen Gespräch meines Geschäftspartners gehört.

Es ist allein Blakelys Schuld – seine Tochter. Sie hat einen Moment zuvor den Garten in einem cremefarbenen, trägerlosen Kleid und den passenden zwölf Zentimeter hohen Designer-High Heels betreten. Ihr blondes Haar fällt ihr in voluminösen Wellen über die Schultern, und als ihre blauen Augen meine treffen, sieht sie schnell weg, als hätte sie sich verbrannt. Seitdem kann ich meinen Blick nicht mehr von ihr abwenden, freue mich jedes Mal, wenn ich sie dabei erwische, wie sie in meine Richtung blickt und versuche, ihre Aufmerksamkeit komplett auf mich zu ziehen.

Es begann vor drei Jahren. Sie wurde achtzehn und war nicht mehr nur *'Hughs kleines Mädchen'.* Es dauerte nicht lange, bis ich die leichte Röte in ihren Wangen bemerkte, wenn sie mich ansah, oder ihre ringenden Finger, mit denen sie auf allem herum trommelte, was sie finden konnte. Ihre üblichen Opfer sind Tischplatten oder ihre Schenkel, zwischen denen ich es mir unbedingt bequem machen möchte. Im Moment ist es ihr Champagnerglas, das ihrer Nervosität nicht entkommen kann.

„Riggs, bestätige meine Prognosen", fordert Hugh.

Ich räuspere mich. „Richtig. Unsere Umsätze sind um über dreißig Prozent gestiegen." Ich kippe den Rest meines Scotchs zurück und füge hinzu: „Entschuldigt mich. Ich muss mir kurz die Beine vertreten." Ich entkomme Hugh und dem Kreis seiner hochnäsigen Freunde, die er immer zu beeindrucken versucht, und flüchte auf die Toilette.

Blakelys Vater und ich sind seit über einem Jahrzehnt Partner, und obwohl er als mein Mentor viele Dinge in meinem Leben zum Positiven verändert hat, gibt es eine Sache, die er nie an mir ändern wird. Es ist mir einfach egal, ob andere von meinem Erfolg beeindruckt sind oder nicht. Ich habe kein Interesse an dem, was andere denken, es sei denn, ich muss Eindruck machen, um eines unserer Unternehmen gewinnbringend zu verkaufen.

Da ich mit Essensmarken in Compton aufgewachsen bin, wo die meisten Erwachsenen keine feste Arbeit hatten und Drogensucht grassierte, sollte man meinen, dass mich jemand mit Geschäftssinn beeindruckt hätte. Doch ich war den Gangs und den Fallstricken der Armut entkommen, ohne dass mich jemand in meinen jungen Jahren unter seine Fittiche genommen hätte. Die meisten Entrepreneure, denen ich begegnete, schindeten keinen Eindruck.

Dann lernte ich Hugh kennen. Ich war Ende zwanzig und er war in seinen Vierzigern. Unser erstes Gespräch führte zu einem sechsstündigen Meeting. Ich beeindruckte ihn – für jemanden in meinem Alter –, und sehnte mich nach einem Mentor, auch wenn mir das damals noch nicht klar war.

Hugh war anders. Er sprach über Dinge, von denen ich noch nie gehört hatte, und zeigte mir neue Wege, andere zu manipulieren, um Geschäfte abzuschließen. Als ich ihm erzählte, dass ich mithilfe eines Stipendiums aufs College ging, damit ich meinen MBA in Finanzwesen machen konnte, befahl er mir, nie wieder ein Wort darüber zu verlieren. Er sagte, erfolgreiche Menschen – die Reichen ein Prozent – respektierten nur jene, die mit einem goldenen Löffel im Mund geboren wurden. Also hörte ich auf ihn, und er erfand eine Hintergrundgeschichte für mich, bei der ich seither geblieben bin. Ihm zufolge bin ich in Nordkalifornien aufgewachsen, das gerade weit genug entfernt war, damit niemand meine Herkunft je infrage stellte.

Innerhalb weniger Monate gründeten wir eine Kapitalanlagegesellschaft. Hugh hatte Geld und ich hatte Mumm … und die richtige Arbeitsmoral. Inzwischen habe ich mir meine Anteile an der Firma mehr als verdient, daher sind wir jetzt gleichnamige Partner. Und obwohl ich mehr Schweiß, Zeit und Tränen in die Firma gesteckt habe als Hugh – einschließlich des Vertragsabschlusses fast aller Geschäfte in den letzten fünf Jahren – wäre ich ohne ihn nie an diesem Punkt angelangt. Man muss Geld haben, um mehr zu verdienen, und Hugh hatte zu einer Zeit, als ich keines hatte, ein größeres Vermögen als Midas. Die Kombination aus seinen Ressourcen und meiner übereifrigen Entschlossenheit, der Beste der Besten zu sein, ermöglichte es uns, eine dynamische Partnerschaft aufzubauen. Unser Unternehmen ist heute das größte des Landes und ein weltweit anerkannter Handelspartner.

Das ist genau der Grund, warum zwischen Blakely und mir nie etwas laufen kann. Ich werde Hugh für immer treu sein, weil er mir die Chance und das Wissen gegeben hat, mein Leben zu verbessern. Also ist sie tabu. Und das Letzte, was ich gebrauchen kann, ist, dass Daddys kleines Mädchen zu ihm rennt und sich darüber beschwert, dass ich sie dominiert, aber danach nicht geheiratet habe.

Außerdem ist sie *sechzehn* Jahre jünger als ich. Im Normalfall ziehe ich Frauen nicht einmal in Betracht, die nicht mindestens dreißig sind. Die Dinge, die meinen sexuellen Appetit stillen, gelten als tabu. Ich will keine Frau, die keine Ahnung hat, worauf sie sich einlässt – ihre Zustimmung ist erforderlich, nachdem sie eine bewusste Entscheidung getroffen hat. Wenn man nach Frauen unter dreißig sucht, findet man meist wankelmütige Damen, die immer noch versuchen, sich selbst zu finden und von denen man nicht erwarten kann, dass sie verstehen, worauf sie sich einlassen.

Aber meine Regeln zügeln mein Verlangen nicht, wann immer ich Blakely sehe.

Es ist eine wahrhaft missliche Lage. Das Verlangen sie zu berühren und zu dominieren – ihre volle Unterwerfung zu verlangen – wird immer schwerer zu ignorieren. Verdammt, ich wusste bereits, bevor ich auf der Party ankam und sie sah, dass es an meiner Selbstbeherrschung zehren würde.

Immer wenn sie mir einen verstohlenen Blick zuwirft, verfluche ich mich dafür, Hugh keine Ausrede aufgetischt zu haben, weshalb ich nicht hier sein konnte. Ich bin also eindeutig länger geblieben, als ich willkommen bin – ich muss verschwinden, bevor mein Partner merkt, dass seine Tochter mich härter macht als einen Stahlträger.

Ich wasche mir die Hände und mache mich auf den Weg durchs Haus, entschlossen, zu meinem Mentor zurückzukehren und mich zu verabschieden. Fast hätte ich es ohne Zwischenfälle geschafft, doch auf halbem Weg stoße ich mit Blakely zusammen, als ich um eine Ecke biege.

Sie vergießt ihren Champagner auf meinem Hemd und ruft erschrocken: „Oh, mein Gott, Riggs, es tut mir so leid!“ Ihre Wangen färben sich rot, ihre Augen weiten sich und sie macht Anstalten, meine Brust zu berühren, um die Flüssigkeit abzustreifen.

Ich ergreife ihre Hand, und sie erstarrt, ihre Handfläche nur wenige Zentimeter von mir entfernt. Mein Herz trommelt schneller und ich verfluche mich dafür, dass ich wie ein Teenager reagiere, der zum ersten Mal eine schöne Frau berührt. In ihrer Gegenwart kann ich mich kaum bändigen. Es lässt mich entblößt fühlen, da mir die Kontrolle entgleitet, die ich normalerweise an den Tag lege. Sie beraubt mich all meiner Gelassenheit. „Schon okay. Es ist nur Champagner. Das trocknet wieder.“

Sie schweigt, ihre Wangen werden immer röter, und ich frage mich, ob ihr Hintern die gleiche Farbe annehmen würde, wenn ich sie versohle.

Daran sollte ich nicht einmal denken.

Blakely hebt ihr Kinn und meine Hose wird plötzlich viel zu eng. Mein Schwanz drückt schmerzhaft gegen meinen Reißverschluss und ich tadle mich selbst, aber es ist sinnlos. Ihr Gesichtsausdruck erinnert mich daran, wie anders sie ist, und doch genau das, wonach ich bei meinen Eroberungen suche.

Die Mehrheit der Frauen auf dieser Party legen die typische Beverly-Hills-Art an den Tag, die ich so verabscheue, doch Blakely würde sich nie dazu herablassen. Jede einzelne Geste, so klein sie auch sein mag, strahlt Selbstbewusstsein aus. Es stachelt mein Verlangen immer weiter an. Ich liebe nichts mehr, als eine Frau mit Rückgrat zu dominieren, und Blakely hat mich schon immer herausgefordert. Ihre Unabhängigkeit treibt Hugh und seine Frau Madelyn in den Wahnsinn. Ich bin einer der wenigen, für die sie keine Show abziehen, wenn es um ihre Tochter geht. Im Laufe der Jahre haben sie sich oft über ihre Sturheit beschwert oder darüber, dass sie etwas getan hat, was sie ihr verboten hatten.

In dem Versuch, die Situation wieder unter Kontrolle zu bekommen, nicke ich ihrem halbleeren Glas zu und frage: „Du bist also jetzt volljährig?“

Ihr Blick wandert zum Glas, dann sieht sie mir wieder in die Augen und verzieht die Lippen zu einem kleinen Lächeln. „Ja. Ab heute bin ich volljährig.“ Sie atmet tief durch, leckt sich über die Lippen, und ihre Wangen leuchten tiefrot.

Ich spanne meinen Kiefer an, versuche meine vor Vorfreude ruckigen Atemzüge zu kontrollieren und rede mir ein, dass dieses Geständnis keine unterschwellige Bedeutung hat, aber es gelingt mir nicht. Ein Tornado der Lust und Hoffnung wirbelt in ihren blauen Augen auf, und egal, was ich mir einrede, ich kann mein eigenes Verlangen nicht ignorieren.

Mein Gott, sie ist so jung.

Ich wette, sie ist enger als jede andere Frau, mit der ich in den letzten Jahren zusammen war.

Blakely auf ihren Knien, die Hände gefesselt, die prallen Lippen um meinen Schwanz geschlossen, wäre unwiderstehlich.

Sie öffnet den Mund, aber kein Wort dringt über ihre Lippen. Sie blickt über ihre Schulter, dann konzentriert sie sich wieder auf mich.

Erneut stelle ich mir vor, wie ich sie in Positionen bringe, die nicht sein können – ich kann an nichts anderes denken. Es vergehen einige Augenblicke, bevor ich sage: „Herzlichen Glückwunsch zum Geburtstag."

Ihre Miene erhellt sich und sie lächelt mich breit an, scharrt mit den Füßen. „Danke."

„Dein einundzwanzigster Geburtstag ist eine große Sache. Ich nehme an, du gehst später mit deinem Freund aus und feierst?", frage ich, neugierig mehr von ihr zu erfahren.

Das spielt keine Rolle. Sie ist Hughs Tochter.

Sie schüttelt den Kopf und eine blonde Locke fällt ihr über die Augen. „Ich habe keinen Freund."

Gott sei Dank.

Nicht, dass er gegen mich ankommen könnte.

Wie hypnotisiert, ohne über meine Handlungen nachzudenken, und unfähig, mich zurückzuhalten, greife ich nach der widerspenstigen Locke. Sie hält den Atem an, als ich mit meinen Fingern langsam über ihre Stirn fahre, dann noch langsamer über ihre Schläfe und die Strähne hinter ihr Ohr dränge. Wie ich bereits vermutet habe, ist ihr Haar superweich, im Gegensatz zum gebleachten Haar all der Blondinen, die in L.A. herumlaufen. Ich wusste immer, dass sie naturblond ist, aber es endlich zu spüren, heizt meine verbotenen Gedanken nur weiter an. Es ist fast unmöglich, dem Drang zu widerstehen, es um meine Faust zu wickeln und daran zu ziehen.

Sie wölbt eine Augenbraue, wartet auf meine Antwort, die Hitze ihrer Haut überbrückt den Abstand zwischen meiner Hand und ihrer weichen Haut.

Wir waren uns noch nie so nah – ich habe sie noch nie berührt. Jetzt, da ich meine Selbstbeherrschung endgültig hinter mir gelassen habe, trete ich näher und studiere die blauen Tupfen in ihren Augen. „Deine Augen erinnern mich an meinen Lieblingszeitpunkt, wenn ich am Morgen surfe."

„Wirklich?", fragt sie, doch ihre Stimme stockt. Sie schluckt schwer, aber sie macht keinen Rückzieher oder weicht meinem durchdringenden Blick aus.

Ihre Sturheit, vor mir zu stehen und mir schnurstracks in die Augen zu blicken, fordert mich heraus. Es schürt das tief sitzende Verlangen, sie eines Besseren zu belehren. Ich überlege, sie mit nach Hause zu nehmen – nicht in den Club –, was mich ebenfalls überrascht. Ich nehme meine Subs nicht mit nach Hause. Dieser Teil meines Lebens findet nur im Club statt und hat nichts mit meinem Privatleben zu tun. Doch der Gedanke, sie in meinem Heim zur Unterwerfung zu zwingen, an einem Ort, an dem sie nicht kommen und gehen kann wie sie will, an dem niemand uns unterbrechen kann, schlägt Wurzeln.

Ich fahre über ihre Ohrmuschel, und sie atmet zittrig ein. Ihre Lippen öffnen sich so weit, dass ich meine Zunge zwischen sie schieben könnte, wenn ich Anstalten in diese Richtung machen würde. Mein Blut brodelt so sehr, dass meine Wangen sich färben und ich verfluche mich dafür, dass ich mich in diese Lage gebracht habe. Und doch kann ich nicht aufhören. Jetzt, da ich ihre Aufmerksamkeit habe, darf ich sie nicht wieder verlieren. „Ich liebe den Moment, wenn die Sonne über dem Horizont aufgeht und genau im richtigen Winkel aufs Wasser trifft. Das perfekte Chaos."

Sie runzelt die Stirn. „Das perfekte Chaos? Das ist ein Oxymoron. Das ergibt keinen Sinn."

Ich spanne den Kiefer an und versuche, meine Freude darüber zu unterdrücken, dass sie nicht nur hübsch ist, sondern auch Köpfchen hat. Und sie benutzt ihn, was ich bei vielen schönen Frauen in L.A. infrage stelle. Ich drehe meine Hand und streiche mit der Fingerspitze leicht über ihr Kinn, genieße, wie sich ihre Augen schnell schließen und wieder öffnen. „Wenn sich das Meer zurückzieht, die Ebbe eintritt, und es kaum eine Welle schlägt, wenn das Wasser aussieht, als ob es so funkeln würde, dass es sich kaum zügeln kann … das ist das perfekte Chaos."

Sie denkt einen Moment lang über meine Worte nach, während sich ihre Lippen sanft verziehen – *genau so würde sie mich ansehen, wenn ich sie mit meinen Forderungen ausgelaugt habe.* „Ich nehme an, dein Oxymoron ist einleuchtend."

Es ist zu viel. Ich verhalte mich wie ein rücksichtsloser Teenager, der seine Triebe nicht unter Kontrolle hat, anstatt wie ein sexuell erfahrener, siebenunddreißigjähriger Mann. Ich packe eine Handvoll ihres Haars und ziehe ihren Kopf ruckartig nach hinten. Das ist nichts im Vergleich zu dem, was ich in der Vergangenheit mit meinen Subs gemacht habe, aber es reicht aus, um sie zum Keuchen zu bringen. Und um ihr eine Vorstellung davon zu geben, was ich mit ihr machen würde, wenn ich die Chance dazu bekäme.

Ihr betörendes Parfüm steigt mir in die Nase, aber ich kenne die Marke nicht. Es erinnert mich an die Brandung und etwas anderes, das ich nicht genau zuordnen kann – eine Kombination aus Meeressalz und Treibholz. Ich lecke mir über die Lippen, betrachte ihren Mund, dann fixiere ich sie mit meinem Blick und murmle: „Es gibt viele Dinge, die ich tue, von denen einige behaupten, dass sie nicht schlüssig sind, aber sie funktionieren."

Ihre Unterlippe bebt, aber sie fängt sich und atmet tief durch. Ihre Brust hebt sich, und ich lasse meinen Blick anzüglich über ihre köstlichen Rundungen gleiten, bevor ich sie herausfordernd anstarre. Sie öffnet ihren Mund, versucht etwas zu entgegnen, aber es kommt nichts heraus.

Ich ziehe ihren Kopf weiter zurück und lehne mich so gefährlich nah an ihren Mund, dass ihr Atem auf meine Wange trifft.

„Was für Dinge?", haucht sie.

Ich zögere nicht. „Dinge, die dein Vater verachten würde."

Ihre prallen Lippen öffnen sich wieder, aber die Stimme ihrer Mutter unterbricht uns. „Blakely!"

Verdammt noch mal!

Ich lasse sie los und trete zurück, gerade als Madelyn um die Ecke biegt.

Sie strahlt. „Da bist du ja! Wir sind dabei, die Torte anzuschneiden." Dann dreht sie sich zu mir um, klimpert mit den Wimpern und legt ihre Hand auf meinen Arm. Ihr Wodka-Atem verdrängt Blakelys Meersalz und Treibholz-Duft, und Madelyn gurrt: „Riggs. Ich wusste nicht, dass du hier bist."

Ich stöhne innerlich auf. Madelyn und Hugh sind keine Heilige. Sie ficken beide, was bei drei nicht auf dem Baum ist, und sie macht mir seit Jahren immer wieder klar, dass sie auf mich steht. Aber ich würde ihr Angebot nie annehmen – aus zwei Gründen.

Erstens ist sie die Frau meines Geschäftspartners. Ich kann diese Art von Drama nicht gebrauchen. Und zweitens bin ich nicht interessiert. Sie ist ein weiteres Beverly Hills-Dummerchen, das dem Alkohol und verschreibungspflichtigen Pillen übermäßig frönt und nichts Interessantes zu bieten hat. Der einzige Unterschied zwischen ihr und den Menschen, mit denen ich aufgewachsen bin, ist, dass sie Geld hat. Sie ist so berechenbar und könnte genauso als Junkie an einer beliebigen Straßenecke durchgehen.

Langweilig.

Ich löse mich aus ihrem Griff und nicke. „Madelyn. Schön, dich zu sehen. Bitte richte Hugh meine Grüße aus. Es ist etwas dazwischen gekommen." Ich eile den Flur hinunter und ignoriere ihre flehenden Rufe. Ich gehe zur Vordertür hinaus und steige in meinen Porsche, rase aus der umzäunten Wohnanlage und fahre direkt nach L.A. – zum *Club Indulgence.*

Es ist definitiv etwas dazwischengekommen.

Doch die Gallows würden nie erfahren, was genau es ist.

Als ich in das geheime, unterirdische Parkhaus des Clubs fahre, ist mir bereits klar, dass ich bis tief in die Nacht hier sein werde – um jegliche Gedanken an Blakely aus meinem Kopf zu verbannen.

Es wäre nicht das erste Mal, aber dieses Mal verfluche ich mich dafür, dass ich die Grenze überschritten habe. Ich hätte es nie tun dürfen.

Sind Sie bereit für Die Auktion und Der Schwur aus dem Club Indulgence-Duett?

ILLICIT KING

MAFIAKRIEGE IRLAND-BUCH EINS

Er ist *nicht* mein König.

Groß, stark und entschlossen, meine Familie zu zerstören.

Brody O'Connor ist die eine Person, die ich unbedingt meiden muss.

Er hat mich absichtlich verführt und jetzt muss ich die Konsequenzen tragen.

Bei jedem meiner Schritte lauert er im Schatten, beobachtet mich und nutzt jede Gelegenheit, meine Bemühungen zu untergraben, die Nachfolge meines Vaters anzutreten.
Und er hat Erfolg.

Egal wie sehr ich auch versuche, ihn abzuschütteln, oder unsere hitzigen Begegnungen zu unterbinden, es ist unmöglich.

Brody behauptet, ich sei naiv, wüsste nicht, was in meiner Familie wirklich vor sich geht, aber das ergibt keinen Sinn.
Er lügt.

Er spielt Psychospielchen.

Das kann nicht wahr sein. Mein Vater ist grausam, aber er würde so etwas nie tun.

Oder doch?

Aber wenn Brody recht hat, was bedeutet das dann für mich?

Was bedeutet das für uns?

Illicit King ist das erste Buch der *Mafiakriege Irland*-Reihe. Darin geht es um eine verbotene Liebe zwischen zwei Menschen, die von Feinden zu Liebenden werden. Zwischen ihnen klafft eine große Alterslücke, aber das hält sie nicht auf. Wenn Sie einen dunklen Mafia-Roman lieben, sind Sie hier genau richtig.

Sind Sie bereit für Brodys Geschichte? Klicken Sie hier und lesen Sie Illicit King, Buch 1 der Mafiakriege Irland-Reihe.

RÜCKSICHTSLOSER FREMDER: DIE IVANOV FAMILIE (MAFIAKRIEGE, BUCH 1)

Er ist ein rücksichtsloser Fremder. Einer, den ich nicht sehen kann, nur fühlen. Meine Freundinnen handeln in meinem Namen einen Deal mit ihm aus.

Keine Namen. Keine persönlichen Details. Kein Gesicht, das sich in mein Gedächtnis einbrennt.

Nur er, ich, und ein teurer Seidenschlips.

Was in Vegas passiert, bleibt in Vegas.

Er warnt mich, dass er voller Gefahr steckt.

Aber diese Seite an ihm sehe ich nie. Alles, was ich erlebe, ist sein russischer Akzent, sein köstlicher Duft und seine Berührungen, die mich in Flammen aufgehen lassen.

Aus einer unglaublichen Nacht werden zwei. Dann gehen wir getrennte Wege.

Aber das Schicksal kann uns nicht lange voneinander fernhalten. Als ich *meinen* attraktiven Fremden in Chicago wiedertreffe, weiß ich sofort, dass er es ist, auch wenn ich seine eisblauen Augen noch nie zuvor gesehen habe.

Unser Verlangen brennt heißer als in Vegas. Aber er hat mich nicht belogen.

Er ist ein rücksichtsloser Fremder …

Rücksichtsloser Fremder ist der fesselnde erste Teil der *Mafiakriege*-Reihe. Es ist ein eigenständiger Dark Mafia Liebesroman, mit einem glücklichen Ende.

Sind Sie bereit, die 10-bändige Original-Mafiakriege-Reihe zu verschlingen? Lernen Sie die Ivanovs und O'Malleys kennen!

KANN ICH SIE UM EINEN GROSSEN GEFALLEN BITTEN?

Wären Sie bereit, mir eine Rezension zu hinterlassen?

Ich wäre Ihnen ewig dankbar, denn eine positive Rezension auf Amazon ist wie ein hundertfacher Kauf des Buches! Die Unterstützung der Leser ist das Lebenselixier für Indie-Autoren und gibt uns das Feedback, das wir brauchen, um den Lesern das zu geben, was sie in zukünftigen Geschichten wollen!

Ihre positive Rezension bedeutet für mich die Welt! Deshalb danke ich Ihnen von ganzem Herzen!

CLICK TO REVIEW

MEHR VON MAGGIE COLE

In deutscher Sprache erhältlich

http://www.authormaggiecole.com/germany

***Club Indulgence* Duett** - Zwei dunkle Milliardär-Liebesromane
The Auction-Buch Eins – 01. April 2023
The Vow-Buch Zwei – 01. Mai 2023

Mafiakriege Irland
Illicit King (Brody) – 1. Juli 2023
Buch Zwei (Aidan) – 1. August 2023
Buch Drei (Devin) – 1. September 2023
Buch Vier (Tynan) – 1. Oktober 2023

Mafiakriege New York

Toxic - (Dantes und Bridgets Geschichte) - Buch 1

Immoral - (Gianni und Caras Geschichte) - Buch 2

Crazed - (Massimo und Katiyas Geschichte) - Buch 3

Carnal - (Tristano und Pinas Geschichte) - Buch 4

Flawed - (Luca und Chanels Geschichte) - Buch 5

Mafiakriege - Dark Mafia Romance (Reihe 5)

Um Dmitris und Annas Geschichte zu lesen, lade Secret Mafia Billionaire herunter.

Ivanov Familie

Rücksichtsloser Fremder (Maksims Geschichte) - Buch 1

Gebrochener Kämpfer (Boris' Geschichte) - Buch 2

Grausamer Vollstrecker (Sergejs Geschichte) - Buch 3

Boshafter Beschützer (Adrians Geschichte) - Buch 4

Grimmiger Ermittler (Obrechts Geschichte) - Buch 5

O'Malley Familie

Ungekrönter Herrscher (Liams Geschichte) - Buch 6

Perfekter Sünder (Nolans Geschichte) - Buch 7

Brutaler Verteidiger (Killians Geschichte) - Buch 8

Skrupelloser Hacker (Declans Geschichte) - Buch 9

Unermüdlicher Jäger (Finns Geschichte) - Buch 10

Es ist kompliziert (Chicago Milliardäre)

My Boss the Billionaire - Buch 1

Forgotten by the Billionaire - Buch 2

My Friend the Billionaire - Buch 3

Forbidden Billionaire - Buch 4

The Groomsman Billionaire - Buch 5

Secret Mafia Billionaire - Buch 6

In englischer Sprache erhältlich

https://www.authormaggiecole.com

Behind Closed Doors (Series Four - Former Military Now International Rescue Alpha Studs)

Depths of Destruction - Book One

Marks of Rebellion - Book Two

Haze of Obedience - Book Three

Cavern of Silence - Book Four

Stains of Desire - Book Five

Risks of Temptation - Book Six

Together We Stand Series (Series Three - Family Saga)

Kiss of Redemption- Book One

Sins of Justice - Book Two

Acts of Manipulation - Book Three

Web of Betrayal - Book Four

Masks of Devotion - Book Five

Roots of Vengeance - Book Six

It's Complicated Series (Series Two - Chicago Billionaires)

My Boss the Billionaire - Book One

Forgotten by the Billionaire - Book Two

My Friend the Billionaire - Book Three

Forbidden Billionaire - Book Four

The Groomsman Billionaire - Book Five

Secret Mafia Billionaire - Book Six

All In Series (Series One - New York Billionaires)

The Rule - Book One

The Secret - Book Two

The Crime - Book Three

The Lie - Book Four

The Trap - Book Five

The Gamble - Book Six

Stand Alone Holiday Romances

Judge Me Not

Holiday Hoax

ÜBER DIE AUTORIN

BESTSELLERAUTORIN

Maggie Cole hat es sich zur Aufgabe gemacht, ihren Leserinnen und Lesern dominante Liebhaber zum Mitnehmen zu bescheren. Sie wurde als *literarische Meisterin der erotischen Romantik* bezeichnet. Ihre Bücher sind voller roher Emotionen, Spannung und lassen ihre Leser nach mehr verlangen. Sie ist eine meisterhafte Erzählerin zeitgenössischer Liebesromane und liebt es über Menschen zu schreiben, die am Rande des Abgrundes stehen, aber sich wie ein Phönix aus der Asche erheben.

Sie lebt in Florida, in der Nähe des Golfs von Mexiko mit ihrem Mann, ihrem Sohn und ihrem Hund. Sie liebt Sonnenschein und Wein und verbringt ihre Zeit gern mit Freunden.

Ihre aktuellen Buchreihen wurden in der folgenden Anordnung geschrieben:

In deutscher Sprache:

- Es ist kompliziert (eigenständige Bücher mit sich überschneidenden Charakteren)
- Mafiakriege
- Mafiakriege New York
- Club Indulgence Duetts
- Mafiakriege Irland

In englischer Sprache:

- All In (Stand alone with entwined characters)
- Together We Stand (Brooks Family Saga - read in order)
- Behind Closed Doors (Read in order)
- Judge Me Not-Stand alone Novella
- Holiday Hoax-Stand alone holiday romance
- Club Indulgence Duet-(Read in order)

Maggie Coles Newsletter
Melden Sie sich hier an!

Besuchen Sie Maggies Webseite, um ihre kompletten Werke zu sehen
https://www.authormaggiecole.com

Treffen Sie Maggie in ihrer Lesergruppe
Maggie Coles Romance Addicts

Für Werbegeschenke folgen Sie bitte
Facebook Page Maggie Cole

Instagram
@maggiecoleauthor

TikTok
www.tiktok.com/@maggiecole.author

Buch-Trailer
Folgen Sie Maggie auf YouTube

Feedback oder Anregungen?
E-Mail: authormaggiecole@gmail.com

Printed in Poland
by Amazon Fulfillment
Poland Sp. z o.o., Wrocław

17513495R00294